HEYNE
HARDCORE

John Niven

OLD SCHOOL

Aus dem Englischen von
Stephan Glietsch

Wilhelm Heyne Verlag
München

Die Originalausgabe erschien unter dem Titel
SUNSHINE CRUISE COMPANY
bei William Heinemann, Random House, London

Unter www.heyne-hardcore.de finden Sie das komplette Hardcore-Programm, den monatlichen Newsletter sowie unser halbjährlich erscheinendes CORE-Magazin mit Themen rund um das Hardcore-Universum. Weitere News unter www.facebook.com/heyne.hardcore

MIX
Papier aus verantwortungsvollen Quellen
FSC® C014496
FSC
www.fsc.org

Verlagsgruppe Random House FSC® N001967
Das für dieses Buch verwendete FSC®-zertifizierte Papier
EOS liefert Salzer Papier, St. Pölten, Austria.

Redaktion: Thomas Brill
Umschlaggestaltung: Nele Schütz Design
unter Verwendung von Illustrationen von thinkstock/istock/
Vyacheslav Birynkov und thinkstock/istock/majivecka
Satz: EDV-Fotosatz Huber/Verlagsservice G. Pfeifer, Germering
Druck und Bindung: GGP Media GmbH, Pößneck
Printed in Germany

ISBN: 978-3-453-26945-3

www.heyne-hardcore.de

Für Sheila Sheerin

EINS

So viel Blut, dachte Susan Frobisher. *So viel Blut.*

Sie stand vor der Küchenzeile, von oben bis unten mit Blut besudelt. Blutspritzer überzogen die Arbeitsfläche, ihre Schürze und ihr Gesicht. Die große Schüssel vor ihr war voll davon. Der Horrorfilm-Aspekt der Szene wurde vom strahlenden Weiß der Küche noch verstärkt. Sie hatten sie erst letztes Jahr neu einbauen lassen. Klassischer Landhausstil. Mit allem, was dazugehört: ausziehbare Kühlschubfächer auf Kniehöhe, ein Abfallzerkleinerer, einer dieser flexiblen Wasserhähne mit Spiralfederschlauch, wie man sie aus Kochsendungen kennt, und sogar ein eingebauter Weinhumidor. Nicht dass Barry und sie noch sonderlich viel tranken, aber es sah einfach schick aus. All die reifbeschlagenen Flaschen, aufgereiht wie Bomben im Abwurfschacht. Die Küche war von Emperor Kitchens auf der Havering Road. Barry hatte einen sehr guten Preis bei ihnen ausgehandelt, wie er es immer tat. Er liebte es zu handeln.

Susan betrachtete sich in der spiegelnden Rauchglastür des Weinkühlers und war – von den Blutspritzern mal abgesehen – zufrieden mit dem, was sie sah. Obwohl sie auf die sechzig zuging, hatte sie noch immer einen jugendlich frischen Teint, wache Augen und eine straffe Figur. Ihr Haar war schon seit fast zehn Jahren grau. Trotzdem hing ihr Julie ständig damit in den Ohren, es färben zu lassen, wenngleich die Tage, in denen Julie dieses »Vergnügen« gehabt hätte, lange vorüber waren ...

Durch die doppelt verglasten Fenster ging ihr Blick in den Garten, wo der Tau in der Morgensonne verdunstete. Zumindest in der Hälfte, die so früh im Mai schon in der Sonne lag. Endlich hatte der Frühling es bis nach Dorset geschafft. Susan steckte den kleinen Finger in die Schüssel mit Blut und schleckte ihn ab. Mmmh. Was die Konsistenz anging, war sie sich noch nicht sicher. Denn die musste auf den Punkt genau stimmen.

War das der Fall, sagte ihr großer Held Tom Savini, der Meister der Spezialeffekte, »lassen sich Trugbilder erzeugen, die so realitätsnah sind, dass sie dem Zuschauer vorgaukeln, er habe Dinge gesehen, die er gar nicht gesehen hat«. Horrorfilme waren Susans kleine Schwäche. Barry hielt überhaupt nichts davon, eigentlich von Filmen ganz allgemein. »Nichts als Blödsinn«, spottete er. »Alles an den Haaren herbeigezogen!« Er stand auf Dokumentationen. Bevorzugt Kriegsdokumentationen. Susan hatte alles von Savini gesehen – *Freitag der 13.*, *Brennende Rache*, *Zombie*. Wenn Barry lange arbeiten musste, machte sie es sich bei einer Tasse Tee mit einer DVD gemütlich.

Wie aufs Stichwort trat Barry Frobisher in die Küche. An seiner Krawatte nestelnd, musterte er das blutige Gemetzel. »Was zum Teufel ...«

»Die Konsistenz stimmt noch nicht ganz«, erklärte Susan. »Zu dünn.«

»Sieh dir diese Sauerei an!«

»Das kann leider nicht warten. Ich muss noch zum Einkaufen, heute Nachmittag zu Julies Geburtstagsessen und heute Abend zur Generalprobe.«

»Herrje! Kannst du dieses Blutzeug nicht einfach kaufen?«

»Dafür haben wir kein Budget, Schatz.«

Die halb geknotete Krawatte noch immer lose um den Hals hängend, ging Barry zur Kaffeekanne und nahm sich unterwegs eine Tasse vom Frühstückstisch, den sie stets am Vorabend deckten, bevor sie zu Bett gingen. »Ich weiß nicht, was du daran findest, Susan. Ich weiß es wirklich nicht.«

Er nahm eine Scheibe kalten Toast aus dem Ständer und beschmierte sie dick mit Butter. *Frühstücksflocken wären die bessere Wahl,* dachte Susan. Barrys Taille schob sich allmählich über den Hosenbund. Als sie zuletzt bei Marks & Spencer waren, um was zum Anziehen zu finden, musste sie ihm eine Hose mit Bundweite 56 kaufen. Sie wollte erst gar nicht wissen, wie sich dieses Essverhalten auf seine Arterien auswirkte. Neuerdings hörte Susan ihn morgens vor Anstrengung leise stöhnen, wenn er sich aus seinem Bett hievte. Aus *seinem* Bett. Vor ein paar Jahren war es schließlich so weit gewesen: Sie hatten sich für Einzelbetten entschieden, seines an der einen, ihres an der anderen Wand des Schlafzimmers. Sie bevorzugten ohnehin unterschiedliche Matratzen. Der gesunde Schlaf ging vor. Er habe nun einmal Rückenprobleme, hatte Barry argumentiert, und es sei ja auch nicht so, als wären sie frisch verheiratet. Womit er auf einen Aspekt des Ehelebens abhob, der inzwischen nur noch äußerst selten zum Tragen kam. Wann eigentlich zuletzt? Susan konnte sich beim besten Willen nicht erinnern. Um die Weihnachtsfeiertage herum? Vielleicht sogar davor?

»Es macht mir Spaß«, beantwortete Susan seine Frage.

Barry schnaubte verächtlich: die Wroxham Players – Susans kreative Spielwiese.

Seine Frau war keine Schauspielerin. Nicht dass sonst jemand in der Truppe diese Bezeichnung verdient hätte. Angefangen hatte es damit, dass sie in der Garderobe aushalf, inzwischen war sie seit drei Jahren für die Kostüme und Requisiten verantwortlich. Barry erinnerte sich mit Grausen, dass sie bei den ersten Vorstellungen sogar auf seine Anwesenheit bestanden hatte: Ein Haufen Rentner und blauäugiger Teenager stolperten über ihre Texte und in den Kulissen umher. Dennoch, schaden konnte es wohl kaum, nahm er an. Immerhin war sie beschäftigt und kam nicht auf dumme Gedanken. Er goss sich Kaffee ein, während Susan im Hintergrund der Kunstblutmixtur mehr Maissirup beifügte. »Was steht dieses Jahr auf dem Programm?«, fragte Barry über die Schulter hinweg.

»*König Lear.*«

Er überlegte einen Moment. »Ist das von … Shakespeare?«

»Ja«, sagte Susan. Nicht gerade eine Leseratte, ihr Barry. Aber ein guter Ernährer. Ein Wirtschaftsprüfer. Ein *beeideter* Wirtschaftsprüfer, hörte sich Susan gelegentlich voller Stolz sagen.

»Worum geht's denn da, in dem Stück?«, fragte er und schlürfte seinen Kaffee.

»Oh, um die Entwürdigung durch das Alter, könnte man sagen«, erwiderte Susan, starrte in die Mixtur und fragte sich, ob die Menge wohl reichen würde. Sie befürchtete, dass sich Frank, der Regisseur, bei der Szene, in der dem Grafen von Gloucester die Augen ausgestochen werden, einen Tick zu sehr von Peckinpah inspirieren lassen könnte. Sie war sich nicht sicher, ob sich das mit dem Feingefühl des hiesigen Publikums vertragen würde.

»Klingt ja spaßig«, sagte Barry, schlug die *Daily Mail* auf und hörte schon nur noch mit halbem Ohr zu. *Sieh sich das einer an – diese verdammten Osteuropäer. Die machen sich wirklich überall breit.*

Das Alter.

Sie würden dieses Jahr beide sechzig werden. Und ihren fünfunddreißigsten Hochzeitstag feiern. *Was war das für einer?,* überlegte Susan. Jade? Topas oder so was? War ihre Silberhochzeit wirklich schon zehn Jahre her? Was für eine schöne kleine Feier Tom und Clare für sie im Saal der alten Wassermühle geschmissen hatten. Leider bekamen sie Tom und Clare viel zu selten zu Gesicht. Inzwischen Anfang dreißig, hatten ihr Sohn und seine Frau beruflich einfach viel zu viel um die Ohren. Dennoch fand Susan es irgendwie nicht normal, dass sie seit über zehn Jahren ein Paar waren und ihr immer noch keinen Enkel geschenkt hatten. Aber heutzutage lief das offenbar so. Sie selbst war fast dreißig gewesen, als sie Tom bekommen hatte. Damals, 1983. Als »späte Mutter« hatte sie besondere Fürsorge genossen. Wer heutzutage mit dreißig Kinder bekam, galt als jung. Wie alt war Clare jetzt? Zweiunddreißig? Dreiunddreißig? Egal … so wie Susan das sah, war es an der Zeit, dass die beiden endlich zu Potte kamen.

Sie rührte die Wasser-Maissirup-Ketchup-Mischung ein letztes Mal durch, war endlich zufrieden mit der Konsistenz und suchte in der Schublade unter der Spüle nach wiederverschließbaren Gefrierbeuteln.

Wie frage ich ihn wohl am besten?, überlegte sie.

Sie wusste, dass sie sich mit ihrer Bitte auf vermintes Terrain begeben würde. Julie und Barry waren sich noch nie sonderlich grün gewesen. Julie, so vermutete sie, hielt Barry für langweilig. Barry, das wusste sie genau, hielt Julie für total verrückt. Einen schlechten Einfluss. Julie war immer schon wilder gewesen als Susan, früher sogar *sehr* viel wilder, aber verrückt war sie nicht. Sie hatte ein verdammt aufregendes Leben geführt. Vielleicht sollte Susan an Barrys Überlegenheitsgefühl appellieren. »Ach, Schatz?«

»Mmm?« *Achthundert Pfund die Woche an Sozialleistungen? Diese faulen Schmarotzer.*

»Könntest du mir diesen Monat vielleicht dreihundert zusätzlich überweisen?«

»Was? Wofür denn?«

»Na ja, ich habe ein bisschen mehr als geplant für Julies Geburtstagsgeschenk ausgegeben.«

»Ach, verdammt, Susan ...«

»Es ist ihr sechzigster, Barry! Und sie hat es in den letzten Jahren weiß Gott nicht einfach gehabt. Erst verliert sie ihr Geschäft, weil dieser Arsch sich mit all ihrem Geld aus dem Staub macht. Und jetzt diese Wohnung, in der sie lebt. Ihr grauenhafter Job. Ich wollte ihr was Nettes besorgen.«

»Nun, du kennst ja meine Meinung.«

»Ich weiß, aber ...«

»Sie hat doch bisher alles in den Sand gesetzt. Diese blöde Hamburger-Bude genauso wie ihre sogenannte ›Boutique‹. Diese Frau könnte nicht mal ein Besäufnis in einer Brauerei organisieren.«

»Sie hatte Pech.«

»Du musst lernen, dein Geld zusammenzuhalten, Susan.«

»Das mach ich doch!«

»Jeden Monat brauchst du ein paar Hundert für dies, ein paar Hundert für das.« Er stand auf. Stellte die Kaffeetasse in die Spüle und band seine Krawatte. Mit einem sauberen Windsorknoten.

»Bitte, Barry. Sei doch nicht so.«

»Ich überweis dir das Geld, in Ordnung? Aber das war's dann für diesen Monat.« *Du wirst heute noch jemandem was überweisen, Barry Boy, und zwar ein bisschen mehr als das, von deinem Zweitkonto in Holland …*

»Danke, Schatz.«

»Keine Ahnung, warum du mich immer wieder rumkriegst.«

Sie hatten das Finanzielle immer schon so gehandhabt. Barry kümmerte sich um alles.

Mitte der Siebziger, in jenem winzigen Zeitfenster zwischen dem Abschluss ihres Kunststudiums und der Hochzeit mit Barry, hatte Susan mal kurz gearbeitet, in einer Kunstgalerie in Poole. Wann hatte sie in der Galerie aufgehört? Es musste 1977 gewesen sein. Ja, genau. Nachdem sie jahrelang herumgereist war, tauchte Julie völlig unerwartet dort auf, das Haar raspelkurz rasiert und reihenweise Sicherheitsnadeln am Revers. Die Galeriebesitzerin hätte fast einen Anfall bekommen. Barry auch, als sie am Abend auf ihn trafen. Später waren sie dennoch gemeinsam in Susans und Barrys Wohnung gegangen, wo Julie sich über sie beide lustig machte, weil sie Fleetwood Mac auf Barrys Tonbandgerät hörten. Das war damals der neueste Stand der Technik. *Was ist aus dem Ding eigentlich geworden? All dieses Zeug, das man über die Jahre besitzt, wohin verschwindet es?*

Susan nahm von Geld nur dann Notiz, wenn das »Taschengeld« auf ihrem Konto zur Neige ging. Barry dagegen liebte Geld. Er liebte es, damit zu hantieren. Dies und das zu tun. Ihre Finanzen zu »restrukturieren«. Ständig war er auf der Pirsch nach einem besseren Kreditkarten-Deal, einem besseren Zinssatz für ihr Erspartes.

»Ich bin dann mal weg«, verkündete er, legte die Hände auf den Küchentisch und stemmte sich mit einem unwilligen Grunzen in die Höhe.

»Alles klar, Schatz. Im Kühlschrank steht Auflauf fürs Abendessen. Erbsen kannst du dir selbst machen, oder?«

»Muss ich wohl. Könnte eh sein, dass ich lange arbeiten muss …« Er wollte ihr einen Kuss auf die Wange geben, ließ es ob der Blutspritzer aber lieber bleiben. Stattdessen warf er ihr über den Küchentresen hinweg einen Handkuss zu, und Susan spitzte zur Antwort die Lippen.

»Viel Glück, Susan«, sagte sie zu sich selbst, als er zur Haustür ging.

»Was?«, fragte Barry und drehte sich noch einmal um.

»Viel Glück bei der Generalprobe heute Abend, liebe Susan.«

»Oh, na klar. Natürlich. Viel Glück.«

Na, danke schön, dachte Susan, als er die Tür hinter sich schloss.

Barry wiederum dachte: *Was für eine alberne Zeitverschwendung.*

ZWEI

Während Susan sich mit dem Mischungsverhältnis des Bluts herumschlug, hatte ihre älteste Freundin mit ganz anderen Körperflüssigkeiten zu kämpfen. Einen Kampf, der Julie Wickham in der Überzeugung bestärkte, dass Urin sich wie Schneeflocken oder Fingerabdrücke dadurch auszeichnete, unverwechselbar zu sein.

Man nehme zum Beispiel Mrs. Meecham am Ende des Flurs. Ihrer war extrem beißend. Scharf. Der vom alten Mr. Bledlow hier, dem guten Alf, nicht im Geringsten. Eher mild, beinahe geruchlos. Warum? Beide aßen mehr oder weniger dasselbe. Die gleichen drei Mahlzeiten, die das Heim pro Tag an die Bewohner austeilte – angeliefert in superbilligen, eingeschweißten Gastro-Großpackungen und dann gekocht, gebacken oder frittiert. Vielleicht hing es mit den Nieren zusammen, damit, wie sehr sie bereits in Mitleidenschaft gezogen waren. Mr. Bledlow, mit seinen fast neunzig Jahren, saß still drüben in der Ecke, in einem sauberen Pyjama, in den ihm die Schwester hineingeholfen hatte, während Julie mit ihrem Mopp die Pfütze unter und neben dem abgezogenen Bett aufwischte. Alle Achtung, da war ja ordentlich was rausgekommen. Julie tauchte den Mopp in die Suppe aus Wasser und Bleiche, wrang ihn aus, indem sie ihn in das Sieb des Blecheimers drückte, und wischte dann weiter. Ihr Gesicht spiegelte sich im glänzenden Linoleum des Fußbodens. Im richtigen Licht war es immer noch hübsch, und für ihr Alter hatte sie sehr wenig Grau im schwarzen Haar. Wie beinahe jeden Tag, den sie in den vergangenen drei Monaten hier verbracht hatte, kam ihr diese Zeile aus dem Patti-Smith-Song »Piss Factory« in den Kopf: »Forty hours thirty-six dollars a week – but it's a paycheck, Jack.«

Wie alt war sie gewesen, als sie den Song zum ersten Mal gehört hatte? Einundzwanzig? Zweiundzwanzig? Sie hatte oben in London gewohnt, in diesem winzigen Zimmer in Finsbury Park. Ganz praktisch gelegen, wenn man häufig ins Rainbow ging. Sie war mit Terry zusammen gewesen, der damals im Roxy an der Tür arbeitete. Später jobbte er dann im Vortex.

O ja – ein Gehaltsscheck, Jack. Sie hatte über die Jahre schon alles Mögliche getan, um an Geld zu kommen. Sie hatte gestohlen. Sie hatte ... ach, was tat das noch zur Sache. Aber wenn ihr damals jemand erzählt hätte, dass sie an ihrem sechzigsten Geburtstag im Altersheim Seniorenpisse aufwischen würde ...

Ein leises Röcheln riss sie aus ihren Gedanken: Mr. Bledlow hielt schluchzend den Kopf in den Händen, seine Schultern bebten. Sie lehnte den Mopp gegen das Bett, ging hinüber und beugte sich über den mit Vinyl bezogenen Lehnstuhl. »Na, na, was ist denn hier los?«

»Es tut mir leid«, sagte der Alte, die Hände noch immer vors Gesicht geschlagen. »Es tut mir so leid.«

»Schon gut, Alf, kein Grund zu weinen. Nur ein kleiner Unfall.«

»Es gehört sich nicht, dass Sie das machen müssen.«

»Seien Sie nicht albern. Das ist mein Job.« Sie legte ihm den Arm um die Schulter. Sein Haar war wie Puder, spröde und weiß. Es wirkte, als würde es davonfliegen und sich in der fahlen, antiseptischen Luft wie Löwenzahnsamen verteilen, wenn man hineinblies. »Schhhh, ist ja gut. Alles in Ordnung.« Sie tröstete den armen Kerl, wartete, bis er sich beruhigte, und blickte sich im Zimmer um. Betrachtete die gerahmten Fotografien von Kindern und Enkeln, die alle Jubeljahre mal zu Besuch kamen. Den Krug mit dünnem Orangensaft aus Konzentrat. Die Tabakdose, in der er sein loses Kleingeld verwahrte. Den trostlosen Ausblick auf die düstere, viktorianische Ziegelmauer. Julie war fast dankbar dafür, keine Kinder zu haben. Da war niemand, der sie nicht besuchen würde, wenn es so weit wäre. Niemand, der ihren Geburtstag vergessen könnte. Niemand, der sich Weihnachten dazu verpflichtet fühlen würde, das gerade noch vertretbare Minimum seiner Zeit an ihrer Seite abzusitzen. Niemand, der … nein. Schluss damit! Es war besser, nicht weiter daran zu denken. Sie hatte in jüngster Zeit schon viel zu viel darüber gebrütet, nachts, in ihrer Wohnung, zum Klang der Musik, in der Hand ein Glas mit billigem Wodka.

Sie spürte, wie sich seine Atmung normalisierte, während das Schluchzen nachließ. »So ist's besser«, sagte Julie.

Mit feuchten Augen hob er den Blick – Augen, die neun Jahrzehnte hatten kommen und gehen sehen – und erklärte mit schlichter, unmissverständlicher Klarheit: »Ich mag es hier nicht.«

Julie spürte einen Kloß im Hals, als sie direkt ins Kraftfeld seines Kummers starrte: die letzten Tage in einem heruntergekommenen, vom billigsten Anbieter betriebenen Dreckstall zu verbringen, umgeben von lauter Fremden. Sie wollte ihm antworten: »Keiner mag es hier, Alf. Keiner von uns.« Aber sie schluckte ihre Tränen und ihre Angst hinunter, um ihm die einzige Antwort zu geben, die sie ihm geben konnte: »Kopf hoch, mein Lieber. Jeden Augenblick kommt Ihr Tee.«

Auf die englische Art: mit zwei Stückchen Zucker, die den Blick in den Abgrund versüßten, bevor die Milch ihn verschleierte.

Mr. Bledlow rang sich ein Lächeln ab, da hörte Julie hinter sich ein elektrisches Surren, dann das Knallen der Tür, die aufgestoßen wurde, und die gegrölte Begrüßung: »HERZLICHEN GLÜCKWUNSCH ZUM GEBURTSTAG, DU RATTENSCHARFE BRAUT!«

Sie blickte über ihre Schulter. »Dir auch einen guten Morgen, Ethel.«

Ethel Merriman, siebenundachtzig, saß strahlend in ihrem elektrischen Rollstuhl. Ihren »Greifer« – einen Teleskoparm mit einer mechanischen Greifzange am Ende, der ihr Zugriff auf Dinge außerhalb ihrer Reichweite bot – hatte sie hinter ihrem Rücken verstaut, so wie früher ein Kutscher seine Muskete. Obwohl sie inzwischen hundertzwanzig Kilo auf die Waage brachte, umrahmte ihr Haar – ein wirrer Schopf von unnatürlich grellem Rotblond – ein Gesicht, das irgendwie immer noch attraktiv war. Ein Gesicht, das jetzt gerade jenen Ausdruck zur Schau trug, der so etwas wie ihr Markenzeichen war und sich wohl am besten als ein angriffslustiges Grinsen beschreiben ließ. Julie registrierte, dass Ethel Lippenstift auf ihren Zähnen hatte. Vorn an ihrem Rollstuhl verkündete ein Aufkleber: »Kein Schwanz ist so hart wie das Leben!« Auf der Rückseite verkündete ein anderer: »Ich bremse für niemand!« Ethels Blick wanderte von

Mr. Bledlow zum Eimer, dem Mopp und den zu einem Ball zusammengeknüllten Laken. »Oh, verstehe«, sagte sie. »Ins Bett geschissen, was?«

»Ethel!«, zischte Julie sie an.

»He, kein Ding. Wie mein Oskar zu sagen pflegte: Wenn du dich nicht eingeschissen hast, warst du auch nicht richtig betrunken. Hier, Alf.« Ethel griff unter ihren Sitz und warf dem alten Herrn eine Tüte Malzbonbons in den Schoß. »Bedien dich. Hab ich der alten Ziege Allenby in 4C geklaut.«

»Ethel!«, rief Julie erneut.

»Du, Geburtstagskind, hältst die Klappe und kommst mit – Zigarettenpause.« Ethel lupfte das Oberteil ihres Freizeitanzugs – ihre heutige Wahl war auf ein spektakuläres taubenblaues Veloursmodell gefallen –, um einen Zinnflachmann zu enthüllen, der in ihrem Hosenbund steckte. »Ich geb einen aus.«

»Heiliger Bimbam …«, seufzte Julie. In diesem Augenblick betraten zwei Schwestern das Zimmer mit frischer Bettwäsche für Mr. Bledlow. Die beiden ignorierten Ethel geflissentlich, als sie sich an ihr vorbeischoben. Offenbar hatten sie bereits einschlägige Erfahrungen mit ihr gemacht. Jeder hier hatte so seine Erfahrungen mit Ethel.

»Guten Morgen, Schwester Leck und Schwester Else«, begrüßte Ethel sie fröhlich, ohne eine Antwort zu erhalten.

»Na gut, fünf Minuten«, sagte Julie. »Kommst du klar, Alf?«

Mr. Bledlow nickte, während er dankbar ein Malzbonbon zerbiss.

DREI

»Sechzig. Du alte Schachtel. Du verwelkte *Schabracke.*«

Sie ließen sich vor der Notausgangstür die Sonne ins Gesicht scheinen. »Ich weiß, Ethel. Wie konnte das bloß passieren?« Julie nahm einen tiefen Zug von ihrer Zigarette und schielte dabei mit einem Auge zur Tür.

Stöhnend hievte sich Ethel aus ihrem Rollstuhl, tippelte ein paar Schritte vorwärts und drückte die Feuertür zur Sicherheit ganz zu. Julie wusste, dass Ethels Immobilität, genau wie ihre Schwerhörigkeit, graduellen Schwankungen unterlag, die eher selektiver Natur waren. Ethel konnte sehr wohl aus dem Rollstuhl aufstehen und ein paar Schritte gehen, falls ihr das angebracht erschien. Etwa wenn ein anderer Bewohner fahrlässig genug war, eine verlockende Tüte Bonbons außerhalb der Reichweite ihres Greifers in Sicherheit zu wähnen.

»Ach, sei still«, sagte Ethel und griff mit einer Hand nach der Zigarette, während sie mit der anderen den Flachmann hielt, der in der Morgensonne glitzerte. »Ich verarsch dich doch nur. Sechzig ist gar nichts. Scheiße, als ich in deinem Alter war, war ich der Chef im Ring. Ich hatte sie alle, das sag ich dir. Schwänze bis zum Abwinken …« Sie nahm einen großen Schluck aus dem Flachmann – was immer der auch enthielt – und gab einen langen, zufriedenen Seufzer von sich, bevor sie den Satz zu Ende brachte: »... und Mösen auch.« Julie lachte, als Ethel ihr den Flachmann anbot. Sie schüttelte den Kopf. »Sei nicht so eine Memme«, sagte Ethel und streckte ihr den Schnaps hartnäckig entgegen.

»Es ist erst kurz nach neun, Ethel.«

»Hab ich dich nach der Uhrzeit gefragt? *Hab ich dich etwa nach der Scheiß-Uhrzeit gefragt?*«

»Ich bin nachher mit Susan zum Essen verabredet.«

»Pfff. Ihr lasst es ja bestimmt *richtig* krachen.«

»Jetzt hör schon auf, Ethel. Susan ist in Ordnung, wenn man sie erst mal näher kennt.«

»*Langweilig*«, säuselte Ethel.

»Und dann ist da ja auch noch die Party nach der Generalprobe heute Abend. Bist du immer noch an Bord?«

»Ein paar Stunden hier raus? Dafür ertrage ich sogar die Wroxham Players. Aber um aufs Thema zurückzukommen ...« Ethel warf einen vielsagenden Blick auf den Flachmann, als würde dieser die Lösung zu sämtlichen Rätseln der Welt enthalten. »Du scheinst mich missverstanden zu haben. Ich habe weder nach der Uhrzeit gefragt, noch habe ich mich nach deinen blöden Plänen für die nächsten vierundzwanzig Stunden erkundigt. Ich habe dich bloß darum gebeten, mit mir *ein Schlückchen auf deinen Geburtstag zu trinken.*«

»O Gott«, stöhnte Julie, griff nach dem verflixten Ding, schielte erneut in Richtung der Feuertür und nahm einen raschen Schluck. Sie spürte, wie der großzügig bemessene Gin ihre Eingeweide versengte und eine Hitzewelle sie durchfuhr wie ein Hausbrand auf der Suche nach Sauerstoff. »Scheiiiiiße.«

Ethel lachte. »Martini. Nach meiner eigenen Rezeptur. Na ja, zumindest behaupte ich das immer. Eigentlich hat sie mir ein Air-Force-Pilot verraten. Damals, gleich nach dem Krieg. Wie hieß der Lümmel doch gleich? Cecil? Cedric? Celly? Der erste Buchstabe war so scharf wie er. Er war in Duxford stationiert und hat Mosquitos geflogen. Nicht viel in der Rübe, aber seine Maschine stand immer parat, wenn du weißt, was ich meine.«

»Ja, Ethel. Ich weiß, was du meinst. So subtil war das nun auch wieder nicht.«

»Der Gin muss beinahe gefroren sein, dickflüssig, das war seine Grundregel. Und dann wird die Wermutflasche kurz daran gerieben.«

Sie gab Julie die Zigarette zurück, und beide Frauen blickten über die Dächer des Heims: Kaminaufsätze, Pfützen auf Teerpappe, Fernsehantennen, vermodernde Ziegelsteinmauern. So trist die Aussicht auch war, die warme Morgensonne versprach einen herrlichen Tag. Ethel sah Julie beim Rauchen zu. Die Wangen der Jüngeren waren vom Gin leicht gerötet und ihr melancholischer Blick in die Ferne gerichtet.

»Also gut, raus damit«, sagte Ethel.

»Was?«

»Spar dir dein *was*, ich bin doch nicht blöd.«

»Ach, es ist bloß ... sechzig, Ethel. Ich bin nicht gerade da, wo ich mich mit sechzig gesehen hätte.«

»Und wo hättest du dich gesehen?«

»Keine Ahnung. Irgendwo, wo es schöner ist als hier. Nicht in einer kleinen Mietwohnung. Nicht beim Aufwischen der Pisse anderer Leute.«

»Du glaubst also, du hast Probleme? Komm, gib mir noch einen letzten Zug. Sieh mich an: ein Bühnen- und Leinwandstar, der seine Cocktails heimlich im abgeschlossenen Badezimmer mixen muss und schlafenden Rentnern die Malzbonbons klaut.«

»Warst du wirklich mal berühmt, Ethel?«

»Vom Picadilly Circus bis zur Amalfiküste, Schätzchen – wenn der Laden eine Bar und eine Bühne hatte, hab ich vermutlich einmal dort gesungen und getanzt.«

Dass sich jemand an der Notausgangstür zu schaffen machte, registrierten die beiden erst ein oder zwei Sekunden, bevor sich diese ächzend öffnete. Aber die Zeit reichte Ethel völlig aus, um mit einer Hand die schwelende Kippe im weiten Bogen über den Mauerabsatz zu werfen, während sie mit der anderen den Flachmann zurück in den Hosenbund steckte – wie ein Revolverheld, der seinen rauchenden Colt ins Holster schiebt, nachdem er jemanden abgeknallt hat. Vor ihnen erschien die bullige Gestalt von Miss Kendal. Sie war Mitte dreißig, ihre Haare hingen in fettigen Strähnen in ihr rotes Gesicht. In ein etwas zu knapp sitzendes Businesskostüm gezwängt, trug sie ihr omnipräsentes Klemmbrett mit sich herum. Der Blick, mit dem sie Ethel musterte, war der einer Frau, die sich jeden Abend allein ihr Fertiggericht aufwärmt und zweimal im Jahr freudlos masturbiert.

»Was läuft hier draußen?«, fragte Kendal, misstrauisch wie immer.

»Die Papieeerrrre bitte!«, schnarrte Ethel mit starkem deutschen Akzent. Kendal ignorierte sie.

»Ich habe Ethel nur etwas frische Luft schnappen lassen, Miss Kendal.«

Kendal hob die Nase schnüffelnd in die nikotingeschwängerte Luft und kniff die Augen zusammen.

»Miss Wickham, ich nehme an, da Sie beabsichtigen, heute früher zu gehen, haben Sie sicher noch so einiges zu erledigen …«

»Jawohl, Miss Kendal.«

»Gut. Dann mal los.«

Die Tür schlug hinter ihr zu. Sofort hatte Ethel beide Hände zum Victory-Zeichen erhoben und die Zunge rausgestreckt.

»Ach, Ethel, werd endlich erwachsen«, sagte Julie.

VIER

Susan saß allein an einem Tisch im La Taverna, dem besten Italiener in Wroxham, und nippte an ihrem Mineralwasser. Zum wiederholten Mal blickte sie auf ihre Uhr. Julie war ungewöhnlich spät dran.

Susan Frobisher und Julie Wickham – Menschen mit solchen Namen, dachte Susan manchmal, durfte es eigentlich nur in Seifenopern über Mittelengland geben.

Beim Anblick der in Geschenkpapier verpackten Schachtel neben ihr verspürte Susan den warmen Kitzel der Vorfreude von jemandem, der weiß, dass er das perfekte Präsent besorgt hat. Sie hatte Barry heute Morgen angeschwindelt: Es war sehr viel teurer gewesen, als er gutgeheißen hätte.

Susan war selbstkritisch genug, sich zu fragen, ob bei der Wahl des Geschenks für Julie nicht auch persönliche Eitelkeiten im Spiel waren. War es Stolz? Hochmut? Überheblichkeit? *Sieh her, ich kann mir das leisten!* Womöglich sogar Bosheit? Denn es hatte einmal eine Zeit gegeben, und das war gar nicht mal so lange her, da schien Julies Leben um so viel glanzvoller als das ihre zu sein. Julie war in ihren Zwanzigern und Dreißigern viel auf Achse gewesen. Sie hatte in London, Europa, Amerika, sogar in Australien gelebt. Erst Ende der Achtziger kehrte sie endgültig nach Hause zurück. Dort eröffnete sie ihren Friseursalon, später dann die Boutique und schließlich noch eine zweite Boutique drüben in Axminster. Fuhr ihren schicken Mercedes SLK in der Stadt spazieren. Und dann waren da noch ihre Lover: einige aus London, manche unglaublich glamourös, mal älter, mal jünger als sie. Julie scherte sich nicht darum, was die Leute darüber dachten.

Schlussendlich machte dann Thomas das Rennen, ein charmanter Hallodri, zehn Jahre jünger als sie. Und damals, auf dem Gipfel ihres Höhenflugs, schien es, als hätte Julie alles erreicht, was man sich erträumen kann: ihr eigenes Geschäft, einen attraktiven Liebhaber, einen schicken Flitzer. Susan dagegen war noch immer mit ihrem Barry verheiratet, den sie noch aus der Schule kannte, und vertrödelte die Zeit mit ihren Rosen, Brotbacken und ihrer Laienspieltruppe.

Doch dann hagelte es Tiefschläge: das Steuerproblem, der Umsatzeinbruch, zu guter Letzt verschwand der schöne Thomas eines Nachts mit dem Firmenscheckbuch, um nie wieder gesehen zu werden. Und Julies heile Welt zerbrach.

Es wäre unfair zu behaupten, dass Susan ob Julies jähem Absturz so etwas wie Genugtuung empfunden hatte, weil dieser ihr erlaubte, sich in ihrer beider Beziehung zum Alpha-Weibchen aufzuschwingen. Schrecklich unfair. Sie mochte Julie heiß und innig. Doch lebenslange Freundschaften sind etwas Merkwürdiges: Nicht selten bilden sie die Messlatte, die wir an uns selbst anlegen. Im Verlauf ihrer Freundschaft hatte es Untiefen, Strömungen und gefährliche Strudel gegeben, von denen man sich besser fernhielt. Aber letztlich zählte nur, dass sie es bis hierher geschafft hatten. Dieses Jahr wurden sie beide sechzig. Und es sah ganz so aus, als läge Susan auf der Ziellinie mit einer Nasenspitze vorn.

Als ihre Messlatte schließlich durch die Tür des Restaurants stürmte und ihr ein lautloses »Tschuldigung!« entgegenhauchte, erhob sich Susan mit einem breiten Grinsen, um Julie zu begrüßen.

»Herzlichen Glückwunsch, Sweetie!«

Die beiden Frauen umarmten sich, und Julie hoffte, dass der sprichwörtlich letzte Spritzer Chanel aus dem Flakon, den Susan ihr vor zwei Jahren zu Weihnachten geschenkt hatte, den hartnäckigen Geruch von Ammoniak und Bleiche übertünchte.

»Tut mir leid, dass ich zu spät bin. Ich hab einfach nichts zum Parken gefunden. Wo steht denn dein Wagen?«

»Auf dem kleinen Parkplatz gegenüber von Debenhams?«

»Ah ja.« *Gut. Gegenüber von Debenhams. Also links vom Restaurant. Das war es, was sie wissen musste.*

Susan winkte die Kellnerin herbei, die – wie besprochen – mit einer Flasche Moët Chandon in einem Eiskübel erschien, den sie mit einem Tusch auf dem Tisch abstellte.

»Du meine Güte, Champagner! Susan!«

»Der geht auf meine Kappe.«

»Das muss er auch, meine Liebe.«

»Allerdings darf ich nicht mehr als zwei Gläser trinken. Sonst bin ich gleich sturzbetrunken. Deine Zusage für die Party heute Abend steht doch noch, oder?«

»Na klar. Ethel kommt auch mit.«

»O Gott. Ich hoffe, sie benimmt sich.«

»Du kennst doch Ethel.«

Und ob sie Ethel kannte.

Julie hatte sie letztes Jahr zu Susans Weihnachts-Cocktailparty mitgebracht. Sie hatte sechs Snowballs getrunken, sich eine Zigarette *in der Küche* angesteckt und dann im unteren

Bad einem der Jungs vom Cateringservice eindeutige Angebote gemacht, bevor sie die Musik ausstellte, um einen zugegeben recht gekonnt vorgetragenen Rugby-Song namens »Barnacle Bill the Sailor« zu schmettern, der so anzüglich war, dass Susan dachte, Jill Worth würde augenblicklich in Ohnmacht fallen. Susan war ein Stein vom Herzen gefallen, als Julie die Alte schließlich in den Wintergarten rollte, wo diese bald darauf in tiefen Schlaf fiel.

Nachdem die Kellnerin die Champagnerflasche geöffnet und Julie am Tisch Platz genommen hatte, wo sie umständlich mit Serviette, Besteck und Speisekarte herumnestelte, beschloss Susan, dass sie nicht länger warten konnte, ganz sicher nicht bis nach dem Essen. »Ach, was soll's! Hier, für dich. Herzlichen Glückwunsch zum Geburtstag!« Sie stellte die Schachtel auf den Tisch.

»Oha!«, sagte Julie.

»Aufmachen-aufmachen-aufma...«

»Ist ja gut! Moment ...«

Julie zupfte an der Schleife herum. Inzwischen hatte die Kellnerin den Champagner eingegossen. »Ich gebe den Damen ein paar Minuten, um sich mit der Speisekarte vertraut zu machen. Und übrigens: Alles Gute zum Geburtstag!«

»Danke sehr«, erwiderte Julie.

»Jetzt mach schon«, quiekte Susan und klatschte in die Hände. Julie riss das Geschenkpapier auseinander. Sofort erkannte sie die ehrfurchtgebietenden Worte auf dem Hochglanzkarton: CHRISTIAN LOUBOUTIN.

»Oh, Susan.«

Susan quiekte erneut auf.

Vorsichtig, wie ein Archäologe, der einen Sarkophag öffnet, nahm Julie den Deckel von der Schuhschachtel. Und da lagen sie: in klassischem Schwarz, vorne offen, die legendären roten Sohlen schienen aus sich heraus zu leuchten.

»Ach du Scheiße«, entfuhr es Julie.

»Ich weiß, es ist ein wenig übertrieben. Aber immerhin ist es dein Sechzigster, und sie waren im Angebot, und du bist die einzige mir bekannte Frau deines Alters, die noch immer die Beine hat, sie zu tragen, und …«

Susan unterbrach ihr Geplapper. Denn als sie über den Tisch blickte, erkannte sie, dass Julie Tränen in die Augen stiegen. Und irgendwie sahen diese Tränen nicht nach den erhofften Tränen der Dankbarkeit aus. Ganz und gar nicht. Dabei war Julie weiß Gott keine Heulsuse. »Julie, ist alles …«

»Nein. Bitte. Gib mir eine Minute. Ich will nicht, dass mein Mascara verläuft.« Julie fächelte sich mit einer Hand Luft zu. Sie atmete schnell und flach, den Blick zur Decke gerichtet. Als wollte sie vermeiden, die Tränen zu sehen, in denen ihre Augen schwammen.

Susan schaute sich nervös im Restaurant um. Das lief überhaupt nicht so, wie sie es sich vorgestellt hatte. Einen Augenblick später sah es so aus, als hätte sich Julie wieder unter Kontrolle. Sie nahm einen großen Schluck Champagner und betrachtete traurig die Schuhe.

»Was ist denn los? Ich war mir sicher, du würdest sie lieben.«

»Und ob ich sie liebe, Susan. Sie sind hinreißend. Nur … wann soll ich sie denn tragen? Jetzt. In meinem Alter. Beim Putzen im Altenheim?«

»Nicht doch, Liebes. Das ist doch nicht für immer. Du hast halt noch keinen besseren Job gefunden.«

»Oder wenn ich dem Bus nachrenne? Wenn ich freitagabends in dieser deprimierenden Wohnung sitze?« Julie schluckte. Diese Schuhe standen für unaussprechlichen Glamour. Unendliche Verheißungen. Alles Dinge, die Julie gerade ferner schienen denn je.

»Dem Bus?«, fragte Susan.

Julie seufzte. »Du solltest es nicht wissen. Deshalb habe ich gefragt, wo du geparkt hast. Ich wollte nachher einfach so tun, als müsste ich in die andere Richtung. Ich war nicht zu spät, weil ich keinen Parkplatz gefunden habe. Ich war zu spät, weil der dämliche Bus Verspätung hatte. Meine Karre hat vor drei Wochen den Geist aufgegeben. Irgendein beschissener Verteiler oder so was ist im Arsch. Die Reparatur soll fünfhundert Pfund kosten.« *Ziemlich genau das, was diese Schuhe kosten*, schoss es Susan siedend heiß durch den Kopf, während sie versuchte, sich Julie im Bus vorzustellen. Es fiel ihr schwer, dafür war der SLK einfach noch zu präsent. »Die könnten ebenso gut eine Million von mir verlangen.«

»Julie.« Susan beugte sich über den Tisch und ergriff die Hand ihrer Freundin. »Ich habe dir schon mal gesagt: Wenn ich dir was leihen …«

»Nein.« Julie schüttelte den Kopf. »So weit wird es nicht kommen.«

»Aber du brauchst dein Auto.«

»Ich konnte mir den Unterhalt ohnehin kaum noch leisten. Hast du gesehen, was Benzin inzwischen kostet?«

»Ja, natürlich.« Susan hätte ihr den Preis für einen Liter Benzin selbst dann nicht nennen können, wenn man ihr eine Pistole an den Kopf hielt. Sie zahlte einfach mit Karte. Barry regelte das alles. Einen Moment lang saßen sie schweigend da, die Schuhe und der Champagner unangetastet zwischen ihnen auf dem Tisch. Die Kellnerin kam und zückte ihren

Block. Susan lächelte sie bedauernd an und schüttelte den Kopf, woraufhin das Mädchen sich zurückzog. »Na«, sagte Susan, »das ist ja eine großartige Geburtstagsüberraschung geworden. Super gemacht, Susan.«

»Tut mir leid. Es ist nicht deine Schuld. Das alles ist wirklich ganz wundervoll von dir, nur bin ich halt … *sechzig*. Ich meine, in dem Alter braucht man sich nichts mehr vorzumachen, oder? Das ist keine vorübergehende Krise, die ich gerade durchmache. So sieht's jetzt einfach mal aus. Das ist es, was ich im Leben erreicht habe, Susan. Ich lebe allein in einer kleinen Mietwohnung und arbeite im Altenheim.«

»Du bist einfach etwas niedergeschlagen. Geburtstage können einem an die Nieren gehen.«

»Weißt du, ich …«

Julie blickte durchs Fenster in Richtung Stadtzentrum, wo sie beide als Teenager um die Häuser gezogen waren. Damals, als ihr ganzes Leben noch vor ihnen lag, ein einziges großes Versprechen von Spaß und unendlichen Möglichkeiten. Julie schien alles zu sehen, was zwischen damals und heute geschehen war. Gleich einer grotesken Parade marschierten all die Irrungen, Wirrungen, schlechten Entscheidungen und Strohfeuer ihres Lebens vor ihr auf. »Letztens habe ich die Gasrechnung fürs erste Quartal bekommen. Zweihundertfünfzig Pfund. Für eine winzige Zweizimmerwohnung. Ich bin … wir sind alt, Susan. Ich kann mich noch erinnern, wie der verdammte Harold Wilson zum Premierminister gewählt wurde. Aber ich kann mich nicht daran erinnern, dass das Leben jemals so hart gewesen ist. Es ist einfach so verdammt *hart*.«

»Weißt du, was wir jetzt machen?«, sagte Susan. »Wir essen etwas, trinken diesen Champagner, und dann tauschen wir diese albernen Schuhe um. Von dem Geld bezahlen wir die Reparatur deines Autos und deine Gasrechnung.«

Julie lächelte zum ersten Mal seit einer ganzen Weile und sagte: »Kein schlechtes Wort über diese Schuhe, Susan.«

FÜNF

Obwohl sie es kaum erwarten konnte, nahm sich Jill Worth die Zeit zu überprüfen, ob die Handbremse richtig angezogen war, bevor sie ausstieg. Unter Aufbietung all ihrer Kräfte hievte sie das große Glas aus dem Kofferraum ihres alternden Polo. Es war eines dieser Gläser, in denen man früher in Süßwarenläden Bonbons aufbewahrt hatte. In den Metalldeckel war ein Schlitz geschnitten worden und das Glas beinahe bis zum Rand mit Geld gefüllt: hauptsächlich Silber- und Kupfermünzen, aber auch die eine oder andere zusammengeknüllte Fünf-Pfund-Note. »Fast sechshundert Pfund, schätze ich, Mrs. Worth«, hatte der Barmann im Black Swan zu ihr gesagt und stolz auf den Deckel geklopft. So viel, und das allein in der Zeit seit Weihnachten. Das waren nicht einmal fünf Monate!

Sie schritt vorsichtig den kurzen Pfad hinauf, hielt das Glas dabei schräg wie ein Neugeborenes, und klingelte an der Haustür. Sie wartete einen Moment und klingelte dann noch einmal. Nichts. »Linda?«, rief sie durch die Tür. Gedämpfte Geräusche von oberhalb der Treppe. Dann rief eine Stimme: »Komm rein, Mum.« Jill öffnete die Tür und spazierte mit ihrer Beute im Arm breit grinsend in den Flur. Als sie ihre Tochter mit dem Rücken gegen die Wand zusammengesackt mitten auf der Treppe sitzen sah, fiel ihr Grinsen in sich zusammen. Linda sah schrecklich aus – schwarz umrandete Panda-Augen, der Mascara über die Wangen geschmiert, ein dünner Schweißfilm auf der Stirn. »Schätzchen«, sagte Jill, »was ist …?«

»Oh, Mum, wir hatten eine höllische Nacht.«

Jill setzte ihr Sammelglas ab und stieg die Treppe hinauf, um sich neben ihre Tochter zu setzen. »Was ist passiert?«

»Pssst. Er schläft jetzt. Ich habe ihn gerade hingelegt.«

»Komm mit«, sagte Jill, legte einen Arm um Linda und half ihr auf. »Wir gehen in die Küche, und ich mache uns einen Tee.«

Während Jill Tassen, Teebeutel und Milch zusammensuchte und der Kessel langsam zu rumpeln begann, saß Linda an dem kleinen Tisch und erzählte. »Er hat nicht gegessen, wir mussten ihn wieder an den Tropf hängen. Er wollte seine neuen Medikamente nicht nehmen. Ihm tat der Hals weh, er spuckte sie immer wieder aus. Es war so schlimm, dass Ken und ich ihn schließlich niederdrücken mussten, bis er plötzlich nicht mehr atmen konnte. Er … er bekam einfach keine Luft mehr. Es war einfach schrecklich. Verdammt, ich kann das nicht mehr. Oh, entschuldige.« Ihre Mutter konnte Flüche nicht ausstehen.

»Schon in Ordnung, Schatz. Du bist aufgebracht.«

»Dann kam er einfach nicht mehr zur Ruhe. Wir mussten die halbe Nacht immer wieder aufstehen. Ich möchte nicht wissen, wie es Ken heute bei der Arbeit geht.«

»Gibt es denn keine andere Möglichkeit, ihm seine Medizin zu geben? Vielleicht als Tabletten? Könnt ihr sie nicht unters Essen mischen?«

»Leider nicht. Es ist eine Suspension. Hat wohl mit der Wirkung in der Lunge zu tun.«

Jill brachte den Tee an den Tisch und setzte sich. Ihre arme Tochter. Linda war fünfunddreißig und sah aus wie fünfzig. Die letzten drei Jahre seit Jamies Diagnose hatten ihr heftig zugesetzt. Jill dagegen hielt sich ziemlich gut für ihre siebenundsechzig. Erledigte immer noch alles mit dem eigenen Auto. »Der Tag, an dem du Auto fährst, ist der Tag, an dem sie mich in einer Kiste hier raustragen«, hatte ihr Derek immer gesagt. Am Ende sollte er recht behalten: Jill hatte mit den Fahrstunden angefangen, kaum dass er unter der Erde lag. Das war jetzt zwölf Jahre her.

»Was ist das, Mum?«, fragte Linda und deutete auf das Glas, das vor der Haustür stand.

»Eine der Sammelbüchsen, aus dem Black Swan auf der High Street. Sie schätzen, es sind fast sechshundert Pfund! Seit Weihnachten! Was sagst du dazu?«

»Ich bin ja so dankbar«, sagte Linda. Dann brach sie in Tränen aus.

»Schhhh, ist ja gut, Schätzchen.« Jill nahm ihre Tochter in den Arm. »Stückchen für Stückchen. Wir schaffen das schon.«

»Ich glaube nicht, dass wir das jemals schaffen.«

»Natürlich tun wir das. Rom wurde auch nicht an einem Tag erbaut.«

»Wenn du ihn letzte Nacht gesehen hättest … er … er …«, Lindas Worte wurden immer wieder vom Schluchzen erstickt, während sie ihr Gesicht in Jills Nacken vergrub. »Er sah aus, als würde er ertrinken, Mum. Diese Panik in seinen Augen. Er war zu Tode verängstigt.«

»Ach, Schätzchen.«

»All das Gerede von ›*Rom wurde nicht an einem Tag erbaut*‹ und ›*Wir schaffen das schon*‹. Chicago, die ganze Sache, manchmal denke ich, es wäre besser, wenn er einfach … wenn er …«

Jill nahm das Gesicht ihrer Tochter in beide Hände und sah ihr in die Augen. »Genug jetzt, verstanden? Das reicht. Ich höre mir das nicht länger an. Und du hörst auf, so zu reden. Gott hat einen Plan für diesen Jungen, und er wird leben.« Linda brach weinend in den Armen ihrer Mutter zusammen. »Ist ja gut, Schätzchen. Ist ja schon gut«, sagte Jill. »Du bist völlig erschöpft. Kein Wunder, dass du nicht klar denken kannst. Wir kriegen das hin.«

»Oh, Mum …«

Jill hielt Linda fest, bis die Tränen erschöpft waren und das Schluchzen nachließ. Nach einer Weile sagte sie: »Ich werde mich ein bisschen zu ihm setzen. Du legst dich inzwischen aufs Sofa und machst ein schönes Nickerchen. Danach fühlst du dich gleich besser. Ich kann über Nacht bleiben, wenn du magst.«

»Hast du nicht heute deine Generalprobe?«

»Ich bin mir sicher, die kommen auch ohne mich klar.«

»Nein, Mum, bitte geh hin. Ken kommt um fünf zurück. Ein kurzes Nickerchen reicht mir völlig …«

»Also gut. Dann mal ab auf die Couch mit dir. Ich komm dann später runter und mache uns was zu essen.«

Nachdem sie ihre Tochter zugedeckt hatte, stieg Jill auf Zehenspitzen die Treppe hinauf und öffnete leise die Tür zum Zimmer ihres Enkels. Die Vorhänge waren zugezogen und verliehen dem Raum die typische Dämmeratmosphäre einer Krankenstation. Jill setzte sich in den Lehnstuhl neben dem Bett und betrachtete den schlafenden Jamie. Es war unglaublich. Wenn man ihn so sah, wäre man nie auf den Gedanken gekommen, dass ihm etwas fehlte. Abgesehen von der Kanüle in seiner rechten Hand, die zu einem Glukosebeutel an einem Ständer führte, wies nichts darauf hin, wie krank er war. Ein wenig blass, ja, aber ansonsten ein wunderhübscher, völlig normaler Fünfjähriger. Nichts verriet, dass er – wie einer der Ärzte es formuliert hatte – die »Lungen eines siebzigjährigen Bergarbeiters« besaß.

Das De-Havilland-Syndrom – eine äußerst seltene Erkrankung – zersetzte sein Lungengewebe, und zwar rasend schnell. Atmen war ein ständiger Kampf. Essen und Trinken bereiteten Probleme. In vielerlei Hinsicht war es für Ken und Linda, als würden sie nun seit fünf Jahren ein Neugeborenes versorgen. Weltweit gab es nur ein einziges Team von Spezialisten, das erfolgreich eine Operation durchzuführen vermochte, mit der sich der Krankheitsprozess stoppen und sogar rückgängig machen ließ. Am St. Michael's in Chicago.

Jill löste den Blick von ihrem Enkel und betrachtete die Wand oberhalb des Betts. Dort hing ein Poster. Ein Poster, das Jill mitgestaltet hatte. Es zeigte ein Thermometer. Unter dem Thermometer standen die Worte »JAMIES OPERATION«, darüber die benötigte Summe: sechzigtausend Pfund. Die Skala des Thermometers hatte eine rote Markierung knapp unter dreißigtausend Pfund. So weit zu kommen, knapp die Hälfte des benötigten Geldes aufzutreiben, hatte jeden Cent von Jills, Lindas und Kens Ersparnissen, Spenden von Freunden und Familie sowie drei aufopferungsvolle Jahre gekostet, in denen sie Bittbriefe geschrieben und Spendendosen in Pubs und Läden aufgestellt hatten.

Jamie hustete und bewegte sich leicht im Schlaf.

Jill strich dem Jungen eine Strähne seines feinen blonden Haars aus der Stirn. Er murmelte und drehte sich auf die Seite. Sie hielt seine Hand, lehnte sich in den Sessel zurück und starrte wieder auf das selbst gemachte Thermometer an der Wand, immer noch so weit von der magischen Zahl entfernt, dass Jill bei seinem Anblick nichts als Zorn und Hoffnungslosigkeit verspürte. Zum ersten Mal ließ Jill jenen Gedanken zu, den sie sich bisher verboten hatte:

War es in drei weiteren Jahren womöglich zu spät?

SECHS

»BLAS, WIND, DASS DIR DIE BACKEN BERSTEN!«

Nur gelinde erstaunt sah Susan zu, wie Lear, gespielt von diesem schrecklichen alten Möchtegernschauspieler Bill Murdoch, brüllend mit großer Geste die Arme ausbreitete und dabei mit der Linken den Narren, gespielt vom netten kleinen Freddy Watson, mitten im Gesicht erwischte. Der Schlag schickte Freddy mit Schwung in die Heidelandschaft-Kulisse, die krachend zu Boden stürzte, woraufhin Jill Worth erschrocken von ihrem Stuhl aufsprang und sich die Nadel, mit der sie gerade Regans zerrissenes Kostüm nähte, in den Daumen stach. »Scheibenkleister!«, schrie sie.

Jill war so ziemlich der einzige Mensch, den Susan kannte, der tatsächlich »Scheibenkleister« oder sogar »Scheibenhonig« rief, wenn er sich mit dem Hammer auf die Finger schlug.

Frank, der Spielleiter, schlug die Hände vors Gesicht und gab ein leises Winseln von sich, als die Probe – immerhin die Generalprobe – wegen des Gezänks zum Erliegen kam. Ein Phänomen, das allen vertraut war, die mehr als einer Probe der Wroxham Players beigewohnt hatten.

»Zum Teufel noch mal, Bill!«

»Du hast zu nah bei mir gestanden! Du weißt doch, was ich an dieser Stelle mache!«

»Tja, dieser Busch ist jetzt hinüber.«

»Meine Herren, könnten wir ...«

»Ich muss dort stehen, um ...«

»Kannst du nicht ...«

»Wo ist die Requisite? Requisite!«

»Dem Publikum ist es *egal*, wo du stehst, Freddy! Es ...«

»ALLE MITEINANDER!«, brüllte Frank. Stille. »Können wir ... kurze Auszeit, bitte.« Als er von seinem Stuhl in der Reihe vor Susan aufstand, hörte sie ein leises »Himmel, Arsch ...«, bevor er Richtung Bühne ging.

»Alles in Ordnung, Jill?«, fragte Susan. Jill nuckelte wie wild an ihrem Daumen.

»Mmmm. Ich wollte nur verhindern, dass Blut aufs Kostüm tropft. Wir haben keinen Ersatz.«

»Soll ich dir ein Pflaster holen?«

»Nein, danke, Susan. Alles gut.« Sie schüttelte ihre Hand, als würde sie ein unsichtbares Thermometer halten.

»Dieser dämliche Bill Murdoch«, schimpfte Agnes Coren und blickte von ihrer Zeitschrift auf. »In jeder Szene, die man mit ihm spielt, riskiert man sein Leben.« Agnes spielte die Regan und genoss jede Gelegenheit, die das Stück ihr bot, ihrem Co-Star eins auszuwischen. »Hast du das vorhin gesehen? Bei diesem ›O streite nicht, was nötig sei‹-Monolog? Da packt er plötzlich meine Hand. Ich dachte, der Kerl bricht mir die Finger!«

»O ja«, sagte Susan. »Er übertreibt es gerne ein wenig.«

Agnes blickte auf ihre Uhr. »Gleich sechs. Ich verdurste.« An einer Seite des Saals warteten auf einem Tapeziertisch Gläser, eine Kiste Rotwein und ein paar Schälchen mit Knabbereien. Daneben stand eine mit Eis gefüllte Plastikwanne voller Bier- und Weißweinflaschen. Die Party nach der letzten Probe vor der Premiere war eine lieb gewonnene Tradition: eine kleine Feier für Familie und Freunde, für all jene, die zum Gelingen der Vorstellung beitrugen, indem sie Texte abfragten, Kleidung für Kostüme zur Verfügung stellten oder mehr Eintrittskarten kauften, als sie benötigten.

»Mmmm«, murmelte Susan und nippte an ihrem Kaffee. Ihr war immer noch ganz wuselig im Kopf von dem Champagner, den sie mit Julie getrunken hatte. Sie sollte zur Mittagszeit besser die Finger vom Alkohol lassen. Ernsthaft. »Allerdings scheint mir das Feiern womöglich etwas verfrüht«, sagte sie und nickte in Richtung Bühne, wo Frank gerade versuchte, zwischen den Streithähnen Bill und Freddy zu vermitteln. Johnny Grainger bemühte sich, eilig die beschädigte Kulisse zu reparieren.

»Bis heute Abend ist das längst vergessen, meine Liebe«, sagte Agnes. »Das ist doch jedes Mal so.«

»Stimmt auch wieder.«

»Ich mache Tee. Will noch jemand einen?«

»Nein, danke«, erwiderten Jill und Susan unisono, als Agnes sich erhob.

»Okay!«, rief Frank, stieg die Treppe von der Bühne herab und klatschte in die Hände. »Noch mal vom Anfang der Szene.«

»BLAS, WIND, DASS DIR DIE BACKEN BERSTEN!«

Susan schlürfte ihren Kaffee und blätterte die Seite ihrer Illustrierten um. Da bemerkte sie, dass Jill auf dem Stuhl vor ihr mit bebenden Schultern zusammengesunken war.

»Jill, du weinst doch nicht etwa?«

»Oh, entschuldige.«

Als Jill sich nach ihr umdrehte, sah Susan im Dämmerlicht des Saals ihr tränenfeuchtes Gesicht. So schmerzhaft konnte ihre Verletzung doch nicht sein …

»Was ist denn los?«

»Ach …«, Jill schnäuzte sich in das Taschentuch, das sie immer im Ärmel ihrer Strickjacke stecken hatte, »… unser Jamie. Das arme Kerlchen.«

Susan streichelte Jills Schulter. Ihr Enkel hatte irgendeine seltene Krankheit. Die Lunge, erinnerte sie sich. »Keinerlei Besserung?«

»Nein«, sagte Jill. »Und die wird es auch nicht geben. Es sei denn, er wird bald operiert.«

»Das tut mir so leid«, sagte Susan. »Wie kommt …«, Susan musste kurz überlegen, wie Jills Tochter hieß, »… Linda damit zurecht?«

»Sie ist völlig am Ende ihrer Kräfte.«

»Die Ärmste.«

Die beiden Frauen saßen einen Moment schweigend da, bevor Susan schließlich fragte: »Kann ich irgendetwas tun?«

Jill schniefte und lächelte. »Du hast nicht zufällig dreißigtausend Pfund über, die du mir leihen könntest?«

Susan lächelte ebenfalls.

SIEBEN

»Diesmal willst du es ganz, was? Du dreckiger Mistkerl«, sagte sie. »Du gieriger, mieser Drecksack.«

»Mmmf! Unnnggg!«, lautete die erstickte Antwort.

Sie umkreiste ihn langsam, zeigte auf ihn, und das einzige Geräusch im Raum war das Knarzen ihrer hohen Lacklederstiefel. Die Stiefel hatten mörderische Stiletto-Absätze und reichten so weit die Oberschenkel hinauf, dass von ihren halterlosen Strümpfen gerade noch eine Handbreit zu sehen war. Von der Taille aufwärts war sie nackt, ihre riesigen Brüste wippten ungehindert, die Nippel leuchtend rot vom dick darüber verschmierten Lippenstift. Ganz so, wie er es am liebsten hatte. Und »Raum« war eine unzulängliche Beschreibung. »Kerker« traf es wesentlich besser.

Er hatte beträchtliche Mengen an Zeit und Geld investiert, ihn ganz nach seinen Bedürfnissen herzurichten. Die Wände waren vollständig mit pornografischen Bildern tapeziert – Sadomaso-Zeug, Gruppensex, ein paar heftige Sodomie-Fotos –, und das einzige Licht stammte von einem Neonschriftzug, den er bei einem Spezialisten hatte anfertigen lassen: Die blau leuchtenden Buchstaben bildeten das Wort »Schmerz«. In den Regalen stapelten sich neben zahllosen

DVDs allerlei Sexspielzeug – Handschellen, Kostüme, Vibratoren, Dildos, Liebeseier, Lustkugeln, Nippelklemmen, Analperlen, Strap-ons – sowie diverse Töpfchen und Tuben mit Gleitmittel. Das schwarze Auge der Videokamera starrte von einem erhöhten Stativ hinter der Domina ungerührt auf sie beide hinab.

O ja, es hatte ihn viel Zeit und Geld gekostet, diesen Raum exakt so einzurichten, wie er es mochte.

»Unnfff, arrgh!« Er reckte sich vor, versuchte sie zu erreichen. Doch das war hoffnungslos. Seine Arme waren mit Lederriemen gefesselt und an die Decke gekettet. Er kniete auf einem Tisch, einer Art Massageliege, nackt bis auf die lederne Maske, die seinen kompletten Kopf umschloss. In seinem Mund steckte ihr Höschen – ein improvisierter Knebel. Nur seine Augen konnte er frei bewegen. Irre weiße Kugeln, die durch die Löcher in der Maske starrten, ihr durch den Raum folgten und sich niemals von der Spitze des Dildos abwandten, mit dem sie auf ihn zeigte.

Der Dildo war eine Spezialanfertigung. Er nannte ihn den »Rektifizierer«. Er war mattschwarz, gut sechzig Zentimeter lang, mit einem Durchmesser von sechs Zentimetern. Er hatte praktisch die Größe von fünf aufeinandergestapelten Cola-Dosen. Die Seiten waren geriffelt, mit zusätzlichen Noppen am unteren Ende.

»Das packst du nicht, dieses Riesending, stimmt's? Das kriegst du nie im Leben ganz rein, du trauriger Wicht!«

»Hnngg! Ahnnn!« Während sie um ihn herumschritt, nickte er verzweifelt, emsig bestrebt, diese gemeine Unterstellung zu dementieren. Er versuchte den Kopf zu drehen, um ihr zu folgen, aber er konnte nicht. Am Scheitel der Maske befand sich eine Öse, die ebenfalls an die Decke gekettet war.

Da. Ein Geräusch. Es klang irgendwie feucht. Ein dickflüssiges Tropfen und Klatschen. *O Gott, was machte sie da hinten?* Diese köstliche Qual, nicht zu wissen, was geschah. Völlig wehrlos zu sein.

Was sie machte? Sie schmierte Gleitmittel auf den Rektifizierer. Seine Arschbacken hatte sie bereits dick mit dem Zeug bestrichen, das er kistenweise im Großhandel kaufte – ein echtes Schnäppchen. Er wackelte jetzt wie verrückt mit dem Hintern, versuchte sich, so weit es die Ketten erlaubten, nach hinten zu strecken, reckte ihr die fettig glänzenden Pobacken entgegen.

Sie grinste bei dem Anblick. Musste beinahe lachen. Er bettelte förmlich darum. Sie hatte so einige durchgeknallte Kunden – war man erst einmal lange genug in dieser Branche, bekam man es zwangsläufig mit dem einen oder anderen Spinner zu tun –, doch dieser Typ hier war ein ganz besonderes Kaliber. Sie liebte es, ihn in den Arsch zu ficken. *O ja, und wie sie es liebte.*

Sie trat von hinten an ihn heran und flüsterte ihm ins Ohr. »Diesmal werd ich's dir nicht besorgen. Du hattest bereits genug. Du dreckiges Stück Scheiße. Ich gehe jetzt. Ich lass dich hier verrotten.«

»UNNGHHHH! ARRRRR! ARRRR!« Er drehte jetzt völlig am Rad. Versuchte zu reden. Schüttelte den Kopf hin und her, wollte den Knebel ausspucken.

»Du willst es also wirklich?«, schnurrte sie in sein Ohr.

»UNNGH!«

»*Wie sehr willst du es?*« Sie schob die Spitze zwischen seine Arschbacken, begann ganz sanft seinen Schließmuskel mit dem Monster zu massieren.

»MMMMFFFNNNGGG!«

Sie zog den Knebel heraus, und er schrie: »BITTE! BITTE SCHIEB IHN REIN! BITTEEEEE!«

Vorsichtig schob sie ihm das Ding in den Arsch. Es war, als würde man einen Knüppel in eine geschlossene Seeanemone rammen.

Als sie den Rektifizierer unter Aufbietung all ihrer Kraft in seinem Darm versenkte, rollten seine Augäpfel in ihren Höhlen nach oben, und er stieß einen langen, dankbaren, melodischen Seufzer aus.

ACHT

Das Klirren der Gläser, das Quietschen und Knallen der Korken und das fröhliche Geplauder der Wroxham Players erfüllte die Räume. Etwa fünfzig Leute – Darsteller, Crew, enge Freunde und Familienangehörige – schoben sich durch drei miteinander verbundene Garderoben. In der größten davon stand eine improvisierte Bar.

»Mageres Angebot«, stellte Ethel enttäuscht fest, während sie sich umsah. »Der da ist nicht *so* schlecht …«

»Ethel«, sagte Julie warnend, als sie ihrem Blick durch das Gedränge folgte und sah, dass er auf der wenig lustanregenden Gestalt des zweiundsiebzigjährigen Requisiteurs Johnny Grainger ruhte.

»Mach dich mal locker und füll mir nach«, erwiderte Ethel und hielt ihr das leere Weinglas hin. »Ich schau mich bloß um.«

Julie fand, dass Ethel sich in Sachen Outfit sogar nach ihren eigenen Standards übertroffen hatte. Sie trug eine Art Ballkleid, dessen Taftstoff blasenartige Falten warf, die sich zu einer Schaumkrone türmten, als würde sich hinter ihr eine riesige Welle brechen und jeden Augenblick über den Rollstuhl hinwegspülen. Der Ausschnitt des Kleids enthüllte mehr, als die meisten Menschen bei einer Frau, die sich ihrem zehnten Lebensjahrzehnt näherte, wohl für angemessen halten würden. Es sah aus, als wäre ein Maurer kopfüber in ihr Dekolleté geplumpst, und jetzt schaute bloß noch seine Arschritze hervor.

»Wie viele hattest du schon?«, fragte Julie. Gerade als sie sich mit dem Glas zum Gehen wandte, erblickte sie Susan, die sich einen Weg durch die Menge bahnte und Jill Worth im Schlepptau hatte.

»Hallo, Ethel«, sagte Susan und beugte sich zu ihr herab, um ihr einen Kuss auf die Wange zu geben. »Danke, dass du gekommen bist. Du siehst ... wow! Julie, du kennst doch Jill. Sie hilft uns mit den Kostümen.«

»Natürlich. Hallo.«

»Jill, erinnerst du dich noch an Ethel?«

»Halli-hallo«, sagte Ethel breit grinsend. »Und, in Stimmung für ein bisschen Rein-raus?«

»Ein bisschen ...«

»Ignorier sie einfach«, sagte Julie. »Sie ist senil.«

»O ja, senil wie ein Fuchs«, erwiderte Ethel.

»Hör zu, ich bring dir noch ein Glas Wein, wenn du mir versprichst, dich zu benehmen«, sagte Julie zu Ethel. »Susan, hilfst du mir, die Getränke zu tragen? Kann ich dir auch was mitbringen, Jill?«

»Einen Orangensaft, bitte«, antwortete Jill und handelte sich damit einen despektierlichen Blick von Ethel ein.

»Geht klar, ich bin gleich wieder da.« Julie zog Susan Richtung Bar.

»Also, Jill«, sagte Ethel, »wo wir gerade von Füchsen sprachen. Wer ist denn das hübsche silberne Exemplar da hinten?« Sie zeigte mit ihrem Greifer in die Menge.

»Das silberne …« Jills Blick folgte dem Teleskopstab. »Oh, Johnny? Er ist für die Requisiten und Kulissen zuständig. Ein feiner Mann.«

»In der Tat. Verheiratet?«

»Wie bitte?«

»Ist er verheiratet? Vergeben?« Ethel betonte die Worte so, als wäre Jill senil. »Ankert er im Hafen der Ehe?«

»Johnny? Ich … ja, doch.«

»Tja, schade. Aber auch eine Hauskatze geht hin und wieder mausen, hab ich recht?« Ethel knuffte Jill den Ellbogen in die Rippen.

»Mausen?«, murmelte Jill, inzwischen völlig verwirrt.

An der Bar warteten Julie und Susan derweil darauf, dass sie an die Reihe kamen. »Alles in trockenen Tüchern?«, fragte Julie.

»So weit das überhaupt möglich ist, ja. Ich schätze, die Premiere könnte ein wenig haarig werden.«

»Hör mal, Susan, wegen heute Mittag: Es tut mir leid, dass ich so deprimiert war. Das ist nicht fair, nach der vielen Mühe, die du dir mit dem Geschenk, dem Essen und all dem gemacht hast.«

»Süße, ernsthaft, ich bin diejenige, die sich entschuldigen sollte. Ich hatte ja keine Ahnung, wie sehr du in der Klemme steckst. Ich wünschte, du würdest mich dir helfen lassen.«

»Das hast du doch schon.«

»Mehr, meine ich. Ich bin mir sicher, wenn ich Barry bitten würde, ein paar Anlagen flüssig zu machen …«

»Nein, nein. Es wird sich schon was finden. Meine Anwälte glauben, es besteht immer noch eine Chance, dass ich das Geld von Thomas zurückkriege.«

»Dieser Mistkerl«, sagte Susan, während sie insgeheim bezweifelte, dass sich Julies Hoffnung erfüllte. Ihr Barry, der sich ein wenig mit der Materie auskannte, war der Meinung, dass »sie höhere Chancen hat, im Lotto zu gewinnen, als auch nur einen Cent davon wiederzusehen«. Barry hatte sich mit dem Fall beschäftigt. Thomas war Verfügungsberechtigter des Geschäftskontos und besaß damit jedes Recht, auf das Geld zuzugreifen. Wenn Julie ihm nicht auf die Finger schaute, dann lag die Verantwortung dafür allein bei ihr.

»Drei Weißwein und einen Orangensaft, bitte, Kevin«, sagte Susan.

Julie verdrehte die Augen. »Wenn es um Liebe und Männer geht, schaltet sich offenbar der Verstand aus.«

Hinter ihnen hatten derweil zwei Polizisten den Partyraum betreten – ein Sergeant um die vierzig und ein Constable, der aussah, als würde er noch zur Grundschule gehen. Sie unterhielten sich mit Frank, dem Spielleiter, der mit dem Finger auf Susan und Julie zeigte, die noch immer in ihr Gespräch vertieft waren.

»Du hast dir schon das eine oder andere spezielle Exemplar geangelt, das kann man nicht anders sagen.«

»Sie waren nicht *alle* übel …«

Als Susan die ersten beiden Gläser warmen Chardonnay entgegennahm, fiel ihr auf, dass Kevin – Barmann und Lichttechniker der Truppe – mit besorgtem Gesicht an ihr vorbeistarrte. Sie drehte sich um und stieß fast mit der massigen, uniformierten Gestalt des Sergeant zusammen.

»Mrs. Frobisher?«, fragte er, und die ganze Gesellschaft schien zuzusehen.

»Ja.« Ein kalter Schauer der Angst erfasste sie. Ihr Tom. In London. Ein Verkehrsunfall. Ein Überfall.

»Mein Name ist Sergeant Black. Ich muss Sie unter vier Augen sprechen.«

»Ist etwas passiert?«

Der Sergeant blickte sie bloß an und sagte: »Können wir uns bitte irgendwo unter vier Augen unterhalten?«

Susan spürte, wie ihre Knie weich wurden. Sie klammerte sich an den Arm ihrer Freundin.

»Kann ich mit ihr kommen?«, fragte Julie.

»Das muss Mrs. Frobisher entscheiden.«

Susan nickte, biss sich auf die Lippe und kämpfte gegen die Tränen an.

Wie viel Zeit braucht es, das ganze Leben auf den Kopf zu stellen?

Die Antwort lautete: knapp drei Sekunden. Genau die Zeit, die Sergeant Black benötigte, um den Satz »Ich fürchte, wir müssen davon ausgehen, dass Ihr Mann tot ist« auszusprechen.

Susan brach in Tränen aus.

Sie waren im fensterlosen Büro des Theatermanagers. Die karge Einrichtung bestand aus zwei Schreibtischen und zwei Stühlen. An den Wänden hingen Plakate von Stücken der Wroxham Players. Susan saß vor Sergeant Black auf einem schwarzen Kunstlederdrehstuhl, Julie hielt ihr die Hand. Der junge Constable hielt sich im Hintergrund und hatte, wie Julie auffiel, ein knallrotes Gesicht. Ob er so etwas wohl zum ersten Mal machte?

»O Gott ... nein ...«, schluchzte Susan. Dann fing sie sich ein wenig und fragte: »Sie fürchten? Also wissen Sie es nicht genau?«

»Sind Sie mit Mr. Barry Frobisher verheiratet?«

»Ja.«

»Wohnhaft in der Wellington Street 1B in Wroxham?«

»Nein!« Gott sei Dank. Sie hatten den falschen Mann. »Unsere Adresse ist Beecham Crescent 23.«

Die beiden Polizisten wechselten einen irritierten Blick. Susan und Julie starrten sie fragend an. »Entschuldigen Sie mich bitte einen Moment, meine Damen«, sagte der Sergeant. Er verließ das Büro und sprach beim Gehen in sein Funkgerät. Nachdem sich die Tür hinter ihm geschlossen hatte, hörten sie leises Rauschen und Fiepen, als Black versuchte, die Zentrale zu erreichen.

»Also ... was ... was ist passiert?«, fragte Susan den Constable und wischte sich die Tränen aus den Augen. »Ist es mein Mann?« Unter den Blicken der beiden Frauen schien der Kopf des jungen Mannes jeden Moment zu explodieren.

»Ich ... glaube ... wir warten am besten auf den Sergeant.«

Stille. Susan sah Julie an, Julie den Constable. Der Constable studierte die Plakate an der Wand.

»Da schau her«, sagte er nach einer Weile. »*Die Piraten von Penzance*. Da hat meine Tante mitgespielt.«

Bevor Julie fragen konnte, was zum Teufel das zur Sache tat, kehrte der Sergeant zurück. »Es tut mir leid, Mrs. Frobisher, aber offenbar gibt es einige Ungereimtheiten. Man hat mich angewiesen, Sie zu bitten, mich zum Tatort zu begleiten, um den Toten gegebenenfalls zu identifizieren.«

»Zum Tatort?«, wiederholte Susan.

»Also gut«, sagte Julie. »Was um Himmels willen ist hier los?«

»Ich denke, es wäre wirklich das Beste, wenn Sie mich jetzt begleiten, meine Damen ...«

NEUN

Im Gegensatz zu Julie – die ihrer Freundin allerdings nie davon erzählt hatte – saß Susan zum ersten Mal in einem Polizeiauto. Sie war überrascht, mit wie viel Technik das Cockpit des Wagens vollgestopft war. Computer, Funkgeräte, Ausrüstung und Kram ohne Ende. Dazu das ständige Geschnatter über Funk. Und das alles geschah wirklich in Wroxham? Dem verschlafenen Wroxham mit seinem viktorianischen Marktplatz, seiner Getreidebörse und der Teppichfabrik?

Julie umfasste die Linke ihrer Freundin mit beiden Händen. Den Kopf in die zitternde Rechte gestützt, sah Susan die orangegelben Lichter der Straßenlaternen vorbeirauschen. Was war passiert? Nichts? War der Tote gar nicht ihr Mann? Ein Unfall? Oder doch ein Überfall? Das Wort »Überfall« stand ihr riesengroß vor Augen, als sie nun von der zweispurigen Zubringerstraße abbogen und durch die Mansfield-Siedlung kurvten, eine der übleren Gegenden der Stadt. Und deshalb so etwas wie ein Hoffnungsschimmer. Was zum Teufel hätte Barry hier zu suchen gehabt? Ein paar der Kunden seiner Kanzlei wirkten ein wenig halbseiden. Lokale Geschäftsleute, von denen Susan annahm, dass sie es mit den

Steuergesetzen nicht allzu genau nahmen. Aber sicher keine *richtigen* Kriminellen. Oder etwa doch? Gott, ihr war übel.

Aus dem Augenwinkel beobachtete Julie ihre Freundin. Sie versuchte möglichst ruhig und rational zu bleiben, spielte in Gedanken die nächsten Schritte durch.

Angenommen, es stimmt, und Barry ist tot. Was würde dann geschehen? Susan wäre vor Schock wie gelähmt. Sie wäre zu nichts zu gebrauchen. Ich müsste sie nach Hause bringen und die Nacht bei ihr bleiben. Vielleicht auch noch die folgenden Nächte. Wann könnte Tom hier sein? Wer würde Tom informieren? Wäre Susan in der Lage, ihren Sohn anzurufen und ihm zu sagen, dass sein Vater tot ist? Würde die Polizei das übernehmen, wenn sie es nicht konnte? Oder würde ich das tun müssen? Und dann die Beerdigungsformalitäten: Wer würde …

Beschämt unterbrach Julie ihren Gedankengang. Der Mann, mit dem ihre beste Freundin seit über dreißig Jahren verheiratet war, war vermutlich tot. Barry Frobisher. Sie alle kannten sich seit Kindheitstagen. Sicher, Julie und Boring Barry waren nie die dicksten Freunde gewesen, aber sie würde für Susan da sein müssen.

Der Wagen hielt an. Die Polizisten öffneten ihnen die hinteren Türen. Nebenan parkten zwei weitere Polizeiwagen, einer davon ein Transporter. Nachbarn lehnten sich aus Fenstern und standen glotzend auf Türschwellen.

Auf dem Bürgersteig sah Julie nach oben. Ein bröckelndes edwardianisches Stadthaus erhob sich im Licht der Straßenlaterne. Einst prächtig, war es längst in Mietwohnungen und Ein-Zimmer-Apartments unterteilt. Julie hatte über die Jahre selbst in solchen Häusern gewohnt. Ihre jetzige Wohnung war kaum größer als die meisten der Schuhschachteln in dieser Bruchbude. Für einen Moment klammerte sie sich an denselben Gedanken, an dem sich auch Susan festgehalten hatte, als sie in die Siedlung einbogen: Das ist bloß ein Missverständnis. Ein dummes Missverständnis. Was, um Himmels willen, hätte der beeidete Wirtschaftsprüfer Barry Frobisher hier zu suchen gehabt?

»Hier entlang, bitte«, sagte Sergeant Black, öffnete das Tor zu einer Treppe und führte sie einige Stufen hinab zu einer Souterrainwohnung. Er drehte sich um und verstellte ihnen kurz den Weg. »Ich muss Sie warnen. Das wird sehr unangenehm für Sie sein. Es ist kein schöner Anblick.«

Susan hatte sich an Julies Arm geklammert, als sie die Treppe hinuntergestiegen waren. Nun traten sie durch die offene Wohnungstür in einen Flur, an dessen Ende ein unheimliches blaues Licht schimmerte.

Als sie dem riesigen schwarzen Rücken des Sergeant in das blaue Licht hinein folgten, wurde dieses auf einmal von einem blendenden Weiß abgelöst, während das Surren und Klicken einer Kamera zu hören war. Jemand machte Fotos. Linker Hand erblickte Susan einen Raum, bei dem es sich offenbar um das Wohnzimmer handelte. Die alten Möbel und selbst der Boden standen voller Kisten und Kästen, aus denen Aktenordner quollen. Überall stapelten sich Papiere.

Sergeant Black stoppte im Türrahmen vor ihnen, und genau wie im Film hob er das schwarz-gelbe Absperrband mit der Aufschrift »POLIZEI, TATORT, NICHT BETRETEN«. Er senkte den Blick, als erst Julie, dann Susan unter dem Band hindurch in den Raum traten.

Julies erster Gedanke war: *Sind das sämtliche Pornos der Welt?* Die Wände waren vollständig mit diesen abartigen Bildern bedeckt. Und die Decke. Es gab keinen einzigen freien Fleck. Sie kam nicht umhin, sich einige der Fotos anzusehen.

Es war unvermeidbar, man konnte nirgendwo anders hinschauen. Und es war starker Tobak. Diese Bilder stammten nicht aus den Heftchen, die es an der Tankstelle gab. Auf einem davon nahm ein Mann in Nazi-Uniform eine Nonne von hinten. Und was war ... war das ein Schäferhund? Tatsächlich. Ein Schäferhund mit einer Frau in einem Cheerleader-Kostüm. Auf einem anderen Bild lag eine Frau in einem ledernen Geschirr unter einem Pferd. Und was war das für Zeug auf den Wandregalen? Waren das ...? Heilige Scheiße. Sie hatte noch nie so viele Dildos gesehen. Ein ganzer Wald an Dildos.

Susan richtete sich auf und biss sich auf die Knöchel, um einen Schrei zu unterdrücken.

Da war er, halb kniend, auf einem Tisch, die Arme an die Decke gekettet.

Barry.

Nackt.

Tot.

Hinter ihm befand sich die Quelle des schaurigen blauen Lichts – das Wort »Schmerz« in ein Meter hohen Neonbuchstaben, als wäre es der Name einer Bar, eines Nachtclubs.

Ein Mann in Zivil trat aus dem blauen Halbdunkel auf sie zu. »Mrs. Frobisher, ist das Ihr Gatte?«, fragte er sie.

Susan nickte mit weit offenem Mund. Da war irgendetwas hinter Barry. Es sah aus, als käme es aus ihm heraus. Sein Kopf hing schräg auf der Brust, dennoch war sein Gesicht deutlich zu sehen: die Augen weit aufgerissen, die Zähne zu einem irren Grinsen gebleckt, sein verschwitztes Haar klebte an der Stirn.

Jemand muss ihn gefoltert und umgebracht haben, dachte Julie. Sie konnte den Blick nicht abwenden, musste einfach hinstarren, bekam aber irgendwie mit, dass jemand laut »MRS. FROBISHER!« rief. Als sie sich umdrehte, stolperte Susan gerade rückwärts, taumelte gegen die Wand und brach dort zusammen, wobei ihre nach Halt suchende Hand einen Streifen Pornografie von der Wand riss und die nackten Ziegel dahinter entblößte.

Nun selbst wackelig auf den Beinen, starrte Julie auf ihre bewusstlose Freundin. Sergeant Black und der Beamte in Zivil hatten sich über sie gebeugt. Susans Ehering glitzerte an ihrer Hand – der Hand, die einen Fetzen Papier umklammerte, auf dem ein halb erigierter Penis wenige Zentimeter über einem gierigen Mund baumelte.

ZEHN

Detective Sergeant Hugh Boscombe klopfte mit dem angekauten blauen Kuli gegen seine Zähne, während er die beigefarbene Akte auf seinem Schreibtisch durchblätterte. Er stieß einen anerkennenden Pfiff aus. *Vierundzwanzig Jahre dabei. Du denkst, du hast alles gesehen, und dann kommt so ein Hammer.* Allein die Menge an Beweismaterial, die sie am Tatort gefunden hatten: Kisten über Kisten. Unten schleppten die Kollegen von der uniformierten Truppe ständig neue Kartons herein. Videokassetten, DVDs, Polaroids, Magazine, Sexspielzeug. Und einen Haufen Papierkram wie der, den er sich gerade ansah: Finanzunterlagen und Ähnliches. Er nahm den letzten Happen Schweinefleischpastete vom Wachspapier und fing an zu kauen, während er weiterlas.

»Der Darlehensnehmer Mr. B. Frobisher erhält vom Darlehensgeber Macros Holding Incorporated Niederlande ein Darlehen in Höhe von 14.000 Pfund Sterling zu einem Zins von 0,05%. Zur Sicherheit gegen alle Forderungen aus diesem Vertrag tritt der Darlehensnehmer Aktien im Wert von …«

Er gähnte. Wie spät war es? Beinahe Mitternacht. Er hatte die letzten paar Stunden damit verbracht, dieses Zeug durchzugehen. Manche dieser Videobänder und Fotos …

einfach unfassbar. Der Finanzkram überstieg größtenteils seinen Horizont, war aber sicherlich eine interessante Lektüre für die Jungs vom Betrugsdezernat. Aufregende Sache, so ein waschechter Mord. *Wenn du diesen Fall löst, dann ...*

Verdammt, er hätte sich den Rest dieser beschissenen Pastete sparen sollen. Boscombe rieb sich den Bauch. Seine Frau hatte recht, seine Fressattacken nahmen überhand. Meistens war es Frustfressen. Beruflich hätte es deutlich besser für ihn laufen können, wurde ihm bei der letzten Beförderung zum Detective Inspector doch ausgerechnet dieser Arsch Hannah vorgezogen. Und im Jahr davor hatte David Bryant das Rennen gemacht. Dieser Drecksack von Wilson. Der Chief Inspector hatte ihn auf dem Kieker, so viel stand mal fest. Die Fresserei musste aufhören: keine Geleefrüchte, Cremetörtchen oder Schinken-Käse-Toasts mehr vorm Schlafengehen. Wenn man erst einmal die vierzig überschritten hatte, verbrannten sich die Kalorien nicht mehr von allein. Kein Wunder, dass sein Magen-Darm-Trakt verrückt spielte. Er starrte in die offene Schublade seines Schreibtischs, gefüllt mit leeren Rennie-Schachteln, Riopan-Tütchen und Galviscon-Flaschen.

»N'abend, Sarge.«

Boscombe blickte auf. »Wesley.« Detective Constable Alan Wesley war vierzehn Jahre jünger als er. Kein schlechter Kerl. Kam frisch von der Uni, wie es inzwischen die meisten taten. War gerade mal ein Jahr aus der Uniform raus und immer noch grün hinter den Ohren.

»Irre Nacht, was?«, sagte Wesley und ging zur Maschine, um sich Kaffee einzugießen. »Offenbar haben sich in der Wellington Street echt schräge Sachen abgespielt. Zumindest dem Zeug nach zu urteilen, was da unten rumsteht.«

»Das kannst du laut sagen, Söhnchen. Doppelköpfige Gummischwengel und alles, was dazugehört.«

»Ja, ich hab eben mal einen kurzen Blick drauf geworfen. Es gibt mehr Dinge zwischen Himmel und Erde, als Eure Schulweisheit sich träumen lässt, Horatio.«

»Wie meinen?«

»Vergessen Sie's. Die Dame in Verhörraum C, ist das die Frau des Toten?«

»So ist es.« Boscombe unterstrich in einem der Dokumente etwas mit gelbem Textmarker und legte es oben auf den Stapel in dem beigefarbenen Ordner. Den legte er wiederum auf einen roten Ordner. Darin befanden sich ein paar ausgesuchte Beweisstücke vom Tatort – gerade genug, um seine These zu unterstreichen.

»Er ist drüben in der Pathologie. Der Befund sollte bald hier sein.«

»Die Dame wirkt sehr sympathisch.«

Boscombe stöhnte. Wesley war noch jung. Wo fing jede Ermittlung an, wenn ein Ehepartner ermordet wurde? Bei dem überlebenden Partner. »Denken Sie immer daran«, sagte Boscombe, stand auf, zog sich sein Jackett an und nahm die Ordner, »stille Wasser sind tief. Lassen Sie uns gehen.«

ELF

»Verdammt, jetzt reicht es aber!«, rief Susan laut in den leeren Raum und blickte hinauf zur Uhr. Fast zwei Stunden saß sie jetzt hier drin. Als sie in einem Streifenwagen wieder zu Bewusstsein gekommen war, hatte Julie ihr übers Haar gestreichelt, während ein Polizeiarzt ihr den Puls fühlte. Derselbe Polizeiarzt, der sie später für befragungstauglich erklärte. Nach der ersten Stunde in diesem trostlosen Raum, mit dem am Boden verschraubten Tisch, einer Art in die Wand eingelassenem Fenster, das sie für einen Einwegspiegel hielt, vier Plastikstühlen und einer nackten Glühbirne, die genau wie die Uhr vergittert war, kam sie zu der Einsicht, dass ihre Gefühle inzwischen nicht mehr nur von einem Gemütszustand zum anderen schwankten, sondern wie eine Flipperkugel herumtitschten: von Entsetzen zu Wut zu Tränen der Trauer zu Langeweile zu dumpfem Nichtbegreifen. Barry war tot. Jemand musste ihn dorthin geschleppt, ihn gefesselt und ermordet haben. Warum wurde sie also festgehalten? Warum versuchte die Polizei stattdessen nicht den Mörder ihres Mannes zu finden? Wie hatte Barry immer gesagt, wenn er über seiner Tageszeitung brütete: *So verschwenden sie also unsere Steuergelder.* Sie spielte die Kugel zurück auf den Flippertisch und versenkte sie in dem Schacht mit der Aufschrift »Zorn«.

Gerade als sie spürte, wie ihr Blut zu kochen begann, öffnete sich die Tür: Zwei Männer, Polizisten in Zivil, betraten den Raum. Der eine war mittleren Alters und stämmig, der andere sah aus, als wäre er noch keine dreißig.

»Guten Abend, Mrs. Frobisher«, begrüßte Boscombe sie, setzte sich ihr gegenüber und legte seinen Aktenordner auf den Tisch. »Ich bin Detective Sergeant Boscombe, und das ist Detective Constable Wesley.« Wesley lächelte sie freundlich an, als er neben seinem Vorgesetzten Platz nahm.

»Entschuldigung?«, sagte Susan und verschränkte die Arme.

»Entschuldigung?«, fragte Boscombe.

»Ich werde hier seit zwei Stunden ohne jegliche Erklärung festgehalten. Ich meine, ich bin eine gesetzestreue Steuerzahlerin, die ...«

Diese Frau schreckt wirklich vor nichts zurück. Kein Wunder, wenn man bedenkt, dass sie ... Boscombe hob die Hand. »Tut mir leid, Mrs. Frobisher, aber wir ermitteln hier in einem *Verbrechen mit Todesfolge*. Ich musste mich erst mit gewissen Aspekten der Tat vertraut machen, bevor ich Sie befrage. Das werden Sie sicher verstehen.«

»Nun ja ...«

»Dann sagen Sie mir doch bitte erst einmal, wo Sie heute Abend gewesen sind.«

»Das darf doch wohl nicht wahr sein! Diese Frage habe ich bereits Ihren uniformierten Kollegen beantwortet. Ich war auf der Probe eines Theaterstücks, an dem ich mitwirke, und anschließend auf einer Party. In Gesellschaft von gut fünfzig Zeugen!«

»Mrs. Frobisher«, Boscombe beugte sich nach vorn, stützte beide Ellbogen auf den Tisch und deutete ein Lächeln an. »Es gibt keinerlei Anlass, sich so ablehnend zu verhalten. Ich versuche bloß, Ihnen zu helfen.«

»Es ... es tut mir leid. Aber wenn man mir dieselbe Frage wieder und wieder stellt ... sollten Sie nicht lieber herausfinden, wer meinen Mann umgebracht hat?«

»Warum sagen Sie ›umgebracht‹?

Stille. Beide Männer starrten sie an.

»Was meinen Sie?«

»Nun, die genaue Ursache seines Todes kennen wir noch nicht, aber Sie scheinen ja davon auszugehen, dass ihm das jemand angetan hat, und nicht davon, dass ...«

»Was? Dass er sich selbst angekettet und ...? Hören Sie, ich weiß beim allerbesten Willen nicht, worauf Sie hinauswollen, aber ... ich habe selbst genug Fragen, Sergeant! Wie haben Sie ihn gefunden? Was h...«

»Ah, das ist doch mal eine gute Frage. Wenn Sie sich bitte einen kurzen Moment gedulden würden.«

Boscombe stand auf, ging zu dem Aufnahmegerät in der Wand hinüber und holte eine Kassette aus seiner Tasche. Er steckte sie in den Rekorder und drückte auf »Start«. Ein statisches Rauschen ertönte, dann ein digitales Piepsen und schließlich eine Männerstimme, die sagte: »Notruf. Was kann ich für Sie tun?«

Eine Frauenstimme, irgendwie ordinär, aufgelöst, in Panik, erwiderte: »Schicken Sie Notarzt, hier ist eine Mann, er ... atmet nicht. Er ... iche glaube, er hatte Herzinfarkt.«

»Können Sie seinen Puls spüren?«

»Nein ... kein Puls. Ich ... hören Sie, iche muss ...«

»Die Adresse, bitte.«

»Wellington Street 1B, im Souterrain. Isse in Mansfield-Siedlung.«

»Bleiben Sie ruhig. Hilfe ist unterwegs. Wenn Sie …«

»Sie müsse beeile. Er … wir haben gespielt Spiel, und … ICH HAB IHM GESAGT, ER SCHAFFT NICHT DAS GANZE DING!«

»Wie heißen Sie, Miss?«

Klick. Rauschen.

Boscombe drückte auf »Stop«, lehnte sich mit verschränkten Armen an die Wand und musterte Susan.

»Wer war das?«, fragte sie.

»Nach meinem bisherigen Wissensstand würde ich sagen, eine hiesige Prostituierte.«

»Eine *was*?«

»Ein Callgirl. Eine Nutte.«

»Mit meinem Barry?«

»Mrs. Frobisher«, sagte Boscombe, kam wieder zum Tisch herüber und rückte seinen Stuhl zurecht. »Der Masse an Beweismaterial nach zu urteilen, das wir in der Wohnung Wellington Street 1B sichergestellt haben, geht Ihr Gatte bereits seit sehr langer Zeit perversen sexuellen Aktivitäten nach. Mindestens seit Anfang der Neunziger.«

Susan starrte die Polizisten mit offenem Mund an. »Seit Anfang der … was … wie, zum Teufel, kommen Sie darauf?«

»Einige der älteren Videokassetten sind im Betamax-Format«, untermauerte Wesley die Aussage seines Vorgesetzten.

»Das ist absurd. Ich glaube Ihnen kein Wort.«

Boscombe zuckte mit den Schultern und griff nach einem roten Ordner. Er blätterte ihn durch und nahm dann einen Stapel Polaroids heraus, die er Susan reichte. Wesley sah ihn an und dachte: *Nicht übertreiben, Sarge.*

Susan schlug die Hand vor den Mund. Das war Barry, nackt, auf allen vieren, mit einem Knebel im Mund. Eine übergewichtige Schwarze ritt auf seinem Rücken. Ein anderes zeigte Barrys großes, schlaffes Hinterteil, ganz wund und voller roter Peitschenstriemen. Und es gab mehr, sehr viel mehr davon. Barry mit anderen Frauen. Fremden Frauen. Vielen Frauen. Zwei Frauen auf einmal. Sie begann zu weinen. Wesley holte ein Päckchen Taschentücher aus der Hosentasche, um es ihr zu reichen, aber Boscombe ließ ihm keine Gelegenheit. »Diese kranken, abartigen Dinge liefen seit etlichen Jahren«, sagte er. »Und Sie wollen mir ernsthaft erzählen, dass Ihnen nichts von alldem bekannt war?« Er griff jetzt nach dem beigefarbenen Ordner.

Susan hob den Blick. »Ich ... was?«

»Sie wollen mir weismachen, dass Sie nichts von diesem Ort wussten? Dass Sie nichts damit zu tun hatten?«

»ICH? Inwiefern?«

»Klären Sie mich auf, Mrs. Frobisher. Waren Sie Swinger, Sie und Barry? Was haben Sie getrieben, da unten in ... Ihrem ›Sexkerker‹?«

Heiliger Strohsack, Sarge. Allmählich musste sich Wesley doch sehr wundern.

»WAS ZUM TEUFEL WOLLEN SIE DAMIT ...«

Boscombe nahm ein DIN-A4-Blatt aus dem Ordner und hielt es Susan unter die Nase.

Sie betrachtete es blinzelnd. Es war ein Hypothekenbrief. Einzelne Passagen waren mit gelbem Textmarker hervorgehoben.

Barrys Name.

Ihr Name.

Das Wort »Miteigentümer«.

Die Zeile »WOHNUNG WELLINGTON STREET 1B, WROXHAM«.

»Ich … ich habe das noch nie zuvor gesehen«, sagte Susan schließlich. »Ich habe in diesen Keller vor heute Nacht noch nie einen Fuß gesetzt. ICH WUSSTE NICHT EINMAL, DASS ER EXISTIERT!« Sie schlug mit der Faust auf den Tisch.

Es klopfte an der Tür. »Herein«, rief Boscombe. Ein uniformierter Polizist betrat den Raum, ein Blatt Papier in der Hand. »Entschuldigen Sie, Sarge. Aber ich dachte, das würden Sie vielleicht sehen wollen.«

Boscombe nahm das Blatt entgegen und studierte es. Er pfiff durch die Zähne und reichte es an Wesley weiter. *Oha*, dachte Wesley.

»Was?«, fragte Susan. »Was ist das?«

»Die Todesursache«, sagte Boscombe.

Mit einer Stimme, die so gar nicht ihre eigene zu sein schien und wie in einem Film klang, hörte Susan sich sagen: »Ich möchte meinen Anwalt sprechen.«

ZWÖLF

»Bist du sicher, dass du nicht noch einen Spritzer hiervon willst? Das war schließlich ein höllischer Schock.«

Susan schüttelte den Kopf. Sie war nie eine große Trinkerin gewesen. Julie gab einen Schuss aus der Brandyflasche in ihren eigenen Kaffee und setzte sich wieder. Sie saßen in Susans Wohnzimmer, ehemals Susans und Barrys Wohnzimmer. Susan starrte in den leeren Kamin und strich mit dem Finger über den Rand ihrer Tasse. Es war beinahe drei Uhr früh.

»*Sexsüchtig*«, sagte sie. »Nein, *hochgradig sexsüchtig* war der Begriff, den er benutzt hat.«

»O Gott«, sagte Julie. In vielerlei Hinsicht fiel es ihr genauso schwer wie Susan, das alles zu glauben. Barry Frobisher, *hochgradig sexsüchtig*? Das war, als würde man herausfinden, dass der britische Premierminister früher einmal Bass bei den Sex Pistols gespielt hatte. Boring Barry, von dem sie immer dachte, er hätte bloß zweimal im Jahr Sex: einmal an seinem und einmal an Susans Geburtstag. Man sah es den Leuten nicht an. Man konnte ihnen einfach nicht in den Kopf schauen. »Ich hatte ja mal eine ähnliche Erfahrung«, sagte Julie. »Erinnerst du dich? Mit Doug vom Golfclub? Wie sich herausstellte …«

»Doug?«

»Rote Haare. Pullunder. Er …«

»Julie«, fiel Susan ihr ins Wort, die sich jetzt erinnerte, »das war keine *ähnliche* Erfahrung.«

»Nein, aber er …«

»Ganz und gar nicht ähnlich.«

»Weißt du noch? Wie sich herausstellte, traf er sich nicht nur mit mir, sondern auch mit dem Barmädchen *und* der Schlampe, die …«

»JULIE!« Die Wut hatte sich die ganze Nacht angestaut, und nun brach es mit Macht aus ihr heraus. »WENN DEINE LIEBELEI HINTER DEINEM RÜCKEN EIN PAAR BARMÄDCHEN VÖGELT, DANN IST DAS *DEFINITIV NICHT* DASSELBE, WIE WENN DER MANN, MIT DEM DU SEIT ÜBER DREISSIG JAHREN VERHEIRATET BIST, AN EINEM HERZINFARKT STIRBT, WEIL ER SICH BEI EINEM SEXSPIELCHEN MIT EINER PROSTITUIERTEN DEN ARSCH MIT EINEM SECHZIG ZENTIMETER LANGEN DILDO AUFGERISSEN HAT!«

Stille.

Der Punkt geht an sie, dachte Julie. »Tut mir leid, Liebes. Ich wollte doch nur …«

»Ich weiß. Entschuldige.«

Sie schlürften beide ihren Kaffee.

»Hör mal«, sagt Julie leise, »du musst Tom informieren. Soll ich ihn vielleicht anrufen?«

»Nein, nein. Ich mach das schon.«

Julie tätschelte ihr die Schulter. »Susan, bis Tom hier ist, würde ich ihm erst einmal nur das Nötigste sagen. Auslassen würde ich, na ja, du weißt schon, auslassen würde ich den Teil … dass er sich mit diesem Monsterding den Arsch aufgerissen hat.«

* * *

»Herr im Himmel«, brummelte Clare Frobisher und blickte, durch vom Schlaf verklebte Augen blinzelnd, auf die roten Ziffern des Weckers. 3:48 Uhr am Morgen – wer zum Teufel rief um diese Zeit auf dem Festnetz an? Nur Telefonverkäufer benutzten heutzutage noch das Festnetz. Na gut, Telefonverkäufer und ... ein kurzer Anflug von Angst ... die eigenen Eltern. Sie richtete sich auf und lauschte dem Klingeln des Telefons, das am anderen Ende ihres Apartments im Wohnzimmer stand. Es hörte auf, und Clare ließ sich dankbar zurück aufs Kissen sinken. Während der Schlaf sie schon wieder überkam, dachte sie: *Vermutlich bloß verwählt.* Ein paar Sekunden verstrichen, und dann begann in einer Ecke des Schlafzimmers, unter einem Stapel Klamotten, etwas leise zu summen. Das war nicht ihres. Definitiv nicht ihres. Ihres lag in der Küche. *Und* sie hatte es ausgeschaltet. Sie knuffte ihren Ehemann mit dem Ellbogen in die Rippen. »Tom!«

Ein Grunzen des Protests.

»Tom!«

»Mmmm.«

»Dein blödes Handy klingelt!«

»Wer zum Teufel ...«

Sie hörte ihn aus dem Bett und in Richtung des Geräuschs stolpern. Dann sein Wühlen, Fluchen und Brummeln, während er danach suchte, und schließlich, wie das Klingeln kurz lauter wurde, als er das Handy unter einem Kleiderstapel hervorholte und den Anruf entgegennahm.

Clare zog sich die Decke über den Kopf und stöhnte. Nur gedämpft hörte sie Tom sprechen. »Mum? Mum ... beruhige dich.« Dann: »WAS?«

Sie setzte sich auf. Sie konnte hören, wie Tom vorsichtig durch die Dunkelheit zu ihr zurücktappte. Dann sah sie den blassen Umriss seines Pyjamas im Türrahmen.

»Was ist los?«, fragte Clare und spürte, wie sich ihr Herz in der Brust zusammenkrampfte.

»Mein Dad. Er hatte einen Herzinfarkt. Er ist tot.«

DREIZEHN

»Gut, in Ordnung«, sagte Roger erneut und fuhr sich mit der Hand durchs Haar. Roger Draper – Partner bei Draper, Walker & Ferns, Anwälte und Notare – saß Susan an ihrem Esszimmertisch gegenüber. Neben ihm standen drei übereinandergestapelte Archivboxen. Vor ihm lag ein DIN-A4-Blatt voller Notizen und Kritzeleien. Er drückte mit dem Daumen auf seinem Kugelschreiber herum. Roger war – und das hatte Susan in den achtzehn Jahren, die er jetzt als ihr Anwalt fungierte, noch nie erlebt – ganz offensichtlich *nervös.*

Die letzten vierundzwanzig Stunden waren ziemlich hektisch für ihn gewesen. Er hatte sich mit der Polizei in Verbindung gesetzt, um Zugang zu sämtlichen Dokumenten aus dieser schäbigen Wohnung zu bekommen, die ein Licht auf die von Barry hinterlassene finanzielle Lage zu werfen vermochten. Er war auch in Barrys Büro gewesen und hatte dort die Unterlagen durchgesehen. Eine einigermaßen … beunruhigende Lektüre. »Oh, Barry«, hörte er sich immer wieder sagen, wenn ein unschuldig aussehender Leitzordner Zahlen ausspuckte, die von Mal zu Mal ein schrecklicheres Bild ergaben. Er war weit davon entfernt, zum Kern der Sache vorzudringen, aber schon jetzt sah es verdammt übel aus.

Erneut fuhr er sich mit der Hand durch die Haare … oder vielmehr das, was davon noch übrig war. Mit fünfundfünfzig hatte Roger zwar noch nicht den Punkt erreicht, an dem er es quer über den Kopf scheiteln musste, aber sein rotblondes Haar war oben schon ziemlich dünn.

»Roger, bitte«, sagte Susan. »Du machst mir Angst.«

»Die Sache ist die, Susan, ich … ich hab noch nicht alles genau verstanden. Nicht einmal annähernd, es ist verdammt kompliziert. Aber ausgehend von dem, was ich bisher gesehen habe …«, er legte die linke Hand auf die oberste der drei Archivboxen, die allesamt Unterlagen aus dieser grauenhaften Kellerwohnung enthielten, »… muss ich sagen, dass es gar nicht gut aussieht.«

»Was sieht nicht gut aus?«

»Es hat ganz den Anschein, als hätte Barry mit euren Finanzen ziemliches … nun ja … Schindluder getrieben.«

»Was zum Teufel soll das bedeuten?«

»Zum einen ist da diese Souterrainwohnung selbst. Ihr habt sie 1981 gekauft, für siebentausend Pfund.«

»Entschuldige, *wir* haben sie gekauft?«

»Nun, ich nehme an, Barry hat sie gekauft. In den letzten Jahren hat er offenbar mehrfach neue Hypotheken darauf aufgenommen.«

»Warum?«

»Es sieht so aus, als hätte er das Geld gebraucht, um die Kreditkarten zu entlasten und …«

»Welche Kreditkarten?«

»Neun verschiedene Karten, alle mit Saldi zwischen fünf- und fünfzehntausend Pfund.«

»Aber … wir haben keine neun Kreditkarten! Wir haben die Visa-Karte und die …«

»Susan, vertrau mir einfach. Ich glaube, vieles davon wird völlig neu für dich sein. Zu allem Überfluss hat er offenbar seit zwei Jahren keine Steuern mehr gezahlt. Die Steuerschuld beläuft sich auf mehr als einhunderttausend Pfund, und in den Unterlagen gibt es Hinweise auf unzulässige Zahlungen von seinem Geschäftskonto an sich selbst. Auslandskonten, Offshore-Trusts und all so was. Es gibt eine Reihe von Krediten, gedeckt, ungedeckt ...«

»Herr im Himmel.« Susans Ellbogen rutschten über das polierte Holz der Tischplatte, und sie ließ den Kopf in die Handflächen sinken. »Wie ...?«

»Es sieht so aus, als hätte er auf diese Art schon seit geraumer Zeit ein ... nun ja ... recht verschwenderisches Privatleben finanziert. Aber in den letzten Jahren ist es eindeutig immer weiter ausgeufert. Mit den ...«, Roger weitete seinen Hemdkragen und starrte auf den Tisch, »... den Callgirls und so weiter.«

Es ist ja nicht so, als wären wir frisch verheiratet.

Susan spürte, wie sich ein Schluchzen in ihrer Kehle löste, aber sie kämpfte dagegen an und atmete tief durch. »Und was bedeutet das alles?«

»Na ja, da du zweite Geschäftsführerin der Firma bist ...«

»Aber doch bloß auf dem Papier! Aus steuerlichen Gründen.« Barry hatte es ihr so erklärt: Wenn er sie zur zweiten Geschäftsführerin der Firma ernennen und ihr ein nominelles Gehalt zukommen lassen würde, dann wäre dieses Gehalt Geld, das sie vor dem Fiskus retteten. In ihren Augen hatte das Sinn ergeben. Damals, als die Dinge noch Sinn ergaben. »Ich habe niemals wirklich für die Firma gearbeitet! Das weißt du doch, Roger!«

»Ja, natürlich. Das heißt ja auch nur, dass ihr, technisch betrachtet – wirklich rein technisch betrachtet –, für die Verbindlichkeiten der Firma und diese anderen Dinge gemeinsam verantwortlich seid …«

»Aber ich habe nichts von all dem gewusst!«

»Ganz genau! Deshalb haben wir ausgezeichnete Chancen zu beweisen, dass du nur ein Opfer bist. Dass Barry auf all diesen Kreditkartenverträgen, Darlehensvereinbarungen und Hypothekenbriefen deine Unterschrift gefälscht und …«

»Ähm«, sagte Susan.

»Was denn?«, fragte Roger.

»Wo du gerade ›fälschen‹ sagst … es besteht die Möglichkeit, dass ich das eine oder andere Dokument unterschrieben habe. Ein paar wenige. Vielleicht.«

Roger sah sie an. Er griff in die oberste Archivbox und nahm ein Bündel Blätter heraus. »Susan, sagst du mir gerade, dass das hier wirklich deine Unterschrift ist?« Er zeigte auf die gepunktete Linie am Fuß eines Vertrags. »Dass du all dieses Zeug willentlich unterschrieben hast?«

»Na ja, ich wusste doch nicht, was es war! Barry hat die Geldangelegenheiten geregelt! Er war nun mal ein gottverdammter Wirtschaftsfachmann! Er hat unsere Finanzen andauernd *umstrukturiert*! Hin und wieder hat er mir Sachen zum Unterschreiben gegeben, und dann hab ich sie halt …«

»Oje …«, stöhnte Roger.

»Ich hatte von all dem doch keine Ahnung!«

»O Gott …«, flüsterte Roger, dem nun Schweißperlen auf die Stirn traten.

»›O Gott‹? Was heißt hier ›O Gott‹?«

Er blickte sie an. »Nach allem, was ich bisher herausgefunden habe, heißt das, dass du, liebe Susan, persönlich haftbar bist für Schulden in Höhe von rund einer halben Million Pfund.«

Susan gefror das Blut in den Adern.

Just in diesem Augenblick hörten sie, wie ein Schlüssel im Schloss herumgedreht und Taschen im Flur abgestellt wurden. Eine Sekunde später standen Tom und Clare auf der Türschwelle zum Esszimmer. Toms Blick wanderte von Roger und dem Papierkram auf dem Tisch zu seiner Mutter, und mit zitternden Lippen sagte er: »O Mum, ich kann nicht glauben, dass er nicht mehr da ist.«

Susan schmetterte die Faust auf den Tisch, erhob sich, um Tom direkt in die Augen zu blicken, und brüllte dann: »DEIN VATER IST EIN LÜGNER, EIN SCHWINDLER UND EIN DRECKIGER PERVERSER!«

Anschließend rannte sie weinend aus dem Zimmer.

Tom blickte Roger fragend an.

»Es war ein schwieriger Vormittag«, erklärte Roger.

VIERZEHN

Knapp unterhalb des Messingschildes mit dem Namen CHIEF INSPECTOR D. WILSON klopfte Boscombe an die Tür. Eine Sekunde verstrich, dann hörte er von drinnen ein gedämpftes »Herein!«

Er trat ein. In voller Uniform, die Schulterstücke glänzend vor goldenem Tand, saß CI Wilson hinter seinem Schreibtisch. Auf der Tischplatte lag nicht einmal eine Büroklammer. Boscombe dachte an das Chaos auf seinem eigenen Arbeitsplatz zwei Stockwerke tiefer. »Ah, Boscombe, guten Morgen.«

»Sir.«

»Bitte, nehmen Sie doch Platz.« Boscombe setzte sich auf den angebotenen Stuhl, und wieder überkam ihn dieser frostige Schauer, den jedes Kind verspürt, wenn es ins Büro des Schuldirektors gerufen wird. »Wie läuft's denn so?«

»Bestens, Sir, viel um die Ohren.«

»Das glaube ich gern.« Wilson sah ihn nicht einmal an. Er hatte seine Gleitsichtbrille auf der Nase und blätterte konzentriert ein paar zusammengeheftete Papiere durch. Was führte der alte Mistkerl diesmal im Schilde? »Also, Boscombe, wissen Sie, weshalb ich Sie sehen wollte?« Er hatte die Brille nun abgenommen und kaute nachdenklich auf einem der Bügel herum.

»Ähm, nein, keinen Schimmer, Sir.«

»Mmmm. Das beunruhigt mich jetzt ein wenig.«

Nicht gut. »Tatsächlich, Sir?«

»Ich bin gerade Ihren Bericht über den recht unglücklichen ... nun, wie sagt man ... autoerotischen Todesfall von neulich durchgegangen.« Wilson hielt die gehefteten Dokumente in die Höhe.

»Ja, Sir.«

»Inklusive einer Mitschrift der Befragung von Mrs. Frobisher, der Witwe des Verstorbenen.«

»Ja, Sir.«

»Die Befragung scheint mir darin zu gipfeln, dass Sie Mrs. Frobisher, die, soweit ich weiß, erst Stunden zuvor unter grauenhaften Umständen zur Witwe geworden war, als ›Swinger‹ bezeichnen.«

»Nun, das war mehr so eine Art Andeutung, Sir.«

Wilson seufzte, hielt die Mitschrift mit spitzen Fingern, als handele es sich dabei um etwas Schmutziges, Unreines, und blätterte darin. Er setzte sich die Brille wieder auf, räusperte sich und las laut: »DS Boscombe: ›Waren Sie Swinger, Sie und Barry?‹ Das scheint mir eine recht konkrete Andeutung zu sein, Sergeant.«

»Ich dachte ... bei einer Befragung muss man eben manchmal ...«

Wilson beugte sich über den Schreibtisch. Er griff nach einem kleinen Brieföffner, einer tückisch aussehenden Klinge, und testete die Schärfe an seinem Daumen.

»Warum, Boscombe?«

»Wie ich schon sagte, Sir, ich hatte da so eine ... eine ...«

»Seien Sie gewarnt, Boscombe. Sollten im weiteren Verlauf dieses Gesprächs die Worte ›eine Ahnung‹ fallen, werde ich Ihnen diesen Brieföffner in die Hoden rammen und Kebab daraus machen.«

Boscombe schluckte. »Nun, Sir, bei allem gegebenen Respekt, aber ihre Unterschrift befand sich auf einer Menge von Dokumenten, die wir am Tatort sichergestellt haben. Dokumente, die auf einen nicht unerheblichen Betrug hindeuten. Es schien – scheint – mir unwahrscheinlich, dass er ein solches Doppelleben ohne ihr Wissen führen konnte, und ich dachte, wenn ich ein klein wenig Druck ausübe …«

Wilson hob die Hand und brachte ihn mit einer Geste zum Schweigen. »Na schön, Boscombe, und *scheint* es Ihnen denn – rein hypothetisch wohlgemerkt – nicht auch durchaus möglich, dass sie von der ganzen Sache überhaupt gar nichts wusste?«

»Tja«, sagte Boscombe und rutschte unruhig auf seinem Stuhl herum, »ich nehme an, *möglich* ist es.«

»Allerdings. Und in diesem Fall wäre es vielleicht angebracht gewesen, ein klein wenig nachzudenken, bevor man diese arme, trauernde Frau beschuldigt, eine durchgeknallte, sexbesessene Perverse zu sein. Meinen Sie nicht auch?«

»Sir, ich habe nur versucht …«

»Sie werden Folgendes tun, Boscombe. Wenn die Forensik mit den persönlichen Dingen des verstorbenen Mr. Frobisher fertig ist, werden Sie diese an Mrs. Frobisher zurückgeben. Und dabei werden Sie sehr, sehr zuvorkommend sein, sodass die Dame uns, wenn ihre Trauer vorüber ist, nicht auf der Stelle wegen Belästigung verklagt. Haben Sie mich verstanden?«

»Ähm, ich …« Wilsons Blick ließ Boscombe seine Antwort noch einmal überdenken. »Jawohl, Sir«, sagte er leise.

»Hervorragend. Ich danke Ihnen. Sie können jetzt gehen.« Chief Inspector Wilson nahm ein neues Dokument aus seiner Ablage und begann zu lesen.

Boscombe machte drei Schritte zur Tür, dann runzelte er die Stirn und drehte sich noch einmal um. »Sir?«

»Mmmm?«

»Meinen Sie mit ›persönlichen Dingen‹ sämtliche Videobänder, die Fotos und was sonst noch alles dazugehört?«

Wilson antwortete, ohne von seiner Lektüre aufzusehen. »Glauben Sie, Mrs. Frobisher hat eine Verwendung für diesen Berg pornografischen Materials mit ihrem verstorbenen Mann in der Hauptrolle, Boscombe?«

»Ähm. Nein. Vermutlich nicht, Sir.«

Jemand klopfte an die Tür.

»Na, sehen Sie. Und jetzt zurück an die Arbeit, Boscombe. HEREIN!«

Aufgeblasener alter Wichser, dachte Boscombe, als die Tür aufging und Sergeant Tarrant mit einem Stapel Papiere unter dem Arm ins Zimmer trat.

»Hugh«, begrüßte ihn Tarrant.

»Bob«, erwiderte Boscombe, nickte ihm beim Gehen kurz zu und schloss die Tür hinter sich.

»Das alles hier braucht Ihre Unterschrift, Sir«, sagte Tarrant, legte die Dokumente vor Wilson ab und fügte in Richtung Bürotür deutend hinzu: »Ist schon 'ne Marke, der alte Hugh Boscombe, nicht wahr, Sir?«

»Das ist sicher eine Art, es auszudrücken«, erwiderte Wilson, während er ein Formular nach dem anderen signierte. »Eine andere Art wäre: Er ist ein anmaßender Clown mit dem IQ eines Tampons.«

FÜNFZEHN

Die traurigen Töne des Organisten wehten durch das Krematorium und kaschierten das leise Getuschel der Trauergäste. In der ersten Bankreihe starrten Tom und Clare bekümmert auf den polierten Piniensarg und die schweren violetten Vorhänge dahinter, die sich bald öffnen würden, um die sterblichen Überreste von Barry J. Frobisher den Flammen der Erinnerung zu übergeben. In Gedanken tat Tom derweil etwas auf der Beerdigung des eigenen Vaters recht Unpassendes: Er versuchte verzweifelt, das Bild seines spießigen, die konservative *Daily Mail* lesenden Erzeugers mit jenem des irren Sexmonsters in Einklang zu bringen, das sich ihm in der vergangenen Woche erschlossen hatte. *Ein sechzig Zentimeter langer ... heilige Scheiße.* Neben Tom befand sich ein leerer Platz für seine Mutter, die noch im Seitengang stand und alte Bekannte begrüßte, von denen sie einige schon lange nicht mehr zu Gesicht bekommen hatte. Susan lächelte, als sie Jill hereinkommen sah. »Jill. Danke, dass du da bist.«

Sie umarmten sich. Susan wusste es wirklich zu würdigen, dass Jill es auf sich genommen hatte, hier zu erscheinen, und war ihr aufrichtig dankbar dafür. Sie konnte sich niemanden vorstellen, für den schon der bloße Gedanke an die Art von

Barrys Dahinscheiden ein größerer Gräuel war als für Jill Worth. Jill, die nicht einmal »Scheiße« sagen konnte. Susan fühlte sich … nun, eigentlich fühlte sie sich großartig. Großartig und warm und irgendwie ein wenig schwebend.

»Oh Susan, es tut mir so leid für … ach herrje! Was du gerade alles durchstehen musst«, sagte Jill.

»Ich danke dir.«

»Das ist einfach … fürchterlich.« Sie schnäuzte sich die Nase. Susan bemerkte, dass Jills Augen schon ganz rot vom Weinen waren.

Tatsächlich kostete es Jill sehr viel mehr Überwindung, als irgendjemand zu ahnen vermochte. Als sie in die Runde der Trauernden blickte, die Musik des Todes in den Ohren, benötigte sie keine große Vorstellungskraft, sich selbst erneut hier zu sehen, in viel zu naher Zukunft und unter sehr, sehr viel schlimmeren Umständen. *Der winzige Sarg. »Jamie weilte nur so kurze Zeit unter uns, und doch erfüllte er unsere Herzen mit unermesslicher Liebe.« Ihre Tochter. Am Boden zerstört. Gebrochen.*

»Entschuldige mich bitte einen Moment.« Jill lief zur Toilette, um die schrecklichen Gedanken aus dem Kopf zu bekommen. Susan schaute sich um und sah Julie mit Ethel in einer Bank weiter hinten sitzen – beide wirkten wie Mädchen, die schon im Schulbus immer hinten gesessen hatten. Sie lächelte ihnen zu. Julie, die Ethel gerade etwas ins Ohr flüsterte, steckte mit fragendem Blick den Daumen nach oben. Susan nickte. Das Valium, das Julie ihr gegeben hatte, um den Tag zu überstehen, erfüllte seine Aufgabe in der Tat mit Bravour. Sie hatte noch nie zuvor Valium genommen. *Schwebend.*

Hinter ihnen flüsterte Julie weiter: »Es ist ein Albtraum. Ich meine, Barry und ich sind nie gut miteinander klargekommen, aber trotzdem, ich …«

»O ja«, sagte Ethel. »Nicht gerade der Abgang, den man sich erträumt, was? Mit einem Vibrator so groß wie ein Feuerhydrant im Arsch?«

»Ethel!«, zischte Julie. »Das doch nicht. Ich meine ... ich hätte nie gedacht, dass er sie so in der Scheiße sitzen lassen würde. Ausgerechnet Barry, Mr. Geldanlage in Person. Roger, Susans Anwalt, befürchtet, sie könnte womöglich das Haus verlieren!«

Verspürte Julie etwa einen Hauch von Befriedigung bei dem Gedanken, dass ihre Freundin so tief stürzen könnte? So tief wie sie selbst? Nein. *Nein, ganz sicher nicht.*

»Das arme Ding«, sagte Ethel. Ihr Blick schweifte durch den Raum, bis er an einem Neuankömmling haften blieb, einem hochgewachsenen, schlanken, braun gebrannten Herrn Anfang sechzig, mit silbergrauem Haar und passendem Schnauzbart. Er trug einen gut geschnittenen dunklen Anzug, schob sich zielstrebig durchs Gedränge und reckte dabei den Hals – er hielt eindeutig nach jemandem Ausschau. »Halt mal einen Moment die Klappe«, zischte sie und leckte sich die Lippen. »Wer ist denn der scharfe Hengst da hinten?« Eine ältere Frau auf der Bank vor ihnen schielte unangenehm berührt in Ethels Richtung. Ethel konterte mit ihrem patentierten »Kann ich Ihnen helfen?«-Blick.

»Ethel!« Julie schaute sich suchend um. *Das gibt's doch nicht*, dachte sie, als sie Ethels Objekt der Begierde entdeckte, und flüsterte dann: »Unglaublich, das ist ja Terry Russell.«

»Muss ich den kennen?«, fragte Ethel.

»Wir sind zusammen zur Schule gegangen. Hab ihn seit Jahren nicht gesehen. War ein wirklich gut aussehender Kerl.«

»Ich würde ihn auch heute nicht von der Bettkante stoßen«, wisperte Ethel.

»Mmmm, ja«, sagte Julie. Terry hatte sich gut gehalten, kein Zweifel. »Er war jahrelang im Ausland. Hat irgendwelche dubiosen Import-Export-Geschäfte gemacht. Und wohl auch eine Menge Geld, wie ich gehört habe. War ein echter Frauenheld früher. Was macht der bloß hier?«

»Oh, attraktiv, reich *und* mysteriös?«, sagte Ethel. »Meinst du, er würde mich für ein Stündchen auf seinem Gesicht sitzen lassen?«

Auf der anderen Seite des Raums starrte Susan in das Licht, das sanft durch ein hohes Buntglasfenster fiel, und dachte an nichts weiter als daran, wie schön es doch aussah. O ja, Valium, und zwar möglichst viel davon, das konnte die Lösung sein. Sie dachte nicht einmal mehr an die gestrige Besprechung mit Roger. Die Besprechung, bei der er ihr eröffnet hatte, dass die Bank ebenfalls dringend mit ihr sprechen wollte. All diese »Besprechungen«. Susan hatte den größten Teil ihres Erwachsenenlebens nie etwas mit diesen geschäftlichen Dingen am Hut gehabt, und jetzt sah es so aus, als hätte sie den lieben langen Tag nichts als Besprechungen. Mit Roger. Dem Beerdigungsunternehmen. Dem Catering-Service. Und der Bank. Roger sagte, es bestünde eine reelle Chance, dass sie das Haus behalten durfte. Es war der einzige Besitz, den sie hatte, und für sich genommen nicht annähernd so viel wert, dass es für die Schulden bei der Bank und den Kreditkartenunternehmen, für die Steuer und für die Kundenkonten reichen würde, bei denen Barry sich etwas »geborgt« hatte. Wenn sie allerdings das Haus beleihen und etwas Kapital auftreiben konnte, um ihre – wie hatte Barry es genannt? – Finanzen neu zu strukturieren … Außerdem würde die Lanchester Bank kein besonders gutes Bild in der Öffentlichkeit abgeben, meinte Roger, wenn sie eine arme Witwe kurz vor der Rente aus ihrem Haus warf. Noch dazu wegen Dingen, die ohne ihr Wissen stattgefunden hatten. Natürlich lag die Beweislast bei Susan, die nachweisen musste, dass sie nicht über Barrys Geschäfte informiert gewesen war. Leider hatten Roger und sie kaum mehr als Susans guten Charakter in die Waagschale zu werfen. *Aber hätten Barry bis zu seinem Tod nicht auch alle einen »guten Charakter« attestiert?,* hörte Susan eine leise Stimme, die irgendwo in ihrem Hinterkopf versuchte, die warme Zuckerwatte des Valiums zu durchdringen.

Plötzlich hörte sie eine weitere Stimme – real, sehr viel näher –, die sagte: »Susan? Susan, mein aufrichtiges Beileid.«

Sie sah auf und blickte in ein attraktives, braun gebranntes Gesicht. Mit Schnauzbart. Sie brauchte einen Moment. »Terry? Terry Russell? Das ist ja eine Ewi…«

»Sprich es nicht mal aus«, sagte er und beugte sich vor, um ihr einen Kuss auf die Wange zu hauchen. Sein Rasierwasser war unaufdringlich, so eben noch wahrnehmbar. Teuer.

»Wie geht es dir?«, fragte Susan.

»Oh, gut, wirklich gut.«

»Du hast die traurige Geschichte vermutlich schon in allen Einzelheiten gehört.«

»Tja«, sagte Terry, »der hiesige Buschfunk funktioniert wie geschmiert. Ich habe siebzig Prozent des Gehörten als Legende verworfen. Aber was übrig bleibt, klingt immer noch ziemlich übel. Wie kommst du zurecht?«

»Ich … ich kann es nicht sagen. Ich weiß, es klingt wie das abgeschmackteste Klischee, aber … ich denke immer noch, ich würde jeden Moment aufwachen.«

Der Pfarrer begab sich gerade nach vorn, und die letzten der Trauergäste nahmen nun ihre Plätze ein. »Hör mal«, sagte Terry und drückte ihr etwas in die Handfläche, »ich bin vermutlich gleich nach der Messe wieder weg. Ich bin nicht sonderlich gut in diesen Dingen. Aber wenn du mal ein wenig Ablenkung brauchst: Meine Yacht liegt unten an der Küste. Das Meer kann sehr ... beruhigend sein. Komm einfach vorbei, und wir fahren raus.«

Susan schaute auf die Karte – *Terry Russell, CEO, Russell Transport* – und wieder zu Terry. Er lächelte, fast entschuldigend. »Terry Russell«, sagte Susan. »Wenn ich es nicht besser wüsste, würde ich sagen, du versuchst gerade, eine Frau auf der Beerdigung ihres Mannes anzugraben.«

»Ich bemühe mich nur, ein wenig Trost zu spenden.« Er grinste. Tolle Zähne.

»Immer noch ganz der gute Samariter.«

»So bin ich nun mal. Also, bis demnächst. In Ordnung?«

Susan blickte ihm nach, indigniert und amüsiert zugleich. Sie steckte die Visitenkarte ins Kartenfach ihrer Brieftasche. In diesem Augenblick schlug der Pastor sein Gebetsbuch auf. Es wurde auch Zeit, dass es losging.

Oder vielmehr, dass es vorbei war.

Sie fragte sich, ob Julie ihr wohl noch eine Valium geben würde.

* * *

Später am Abend lief Susan durchs Haus, sammelte leere Gläser ein und strich die Vorhänge glatt. Die meisten Trauergäste waren gleich nach der Beerdigung gegangen, nur eine Handvoll war noch mit zu ihr gekommen. Julie und Ethel, die

Robertsons, Roger und natürlich Tom und Clare, die sich nach oben ins zweite Schlafzimmer zurückgezogen hatten. Im Flur hielt sie vor dem Tischchen, das früher mal das Telefontischchen gewesen war. Damals, bevor es schnurlose Telefone und Handys gab. Darauf stand eine gerahmte Fotografie: sie, Barry und Tom, am Strand von … war es St. Ives? Tom war etwa fünf oder sechs, also musste es Ende der Achtziger gewesen sein. Sie lächelten alle in die Kamera. Doch Barrys Lächeln, so schien es Susan jetzt, war eher ein spöttisches, belustigtes Grinsen.

Seit den Achtzigern.

Betamax.

Gekauft für siebentausend Pfund.

Ein Leben voller Lügen. Alles war auf Treibsand gebaut.

Sie überprüfte, ob die Haustür abgeschlossen war, machte das Licht im Flur aus, schlüpfte aus ihren Schuhen, hob sie auf und ging auf Zehenspitzen die Treppe hoch. Ein Leben voller Gewohnheiten.

Am oberen Treppenabsatz sah sie im zweiten Schlafzimmer am Ende des Korridors noch Licht – nur ein schmaler Streifen, der durch die angelehnte Tür fiel. Sie hörte Stimmen. Stimmen, mit dem unmissverständlichen Klang eines im Flüsterton ausgetragenen Streitgesprächs. Sie schlich den Korridor entlang, an ihrem eigenen Zimmer vorbei, näher an den Lichtspalt heran.

Wer lauscht hinter der Wand, hört die eigene Schand, Susan …

Toms Stimme klang angespannt, gereizt. »Gott, Clare, ich sag doch bloß, wenn es zum Schlimmsten kommt, wenn sie das Haus verkaufen muss und sonst nirgendwohin kann …«

»Und ich hab nur gesagt, dass sie doch sicher das Recht auf eine Sozialwohnung hätte.«

»Ich werde meine Mum nicht in irgendeine schäbige Sozialwohnung abschieben!«

»Jetzt sei doch nicht so verdammt borniert!«

»Dieser Mistkerl. Dieser miese Drecksack. Ich kann einfach nicht glauben, dass er ihr das angetan hat!«

»Ich sag ja nur, dass ich nicht viele Frauen kenne, die von der Vorstellung begeistert wären, mit ihrer Schwiegermutter zusammenzuleben.«

»Gut möglich, dass es gar nicht dazu kommt. Hör mal, können wir bitte morgen früh darüber sprechen?«

Susan schlich sich davon, die Schuhe an ihre Brust gepresst. Sie schloss ihre Zimmertür sehr, sehr leise.

SECHZEHN

Es war ein verregneter Dienstagnachmittag Ende Mai. Bei einundzwanzig Grad wirkte der Regen fast subtropisch. Er fiel in dicken, lauen Tropfen.

In der Zweigstelle der Lanchester Bank in der Wroxham High Street saßen Susan und Roger vor dem Schreibtisch des Filialleiters, eines gewissen Mr. Alan Glass. Das »Mr.« erschien Susan ein klein wenig albern – ihr Gegenüber war bloß ein sommersprossiger Junge in Anzug und Krawatte –, und sie verspürte Erleichterung, als er sagte: »Bitte nennen Sie mich doch Alan.« Er schien ungefähr in Toms Alter zu sein, und ihr kam der Gedanke, dass er vermutlich noch nicht einmal geboren war, als sie und Barry ihr Konto hier eröffnet hatten. Wie Roger hatte auch er einen Stapel Papiere vor sich liegen. Die Hände im Schoß verschränkt, hörte Susan ihm zu.

»Was das betrifft«, sagte Alan gerade, »sind uns leider die Hände gebunden. Die Zoll- und Finanzbehörde hat das Konto bereits für die Dauer ihrer Untersuchung gesperrt. Wenn die Zahlen, die ich von denen bekommen habe, korrekt sind, wird wahrscheinlich ohnehin ein großer Teil des Geldes an die Behörde fließen.«

»Was ist mit der Wohnung?«, fragte Roger. *Die Wohnung*, dachte Susan. *Der Sexkerker.*

»Bereits bis zum Anschlag mit Hypotheken belastet, fürchte ich. Zweimal in den letzten fünf Jahren. Da ist kein Kapital zu holen.«

Es klopfte, und ein Mädchen steckte den Kopf zur Tür herein. »Alan, tut mir leid, dass ich störe, aber die Männer von Securicor sind da. Würden Sie ihnen bitte den Tresorraum öffnen?«

Alan blickte auf. »Haben wir tatsächlich schon wieder den letzten Dienstag des Monats?« Er sah auf die Uhr an der Wand: vierzehn Uhr, auf die Minute. »Würden Sie mich bitte für einen Augenblick entschuldigen?«, fragte er und verschwand in den Flur.

Susan hörte, wie ein anderes Mädchen sagte: »Sind das die Supermarkteinnahmen? Ich hole Gerry, damit er Ihnen hilft.« – »Danke, Sally«, erwiderte Alan.

Susan und Roger saßen eine Weile schweigend da. Susan betrachtete das Foto von Alans Frau auf dem Schreibtisch. Den Kalender. Die Uhr tickte. Roger warf ihr ein müdes Lächeln zu. Dann öffnete sich die Tür, und der Filialleiter kam zurück. »Entschuldigung, wo waren wir stehen geblieben?«, fragte er.

»Wenn nicht die Wohnung, dann das Haus«, sagte Roger und kramte in seinen Papieren. »Der Hauptwohnsitz. Er ist nicht mit Hypotheken belastet. Ich schätze, er ist locker sechs- oder siebenhunderttausend wert. Wenn wir nur die Hälfte davon beleihen ...«

»Und wie wollen Sie die Rückzahlungen aufbringen?«, fragte Alan.

»Die zahlen wir vom Sparkonto.«

»Das, wie ich Ihnen bereits erklärt habe, gesperrt ist. Und die Ersparnisse gehen vermutlich zur Gänze an die Gläubiger.«

Susan räusperte sich. Beide Männer blickten sie an. »Ich könnte einen Job annehmen. Als Sekretärin. Da habe ich gewisse Erfahrungen.«

Die Männer starrten sie an, als wäre sie ein Kind, das bei einem Spendenmarathon anruft und den Inhalt seines Sparschweins anbietet, um den Hunger in Afrika zu beenden.

»Bei einer Hypothek von wie viel? Dreihunderttausend Pfund?« Alan tippte auf dem Taschenrechner herum. »Nun, ich fürchte, da bräuchten wir ein verbrieftes Einkommen von mindestens siebzigtausend Pfund im Jahr. Und selbst dann, mit der Ihnen ...« Er überlegte, wie er das Folgende am besten formulieren sollte. »Mit der Ihnen verbleibenden ... Nein, lassen Sie es mich so sagen: Bei der in Ihrem Alter noch üblichen Lebenserwartung von fünfundzwanzig Jahren ...«

Susan hob den Blick. An der Wand hinter dem Schreibtisch hing ein Plakat. Es zeigte eine fröhliche, lachende schwarze Version von Alan, die ihre Arme um ein strahlendes Pärchen legte. Die junge Frau hielt die Schlüssel zu einem hübschen Haus in der Hand, das auf dem Foto im Hintergrund zu sehen war. Sie war schwanger. Darüber prangte in leuchtend roter Schrift der Slogan IHRE ZUKUNFT IST UNS WICHTIG.

»Wie auch immer, ich fürchte, das ist alles mehr oder weniger müßig.« Alan klopfte auf einen weiteren Stapel Papiere. »Angesichts all der anderen Verpflichtungen hier, der Darlehen, der Kreditkarten, der Betrugsvorwürfe, läuft eigentlich alles auf eine Insolvenz hinaus. In diesem Fall wäre eine weitere Belastung unmöglich. Wir würden Ihnen wirklich gerne helfen, unbedingt, aber …«

Susan lachte ein kurzes, freudloses Lachen und sagte: »Ich bin seit über dreißig Jahren Kundin bei Ihnen.«

»Ich verstehe, wie schwierig diese Situation für Sie ist, Susan«, sagte Alan.

»Eigentlich würde ich es vorziehen, wenn Sie mich Mrs. Frobisher nennen, falls es Ihnen nichts ausmacht. Sie sitzen hier, scheffeln dank Menschen wie mir Unmengen von Geld. Und kaum, dass wir mal Ihre Hilfe benötigen, heißt es …«

»Susan«, sagte Roger und tätschelte ihr sanft den Arm. Voller Verärgerung zog sie ihn weg.

»Hören Sie«, Alan zog seine Manschetten zurecht, setzte sich auf, strich sich die Krawatte glatt und verwandelte sich sukzessive in Mr. Glass, »Mrs. Frobisher …«

* * *

Ist ja gut jetzt, dachte Julie, während sie zur Wohnungstür eilte. Als es klingelte, hatte sie gerade eine Tomate für ihr Abendessen geschnitten: einen Tomatentoast. Julie musste beim Einkaufen in letzter Zeit auf jeden Cent achten. Wenn sie diese bescheidenen Mahlzeiten zubereitete, führte sie nicht selten innere Monologe, im Stil eines Fernsehkochs wie Gordon Ramsay oder Jamie Oliver, der der Kamera erläutert, was er gerade macht. »Wichtig ist, dass der Toast richtig heiß ist, direkt vom Grill kommt, und dann diese dicken, saftigen Tomatenscheiben, ordentlich Salz und Pfeffer, und …« Irgendwie wurde es dadurch etwas glanzvoller.

Bis zur Wohnungstür musste sie die gesamte Länge ihres Domizils durchqueren, von der Kochnische durchs Wohnzimmer den Flur entlang. Eine Aufgabe, die zu bewältigen sie gerade einmal zwölf Schritte und zehn Sekunden kostete.

Als Julie die Tür öffnete, stand dort Susan mitten im strömenden Regen. Ihre Freundin versuchte zu sprechen. »Ich … äh … äh …« *Um Gottes willen,* dachte Julie. War sie etwa von einem Auto angefahren worden? Susan war klatschnass und ihr Mascara übers ganze Gesicht verlaufen. Panda-Augen? Das waren die Augen eines Pandas mit üblem Heuschnupfen, dem mitten im August die Antihistamine ausgegangen waren, und zwar eine Stunde nachdem er erfahren hatte, dass seine gesamte Familie ermordet worden war. »Äh … sie … ich …«

»Ist ja gut. Ist ja schon gut. Was ist passiert?« Julie zog Susan aus dem Regen in den Flur. Sie wirkte wie eine Fünfjährige mit einem der heftigsten Heulkrämpfe aller Zeiten. Zwischen Attacken quälender Schluchzer rang sie hilflos nach Worten. Es war, als würde sie auf dem Wellenkamm eines gewaltigen Niesens surfen.

»Sie … sie … SIE NEHMEN MIR MEIN HAUS WEG!«

Sie stolperte vorwärts und klappte weinend in Julies Armen zusammen.

SIEBZEHN

Stunden später – die offenen Fenster ließen die feuchte Nachtluft hinein, der Couchtisch stand voll mit Schüsseln, Gläsern, Flaschen und einem überquellenden Aschenbecher – hatte Julie ihre eigene Regel gebrochen, in der Wohnung nicht zu rauchen. Selbst Susan hatte sich eine angesteckt! Wann hatte sie Susan zuletzt mit einer Zigarette im Mund gesehen? Vermutlich vor der Umstellung aufs Dezimalsystem.

Sie fläzten sich auf dem Boden, hatten den Smirnoff bereits geleert und waren zu Popol-Wodka übergegangen. Ein vorlautes Stöffchen, das Julie an der Tankstelle gekauft hatte. Zehn Pfund der Liter. *Mit Orangensaft gemischt gar nicht schlecht, den Formaldehydgeschmack nimmt man kaum noch wahr*, dachte Julie, und sie wusste über Cocktails Bescheid. Was sie dagegen nicht wusste, war, dass Susan Frobisher solche Mengen Schnaps konsumierte. Sie trank das Zeug wie Wasser. Im Hintergrund dudelte leise *Tango in the Night* von Fleetwood Mac auf Julies tragbarem CD-Player. Die Compact Disc. Auch so ein Relikt.

»Der kleine Scheißer sah aus wie vierzehn«, sagte Susan und bemühte sich, beim Nachschenken trotz ihres Schluckaufs nichts zu verschütten. »*Ihre Zukunft ist UNS wichtig!*«

»Drecksäcke«, erklärte Julie. »Sie reißen die Welt in den Abgrund, werden vom Steuerzahler aus der Scheiße geritten, und sobald man selbst in Schwierigkeiten ist, heißt es: ›Du kannst mich mal. Du kannst mich mal kreuzweise‹.«

»Kein Witz: Er war jünger als mein Tom.«

»Auf der Arbeit gibt's auch eine von der Sorte. Kendal. Die Heimleiterin. Eine ätzende Ziege. Kaum, dass sie mit der Uni fertig ist, erhält sie ihr eigenes Reich, in dem sie die Königin spielen kann.«

Einen kurzen Moment herrschte Stille, als beide an ihren Drinks nippten. Susan seufzte. »Obdachlos und mittellos. Damit hatte ich nicht gerechnet, Jules.«

»Willkommen im Club. Ich hatte auch nicht unbedingt geplant, hier zu landen.« Mit einer ausladenden Geste deutete sie auf die winzige Wohnung mit ihren vier kleinen Räumen: Schlafzimmer, Wohnzimmer, Küche und Bad. Zumindest war sie nicht von der neuen Schlafzimmer-Steuer der Regierung betroffen. »Da schuftest du dein ganzes Leben, und dann …«

»Ach, komm«, unterbrach Susan sie. »Lass uns doch ehrlich sein. Ich habe in meinem ganzen Leben nicht einen Tag wirklich geschuftet.«

»Jetzt, wo du es sagst.«

»Du hast immerhin versucht, was aus deinem Leben zu machen, Julie. Du bist weg von hier. Hast die Welt gesehen. Australien, Amerika, London …«

»Mag sein, aber Erinnerungen füllen einem nicht den Magen. Und du hast vierzig Jahre ein anständiges Leben geführt.« Julie schüttelte eine Zigarette aus ihrer Ambassador-Schachtel – die billigste Marke, die es im Laden gab. Für eine schmackhafte Marlboro Light hätte sie alles getan.

»Aber es war eine einzige große Lüge. Ich war verheiratet mit ... einem *Sexmonster*.«

Stille. Die beiden Frauen blickten einander an und brachen dann im selben Moment in brüllendes Gelächter aus. Kurz darauf rollten sie mit Tränen in den Augen über den Teppich. »Oh, oh, haben Sie schon meinen Mann kennengelernt?«, sagte Susan, die Hand wie beim Cocktailparty-Geplänkel flach auf die Brust gelegt. »Er ist ein Sexmonster!«

»Hör auf!«, japste Julie. »Bitte, lass das, ich krieg sonst keine Luft mehr.« Sie wischte sich eine Träne von der Wange und griff erneut nach der Wodkaflasche. »Hier.« Sie füllte beide Gläser wieder auf. »Mist, wir haben keinen O-Saft mehr.«

»Ach, was soll's«, sagte Susan. Sie hob ihr Glas und kippte den Inhalt mit einem Schluck runter. Dann verzog sie das Gesicht, schüttelte sich, ließ sich auf den Rücken fallen und strampelte mit den Füßen in der Luft.

»SUSAN!«, rief Julie hingerissen.

»Oje, davon wachsen einem ja Haare auf der Brust«, sagte Susan und setzte sich blinzelnd wieder auf.

»Ausgerechnet Barry«, sinnierte Julie, zündete sich die Ambassador an und lehnte sich gegen das Sofa. »Und ich dachte, ich hätte das Monopol auf miese Kerle.«

»Na ja, aber du hattest schon ein paar echte Schocker dabei. Wie hieß noch mal der Alkoholiker? Weißt du noch ... der Schotte?«

»Andy?«

»Genau den meine ich! Und der Manisch-Depressive, der sich damals auf der Silvesterparty selbst anzünden wollte?«

Julie quiekte vor Lachen, als sie sich erinnerte. »Michael!«

»Michael. Mannomann. Oh, nein. Warte. Mein absoluter Favorit: dieser knallharte Typ, der Gangster, du weißt schon, den du bei der Arbeit in diesem Club in Mayfair kennengelernt hast.«

»Gangster?«

»Du weißt schon! Er war älter als wir. Gut aussehend. Sah ein bisschen aus wie … ich komm gleich drauf … ach Mensch, dieser Schauspieler. Terence Stamp.«

»Terence Stamp?« Ungläubig beobachtete Julie, wie sich Susan einen weiteren Drink einschüttete.

»Komm schon, du weißt, wen ich meine. Er hatte sogar einen Spitznamen. Irgend so was mit Schrauben oder Nieten oder so.«

»Äh … NAILS?«

»NAILS!«

Sie konnten sich vor Lachen nicht mehr halten.

»Weißt du was? Vor ein paar Jahren hab ich eine Weihnachtskarte von ihm bekommen. Ich glaube, sie steht hinten auf der Anrichte. Er wohnt drüben in Tillington.«

»Er lebt noch? Alle Achtung, dürfte ziemlich in die Jahre gekommen sein.«

»Allerdings. Er war ja damals schon über vierzig.«

»Der Kerl war doch ein Gangster?«

»Gewissermaßen. Weißt du nicht mehr, womit er seinen Lebensunterhalt verdient hat?«

»Nein.« Susan nippte inzwischen etwas verhaltener an ihrem Drink.

»Er war Bankräuber!«

Susan spuckte ihren Wodka quer durchs Zimmer, als sie erneut beide in gellendes Gelächter ausbrachen. »Ein Bankräuber!«, brüllte sie.

»Ich glaube … ich glaube, am Ende musste er für zwanzig Jahre ins Kittchen!«, sagte Julie unter so heftigem Lachen, dass ihr die Rippen schmerzten.

»Ein Bankräuber«, wiederholte Susan, dieses Mal mit einem fast nachdenklichen Tonfall.

»Was?«

Susan setzte sich auf. Sie schnaufte zwar noch, aber sie lachte nicht mehr. In ihren Augen lag ein merkwürdiger Ausdruck, etwas Keckes, Nachdenkliches, das Julie nie zuvor an ihr gesehen hatte. Oder zumindest seit langer Zeit nicht mehr. Der Zeit vor Barry, als Susan Frobisher noch Susan Connors war – das Mädchen, das Reißnägel auf den Stuhl des Lehrers legte und vorbeifahrenden Bussen sein Höschen präsentierte.

»Was ist los?«, fragte Julie.

»Ein Bankräuber«, sagte Susan jetzt zum vierten Mal und sah Julie dabei direkt in die Augen.

ACHTZEHN

»Du bist nicht ganz bei Trost«, sagte Julie.

»Ernsthaft, wie schwer kann das schon sein?«

»Die Trauer. Das ist es. Der verspätete Schock. Du bist vor lauter Kummer nicht mehr ganz richtig im Kopf.«

»Man besorgt sich eine Knarre bei ... egal wo, marschiert da rein und brüllt: ›Her mit dem verdammten Geld!‹ Das kann doch nicht so schwer sein.« Susan tigerte im Kreis herum. Sie war eindeutig schrecklich betrunken, aber aus ihrer Stimme sprach tiefe Überzeugung. Etwas, das beinahe ernstzunehmend klang.

»Du hast noch nie sonderlich viel vertragen. Ich mach dir mal lieber einen Kaffee.« Julie wollte aufstehen, aber Susan legte ihr die Hand auf die Schulter und drückte sie wieder zu Boden. Sie kniete sich vor ihr hin und blickte ihr direkt in die Augen.

»Mir ist es ernst damit, Julie. Warum nicht? *Warum zum Teufel eigentlich nicht?* Du weißt doch, was ich meine: ›Sie haben Ihren Dispo um fünf Pfund überzogen. Und übrigens, der Brief, in dem wir Sie darüber informiert haben, kostet Sie *dreißig* Pfund!‹ Oder: ›Tut uns wirklich leid, der Scheck, den Sie vor ein paar Wochen eingereicht haben, konnte noch nicht bearbeitet werden, deshalb können wir Ihnen das Geld leider nicht auszahlen, weil wir damit spekulieren, um weitere fünfhundert Milliarden Profit zu machen.‹ Oder: ›Oje, offenbar haben wir Mist gebaut und das Geld all unserer Kunden verloren, aber das macht nichts, ihr habt ja einen Rettungsplan für uns. Danke dafür. Und ... und wissen Sie was? Wir haben schon verstanden, dass Sie gerade Ihren Mann verloren haben, aber unglücklicherweise werden wir Ihnen trotzdem Ihr Haus wegnehmen, denn, wissen Sie was, Ihre Zukunft ist uns wichtig!‹« Grinsend reckte Susan die Daumen in die Höhe, wie auf dem Plakat in der Bank. »›Ihre Zukunft ist uns wichtig!‹? Ihr *Geld* ist uns wichtig, und Sie können bleiben, wo der Pfeffer wächst! Im Ernst! Ich hab's durchschaut! Ich habe in meinem ganzen Leben nichts Falsches oder Schlechtes getan, und was bringt mir das? Mit sechzig Jahren werde ich auf die Straße gesetzt. SCHEISS AUF SIE! SCHEISS AUF DIE VERFICKTE BANK, JULIE!«

Julie zuckte zwar nicht gerade zusammen, musste jedoch eindeutig blinzeln. Das F-Wort war aus Susans Mund nur äußerst selten zu hören. »Susan, hör dich doch mal reden. Du sprichst allen Ernstes davon, eine Bank auszurauben?«

»Was ist denn das Schlimmste, was uns passieren könnte?« Susan setzte sich wieder gegenüber ihrer Freundin auf den Boden, nahm sich noch eine Zigarette und zündete sie hustend an.

»Ähm, du wanderst ins Gefängnis?«

»Ach, komm schon. Du hast es selbst gesagt: Ich bin vor Kummer nicht mehr bei Verstand. Hallo? Verminderte Schuldfähigkeit! Ein halbwegs vernünftiger Anwalt und keinerlei Vorstrafen. Wenn's hochkommt, krieg ich ein paar Jährchen. Ich sitze die Hälfte der Strafe ab, komme wegen guter Führung raus und verkaufe meine Geschichte. Vielleicht werd ich sogar reich damit. Und nach allem, was man so liest, gibt's in Gefängnissen heutzutage Fernseher, Wi-Fi und alle möglichen Annehmlichkeiten.« Sie hob ihr Glas und leerte es mit einem einzigen Schluck, als wollte sie damit die Logik ihrer Argumentation unterstreichen.

»Ich glaube wirklich nicht«, sagte Julie zögernd, »dass ich dich je so betrunken erlebt habe. Vielleicht bei Rose Trasks Hochzeit.«

»Und außerdem liegst du falsch«, erklärte Susan und nahm einen weiteren tiefen Zug von ihrer Zigarette. »Das ist nicht das Schlimmste, was passieren kann. Gefängnis? Ganz sicher nicht. Weißt du, was das Schlimmste ist, was passieren kann? Dass ich zum Unwillen meiner Schwiegertochter als Hausgast bei Tom und Clare lande, während du die nächsten zehn Jahre Exkremente im Altenheim aufwischst, bis wir beide dort einziehen, um auf unseren Tod zu warten. Na, was hältst du davon, du Duckmäuser? Was sagst du jetzt?«

Julie dachte einen Moment darüber nach. *Gottverdammt.* Sie sah Susan an. Ihr Gesicht hatte wieder einen merkwürdigen Ausdruck angenommen. Sie blickte zur Decke, als hätte urplötzlich etwas ihren Gedankengang unterbrochen.

»Oje«, sagte Susan.

»Was ist?«

»Ich muss mich übergeben!«

Susan sprang auf und rannte wie von der Tarantel gestochen ins Bad. Staunend lauschte Julie der Symphonie aus Würgen und Kotzen.

NEUNZEHN

Im Aufenthaltsraum saßen vier alte Damen. Drei von ihnen dösten in Lehnstühlen mit diesen billigen, leicht zu reinigenden Vinylpolstern. Die vierte – Ms. Ethel Merriman – saß in ihrem Rollstuhl am Fenster, lutschte Bonbons und schaute sich alte Fotografien an. Julie war mal wieder mit Aufwischen beschäftigt – der alte Mr. Grant, zu viel Tee, es war die reinste Springflut gewesen. Sie hatte zwar einen Kater, aber das war vermutlich nichts im Vergleich zu dem, was ihre beste Freundin heute Morgen durchmachte. Beim Wischen dachte sie immer wieder an Susans Worte: *»Zehn Jahre.«* Und: *»Was sagst du jetzt?«*

»Ethel?«, fragte Julie, lehnte den Mopp an die Wand und ging zu ihr rüber. »Wenn du die Zeit um zwanzig Jahre zurückdrehen könntest und die Möglichkeit hättest, etwas völlig Verrücktes zu tun, etwas, das womöglich dein ganzes Leben ruiniert, aber es vielleicht auch unendlich viel besser macht, würdest du es tun?«

Ethel legte die Fotos in ihren Schoß und sah Susan an. »Worum geht's?«

»Ist eine rein hypothetische Frage.«

»Also gut. Definiere ›ruiniert‹.«

»Nehmen wir mal an, du könntest dafür ins Gefängnis kommen.«

»Das Gefängnis ist in Ordnung«, erwiderte Ethel und beschäftigte sich wieder mit ihren Fotografien.

»Du warst schon im Gefängnis, Ethel?«

»Das erste Mal – warte, hier ist es«, sie fischte eines der Fotos aus dem Stapel und gab es Julie. »Das erste Mal war 1956. Mir und einigen der Mädels wurden unsittliche Handlungen vorgeworfen.« Julie betrachtete das Bild. Es war ein verblasstes, knittriges Schwarz-Weiß-Foto und zeigte eine Reihe von Revuetänzerinnen in Kostümen, die selbst nach heutigen Standards *sehr* freizügig waren.

»Die Show, die wir in Paris gegeben haben, hatte ein Gastspiel in London, im Café de Paris am Leicester Square«, sagte Ethel. »Man hatte uns gewarnt, dass man uns verhaften würde, sollten wir diese Kostüme tragen. Das war zu der Zeit, als Lord Chamberlain sämtliche Shows, die in London aufgeführt wurden, persönlich überprüfte. ›Egal‹, sagten wir, ›die können uns mal‹, und sind rauf auf die Bühne. Die Vorstellung wurde abgebrochen. Wir wurden geradewegs in einen Polizeitransporter verfrachtet, und ab ging's nach Holloway. Ich bin die Dritte von links.« Ethel wickelte ein neues Bonbon aus und gab Julie auch eins. Julie suchte das Bild ab und … *heiliger Strohsack.*

»Ethel, du, ich meine … du warst *atemberaubend.*« Es war unmöglich, das Mädchen auf dem Foto mit der aufgeschwemmten alten Dame in Einklang zu bringen, die vor ihr in ihrem Rollstuhl saß. Kastanienbraune Locken bis auf die Schultern, strahlend weiße Zähne, Beine bis zum Kinn und ein Dekolleté, das den Verkehr zum Erliegen bringen konnte.

»O ja, ich war durchaus vorzeigbar.«

»Ich wusste nicht, dass du Tänzerin gewesen bist.«

»Eigentlich war ich Sängerin, Schätzchen, aber man hat genommen, was man kriegen konnte. Und in den Revuetheatern gab es immer Arbeit. Schwänze auch. Meterweise. Kilometerweise. Wo waren wir stehen geblieben? Ach ja. Das Gefängnis. Das zweite Mal war 1961 oder 1962. Auf einer Demo gegen Nuklearwaffen bei Aldermaston hab ich einem Bullen ins Gesicht geschlagen. Hab dem Arsch die Nase gebrochen. Dieser dämliche Faschistenzinken hat mir sechs Monate eingebracht.«

»Junge, Junge«, sagte Julie, immer noch fasziniert von der jungen Ethel auf dem Foto. »Was …?«

»Ha! Was passiert ist? Das Alter, Schätzchen. Das und ein Leben in vollen Zügen. Traue nie jemandem über fünfzig, der nicht ein paar Pfund zugelegt hat. Sieh dich an: viel zu dürr für meinen Geschmack. Ich würde dir keinen Meter über den Weg trauen. Aber um auf deine Frage zurückzukommen: Es ist besser, etwas zu bereuen, was man getan hat, als etwas, das man nicht getan hat.«

Julie setzte sich auf die Lehne von Ethels Rollstuhl. Sie betrachteten gemeinsam das Foto, das vor mehr als einem halben Jahrhundert in Paris aufgenommen worden war, und lutschten ihre Bonbons, als sie plötzlich ein schrilles »Erlauben Sie mal?« aus ihren Gedanken riss. Sie blickten auf und sahen die Heimleiterin im Türrahmen stehen.

»Miss Kendal«, bemühte sich Julie zu erklären. »Ich habe nur …«

»O ja, Julie, Sie haben nur ein kleines Schwätzchen mit Ethel gehalten – mal wieder –, obwohl ich mir sicher bin, dass es noch reichlich für Sie zu tun gibt.«

Ethel wollte gerade zu einer ihrer deftigen Schimpftiraden ansetzen, aber Julie legte ihr beschwichtigend die Hand auf die Schulter, stand auf und ging auf die Heimleiterin zu.

»Wissen Sie was, Miss Kendal? Ich glaube nicht, dass es schadet, hin und wieder etwas Zeit darauf zu verwenden, sich mit den Bewohnern zu unterhalten. Manche von ihnen sehnen sich vielleicht nach ein wenig zwischenmenschlichem Kontakt. Manche von ihnen haben vielleicht …« Sie unterbrach sich, weil sie es Ethel gegenüber unangebracht fand, darauf hinzuweisen, dass diese nur wenig – eigentlich gar keinen – Besuch bekam.

Kendal kannte solche Vorbehalte nicht. Das omnipräsente Klemmbrett in die Achselhöhle geschoben, die Arme vor der Brust verschränkt, baute sie sich vor Ethel auf. »Man darf sich schon wundern, warum bei *manchen* unserer Bewohner die Besucher nicht gerade Schlange stehen, oder nicht?« Sie beugte sich herab, bis ihre Nasenspitze fast die von Ethel berührte. »Um ehrlich zu sein, kann ich mich nicht mal mehr daran erinnern, wann Sie zuletzt Besuch hatten, liebe Ethel. Wissen Sie es noch?«, fragte sie mit einem grausamen Grinsen.

Ethel hielt ihrem Blick stand.

Währenddessen ertönte hinter Kendal ein Kratzen und Scheppern, das Geräusch eines umfallenden Mopps und das Schwappen von Flüssigkeit. Ethels Augen weiteten sich, als sie sah, was hinter dem Rücken der Heimleiterin geschah.

»Miss Kendal?«, rief Julie. Kendal drehte sich um und konnte gerade noch erschreckt aufkreischen, bevor sich etwas Unaussprechliches über sie ergoss und ihre Welt sich in ein blasses Gelb färbte. Die Farbe, die jemand sieht, dessen Kopf in einem umgestülpten gelben Plastikeimer voller

Pisse, Putzmittel und Schmutzwasser steckt. Beim Gestank von Mr. Grants Urin musste Kendal dermaßen würgen und husten, dass sie nur vage zur Kenntnis nahm, wie Ethel Beifall klatschte und Julie sagte: »Betrachten Sie das als meine formlose Kündigung.«

* * *

Julie rief Susan von ihrem Handy an, als sie die mit Schlaglöchern übersäte Zufahrt hinunterging und die düstere Silhouette des Heims zum letzten Mal hinter ihr verschwand. »Susan? Ich bin's. Ich bin im Boot. Lass es uns einfach tun, in Ordnung?«

Und letztendlich war es für sie beide vielleicht genau das. Es war etwas, was sie *tun* konnten. Etwas, das in ihrer Macht lag. Etwas, wozu mehr gehörte, als bloß auf seinem Altenteil zu hocken, während das Leben einen Kübel Gülle nach dem anderen über einen ausleerte. Weil Sechzig das neue Vierzig war und all dieser Mist. Denn wie Susan schon gesagt hatte: Ein halbwegs vernünftiger Rechtsanwalt, um zu belegen, dass sie unzurechnungsfähig waren, und sie würden höchstens ein paar Jahre im offenen Strafvollzug bekommen. Es wäre fast wie Urlaub.

ZWANZIG

Susan zog die Handbremse an, und sie betrachteten den schmucken kleinen Bungalow auf der anderen Straßenseite. Er stand in einer ruhigen Sackgasse mit Sechzigerjahre-Einfamilienhäusern. Alle Gärten waren gepflegt, in den Einfahrten standen betont unauffällige Autos – es war das Land der Gartenzwerge, Pampagräser und Monatstickets. »Mmmm«, sagte Susan. »Das sieht mir gar nicht nach dem Wohnsitz eines ehemaligen Bankräubers aus. Bist du dir sicher, dass es die richtige Adresse ist?«

Julie blickte erneut auf die drei Jahre alte Weihnachtskarte in ihrer Hand. »Ja. Nummer 14. Das ist hier. Aber vielleicht ist er ja auch weggezogen. Oder er ist tot.«

»Es gibt wohl nur einen Weg, das rauszufinden«, erklärte Susan.

»O Gott. Das ist doch totaler Wahnsinn. Wir sind völlig irre.«

»Wir betreiben nur ein wenig Recherche«, sagte Susan. »Wir legen unser Vorhaben dar, holen uns eine professionelle Meinung und überlegen dann in aller Ruhe, was wir als Nächstes tun. Wenn überhaupt. Wir können jederzeit einen Rückzieher machen.« Julie hatte eine Reihe von Fotos von der Lanchester Bank in der Handtasche sowie Notizen dazu, wer dort zu welchen Zeiten ein und aus ging. Praktischerweise befand sich direkt gegenüber eine Filiale der Café-Kette Costa Coffee.

»Eine professionelle Meinung?«, sagte Julie. »Susan, du bist nicht im Begriff, ein Porträt von dir malen zu lassen. Oder dir einen Fersensporn entfernen zu lassen. Wir sprechen darüber, eine gottverdammte Bank auszurauben.«

»Ist mir klar. Los, komm mit.«

Sie hatten schon viermal geklingelt und wollten gerade gehen, als hinter der Milchglasscheibe ein Schatten auftauchte – ein Schatten, der sich sehr langsam bewegte. »O Gott«, sagte Susan. »Es ist jemand zu Hause.«

Es schien eine Ewigkeit zu dauern, bis der Schatten den letzten Meter bis zur Haustür zurückgelegt hatte. Dann folgte ein endloses Gefummel am Schloss und das Rasseln einer Sicherungskette, bis im sich öffnenden Türspalt schließlich ein Gesicht erschien. Allerdings nicht das Gesicht, das Julie und Susan erwartet hatten. Die einzige Ähnlichkeit zwischen Terence Stamp und diesem Kerl bestand darin, dass sie beide Zweibeiner waren. Zumindest beinahe, denn dieser hier schien sich auf eine Art Gehhilfe zu stützen. Außerdem war er komplett kahl, und in seinem Mundwinkel hing eine halb zerkaute Zigarre. Man konnte sogar mit Fug und Recht behaupten, dass er in etwa so viel Ähnlichkeit mit Terence Stamp besaß wie der Maulwurfmann aus *Die Simpsons* mit George Clooney. Der Alte nahm die Zigarre aus dem Mund, um mit einem harten Ostlondoner Akzent zu sprechen.

»Wenn ihr Tussen Zeugen Jehovas seid, könnt ihr euch gleich wieder verpissen.«

»Entschuldigen Sie die Störung«, sagte Susan. »Wir suchen einen Mr. Savage.«

»Und wer zum Teufel seid ihr?«

Julie wagte sich vor. »Steve? Äh, Nails? Ich bin's, Julie. Julie Wickham? Kennst du mich noch?«

Der Mann starrte sie durch trübe, wässrige Augen an. Es dauerte einen Moment, aber dann glomm ein Licht in ihnen auf, und sein Mund verzog sich zu einem Grinsen, welches erstaunlicherweise offenbarte, dass seine Zähne immer noch perfekt waren. Zum ersten Mal sah Julie einen Hauch von dem Mann, den sie vor fast vierzig Jahren einmal gekannt hatte, einem Mann, den sie in einer Reihe erfinderischer und schweißtreibender Positionen geliebt hatte.

»Jules?«, fragte er. »Aus dem Parkers in Mayfair?«

»Ja!«

»Da leck mich doch am Arsch. Dann kommt mal besser rein.«

* * *

»Nails«, sagte Nails einige Zeit später. »So hat mich Gott weiß wie lang niemand mehr genannt.« Er grinste. »Dem Mädel hier«, er deutete auf Julie, »dem haben die Männer aus der Hand gefressen. Ich schwör's. Sie hätten ihr Klopapier als Taschentuch benutzt und wären noch stolz darauf gewesen.« Susan lächelte. Die beiden Freundinnen saßen auf dem Sofa. Ihr Gastgeber hatte ihnen gegenüber in einem Polstersessel Platz genommen, auf dessen Lehne eine Atemmaske lag, die über einen Schlauch mit einer Sauerstoffflasche verbunden war. Abwechselnd inhalierte er den Sauerstoff und nuckelte mit energischen Zügen an seiner Zigarre.

Auf dem Tisch standen eine Kanne Tee und drei Tassen. Er hatte eine Weile gebraucht, um alles zusammenzutragen. »Meine Güte«, strahlte er Julie an, »du hast dich kein bisschen verändert.«

»Du aber auch nicht«, erwiderte Julie, ohne mit der Wimper zu zucken.

»Erzähl mir keinen Scheiß, du verlogenes Biest«, sagte Nails geschmeichelt. »Ich bin ein verficktes Fossil.« Er wandte sich Susan zu. »Wenn du mich so siehst, Schätzchen, wirst du es vermutlich nicht glauben, aber der alte Nails hier war mal der Prinz des West End. Schicke Bude in Knightsbridge, Anzüge aus der Savile Row, die besten Tische in den besten Restaurants, Champagner bis zum Umfallen, den Jaguar direkt vor der Tür geparkt und reihenweise hübsche Girls im Arm. Girls wie das hier.« Er sprach »Girls« wie »Gills« aus. »Und heute? Essen auf Rädern, Billiglimo vom Discounter, und ich hab das Gefühl, diesen Pyjama zu tragen, seit der olle Hitler Gefreiter war. Ich würd 'ne beschissene Million zahlen, nur um mal wieder einen abseilen zu können, ohne dabei in Tränen auszubrechen. Aber wir hatten unsern Spaß, stimmt's, Jules?«

»Den hatten wir, Nails. Und ob wir den hatten.«

Die folgende Stille war von einer tiefen Traurigkeit erfüllt. Susan ergriff die Gelegenheit, den eigentlichen Grund ihres Besuchs zur Sprache zu bringen. »Da ist etwas, worüber wir gerne mit dir sprechen würden, Nails.«

»Immer raus damit. Nails ist ganz Ohr.«

Susan atmete durch, griff in ihre Handtasche, holte die Fotos der Bankfiliale in der Wroxham High Street hervor und legte sie neben der Teekanne auf dem Tisch aus.

Nails zog einmal kräftig an seiner Zigarre und beugte sich dann, während ihm der Rauch aus den Mundwinkeln stieg, nach vorne, um die Bilder zu studieren. Er hob den Kopf, blickte von Susan zu Julie und wieder zurück und fragte schließlich mit sehr ernster Stimme: »Sprechen wir hier von einem gemeinsamen Geschäft?«

EINUNDZWANZIG

Nails stieß eine Rauchwolke aus, während er eine weitere Zigarre aus ihrer Zellophanfolie befreite. Das Ausatmen dauerte etwa eine halbe Minute und war von Husten, Keuchen und Rasseln unterbrochen. Tränen liefen ihm wie Bäche aus den Augen. In dem Blick, den Susan und Julie austauschten, lag die ehrliche Angst, er würde gleich hier vor ihnen den Löffel abgeben. Schließlich ließ der Husten nach, und Nails zündete sich die neue Zigarre an.

Der darauf folgende Hustenanfall dauerte weitere anderthalb Minuten. Endlich ließ er sich zurück in den Sessel sinken, das Gesicht schweißgebadet, und sagte: »Verdammt, ich sollte wirklich damit aufhören.« Er starrte an die Zimmerdecke, atmete tief durch und dachte nach. »Wisst ihr, was mich dreißig Jahre in diesem Job gelehrt haben?«, fragte er irgendwann. Susan und Julie warteten. »Den Job zu erledigen ist nicht das Schwierigste. Jeder Idiot kann jemandem 'ne Wumme in die Fresse halten, bis der ihm einen Sack Geld in die Hand drückt. Wisst ihr, was wirklich das Schwierigste ist?« Wieder warteten sie. »Damit ungestraft davonzukommen.« Nails schwieg, um ihnen Zeit zu geben, über seine Worte nachzudenken, bevor er fortfuhr. »Die Bullen haben immer eine Liste mit den üblichen Verdächtigen. Und die Bruderschaft der bewaffneten Bankräuber ist klein. Die Polente knöpft sich einfach jemanden vor, der jemanden kennt, dessen Cousin einen Kumpel hat, dessen Bruder in der Kneipe den Mund zu voll nimmt – im Dog & Ferret, King's Tit, was weiß ich, wo. Und bevor du dich versiehst, haben diese Wichser einen von euch geschnappt und dann den nächsten, und kurz darauf haben sie euch alle. Ich hab das wieder und wieder erlebt. Nachdem der Job erfolgreich über die Bühne gegangen ist, gibt's doppelte Schnäpse, es heißt ›Wir sind die Größten‹ und ›Wir halten jetzt 'ne Weile den Ball flach, bevor wir nach Spanien ziehen‹. Aber zack, höchstens drei Wochen später bückst du dich in der Knastdusche nach der Seife, und irgendein Schwanzlutscher fährt mit seiner Lore in deine Mine rein.« Susan konnte ihm nicht so ganz folgen, aber diese Bergbaugeschichte klang irgendwie nicht gut. »Was mich auf euch Mädels bringt. Ihr habt *einen* echten Vorteil – und wisst ihr, welcher das ist?«

Susan und Julie sahen sich fragend an. Susan antwortete: »Dass wir extrem gut vorbereitet sein werden?«

Nails schüttelte den Kopf. »Nee. Ganz einfach: Ihr zwei gehört definitiv *nicht* zu den üblichen Verdächtigen. Kein Schwein käme auf die Idee, die Fühler nach ein paar netten alten Damen auszustrecken – nichts für ungut, Mädels. O ja, ich würde sagen, 'ne Bande von eurem Schlag könnte tatsächlich ungeschoren davonkommen.«

»Du meinst also, wir können das schaffen?«

»Das hab ich so nicht gesagt«, erwiderte Nails und beugte sich wieder über die Fotos, um sie erneut zu begutachten. »Schauen wir uns doch mal an, was wir hier haben. Kleinstadtbank, geringe Sicherheitsvorkehrungen, wenig Kunden – so weit, so gut. Andererseits: Einkaufsstraße, Fußgängerzone, eingeschränkte Fluchtmöglichkeiten. Außerdem gibt's heutzutage auf jedem Scheißhaus und an jeder Straßenecke Kameras, die Cops können viel schneller reagieren und so …« Nachdenklich rieb sich Nails die grauen Bartstoppeln. »Dennoch hat sich eines seit meiner Zeit nicht geändert.«

»Und das wäre?«, fragte Susan.

»Wenn du am Schalter mit 'ner fetten Knarre wedelst, dann steht 'ner Auszahlung nichts im Weg. Und noch etwas. Man muss wissen, wann man zuschlägt. Ich weiß noch, wie wir uns die alte Barclays Bank an der Kingsland Road in Dalston vorgeknöpft haben, muss '72 oder '73 gewesen sein. Einen Tag bevor wir da rein sind, waren die Monatseinnahmen abgeholt worden. Für jeden von uns blieben dreihundert Pfund. Ich kann euch sagen: Das war die zweieinhalb Jahre nicht wert. Bei Weitem nicht. Nicht mal 1972. Ihr müsst wissen, wann …«

»Ich weiß es«, sagte Susan. Die beiden anderen schauten sie überrascht an. »Am letzten Dienstag des Monats. Punkt zwei Uhr. Dann kommen sämtliche Einnahmen des großen Supermarkts. Das muss eine Menge sein.«

»Woher weißt du das, Schätzchen?«, fragte Nails.

»Der Filialleiter hat es mir erzählt. Kurz bevor er mir mitteilte, dass sie mir mein Haus wegnehmen werden.«

»Beeindruckend. Wirklich beeindruckend.« Nails gönnte sich eine Portion Sauerstoff. »So weit, so gut. Wie sieht's mit dem Team aus?«

»Wie meinst du das?«, fragte Julie.

»Euer Team«, sagte Nails. »Die Firma? Die Crew? Wer ist dabei?«

»Ach so.« Susans Blick wanderte von Julie zu Nails. »Nur wir zwei.«

»Nur ihr zwei? Habt ihr nicht mehr alle Tassen im Schrank?«

»An wie viele hast du denn so gedacht?«

»Für einen Job wie diesen braucht man mindestens fünf Mann. Zwei schieben Wache, zwei halten die Angestellten in Schach und sacken die Knete ein, einer fährt.«

»Aber wir haben keine fünf Leute«, sagte Julie. »Es gibt nur uns beide.«

»Uns drei, meinst du wohl«, erwiderte Nails.

Julie und Susan musterten ihn skeptisch. Die Altersflecken. Den bekleckerten Schlafanzug. Die Gehhilfe. Die Sauerstoffflasche. Sie sahen einander pikiert an. Julie sprach zuerst: »Ähm, Nails, die Sache ist die. Bist du dir wirklich sicher, dass ...«

Nails kniff die Augen zusammen. »Versucht ihr beiden etwa, den guten Nails auszubooten?«

»Nein!«, sagte Susan. »Natürlich nicht.«

»Denn euch fehlt noch das nötige Spezialwerkzeug. Und ich weiß nicht, wo ihr das ohne den alten Nails auftreiben wollt. Ich weiß, was ihr jetzt denkt: Wenn der Kerl versucht zu furzen, kriegt er einen Blutsturz. Hört zu, auch wenn Nails neunundachtzig ist, kann er noch ein dämliches Auto fahren, da macht euch mal keine Sorgen. Aber glaubt mir: Wir brauchen noch immer mindestens zwei Leute mehr, sonst bringt uns dieser Job geradewegs ins Café Arschfick.«

»Bitte wohin?«, fragte Susan.

»In den Knast, Susan«, erklärte Julie.

»Oh.«

»Davon abgesehen ist es, wenn niemand schlampt, die perfekte Kreuzfahrt ins Glück.«

»Und wie ist das jetzt gemeint?«, wollte Susan wissen.

»Eine Kreuzfahrt ins Glück, meine Liebe. Ein letzter Job, bevor man sich zur Ruhe setzt.«

»Na schön«, erklärte Nails und erhob sich mit Mühe aus seinem Sessel. »Nails schmeißt sich jetzt in Schale, und dann besprechen wir den Rest bei einem netten Krabbencocktail und Steak mit Pommes. Was haltet ihr davon?«

»Das ... das wäre wundervoll«, sagte Susan.

Nails trippelte mithilfe seiner Gehhilfe davon.

»Wann reisen Tom und Clare ab?«, wollte Julie wissen.

»Morgen früh. Zwei Leute mehr? Wo zum Teufel sollen wir die finden? Obwohl ... ich hab da eine Idee.«

»Wer?«, fragte Julie.

Als Susan gerade antworten wollte, wurden sie von einem lauten mechanischen Geräusch unterbrochen. Einem Brummen, Dröhnen und Rattern von Zahnrädern. Als die Frauen sich erschrocken umdrehten, sahen sie Nails: Er saß mit versteinerter Miene auf einem elektrischen Treppenlift, der ihn im Schneckentempo nach oben beförderte.

Sobald er außer Sicht war, sagte Susan flüsternd zu Julie: »Bisher sind wir nicht gerade das A-Team.«

ZWEIUNDZWANZIG

»Du musst den Verstand verloren haben«, sagte Jill. »Ich weiß, du hast in letzter Zeit eine Menge durchgemacht, Susan. Das ist es. Der Kummer. All der Kummer ist dir zu Kopf gestiegen.«

»Ist er nicht. Ehrlich, meine Liebe. Ich ... ich hatte einfach die Nase voll.«

Sie saßen in Jills Auto, das in Susans Einfahrt stand. Susan hatte Jill erlaubt, sie nach der Probe nach Hause zu fahren, was äußerst nervenaufreibend war. Selbst eine so brave Autofahrerin wie Susan wirkte im Vergleich zu Jill wie Ayrton Senna auf Crack. Und das alles für die Katz: Susan hatte ihren Plan bereits zweimal vorgetragen. Ihr gingen die Argumente aus, es blieb ihr nur noch eine Karte, die sie ausspielen konnte. »Es tut mir leid, das anzusprechen«, sagte sie, »aber was deinen Jamie betrifft, ist das vielleicht die einzige ...«

»Untersteh dich, Susan Frobisher! Untersteh dich, den Jungen in so etwas hineinzuziehen! Einen Unschuldigen wie ihn zur Rechtfertigung deiner ... deiner *Verbrechen* zu missbrauchen.«

»Schon gut, tut mir leid.«

»Ihr werdet alle im Gefängnis landen. Oder Schlimmeres.«

»In Ordnung, Jill. Du hast dich klar und deutlich ausgedrückt. Die ganze Sache ist völlig verrückt und vermutlich zum Scheitern verurteilt. Aber, bitte, kann ich darauf zählen, dass du niemandem etwas davon erzählst?«

Jill blickte sie an. »Weißt du, eigentlich sollte ich es jemandem erzählen. Dich wegsperren lassen, bevor du etwas wirklich Dummes tust. Aber andererseits ist es gar nicht der Rede wert, oder? Denn du wirst jetzt reingehen, dich aufs Ohr hauen, und morgen früh, wenn du aufwachst, ist die ganze Sache schon wieder vergessen, nicht wahr?«

»Vermutlich, ja. Aber wenn nicht, wenn ich nicht ...«

Den Blick starr geradeaus durch die Windschutzscheibe gerichtet, antwortete Jill: »Nein. Ich werde es niemandem erzählen.«

»Danke, Jill.«

»Bitte, lass es gut sein, meine Liebe. Denk noch mal drüber nach, in Ordnung? Das ist ... blanker Irrsinn.«

* * *

»Oha«, sagte Ethel. »Junge, Junge.« Sie saßen auf der Hügelkuppe im Wroxham Park, wo sie auf ihrem wöchentlichen Spaziergang immer eine Rast einlegten, bevor Ethel auf dem Rückweg gewöhnlich darauf bestand, im Brewer's Arms »ganz kurz« auf einen ihrer »Muntermacher« einzukehren: dreifache Gin Tonics.

»Es ist völliger Wahnsinn, oder?«, fragte Julie.

»Ja. Eindeutig Wahnsinn.«

»Wir sollten besser die Notbremse ziehen, bevor es zu spät ist.«

»Himmel, nein.«

»Wie bitte?«

»Es scheint mir immer noch besser zu sein als die Alternative.«

»Die Alternative?«

»Dir wieder so einen beschissenen Job zu suchen, wie du ihn gerade erst losgeworden bist. Krieg ich eine Knarre?«

»Eine Knarre? Ich ... ja, ich denke schon.«

»Was für eine?«

»Keine Ahnung. He, wir wollen keinem was zuleide tun.«

»Nur Angst machen?«

»Tja, ich schätze, uns wird wohl nichts anderes übrig bleiben.«

»*Richtig* Angst machen?«

»Wenn wir müssen, ja.«

»Fantastisch. Ich bin dabei. Und jetzt los, es ist schon Viertel nach Gin.«

Ethel rangierte ihren Rollstuhl von der Parkbank weg und Richtung Pub. Julie beobachtete, wie sie den Hügel hinunterrollte. Eine an den Rollstuhl gebundene Siebenundachtzigjährige, die sie gerade rekrutiert hatte, um gemeinsam mit einem Neunundachtzigjährigen, der auf Gehhilfe und Beatmungsgerät angewiesen war, eine Bank zu überfallen. Als sie aufstand, um hinterherzugehen, klagte sie: »Offenbar verliere ich wirklich meinen Verstand.«

* * *

Jill erwachte am nächsten Morgen vom Klingeln des Telefons. Sie brauchte eine volle Minute, bis sie Linda so weit beruhigt hatte, dass diese ein klares Wort herausbekam. »Oh,

Mum. So schlimm war es noch nie. Ich dachte wirklich, das war's jetzt.« Sie brach in heftiges Schluchzen aus. »Der Arzt in der Notaufnahme hat davon geredet, ›gewissen Realitäten ins Auge zu sehen‹!«

»Was für Realitäten?«

»Er sagte, was das ›Zeitfenster‹ betrifft. Oh Mum, er wird …«

Jill tat, was sie immer tat. Was sie die letzten paar Jahre getan hatte. Sie versicherte ihrer Tochter, alles würde gut werden, und sprach ihr Mut zu. Und als Linda sich so weit beruhigt hatte, dass Jill schließlich auflegen konnte, stützte sie den Kopf in die Hände und weinte um ihren Enkel. Dann ging sie in die Küche, wo neben dem Radio ihre Bibel lag. Wenn sie Rat suchte oder eine Eingebung brauchte, schlug sie das Buch häufig einfach willkürlich auf einer Seite auf. So machte sie es auch jetzt. Und landete bei den Sprüchen Salomos 11,14: *»Wo nicht Rat ist, da geht das Volk unter; wo aber viele Ratgeber sind, da geht es wohl zu.«*

Jill unternahm noch einen Versuch. Jakobus 1,3: *»Und wisset, dass euer Glaube, wenn er rechtschaffen ist, Geduld wirkt.«*

Nein. Einer noch.

Matthäus 19,26: *»Jesus aber sah sie an und sprach zu ihnen: Bei den Menschen ist es unmöglich; aber bei Gott sind alle Dinge möglich.«*

Das reicht mir, dachte Jill. Das tränennasse Taschentuch noch in der Hand, tippte sie mit zitterndem Finger die Nummer. »Susan?«, sagte sie. »Hier ist Jill.«

DREIUNDZWANZIG

Es war ein wolkiger Freitagnachmittag im Juni, und im Haus Beecham Crescent 23 hatte sich eine merkwürdige Truppe zusammengefunden.

Versammelt in Susans Wohnzimmer, drängelten sich alle um den mit Teetassen, Kuchen, Keksen und Süßigkeiten beladenen Couchtisch. Schließlich setzte Nails seine Tasse ab, um unter den üblichen Schwierigkeiten aufzustehen, und räusperte sich. Er trug einen Zweireiher, der etwa 1982 der Mode letzter Schrei gewesen sein durfte – was tatsächlich das Jahr war, in dem er das gute Stück zum letzten Mal getragen hatte. Hinter ihm stand ein großes DIN-A2-formatiges Flipchart, das Susan erst am Morgen im Büromarkt an der Umgehungsstraße gekauft hatte. Die erste Seite zeigte eine Zeichnung vom Grundriss der Bank. Susan, Julie, Ethel und Jill unterbrachen ihre Gespräche und blickten Nails erwartungsvoll an.

»Also gut, Mädels. Es geht doch nichts über ein bisschen Klatsch und Tratsch, stimmt's? Was ist gegen ein kleines Schwätzchen schon einzuwenden? Nichts, außer ihr seid scharf darauf, euren Kaffeeplausch demnächst ins Hotel Hinterlader zu verlegen. Also haltet ihr jetzt besser die Klappe und sperrt die Lauscher auf.«

»Hotel Hinterlader?«, fragte Jill verwirrt.

»Gefängnis«, erklärte Susan flüsternd. »Wenn du etwas nicht verstehst, bedeutet es im Zweifelsfall vermutlich Gefängnis.«

»Das Wichtigste zuerst«, fuhr Nails fort. »Wer macht was? Julie und Susan«, er zeigte auf die beiden, »ihr übernehmt die Angestellten und den Tresorraum. Ethel und ... wie heißt du gleich, Schätzchen?«

»Jill.«

»Ethel und Jill, ihr haltet die Kunden in Schach. All die Penner, die ihren armseligen Gehaltsscheck einlösen wollen oder sich aus sonstwelchen Gründen da rumtreiben – ihr sorgt dafür, dass sie still sind. Niemand kommt raus, und niemand kommt rein. Alles klar?«

Ethel und Jill nickten.

»Was bedeutet, dass der alte Nails hier den Fahrdienst macht. Kommen wir zum Spezialwerkzeug. Susan, könntest du hier bitte etwas Platz schaffen?«

Susan räumte Tassen, Teller und die Zuckerdose beiseite, während Nails unter den Tisch griff und eine riesige Reisetasche hervorholte. Sie war groß wie ein Zelt und mit Lehmflecken und Erdklumpen bedeckt. Er hievte sie auf den Tisch, öffnete den Reißverschluss und nahm verschiedene Dinge heraus: eine automatische Pistole, eine gefährlich aussehende, abgesägte Schrotflinte und eine Eierhandgranate aus dem Zweiten Weltkrieg, alles ziemlich rostig.

»O mein Gott«, rief Jill und schlug die Hände vor den Mund. Ethel langte über den Tisch und schnappte sich die Automatik.

»Vorsicht, Ethel«, wollte Susan sie ermahnen. Aber Ethel hatte mit dem rechten Daumen bereits irgendeinen Haken oder Hebel gelöst, sodass das Magazin aus dem Griff und in die wartende Handfläche ihrer Linken glitt. Sie zog den Schlitten zurück und überprüfte, ob die Kammer leer war, bevor sie fachmännisch in den Lauf schielte, den Schlitten wieder einrasten ließ und die Waffe entsicherte. Dann nahm sie die Uhr auf dem Kaminsims ins Visier.

»Du hast ein gutes Auge, Schätzchen«, sagte Nails. »Das ist das beste Stück. Eine Browning neun …«

»Neun Millimeter Halbautomatik«, brachte Ethel seinen Satz zu Ende. »Standardwaffe britischer Army-Offiziere nach 1950.« Sie legte den Finger um den Abzugshebel und feuerte mit einem metallischen »Klick«, während die anderen Frauen ihr mit großen Augen zusahen. »Aber die Mechanik ist ziemlich schwergängig, und die Riefen im Lauf sind schartig. Was mich zu der Schlussfolgerung führt, dass es eine entschärfte Waffe ist, die jemand mehr schlecht als recht wieder scharf gemacht hat.« Als sie sich zu den anderen umdrehte, starrten Susan, Julie und Jill sie mit offenen Mündern an. »Ist bloß ein Hobby von mir«, erklärte Ethel.

Auch Nails war offensichtlich beeindruckt. »Eins sag ich euch, das alte Mädchen hier hat's faustdick hinter den Ohren.«

»Allerdings«, sagte Susan, »ich sollte mich eigentlich nicht wundern.«

Ethel legte mit der Pistole auf Jill an und spannte den Hahn. »Ethel!«, schrien die Frauen. Ethel betätigte erneut den Abzug, rief dabei »BUMM!« und gackerte los, als Jill aufkreischte.

»Na gut, Schluss mit den Spielchen«, sagte Nails.

Ethel legte die Browning zurück auf den Tisch und streichelte die Schrotflinte. »Die hier entspricht eher meinem

Temperament, glaube ich …« Nails kramte noch mehr Zeug aus der Tasche hervor. Neben einem Revolver auch zwei dicke Eisenstangen, jede fast einen Meter lang.

»Wofür sind die?«, fragte Julie.

»Alles zu seiner Zeit, meine Süße.« Nails suchte am Boden der Tasche herum. »Ah, hier sind sie ja. Also, reicht die mal durch. Jeder nimmt sich eine und behält sie.« Susan nahm einen Stapel Sturmhauben aus schwarzer Wolle entgegen. Sie reichte sie weiter, und jede der Frauen nahm sich eine. Julie hielt ihre hoch. Darauf war mit leuchtend weißer Farbe das Wort »HATE« gemalt. »Warum zum Teufel …?«, rief Julie und blickte sich um. Auf Susans Sturmhaube prangte das Wort »FEAR«.

»Zwei Gründe, meine Liebe«, sagte Nails. »Zum einen fällt es euch so leichter, euch gegenseitig zu identifizieren. Zum anderen: Hat man etwas Durchgeknalltes auf die Stirn geschrieben, dann sehen die Leute immer dorthin, nicht in deine Augen. Ich kenne Männer, die sind nur an den Augen erkannt worden.«

»Ich ziehe das nicht an.« Als sich alle nach ihr umdrehten, hielt Jill eine Sturmhaube mit dem Wort »PAIN« in der Hand. »Das ist … einfach abscheulich.«

»Ich tausche mit dir, wenn du willst«, bot Ethel breit grinsend an. Diesmal wanderten alle Blicke zu ihr. Ethel hatte ihre Sturmhaube bereits an. Auf der Stirn prangte das Wort »FUCK«.

Nails sah sie voller Bewunderung an. »Mrs. Fuck. Nails gefällt das.«

»Susan, kann ich bitte mit dir tauschen?«, fragte Jill. »Mir wäre ›FEAR‹ lieber als ›PAIN‹.«

»Nein!«, sagte Susan. »Mir gefällt ›FEAR‹.«

»Och, bitte.«

»Ruhe jetzt!«, rief Nails. »Es geht mir am Arsch vorbei, wer ...«

Plötzlich klingelte es an der Tür – ein fröhliches, beschwingtes, geradezu albernes *Ding-Dong*.

Alle schauten sich überrascht an. »Erwartest du jemanden?«, fragte Nails, die Augen zu Schlitzen verengt.

»Ich ... nein.« Susan ging zum Fenster und spähte durch die Gardine. Was sie sah, ließ ihr das Herz in die Hose rutschen. Ihre Knie wurden weich wie Butter.

Ein Polizeiwagen.

Er parkte direkt vor ihrem Haus.

»Es ... ich ... es ist die Polizei«, informierte sie die anderen.

Panik!

Jill brach in Tränen aus. Nails brabbelte drauflos: »Verfickte Scheiße. Die Cops. Die Schmiere. Bullerei. Polente. Unser Freund und Helfer. Jemand hat uns angeschwärzt ...«

»Jetzt beruhigt euch mal«, rief Julie und betrachtete das Zimmer, die Waffen, die Sturmhauben, das Flipchart und die Fotos von der Bank.

Ding-Dong.

»... uns verpfiffen, verraten, angeschissen ...«

»ICH WUSSTE, DASS ES WAHNSINN IST!«, kreischte Jill.

»Susan ...«, versuchte sich Julie in dem Chaos verständlich zu machen.

»Woher haben diese Wichser ...?«, knurrte Ethel.

»Könnten bitte alle sofort mit dem Fluchen aufhören?«, winselte Jill.

»Aus die Maus«, erklärte Nails. »Nails fährt nicht noch mal ein. Um nichts in der Welt. Nicht noch mal. FICKT EUCH!« Er fiel auf die Knie, schnappte sich den Revolver vom Couchtisch, hielt ihn sich unters Kinn und brüllte: »ICH KOMM NACH HAUSE, MA!«

»Um Gottes willen!«, sagte Julie und riss ihm die Waffe aus der Hand, bevor er abdrücken konnte. Nails kippte zur Seite und blieb hyperventilierend auf dem Teppich liegen. »Susan«, rief Julie. »Bitte geh zur Tür und halt die Herren eine Minute auf.«

»Wie denn?«, fragte Susan.

Ding-Dong. Ding-Dong.

»Sag einfach … lass dir halt was einfallen!«

Als Susan in den Flur eilte, wandte Julie sich an Jill: »Bitte beruhige dich, Jill, und pack mal eben mit an.«

Susan atmete tief durch und öffnete die Haustür. Vor ihr standen DS Boscombe und DC Wesley. Boscombe hatte ein festgefrorenes, idiotisches Grinsen im Gesicht. Susan brauchte einen kurzen Moment, um die beiden zuzuordnen. »Sergeant …«

»Boscombe, genau! Und Sie erinnern sich gewiss noch an Detective Constable Wesley …«

»Guten Tag, Mrs. Frobisher.«

»Aber natürlich, guten Tag.«

»Entschuldigen Sie das hartnäckige Klingeln«, fuhr Boscombe fort. »Es ist nur so, dass wir Ihren Wagen gesehen und daraus gefolgert haben, dass jemand zu Hause sein muss, also …«

»Tut mir leid, Sergeant, aber ich bin ziemlich beschäftigt. Gibt es etwas Bestimmtes, das …«

Boscombe hielt ihr eine durchsichtige Plastiktüte mit der Aufschrift »Beweismittel« vor die Nase. Darin befanden sich Barrys Brieftasche, Uhr, Schlüssel, Handy und etwas Kleingeld. »Die persönlichen Habseligkeiten Ihres Mannes. Normalerweise hätten wir angerufen und Sie informiert, dass sie zur Abholung bereitliegen. Aber ich dachte, nach allem, was Sie in jüngster Zeit durchzustehen hatten, bringen wir sie Ihnen schnell vorbei.«

»Das ist überaus freundlich …« Susan streckte den Arm nach der Tüte aus, die Boscombe sofort wieder zurückzog.

»Sie müssten mir nur eben ein paar Formulare unterzeichnen.« Boscombe spähte über ihre Schulter in den Hausflur. »Wenn wir dafür vielleicht kurz …«

»Wie ich schon sagte, bin ich gerade ziemlich beschäftigt, Sergeant.«

»Es dauert nicht lange.«

»Im Augenblick passt es wirklich überhaupt nicht. Ich wollte gerade gehen.«

Plötzlich ertönte von irgendwo im Haus Musik. Boscombe blickte sie herausfordernd an. »Sie haben wohl Gäste.«

Susan schluckte. »Ja, allerdings. Und mir ist der … Zucker ausgegangen. Ich war gerade auf dem Sprung in den Laden.«

»Wie ich schon sagte: Es dauert nur ein paar …«

»Haben Sie einen Durchsuchungsbefehl?«

»Einen Durchsuchungsbefehl?«

»Ja. Brauchen Sie den nicht, um ins Haus zu kommen?«

Verwirrt blickte Boscombe erst zu Wesley, dann wieder zurück zu Susan. »Nein, nicht wenn Sie uns in Ihr Haus einladen.«

»Warum sollte ich Sie nicht einladen?«, fragte Susan.

»Ich weiß es nicht«, antwortete Boscombe. »Also, dürfen wir?«

»Dürfen Sie was?«

»Dürfen wir reinkommen?« Boscombe fragte sich allmählich, ob die Frau noch ganz richtig im Oberstübchen war.

»Alles in Ordnung, Susan?«, rief Julie gut gelaunt aus dem Wohnzimmer. »Wir könnten hier deine Hilfe gebrauchen.«

»Bitte sehr, Sergeant. Kommen Sie rein«, forderte Susan die Polizisten auf.

»Danke vielmals«, sagte Wesley und trat ein.

Sie führte die beiden in den Flur, atmete tief durch und öffnete die Tür zum Wohnzimmer. Die Musik, ein Tango, wurde sofort lauter, und den Beamten bot sich ein seltsamer Anblick: In der Mitte des Raums tanzte Julie mit Nails, während Ethel und Jill ihnen dabei zusahen. Das Lächeln in Jills Gesicht sah aus wie festgetackert. Ethel klatschte fröhlich im Takt der Musik. Boscombe nickte der alten Dame in dem Rollstuhl voller Aufkleber höflich zu. Von den Waffen war nichts zu sehen, und das Flipchart war umgeblättert. Susan erkannte, dass Julie auf die neu aufgeschlagene Seite hastig einige Tanzschritte gezeichnet hatte: eine Grafik, bestehend aus stilisierten Füßen mit Pfeilen daran, die wohl die Bewegungsrichtung veranschaulichten. Als das Lied zu Ende war und Ethel applaudierte, fielen Boscombe und Wesley mit ein. »Das war schon sehr viel besser, Bert!«, sagte Julie zu Nails. »Du hast wunderbar geführt!« Sie tat so, als wären ihr die beiden Polizisten jetzt erst aufgefallen. »Na so was! Wir haben Gesellschaft!«

»Ah, ein kleiner Tanzkurs, wie?«, fragte Boscombe.

»Allerdings. Und Bert hier ist einer meiner vielversprechendsten Schüler.« Julie deutete auf Nails. Er sah aus, als stünde er kurz vor einer Herzattacke. Dicke Schweißperlen rollten ihm übers Gesicht, und sein Kiefer war zu einem debilen Grinsen verkantet, als Boscombe ihm zur Begrüßung die Hand schüttelte. »Freut mich, Sie kennenzulernen, Bert. Ich bin Detective Sergeant Boscombe, CID.«

»Buuunschweinnnn«, zischte Nails durch die Zähne.

»Er hatte vor ein paar Jahren einen leichten Schlaganfall«, flüsterte Julie, trat etwas näher an die Beamten heran und ließ unauffällig ihren Zeigefinger vor der rechten Schläfe kreisen. Boscombe lächelte und nickte Nails freundlich zu.

Hinter ihnen gab Susan ein eigenartiges Quieken von sich. Irritiert drehte sich Boscombe nach ihr um. Ethel bemerkte, was Susan so aus der Fassung gebracht hatte: Auf der Sitzfläche ihres Rollstuhls ragte zwischen ihren Beinen der Lauf der abgesägten Schrotflinte hervor.

»Entschuldigung«, sagte Susan, während Ethel geschickt ihre Decke über das Gewehr gleiten ließ, »ich hatte bloß einen Frosch im Hals.«

»Wir wollten Mrs. Frobisher nur ein paar Dinge zurückgeben«, erklärte Boscombe. »Tut mir leid wegen der Störung.«

»Aber nicht doch«, sagte Julie. »Wir haben nur ein wenig geübt, um nicht einzurosten.«

»Wundervoll, nicht wahr, Wesley? Zu sehen, wie Menschen sich im – nun ja – fortgeschrittenen Alter in Form halten, indem sie geistige und körperliche Herausforderungen suchen.«

»In der Tat, Sergeant«, erwiderte Wesley.

»Danke für das Kompliment, Sergeant«, entgegnete Julie. »Ein paar kräftige junge Männer wie Sie sind uns bei unseren Tanzstunden natürlich jederzeit willkommen!«

»Ach wirklich?«, sagte Boscombe. »Wissen Sie was? Eigentlich wollte ich diesen Tango immer schon mal lernen. Ich stehe auf diese ... *Strenge*!«

* * *

Eine Viertelstunde später tunkte Wesley auf dem Sofa ein Puddingteilchen in seine zweite Tasse Tee und sah zu, wie sich sein Boss bei etwas, das einigermaßen überzeugend an die Schlussfigur eines Tango erinnerte, über Julie beugte, die in seinen Armen lag. Die Musik verebbte, und alle applaudierten.

»Ausgezeichnet, Sergeant«, lobte Julie.

»Er ist ein echtes Naturtalent!«, sagte Ethel.

»Die letzte Figur hat meinem alten Rücken schon ordentlich was abverlangt!«, erklärte Boscombe seiner Tanzpartnerin gegenüber nicht besonders galant.

»Also, Sergeant«, sagte Susan, »wenn Sie gerade diese Formulare zur Hand haben ...«

»Natürlich. Tut mir leid.«

* * *

Kurz darauf steckte Boscombe den Schlüssel ins Zündschloss ihres Wagens, während Wesley den Sicherheitsgurt anlegte. »Schön zu sehen, wie viel Spaß diese Leutchen noch haben können.«

»Definitiv, Sarge.«

»Ich hoffe nur, dass ich in dem Alter auch noch so aktiv bin.« Er drehte den Schlüssel herum und fuhr los.

Susan beobachtete durch die Gardine, wie der Wagen auf die Straße einbog. Schwer atmend ließ sie sich zu Boden sinken.

»Holla!«, rief Ethel und zog die abgesägte Schrotflinte unter ihrem Hintern hervor. »Es geht doch nichts über einen kleinen Arschtritt für den Kreislauf!«

»Scheiß die Wand an«, stöhnte Nails und setzte sich dankbar die Sauerstoffmaske auf.

VIERUNDZWANZIG

Später am Abend saßen Julie und Susan schweigend beieinander und schlürften ihren Tee. Den Rest des Tages hatten sie damit verbracht, Nails' Plan immer wieder bis ins kleinste Detail durchzugehen. Schließlich schnaubte Susan und setzte die Tasse ab.

»Das ist blanker Irrsinn.«

»Blanker Irrsinn«, stimmte Julie ihr zu und starrte in den Kamin.

»Wir werden im Gefängnis landen. Oder Schlimmeres.«

»Mmmm.«

»Mit Waffen rumzulaufen ist gefährlich. Es könnte sein, dass jemand zu Schaden kommt.«

»Ja, könnte passieren. Möchtest du die letzte Scheibe?«

»Nein, nimm du … Julie! Ich versuche uns das auszureden. Und du klingst, als würde dich das alles nicht kümmern.«

Julie nahm sich den letzten Toast mit Butter und biss hinein. »Weißt du was?«, sagte sie. »Ich glaube, das tut es auch nicht. Als mein Salon damals den Bach runterging, da war ich erst … wie alt? Neunundzwanzig? Dreißig? In dem Alter macht man sich noch keine Gedanken darüber, ob man versagt hat. Man sagt sich einfach: ›Na gut, dann mach ich eben was anderes.‹ Dann, bei der Bistro-Pleite, da war ich fünfundvierzig. Und es *war* hart, in diesem Alter von vorn anzufangen. Aber die letzten Jahre, nach der Sache mit der Boutique ... ich habe mich immer als jemanden gesehen, der nach vorne blickt und weitermacht, Susan. Nur mit sechzig funktioniert das nicht mehr. Ich bin zu alt, um noch mal von vorn anzufangen. Wenn mir das durch unseren Plan erspart bleibt und wir dabei niemandem wehtun, dann soll's mir recht sein. Denn alles – wirklich *alles* – muss besser sein als das hier.«

»Sogar das Café Arschfick?«

»Sieh dich doch an. Du bist dein ganzes Leben auf Nummer sicher gegangen. Und was kam dabei raus? Dass du deinen Lebensabend mit einer kümmerlichen Rente bei Tom und Clare verbringst? Hast du dir so deinen *Ruhestand* vorgestellt, als du jünger warst?«

»Ganz früher habe ich mir bei diesem Wort immer einen warmen, sonnigen, irgendwie tropischen Ort vorgestellt. Am Pool zu liegen und jeden Tag irgendwo nett essen zu gehen.«

»Wieso *ganz* früher?«

»Barry hat den Süden nie gemocht.«

»Barry ist tot.«

Die beiden Freundinnen blickten einander in die Augen. Julie hob ihre Tasse. »Aufs Café Arschfick.«

Susan stieß mit ihr an. »Aufs Café Arschfick.«

FÜNFUNDZWANZIG

Die Lanchester Bank in Wroxham.

Um 14:05 Uhr am letzten Dienstag im Juni.

Passenderweise war dieser Dienstag der bisher heißeste Tag des Jahres.

Das digitale Thermometer am Schalter zeigte einunddreißig Grad. Sallys Bluse klebte auf ihrer Haut, und nach dem Essen fühlte sie sich ein wenig müde. Immerhin, es waren keine drei Stunden mehr bis Feierabend. »Kann ich Ihnen sonst noch irgendwie helfen, Mrs. Trent?«, fragte sie.

»Ich wollte ein Konto für meine Enkelin eröffnen. Haben Sie die Formulare für …«

Sallys Augen wurden riesengroß, als sie an der kurzen Schlange von fünf Kunden vorbei zum Eingang blickte, wo gerade drei Gestalten mit Navy-Overalls den Schalterraum betraten. Sie trugen Sturmhauben, auf denen irgendwas geschrieben stand. Sallys erster Gedanke war: *Studenten.* Während der sogenannten »Rag Week« machten die Kids von der UAE in Norwich traditionell alberne Scherze und Aktionen, um damit Geld für einen guten Zweck zu sammeln. Nur dass diese hier keine Sammelbüchsen dabeihatten. Stattdessen hatten sie … waren das etwa …

»LOS, SOFORT ALLE AUF DEN BODEN! DAS IST EIN ÜBERFALL!«, rief eine der Gestalten, die größte von ihnen, die dem Schalter am nächsten war und auf deren Stirn das Wort »FEAR« prangte. Die Kunden schrien, da stürmte der letzte Räuber in den Raum. Wobei »rollen« wohl der treffendere Ausdruck gewesen wäre. In einem Rollstuhl sitzend, das Wort »FUCK« auf der Sturmhaube, zog die letzte der vier Gestalten eine doppelläufige Flinte unter ihrer schottisch karierten Decke hervor.

Einer der Kunden lachte und sagte: »Was soll das denn werden? Ist heute Red Nose Day oder so was?« Ethel rammte ihm den Kolben ihres Gewehrs in die Weichteile. Stöhnend ging der Mann zu Boden, während Ethel die Waffe auf die anderen richtete und brüllte: »AUF DEN BODEN, IHR BESCHISSENEN LAHMÄRSCHE, BEVOR ICH EUCH ZU SCHWEIZER KÄSE MACHE!« Sie betätigte den Abzug und feuerte aus beiden Läufen auf die Überwachungskamera über dem Schalter.

Das erfüllte seinen Zweck. Unter lautem Kreischen warfen sich die Leute zu Boden. In ihrer Panik hämmerte Sally reflexartig auf den Knopf unter dem Schalterfenster, woraufhin die metallene Jalousie herunterratterte. Doch Susan und Julie waren bereits zur Stelle. Sie verkeilten Nails' Eisenstangen im Fenster, brachten so die Jalousie auf halbem Weg zum Stehen und richteten ihre Waffen auf das heulende Mädchen. »MACH DIE TÜR AUF. SOFORT!«

Sally drückte einen weiteren Knopf, und die Räuber schlüpften in den Schalterraum. Den Lauf einer Pistole im Rücken führte Sally sie durch einen schmalen Korridor, wo sie auf Alan Glass trafen, der sein Büro verlassen hatte, um nachzuschauen, was das für ein lauter Knall gewesen war.

Susan hielt ihm ihren Revolver mitten ins Gesicht und packte ihn am Revers. »Der Tresorraum«, sagte sie mit so männlicher Stimme, wie sie irgend konnte.

Glass brach in Tränen aus.

* * *

Zweihundert Meter die Straße rauf saß Nails schwitzend hinter dem Lenkrad seines 1988er Ford Granada. Dem mit den falschen Nummernschildern vom Dachboden. Er hatte seine Sturmhaube hochgerollt wie eine Wollmütze, bereit, sie übers Gesicht zu ziehen, sobald er das Signal erhielt. Er warf einen Blick auf das Walkie-Talkie auf dem Beifahrersitz. Drei oder vier Minuten waren sie jetzt da drin. Höchstens zehn, hatte er ihnen gesagt. »Scheiße. Gottverdammte Scheiße«, keuchte er und bemühte sich verzweifelt, ruhig zu atmen. »Alles cool. Du bist cool, Nails. Cool wie ein Eskimo. Du trinkst kochend heißes Wasser und pisst Eiswürfel. Verfickte Eiskrem pisst du! Du…« Er blickte aus dem Fenster und sah, dass vor dem Supermarkt am Ende der High Street tatsächlich ein Eiswagen parkte. Nails leckte sich die Lippen, als ihm ein salziger Schweißtropfen von der Stirn ins Auge lief, das sofort zu brennen begann.

* * *

»Ogottogottogott«, flüsterte Jill vor sich hin. Mit zitternden Händen versuchte sie, ihre Pistole auf die am Boden kauernden Kunden gerichtet zu halten. »Wofür brauchen die denn so lange?«

»Bitte«, schluchzte eine Kundin. »Bitte tun Sie uns nichts.«

»HALT'S MAUL!«, zischte Ethel sie an, warf die Hülsen aus und legte neue Patronen in beide Läufe des Gewehrs. »Wenn einer von euch es wagt, auch nur den Kopf zu heben, dann leere ich das Ding hier direkt in seine dämliche Fresse.«

Abgesehen von Ethels Schrotflinte waren natürlich sämtliche Waffen nicht geladen. Die Schrotpatronen hatten sie mit einer seit jeher von den hiesigen Bauern verwendeten Steinsalzmischung gefüllt. Aus allernächster Nähe mochte diese Mixtur vielleicht ausreichen, um jemanden zu töten, aber Ethel hatte nicht vor, auf irgendjemanden zu schießen. Die Ladung war allerdings ideal, um die Überwachungskameras außer Gefecht zu setzen, und aus zwanzig Meter Entfernung oder mehr garantierte sie einen höllisch brennenden Hintern.

Hinten tippte Glass derweil den Code zum Tresorraum ein und murmelte dabei ununterbrochen sein neues Mantra: »Bittetutmirnichtsbittetutmirnichtsbitte...«

Du meine Güte, dachte Julie. *Zeig wenigstens ein bisschen Führungsqualitäten, du Waschlappen!*

Ein Piepen ertönte, ein rotes Lämpchen wurde grün, und die Tür öffnete sich. Julie und Susan scheuchten die Mitarbeiter der Bank in den Raum, in dessen Mitte ein halbes Dutzend metallene Geldtransportkisten darauf warteten, in den Safe geräumt zu werden. Während Julie die Angestellten in Schach hielt, öffnete Susan die erste Kiste und begann die Banknoten in ihre große Baumwollreisetasche zu packen.

Die Scheine waren allesamt Fünfziger, gebündelt zu Päckchen von hundert Stück. Das hieß, jedes der Päckchen war fünftausend Pfund wert.

Es gab eine Menge davon.

* * *

»Der Kerl ist doch bloß ein Schaumschläger«, sagte Boscombe und knallte die Autotür zu. »Im Ernst: Ted Pritchard? Detective Inspector? Wer's glaubt, wird selig.«

»Wilson mag ihn«, entgegnete Wesley.

»Wilson mag jeden, der ihm den beschissenen Hintern küsst.«

Sie kamen von dem kleinen Parkplatz am Ende der High Street.

»Höllisch heiß heute, was, Sarge?«

»Das kann man wohl laut sagen.« Boscombe blinzelte in die Sonne. »Was halten Sie davon, wenn Ihr alter Boss Sie auf ein Eis einlädt?«

»Da sag ich nicht Nein.«

Sie gingen in Richtung des leuchtend gelben Kleinbusses, der vor dem Supermarkt parkte.

* * *

»Beeilung!«, knurrte Julie und blickte auf ihre Uhr. Seit sie den Schalterraum betreten hatten, waren fünf Minuten vergangen.

»Mmmm!«, brummte Susan, die es vorzog, nicht zu sprechen.

»Damit kommen Sie nie im Leben durch«, sagte eine der Angestellten. Julie sprang auf sie zu und nahm sie ins Visier. Und schon ging das Geschrei wieder los. »Seid still!«, kreischte Glass. »Lasst sie einfach machen. So lautet die Verhaltensregel in solchen Fällen.«

Susan war inzwischen bei der vierten Kiste.

In der Tasche war kaum noch Platz.

* * *

Nails war mit den Gedanken woanders. Das passierte ihm dieser Tage recht häufig. In seinem Kopf war er ein kleiner Junge und am Meer. Unten bei Margate oder Southend.

Wundervolle Zeiten mit seiner Ma und seinem Dad.

Wieder wanderte sein Blick über die Straße zu dem Eiswagen. Dann zurück, die High Street hinunter. Was tat er hier? Irgendwas Wichtiges, da war er sich sicher. Er wusste nur nicht mehr so ganz, was es war. Und ihm war so verdammt heiß. Es würde nur ein Minütchen dauern. Nichts konnte so verdammt eilig sein, dass er sich nicht eben ein Eis holen könnte. Langsam hievte er sich aus dem Auto – wessen Auto war das eigentlich? – und schlurfte über die Straße. Das Walkie-Talkie vergaß er auf dem Beifahrersitz.

* * *

»Mmmm-mmmh«, brummte Susan, um Julie zu bedeuten, sie möge zu ihr rüberkommen. Julie folgte ihrer Aufforderung, ohne dabei die Angestellten auch nur einen Moment aus den Augen zu lassen. »Was?«

»Hier passt nichts mehr rein!«, flüsterte Susan.

Julie blickte erst auf die prallvolle Tasche, dann auf die verbleibende Kiste. Und schließlich auf ihre Uhr: Sechs Minuten waren inzwischen verstrichen. »Lass gut sein«, sagte sie. »Hauen wir ab.« Sie nahm sich eine Handvoll Geldbündel und stopfte sie in ihren Overall. Susan nahm die Reisetasche. Oder versuchte es zumindest. »Donnerwetter«, ächzte sie. Sie packten jeder einen der Griffe und mühten sich in den Flur hinaus. Julie trat die Tür hinter sich zu, und das Licht schaltete automatisch wieder auf Rot. Die Angestellten waren eingeschlossen.

Susan holte das Walkie-Talkie aus ihrer Jackentasche und drückte auf die Sprechtaste: »Fear an Wheels. Fear an Wheels, bitte kommen. Wir können abreiten.«

* * *

Aus dem Walkie-Talkie auf dem Beifahrersitz des alten Granada hallte Susans Stimme durch den leeren, aufgeheizten Wagen.

Nails stand in der Schlange vor dem Eiswagen. Einer der beiden Typen vor ihm drehte sich um und sagte überrascht: »Oh, hallo!« Verwirrt musterte Nails den Mann. Er hatte diesen Kerl in seinem ganzen Leben noch nie gesehen. »Sehen Sie mal, Sarge, wer hier ist. Mr. ... na, Sie wissen schon. Der alte Herr vom Tanztee.«

Boscombe drehte sich nun ebenfalls um, ein großes Softeis mit einem Stück Borkenschokolade in der Hand. »Ach ja. Bert. Wie geht es Ihnen?« Boscombe lächelte freundlich. So, wie man Kinder oder geistig Zurückgebliebene anlächelt. *Bert? Wer zum Teufel ist Bert?*, fragte sich Nails. *Was soll dieser Scheiß?* Aber irgendetwas ließ in seinem Kopf die Alarmglocken schrillen. *Sarge. Moment mal. Ach du Scheiße!* Nails fiel wieder ein, weshalb er eigentlich hier war.

* * *

Die Frauen kamen aus dem Vordereingang der Bank. Ethel als Schlusslicht hatte die Flinte unter der Decke versteckt, deren Lauf weiterhin auf die immer noch am Boden kauernden Kunden gerichtet war. Susan blickte sich um. Nichts zu sehen. »Wo steckt er?«, fragte Julie. Panik wallte in ihr auf.

Susan zischte erneut ins Walkie-Talkie, vergaß nun völlig das Protokoll und sagte: »Nails, wo steckst du?« Passanten blieben stehen und zeigten mit dem Finger auf sie. Susan suchte die Straße ab. Ein paar hundert Meter weiter erblickte sie einen Eiswagen.

* * *

Auf einen Schlag, in einem Augenblick völliger Klarheit, begriff Nails, dass a) er ein Krimineller, b) momentan geschäftlich hier und c) der Mann vor ihm ein Polizist war, der ihn gerade auf frischer Tat ertappt hatte.

»Sie haben wohl auch Lust auf ein Eis«, sagte der Bulle. »Hier, das geht auf mich.« Er gab Nails sein Softeis. »Gibst du mir bitte ein neues?«, sagte der Bulle zu dem jungen Eisverkäufer. Nails glotzte die Eiswaffel in seiner Faust an. »Verdammt heiß heute«, laberte ihn der Bulle an. Der Wichser trieb seine Spielchen mit ihm. Wollte den alten Nails verarschen. Für wen hielt der sich? Zurück in den Knast? Niemals. Um nichts in der Welt.

Nails klatschte Boscombe das Eis ins Gesicht.

Dann nahm er die Beine in die Hand und rannte los. Gut, »rannte« war wohl ein wenig übertrieben. Dennoch waren sich später alle – Richter, Anklage, Verteidigung, Geschworene – einig darin, dass es für jemanden seines Alters eine erstaunliche Leistung war, ein erstaunliches Zeugnis dafür, was der menschliche Körper in Extremsituationen zu leisten vermag. Nails war im Geiste wieder der Nails von 1972, der sich mit den Cops Kämpfe lieferte und ihnen notfalls davonlief. Er hatte vergessen, dass er in Wahrheit auf die neunzig zuging und einen Zug aus der Sauerstoffflasche brauchte, um die

Fernbedienung aufheben zu können. Er hatte auch vergessen, dass er nur noch zwanzig Meter weit sehen konnte.

Wesley, Boscombe – dem die Eiskrem aus dem Gesicht tropfte, während seine Lippen die Worte »Was zum Teufel?« formten – und diverse andere Zeugen beobachteten erstaunt, wie dieser steinalte Mann urplötzlich lossprintete und nach etwa zwanzig Metern mit voller Wucht in die Schaufensterscheibe eines Supermarkts krachte.

* * *

Julie und Susan standen auf der Türschwelle der Bank, als sie vom anderen Ende der Straße das Splittern der Glasscheibe hörten. »Seht mal dort!«, rief Ethel hinter ihnen. Sie zeigte auf die gegenüberliegende Straßenseite. Dort parkte ein Minibus der Krebshilfe. Leer. Mit offener Fahrertür. Dank des dicken Schlüsselbundes war nicht zu übersehen, dass der Zündschlüssel im Schloss steckte. Susan registrierte ein keuchendes, rhythmisches Geräusch neben ihr – Jill weinte. Was war passiert? Wo steckte Nails? Was nun? Wo …

Susans innerer Monolog wurde vom schrillen Lärm der Alarmanlage unterbrochen. In der Bank musste einer der Angestellten schließlich doch den Mut aufgebracht haben, den entsprechenden Knopf zu drücken.

* * *

Wesley löste den Blick von Nails, der blutverschmiert inmitten hunderttausender winziger Glassplitter auf dem Boden herumkrabbelte und versuchte, wieder auf die Beine zu kommen. In die Sonne blinzelnd suchte der Constable die

High Street nach der Ursache des Alarms ab. Er sah sie sofort: zweihundert Meter entfernt, drei Gestalten in Overalls und Sturmhauben, die … *verdammt.*

»Sarge!«, brüllte er.

Boscombe, schon auf halbem Weg zu Nails, hielt inne, wischte sich Softeis und Waffelkrümel aus dem Gesicht und folgte Wesleys Blick. Er sah sie auch.

* * *

»NICHTS WIE WEG HIER!«, brüllte Ethel, die bereits Richtung Minibus rollte. Die hinteren Türen waren offen, und die Hebebühne für Rollstühle befand sich auf Straßenniveau. »SCHNELL!«, schrie Julie, schubste Susan hinter Ethel her, griff nach Jills Arm und zog sie mit. Sie stürmten in den Bus, wo Julie und Susan die schwere Reisetasche auf eine der Sitzreihen hievten. Julie wollte gerade auf den Fahrersitz klettern, als sie feststellte, dass dort bereits Jill saß, die panisch, tränenüberströmt und immerzu »Omeingottomeingott!« kreischend versuchte, den Zündschlüssel herumzudrehen.

* * *

»Mitkommen!«, befahl Boscombe und rannte los. Wesley folgte ihm.

* * *

Als Susan die Schiebetür des Minibusses zuzog, hörte sie ein leises Summen, blickte sich um und sah in der offenen Hecktür wie durch Zauberhand Ethel erscheinen. »BRINGT UNS

VERDAMMT NOCH MAL HIER WEG!«, brüllte sie von der Liftplattform aus über ihre Schulter. Von ihrem Hochsitz hatte Ethel den perfekten Blick auf Boscombe und Wesley, die auf sie zugerannt kamen und lauthals »STEHEN BLEIBEN! POLIZEI!« riefen.

Sie waren noch etwa hundert Meter entfernt.

Noch achtzig.

Noch siebzig.

»SAGT DER BLÖDEN KUH, SIE SOLL ENDLICH LOSFAHREN!«, brüllte Ethel.

Julie beugte sich nach vorne und schrie Jill ins Ohr: »JETZT FAHR ENDLICH!«

»He, was soll das?!«, hörte Susan jemanden rufen, und als sie aus dem Seitenfenster blickte, sah sie den erbosten Fahrer des Minibusses aus dem Büro der Krebshilfe kommen.

Fünfzig Meter.

Jetzt dreißig.

Ethel konnte den Schweiß auf Wesleys Gesicht sehen, Boscombes mit Eiskrem beschmierte Stirn.

»AAAAAAAHHH!« Mit einem gellenden Schrei gelang es Jill endlich, den Zündschlüssel herumzudrehen, und der Motor sprang brummend an.

Boscombe hatte sie erreicht. Mit Gebrüll schwang er sich auf die Hebebühne und stürzte sich auf Ethel, die die Schrotflinte fallen ließ und sich ihren Greifer schnappte.

Nun passierten zwei Dinge gleichzeitig.

1) Jill legte krachend den Gang ein und trat aufs Gaspedal. Wobei »treten« in diesem Fall eine maßlose Übertreibung wäre. Selbst wenn Jill nicht die vorsichtigste Autofahrerin der Welt war, so rangierte sie mit Sicherheit unter den ersten fünf. Genau genommen müsste es also heißen: Jill tippte zag-

haft aufs Gaspedal und fuhr mit rund acht Stundenkilometern los.

2) Als Boscombe sich auf sie stürzte, schoss Ethels Greifer zielsicher vorwärts und nahm mit eisernem Griff den Hoden des Sergeant in die Zange. Er stürzte von der Plattform, aber da sich der schraubstockartige Zugriff des Teleskoparms dabei um keinen Deut lockerte, wurde er mitgezerrt. Mit Schrecken stellte Boscombe fest, dass er, wenn er seine Eier behalten wollte, gezwungen war, das Tempo des Busses zu halten.

Von der High Street bog Jill in die Court Street ein – eine Einbahnstraße. Beim Fahren fühlte sie sich nicht nur durch ihre Tränen behindert, sondern auch durch das ohrenbetäubende Geschrei von Julie und Susan, die immer wieder forderten, sie solle gefälligst schneller fahren. Sie drückte das Gaspedal etwas weiter durch und beschleunigte auf etwa fünfzehn Stundenkilometer. »Am Kreisverkehr einfach geradeaus!«, brüllte Julie. »Fahr in Richtung Schnellstraße!« Als der Kreisverkehr in Sicht kam, hörte Jill einen klagenden, hohen Schrei. Sie legte den zweiten Gang ein und noch einmal zehn Stundenkilometer zu.

Wesley gab auf. Voller Erstaunen blickte er seinem Boss nach, der im Gegensatz zu ihm weiter dem Bus hinterherraste. Boscombe hielt den Abstand von wenigen Metern, und seine Beine flogen nur so dahin. Aus Wesleys Blickwinkel ließ sich nicht einmal erahnen, dass Boscombe keineswegs urplötzlich übermenschliche Kräfte entwickelt hatte, sondern schlicht an den Eiern hinter dem Bus hergeschliffen wurde.

»JILL! FAHR UM GOTTES WILLEN SCHNELLER!«, brüllte Julie.

»WIR SIND IN EINER DREISSIGERZONE!«

»DU FÄHRST NOCH NICHT MAL DREISSIG!«

»DAS IST EINE HÖCHST- UND KEINE MINDESTGESCHWINDIGKEIT!«

»WILLST DU MICH VER…«

Jill fand den dritten Gang, und die Tachonadel passierte die Dreißigstundenkilometermarke.

Usain Bolt erreicht beim Laufen Geschwindigkeiten von knapp vierundvierzig Stundenkilometern. Um das zu schaffen, braucht es wahnsinniges Training und eine entsprechend hochgezüchtete Muskulatur. Beides unerreichbar mit den hundert Kilo Körpergewicht von Detective Sergeant Hugh Boscombe, der nun ungläubig auf die eigenen Beine blickte, die seine Augen nur noch als Bewegungsunschärfe wahrnahmen, und sich vor Schmerz die Lunge aus dem Leib schrie. Ohne den Anreiz, seine Hoden zu behalten, hätte er die dreißig Stundenkilometer niemals geschafft. Er blickte auf – und damit geradewegs in die gnadenlosen Augen von Ethel, die ihn durch die Sehschlitze ihrer Sturmhaube anstarrte, auf der in weißen Großbuchstaben das Wort »FUCK« prangte.

In diesem Moment fiel Boscombe erst auf, dass seine Peinigerin in einem Rollstuhl saß. Er bemerkte den Aufkleber. »Kein Schwanz ist so hart wie das Leben!«, stand darauf. Irgendwo in seinem zermarterten Hirn klingelte etwas.

»UM HIMMELS WILLEN, JILL!«, brüllte Susan. »GIB ENDLICH VOLLGAS!«

Also gut, jetzt reicht's, dachte Julie. Sie kletterte nach vorn, warf sich auf Jill und trat das Gaspedal bis zum Boden durch.

Der Minibus schoss über die Grünfläche des Kreisverkehrs, und nach einem lauten »Rrrrratsch« hielt Ethels Greifer mit einem Mal nur noch einen Stofffetzen aus dem Schritt von Boscombes Hose zwischen den Backen der Zange.

Schreiend sah Boscombe, wie die boshafte Gestalt im Rollstuhl in der Ferne verschwand. Ihm blieb sogar der Bruchteil einer Sekunde, um ungläubig festzustellen, wie schnell er immer noch rannte – wie eine Zeichentrickfigur, deren Beine in der Luft wie irre auf der Stelle treten, nachdem sie über den Klippenrand hinausgelaufen ist –, bevor er mit fünfundzwanzig Stundenkilometern in einen geparkten Ford Fiesta krachte, die Windschutzscheibe durchbrach und in der Folge das Bewusstsein verlor.

Im Minibus herrschte derweil völliges Chaos: Ethel schob sich rückwärts von der Hebebühne ins Wageninnere, während der Fahrtwind durch die offenen Türen pfiff; Susan forderte schreiend, die Schnellstraße zu nehmen; Julie saß auf Jills Schoß und fuhr, während Jill sich unter ihr heulend und kreischend zu befreien versuchte. *Alle Achtung, das ist sogar noch besser, als zur Nachmittagswiederholung von* Lovejoy *Kekse zu knabbern,* dachte Ethel, als Julie das Lenkrad nach links riss und sie die Zufahrt zur Schnellstraße hinaufschossen. Ethel hatte gerade noch Zeit, im Vorbeifahren das Schild »Durchfahrt verboten« zu lesen.

»Ach, du Scheiße«, sagte Susan gepresst, als sie das erste Auto auf sie zukommen sah.

* * *

Mit quietschenden Reifen raste Wesley über die High Street. Er hatte den beiden uniformierten Kollegen, die gerade den zerschundenen, blutenden Nails in einen Polizeiwagen verfrachteten (»Tätlicher Angriff gegen einen Polizeibeamten, Sachbeschädigung«), ein paar verstümmelte Anweisungen zugerufen, bevor er das Blaulicht aufs Dach gesetzt und die

Sirene eingeschaltet hatte. Er bog, ohne abzubremsen, in die Court Street ein und wollte gerade weiter beschleunigen, als ihm mitten auf der Straße Boscombe entgegentorkelte. Was zum Teufel war passiert?

Wesley stieg in die Eisen und kam zwei Meter vor seinem Boss schlitternd zum Stehen. Boscombe sah aus, als hätte ihn eine Dampfwalze überfahren. Im Schritt seiner Hose klaffte ein großes Loch. Er öffnete die Fahrertür.

»Sarge«, sagte Wesley, »was ist Ihnen denn ...«

»Rutschen Sie rüber«, blaffte Boscombe, bereits im Einsteigen begriffen, und Wesley tat wie geheißen.

»Geht es Ihnen gut?«, fragte Wesley. Boscombe hatte eine klaffende Wunde am Kopf, Gesicht und Haare waren blutverschmiert.

»Rentner. Tanztee«, grummelte Boscombe, als er losfuhr, das Gesicht eine blutige Maske grimmiger Entschlossenheit, den starren Blick auf die Straße gerichtet.

»Sarge?«

»Meine Nüsse, Wesley.«

»Sind Sie ...«

»Wollte sie mir abreißen.«

»Sind Sie sicher ...«

»Rentner.«

»Sind Sie sicher, dass Sie Auto fahren sollten?«

»SIE HAT VERSUCHT, MIR DIE NÜSSE ABZUREISSEN!«

Er scheint sich ziemlich sicher zu sein, dachte Wesley.

* * *

Alle vier Frauen schrien auf, als sie auf den entgegenkommenden Kombi zurasten, der wie wild hupte und aufblendete.

»OGOTTOGOTTOGOTT!«, skandierte Julie.

»AHHHHRGHHH!«, stöhnte Susan.

»Hilf mir, o Herr!«, kreischte Jill.

»FUCK!«, brüllte Ethel.

Sie konnten jetzt die Gesichter der Menschen in dem anderen Auto erkennen – ein Mann und eine Frau. Sie schrien ebenfalls, und zwar die rechtschaffen panischen Schreie von Menschen, die wie vorgeschrieben die Schnellstraße über die Ausfahrt verlassen hatten, bloß um zu erkennen, dass ein Minibus der Krebshilfe mit hundertzwanzig Sachen auf sie zurast.

Julie riss das Lenkrad nach links. Sie ratterten über den Seitenstreifen, verpassten den anderen Wagen um wenige Zentimeter und veranlassten dessen Fahrer, sich einzunässen.

* * *

Blaulicht und Sirene brachten die anderen Autos zum Stehen, als Boscombe mit hundertdreißig durch den Kreisverkehr bretterte. In seinem angezählten Hirn dudelte die Titelmusik von *Die Füchse.* Als sie über die Bremsschwelle rumpelten und in den zweiten Kreisverkehr einbogen, von dem es auf die Schnellstraße ging, blickte Wesley nach links und sah den Minibus. Er war mehrere hundert Meter entfernt. Fuhr Richtung Westen. Auf dem Standstreifen. Auf der falschen Seite der Schnellstraße.

»SEHEN SIE DOCH!«, brüllte Wesley und zeigte mit dem Finger auf die Flüchtigen.

Dem Fingerzeig folgend sah Boscombe den Minibus ebenfalls und gab ein tiefes Knurren von sich.

»Verdammte Scheiße«, fluchte Wesley. »Die bringen noch jemanden um. Besser, wir rufen Verstärkung …« Er nahm das Mikrofon des Funkgeräts und wollte gerade die Sprechtaste drücken, als Boscombe es ihm aus der Hand schlug.

»Was …?«

»Die gehören uns«, sagte Boscombe.

»Aber wir müssen …« Wesley verschlug es die Sprache, als er sah, was der Sergeant tat. Er fuhr die Trasse mit dem Schild »Durchfahrt verboten« hoch, nahm den Seitenstreifen und folgte dem Bus.

»SARGE! NEIN!«

»MEINE GOTTVERDAMMTEN NÜSSE!«, brüllte Boscombe, in den Augen ein irres Flackern, wie von zwei feurigen Murmeln.

* * *

Im Minibus ging das Geschrei weiter. Julie trieb die Tachonadel auf hundertfünfzig, drückte auf die Hupe, blendete die Scheinwerfer auf, während sie über die Standspur rasten und der Gegenverkehr an ihnen vorbeirauschte, die Gesichter der Menschen in den Autos nur unscharfe Fratzen mit aufgerissenen Augen und Mündern. »BRING UNS HIER WEG«, brüllte Susan. Als sie sich nach dem Radau hinter ihr umdrehte, wo Ethel gerade gegen die Wagendecke trommelte und vor Begeisterung johlte, hörte sie von vorne lautes Stöhnen und Würgen: Jill, die in den Fußraum vor dem Beifahrersitz kotzte.

* * *

Mit durchgetretenem Gaspedal, gellender Sirene und Blaulicht raste Boscombe den Seitenstreifen der Ausfahrt hinunter und auf die Schnellstraße. Die anderen Verkehrsteilnehmer bemühten sich eilig, eine Gasse zu bilden. Das unschöne Ende dieser wilden Jagd war einer Porschefahrerin zu verdanken. Als sie ein paar hundert Meter weiter auf die Kriechspur wechselte, um von dort die Abfahrt nach Wroxham nehmen zu können – jene Abfahrt, die Boscombe und Wesley gerade mit hundertdreißig Stundenkilometern entlangbretterten –, konnte die zweiunddreißigjährige Marketingexpertin Miss Daisy Welling in ihrem tiefergelegten Carrera nicht sehen, was weiter vorne geschah. Miss Welling hörte nur die Polizeisirene, sah die Bremslichter aufleuchten und andere Autos, die rasch die Spur wechselten. Sie geriet in Panik und fällte die fatale Entscheidung, auf die Standspur auszuweichen. Dabei blickte sie in den Rückspiegel, um sicherzugehen, dass hinter ihr niemand auf dem Seitenstreifen fuhr. Sie dachte nicht für eine Sekunde daran, in Betracht zu ziehen, dass jemand die Standspur aus der Gegenrichtung nutzen könnte.

»UM HIMMELS WILLEN«, schrie Wesley, als er den silbernen Porsche geradewegs auf ihre Spur einschwenken sah. Zu diesem Zeitpunkt versuchte Boscombe, das Gaspedal bis auf den Asphalt zu treten, die Augen starr auf den Minibus gerichtet, mit seinen hin und her schaukelnden Hintertüren, zwischen denen man so eben noch die geduckte Gestalt der Alten im Rollstuhl erkennen konnte. Plötzlich sah Boscombe, wie weniger als hundert Meter entfernt der Porsche auf ihre Spur wechselte. Er wusste, dass sie fast hundertsechzig fuhren und keine Chance hatten, rechtzeitig zum Stehen zu kommen. Er begriff, dass ihm nur zwei Möglichkeiten und – während er Wesleys Schrei bewusst ausblendete – höchstens drei Sekunden blieben, sich zwischen ihnen zu entscheiden.

Nach links in den Gegenverkehr?

Oder nach rechts, über den Grünstreifen, ins ... wohin auch immer.

Boscombe riss das Lenkrad hart nach rechts.

* * *

Irgendwo vor ihnen lenkte Julie ebenfalls nach rechts, trat dabei auf die Bremse und hinterließ fünfzig Meter lange Bremsstreifen auf der Standspur, als sie den Minibus fast um 360 Grad herumriss und die verblüffend leere Ausfahrt der Schnellstraße nahm. Dreißig Sekunden später hatten sie einen weiteren Kreisverkehr durchfahren und rollten über eine ruhige Seitenstraße, als wäre weiter nichts vorgefallen. Es war beängstigend still, bis auf das schwere Atmen von Susan, die sich mit geschlossenen Augen in die Sitzbank fallen ließ. Jill hatte das Bewusstsein verloren. »Heilige Scheiße«, rief Ethel von hinten. »War das geil!«

* * *

Wenn er in den Jahren darauf die Geschichte erzählte – worum er in der Kneipe, auf Pensionierungspartys, bei Weihnachtsfeiern oder ähnlichen Anlässen häufig gebeten wurde –, betonte Wesley immer das seltsame Gefühl von Schwerelosigkeit, das plötzliche Außerkrafttreten von etwas so Elementarem wie den Gesetzen der Schwerkraft. Der Grünstreifen wirkte wie eine natürliche Rampe. Ihr 2,5-Liter-

Rover-Polizeiwagen nahm sie mit 148 km/h, kaum gebremst durch das Abreißen der Stoßstange, die irgendwo hinter ihnen zersplitterte.

Danach war um sie herum nur noch blauer Himmel.

In diesem Augenblick musste Wesley an die letzten Worte von Donald Campbell, dem Piloten des Bluebird, denken, als dieser versuchte, den Geschwindigkeitsrekord zu Wasser zu brechen. »Ich fliege!«, soll Campbell gerufen haben, als sich die Nase seines Raketenboots aus dem Wasser hob.

* * *

Hinter dem Lenkrad verspürte Julie die Nachwirkungen eines Adrenalinrauschs, wie sie ihn seit 1972 nicht mehr erlebt hatte. Genau genommen seit Dezember 1972, als sie siebzehn Jahre alt gewesen war und in Poole beim Auftritt von T. Rex in der ersten Reihe gestanden hatte. Der Adrenalinausstoß sorgte für eine außerordentliche gedankliche Klarheit. »Susan!«, rief sie über ihre Schulter. »SUSAN! Ist das Geld in Sicherheit?« Susan tätschelte die prall gefüllte Tasche auf der Sitzbank neben ihr. Julie sah ihr bestätigendes Nicken im Rückspiegel. »Gut«, sagte sie. »Wir müssen diesen Wagen loswerden ...« Julie suchte die Umgebung nach Feldwegen ab. Sie hoffte auf eine Scheune, einen Schuppen, auf dichtes Unterholz. Ihr war alles recht.

* * *

Wie es Überlebende schrecklicher Autounfälle berichten, blieb die Zeit tatsächlich für einen Augenblick stehen. Da war bloß dieses Geräusch, dieses Rauschen. Wesley, den

Mund schon zum Schreien aufgerissen, drehte den Kopf noch nach rechts und sah, wie Boscombe, den Blick starr geradeaus gerichtet, unnötigerweise immer noch am Lenkrad drehte. Er erinnerte sich, dass er das dringende Bedürfnis verspürt hatte, seinem Boss eins in die Fresse zu hauen. Als letzte Tat vor seinem endgültigen Abtritt schien das gar keine schlechte Wahl zu sein. Dann setzte die Schwerkraft mit aller Macht wieder ein, und sie stürzten zu Boden. Aus den Augenwinkeln – sein hasserfüllter Blick war immer noch auf Boscombe gerichtet – registrierte Wesley Wasser.

Als der schwere Rover mit dem Kühler voran in den Ententeich krachte, spritzte das Wasser zehn Meter in die Luft, und ihre Gesichter wurden in die Airbags gedrückt. Zum Glück für Boscombe und Wesley hatten sie wegen der Hitze die Fenster geöffnet. Der Schock, den das hereinströmende kalte Wasser verursachte, wurde durch den Druckausgleich wettgemacht, der dazu führte, dass die Türen sich öffnen ließen.

Die beiden Polizisten schwammen ans Ufer, wo sie keuchend liegen blieben und zusahen, wie sich das Heck des Rovers steil aufrichtete und langsam versank.

In der Ferne hörten sie näher kommende Martinshörner.

SECHSUNDZWANZIG

Julie hielt den Minibus an. Ein einspuriges Sträßchen bog von der Landstraße ab. Auf einem handgemalten, hölzernen Schild stand »DENSMORE COTTAGE«. Sie blickte den Weg hinunter: schattig, zugewachsen, abgeschieden. *Was soll's*, dachte sie. *Notfalls verstecken wir den Bus im Gebüsch und gehen zu Fuß weiter*. Sie drehte sich zu Susan um. »Was meinst du?«

»Wir müssen aus diesen Klamotten raus«, sagte Susan und riss sich die Sturmhaube vom Kopf. Ihr Gesicht war schweißnass. Julie nickte und nahm die Abzweigung. Susan beugte sich zum Beifahrersitz vor und strich Jill die Haare aus dem Gesicht. »Ist sie in Ordnung?«, fragte Julie und steuerte den Minibus vorsichtig über die holprige Straße.

»Ich glaube schon«, erwiderte Susan. Jill fing an, sich zu bewegen.

»O Gott«, sagte Julie, »haben wir noch unsere Pä…«

»Ich hab sie«, erklärte Ethel und klopfte auf einen kleinen Baumwollrucksack an ihrem Rollstuhl. Er enthielt ihre Ausweise, die sie brauchten, um außer Landes zu kommen.

»Hier.« Über der Rückbank hinter Susans Kopf erschien Ethels knorrige Faust mit dem Flachmann. »Gib ihr einen Schluck von dem Zeug.«

»Im Augenblick wohl lieber nicht«, sagte Susan und nahm den Flachmann. Der Inhalt roch nach Brandy. Sie wollte sich gerade einen Schluck genehmigen, als Julie abrupt den Rückwärtsgang einlegte. Susan hätte sich den Schnaps fast über ihren Overall geschüttet. Sie wollte ihre Freundin gerade zu mehr Vorsicht mahnen, als Julie beim Zurücksetzen nach hinten zeigte und rief: »Seht mal da!«

Susan und Ethel drehten sich um. Ihr Blick fiel auf ein hübsches edwardianisches Landhaus. Es hatte eine Doppelgarage.

»Was?«, fragte Susan. »Willst du, dass wir da reingehen und sagen: ›Hallo zusammen! Wir haben gerade eine Bank ausgeraubt. Können wir uns hier für ein Weilchen verstecken‹?«

»Nein. Sieh mal richtig hin«, erwiderte Julie. »Da. Die Türschwelle.«

»Na, da leck mich doch …«, sagte Ethel.

»Wo sind wir?«, fragte Jill, die sich benommen aufsetzte.

»Was ist damit?« Susan musterte die Türschwelle, die für sie aussah wie jede andere Türschwelle auch – vielleicht mal abgesehen von dem Dutzend Milchflaschen darauf.

»Was damit ist? Es ist der ideale Ort, um auf Tauchstation zu gehen«, erklärte Ethel.

Julie stoppte den Minibus vor dem Eingangstor des Landhauses. »Was machst du da?«, fragte Susan, die immer noch nicht verstand.

»Jemand hat vergessen, die Milch abzubestellen«, erklärte Julie.

»Na und?«

»Heilige Scheiße!«, rief Ethel.

»Ethel! Ich bitte dich!«, zischte Jill, die immer noch nicht ganz bei Sinnen war, reflexartig von vorne.

»Ah. Die Leute sind im Urlaub«, fiel bei Susan schließlich der Groschen.

* * *

Einige Minuten später, der Minibus war runter von der Straße und das Tor hinter ihnen geschlossen, klingelten Julie und Susan an der Haustür.

Hinter ihnen saß Jill auf dem Trittbrett vor der offenen Schiebetür. Sie hatte den Kopf in die Hände gestützt und murmelte ein nur geringfügig variierendes Mantra vor sich hin, das sich im Wesentlichen auf ein paar Zeilen beschränkte. Nämlich: »Was habe ich mir bloß dabei gedacht … Gefängnis … hilf mir, o Herr …«

Nach dem vierten Klingeln sagte Julie: »Definitiv niemand zu Hause.«

»Also was jetzt?«, fragte Susan.

»Na ja …«, sagte Julie und inspizierte bereits die Fenster und Regenrinnen.

»Bitte erzählt mir nicht«, sagte Jill hinter ihnen, »dass ihr ernsthaft in Erwägung zieht, bei diesen armen Leuten einzubrechen.«

»Jill«, erwiderte Julie, »wir haben gerade eine Bank ausgeraubt. Ich glaube, ein kleiner Einbruch fällt jetzt auch nicht mehr weiter ins Gewicht.«

Jill stöhnte.

»Aber wie?«, fragte Susan und musterte das Landhaus, das ziemlich gut gesichert wirkte.

»Wir stellen uns einfach vor, es wäre unser Haus, und wir hätten die Schlüssel vergessen«, sagte Julie.

»Und wenn es eine Alarmanlage gibt?«

»Gehen wir einfach zur nächsten Polizeistation und stellen uns«, schlug Jill vor.

Die anderen ignorierten sie. »Vielleicht«, überlegte Julie, »wenn wir …«

Aus dem Haus kam ein Geräusch, und sie schreckten zusammen.

»Oh, so ein Mist«, flüsterte Julie.

Sie wichen einen Schritt zurück, als mit einem Mal die Haustür aufflog.

»So geht das, ihr Penner«, rief Ethel und rollte aus dem Hausflur auf die Türschwelle. »Ich hab's hintenrum probiert. Sie hatten einen Schlüssel unter die Fußmatte gelegt, diese naiven Landeier. Kommt rein. Ich hab schon Tee aufgesetzt.«

Pfeifend zockelte sie durch den Hausflur davon. Julie und Susan blickten einander an. »Diese Frau ist eine rollende Verbrechenswelle«, sagte Susan.

* * *

Das ist alles vollkommen surreal, dachte Susan etwas später, als sie am Tisch der passenderweise im Landhausstil eingerichteten Küche saßen und dem Pfeifen des Teekessels lauschten, während Ethel erstaunlich effizient herumrangierte und Tassen, Löffel, Zucker usw. zusammentrug. Irgendwo hinter sich hörte Susan, wie Julie leise murmelnd Geldbündel aus der großen Tasche fischte und zählte.

»Na, was haben wir denn hier Feines …«, rief Ethel, griff in einen Schrank und zog eine große Schachtel Schokokekse von Marks & Spencer hervor. »Ethel!«, wies Jill sie zurecht. »Du kannst nicht einfach ihre Kekse stehlen.«

»Das ist alles nicht sonderlich klug«, sagte Susan. »Diese Leute könnten jeden Moment nach Hause kommen. Wir sollten …«

»Mach dich locker, Herzblatt«, sagte Ethel, den Mund voller Kekse. »So schnell musst du deinen Knackarsch hier nicht wegbewegen.«

»Was macht dich da so sicher?«, fragte Jill.

Ethel antwortete, indem sie mit ihrem Greifer gegen einen Kalender mit impressionistischen Gemälden tippte, der neben dem gusseisernen Aga-Herd an der Wand hing. Zwischen diversen Kindergeburtstagen und Arztterminen stand dort groß das Wort »TOSKANA«. Zwei Pfeile führten rechts und links davon weg und markierten so den Zeitraum vom 23. Juni bis zum 7. Juli. »Die sind noch eine ganze Woche weg«, erklärte Ethel. »Ihr könnt euch also alle entspannen. Obwohl, ein paar Dinge sollten wir vorher noch erledigen. Susan, könntest du rausgehen und den Minibus in die Garage stellen? Nur falls zufällig jemand hier vorbeifährt.«

»Ich … aber natürlich. Gut mitgedacht, Ethel.«

»Jill?«, fuhr Ethel fort. »Da drüben hängen ein paar Autoschlüssel. Wirf doch mal einen Blick in die Garage. Da findet sich hoffentlich ein passendes Auto zu einem davon.«

»Ich werde dir nicht helfen, diesen Leuten ihr Auto zu stehlen!«, erwiderte Jill, stand auf und schlug mit ihren winzigen Fäusten auf den Tisch. »Wir sind schon viel zu weit gegangen! Das muss …«

»Jill«, sagte Ethel, »willst du wirklich in den Knast wandern? Wir werden uns hier verstecken, bis es dunkel ist, dann können wir …«

»Ähm, Leute?«, rief Julie.

Sie hielt ein Bündel Geldscheine mit Banderole in der Hand. Eine ganze Menge davon hatte Sie bereits aus der Tasche geholt und die Päckchen auf dem Küchentresen zu kleinen Türmen gestapelt. Allerdings war die Tasche immer noch ziemlich voll.

»Das sind Fünfzig-Pfund-Noten. Jedes dieser Bündel enthält hundert Stück.«

»Wie viele Bündel sind das?«, fragte Susan.

»Etwas über achthundert«, antwortete Julie. »Vielleicht auch mehr. Ich glaube, im Minibus sind ein paar runtergefallen.«

»Aber das heißt ja ...« Susan begann zu rechnen.

»Richtig«, sagte Julie. »Über vier Millionen Pfund.«

Ungläubiges Staunen machte sich in der Küche breit.

»Wir sind alle Millionäre«, stellte Ethel fest.

»Heilige Scheiße«, sagte Susan.

Ein lautes Rumpeln riss sie aus ihren Tagträumen.

Jill war in Ohnmacht gefallen. Urplötzlich herrschte Frieden und Stille.

SIEBENUNDZWANZIG

Auch in Chief Inspector Wilsons Büro war es still. Er atmete scharf ein und blickte sich um. Sergeant Tarrant stand neben seinem Schreibtisch. Wesley und Boscombe saßen ihm gegenüber. Boscombe sah aus, als hätte er ein paar Runden mit einem ziemlich talentierten Boxer hinter sich. Ein Szenario, für dessen Anblick Wilson gutes Geld gezahlt hätte. Der Chief Inspector presste die Fingerspitzen zusammen und beugte sich vor.

»Also, Boscombe«, sagte er. »Fassen wir zusammen.« Tarrant schluckte. Das war ein ganz schlechtes Zeichen. »Sie sind völlig zufällig in die Versammlung der Bankräuber reingeplatzt, als diese gerade ihren Überfall planten. Aber statt zu bemerken, dass irgendwas nicht stimmt, tanzten Sie lieber einen ...« Er warf einen Blick auf den vor ihm liegenden Bericht.

»Einen Tango, Sir«, sagte Tarrant.

»Vielen Dank, Tarrant. Sie tanzten also einen *Tango* mit einer der Tatverdächtigen, um sich später eine handgreifliche Auseinandersetzung mit einer Siebenundachtzigjährigen im Rollstuhl zu liefern, bevor Sie schließlich eine irrwitzige, offenbar von *Miami Vice* inspirierte Verfolgungsjagd auf dem Standstreifen der A23 veranstalteten. Dabei haben Sie sich nicht nur von einer Bande Rentner in einem Minibus der Krebshilfe abhängen lassen, sondern auch noch einen fünfzigtausend Pfund teuren Dienstwagen zu Schrott gefahren. Korrekt?«

»Ja, Sir, aber ...«

Bevor Boscombe weiterreden konnte, bedeutete Wilson ihm mit erhobenem Finger zu schweigen und wandte sich an Tarrant. »Sergeant Tarrant, bitte kümmern Sie sich darum, dass die Fahndungsfotos und Nummernschilder umgehend an die Presse und die anderen Dienststellen gehen.«

»Jawohl, Sir.«

»Die Sache ist die, Sir ...«, probierte es Boscombe erneut.

Wieder brachte ihn Wilson zum Schweigen. Diesmal schlicht, indem er den Kopf schüttelte, die Augen schloss und ein gequältes Stöhnen von sich gab. »Boscombe«, fuhr er fort, »wenn diese Damen entkommen, werden wir zum gefürchtetsten aller Klischees: dem Gespött der gesamten Polizei. Sie begreifen doch sicher, dass dieses Erbe nicht so ganz dem entspricht, was ich nach meiner Pensionierung hinterlassen möchte.«

»Nein, Sir. Ich meine, ja, Sir.«

»Wie auch immer. Doch bevor ich in den Ruhestand gehe, das kann ich Ihnen versprechen, werde ich mir die Zeit nehmen, um sicherzustellen, dass Sie Ihren Dienst die nächsten zehn Jahre in Uniform und zwar vorwiegend bei drittklassigen Fußballspielen ableisten. Haben Sie mich verstanden, Boscombe?«

»Ja, Sir.«

»Meine Herren, Sie können wegtreten.«

Wesley und Boscombe erhoben sich. Der Schritt von Boscombes Hose klappte auf, hing als loser Lappen zwischen seinen Beinen und entblößte, auf Augenhöhe des Chief Inspector, den Eingriff einer lilafarbenen Unterhose. Ein Anblick, der Wilson nicht nur in den Augen, sondern auch in der Seele wehtat.

Boscombe folgte dem Blick seines Chefs. »Ich …«, rang er um Worte.

Wilson winkte müde ab. »Raus hier, Boscombe.«

ACHTUNDZWANZIG

Die Reaktionen auf die Neuigkeit, dass sie nun alle vier Millionäre waren, unterschieden sich kaum weniger als ihre Charaktere. Ethel fand eine Flasche Gin und begann, Fußballlieder zu singen, wobei sie besonders viel Zeit und Energie auf einen primitiven Schlachtruf verwendete, der aus einer einzigen endlos wiederholten Zeile bestand, die da lautete: »ARSENAL, ARSENAL, WIR SCHEISSEN AUF DEIN GELD. UND FICKEN DICH IN HIGHBURY, DEM GRÖSSTEN PUFF DER WELT!« Normalerweise hätte das ausgereicht, um Jill einen Schreikrampf zu bescheren. Glücklicherweise war sie gerade im Garten, wo sie Gott um Vergebung anflehte. Julies Hirn arbeitete auf Hochtouren. Sie dachte laut: »Also gut, wir bleiben heute Nacht hier, fahren morgen ganz früh nach Hause, buchen eine Kreuzfahrt, gehen irgendwo von Bord, suchen uns was Nettes zur Miete und verstecken das Geld in einem Koffer unter dem Bett. Über die Algarve habe ich mich schon mal informiert: dreitausend Pfund im Monat für ein absolut traumhaftes Haus mit Pool, Jacuzzi, vier Zimmern. Weißt du, wenn wir bar und im Voraus zahlen, wird es wahrscheinlich noch deutlich günstiger, vielleicht zweieinhalbtausend Pfund. Das sind ... ungefähr dreißig Riesen im Jahr?

Dreihunderttausend für die nächsten zehn Jahre. Für jeden von uns hundertfünfzigtausend … von einer Million, Susan! Oder wir könnten …«

Susan starrte nachdenklich auf das Geld. Auf dem Tresen zu ordentlichen Türmchen gestapelt, sah es aus wie ein Mini-Manhattan aus Banknoten. Ihr Blick wanderte zu Julie.

»… noch weiter in den Süden gehen, ab vom Schuss, wo es wahrscheinlich auch günstiger ist, aber würdest du wirklich …«

»Julie?«

»Was?«

Aus dem Flur hörten sie die leiser werdende Stimme von Ethel. Sie sang gerade: »EUER FUSSBALL IST HÄSSLICH, GENAUSO WIE IHR, IHR SCHLAGT FRAUEN UND KINDER UND PINKELT INS BIER!«

»Was ist mit Nails?«

»Was soll mit ihm sein?«

»Was ist ihm zugestoßen?«

»Mein Gott, wer weiß das schon? Er ist eingeschlafen, hat sich verlaufen, was auch immer. Mich interessiert bloß, dass wir deshalb jeder um ein paar hunderttausend Pfund reicher sind.«

»Hmmm«

»Was macht dir Sorgen?«

»Wenn er verhaftet wurde …«

»Er würde uns nie verpfeifen. Nails ist ein Krimineller der alten Schule.«

»Ja, aber er ist auch hochgradig dement. Wer weiß, was er denen so erzählt.« In der Küche machte Ethel den Fernseher an. Was sie hörten, klang nach MTV, irgend so eine Dance-Pop-Nummer dudelte vor sich hin. Ethel stimmte in den

Song ein. Sie sang nicht nur überraschend gut, sie kannte auch noch jedes Wort.

»Hör zu, Schatz«, sagte Julie und setzte sich neben Susan auf das Laura-Ashley-Sofa, »wir sind nicht geschnappt worden. Wir haben den Bus versteckt. Wir haben einen sicheren Ort für heute Nacht gefunden. Niemand kennt unsere Identität, und binnen achtundvierzig Stunden werden wir dieses elende Land verlassen haben – jede von uns um eine Million Pfund reicher, was für den Rest unseres Lebens reichen sollte. Könntest du also bitte damit aufhören, Trübsal zu blasen?«

Im selben Moment hörten sie es rumpeln. Die Tür schwang auf, und Ethel rollte in den Raum – sie wirkte urplötzlich ziemlich nüchtern. »Schaltet die Flimmerkiste an. Schnell.«

Susan griff nach der Fernbedienung und drückte auf »An«. Eine Makler-Doku, eine Seifenoper, sie zappte durch die Kanäle. Auf BBC1 liefen die Sechs-Uhr-Nachrichten, und der Sprecher sagte gerade: *»... überfielen heute am helllichten Tag die Lanchester Bank in Wroxham. Einer der Bankräuber wurde noch am Tatort festgenommen. Bei zwei weiteren Tätern handelt es sich vermutlich um eine Mrs. Susan Frobisher, 59 Jahre alt, aus Wroxham ...«* Ein Foto von Susan – dem Programmheft der Wroxham Players zur letztjährigen Vorstellung von *Die lustigen Weiber von Windsor* entnommen – erschien auf dem Bildschirm, und sie schrie entsetzt auf. Unglaublich, aber wahr: Susan Frobisher schrie.

In ihrer Wohnung in Crouch End wollten sich Tom und Clare Frobisher gerade zum Abendessen hinsetzen, als dasselbe Foto auf ihrem Bildschirm erschien. Tom ließ seinen Teller mit Lasagne fallen und taumelte rückwärts.

»... und eine Mrs. Ethel Merriman ...« Jetzt erschien ein Foto von Ethel aus der Bewohner-Akte ihres Altenheims.

»Ich hasse dieses verfickte Foto!«, wetterte Ethel und konnte sich lebhaft vorstellen, mit welcher Freude Miss Kendal es herausgerückt hatte. *»… die bereits Ende achtzig sein soll und in der Glade Side Seniorenresidenz in Wroxham lebt.«*

Im Aufenthaltsraum des Glade Side brandete Jubel unter jenen Bewohnern auf, die geistig noch halbwegs rege waren, als im Fernsehen auf Susans Gesicht das von Ethel folgte.

»O MEIN GOTT!« Das war Jill, die gerade aus dem Garten zurückkam und nun Ethels Foto auf dem Bildschirm sah.

»RUHE!, brüllte Julie, »SEID BITTE RUHIG!«

»… außerdem wird im Zusammenhang mit dem Verbrechen nach zwei weiteren Personen gefahndet. Sie wurden zuletzt gesehen, als sie heute Nachmittag mit diesem Fahrzeug …« – an dieser Stelle wurde ein Bild des Krebshilfe-Busses eingeblendet, der ganz offensichtlich schon bessere Zeiten gesehen hatte – *»… in südlicher Richtung auf der A23 außerhalb von Wroxham fuhren. Die Polizei von Dorset ruft alle auf, die über Informationen bezüglich des Verbleibs der gesuchten Personen oder des Fahrzeugs verfügen, sich bei der nächsten Dienststelle zu melden oder die eingeblendete Telefonnummer anzurufen. Es wird dringend davor gewarnt, sich den Verdächtigen zu nähern, da diese vermutlich bewaffnet und gefährlich sind. Im Anschluss folgt der Sport, und in …«*

Julie schaltete den Fernseher aus, und abgesehen von Jills Geheule herrschte Stille im Raum. Susan hielt den Kopf in den Händen.

»Um Himmels willen«, stöhnte Julie.

»Wir kommen alle ins Gefängnis«, jammerte Jill. »Ich hab's von Anfang an gewusst. Ich wusste, ich hätte nicht auf euch hören sollen! Ich wollte doch nur meinem Jamie helfen. Oh Jamie, mein Liebling, es tut mir so leid. Was hab ich nur getan?«

Susan stand auf und schritt vor dem Fenster auf und ab. Es war ein wunderschöner Abend. Draußen wiegten sich die Weiden im lauen Wind, während Schwalben durch ihre Kronen sausten.

»Was sollen wir jetzt tun?«, fragte Julie.

»Wir müssen das Land verlassen«, antwortete Ethel.

»Wie denn? Du hast es doch gerade gesehen«, sagte Julie. »Die werden alles überwachen. Flughäfen, Fähren, Bahnhöfe, einfach alles. Das wird eine ... wie heißt es noch mal in den Kriminalfilmen? Eine landesweite Fahndung?«

»Tja, wir müssen uns was überlegen«, erwiderte Ethel.

»Was gibt's denn da zu überlegen?«, weinte Jill. »Wir sind erledigt.«

»Wieso kennt die Polizei die Namen von euch beiden und unsere nicht?«, überlegte Julie.

Susan lief quer durchs Zimmer und holte ihre Brieftasche hervor. Als sie im Kartenfach gefunden hatte, wonach sie suchte, sagte sie zu den anderen: »Jill, reiß dich gefälligst zusammen. Wir werden nicht ins Gefängnis wandern. Julie, schau bitte nach, ob der Kombi in der Garage noch genügend Benzin im Tank hat. Sobald es dunkel ist, hauen wir hier ab. Und jetzt gib mir endlich jemand ein verfluchtes Telefon!«

Die anderen drei blickten sie verblüfft an.

NEUNUNDZWANZIG

Terry Russell genoss seinen Gin mit Tonic und blickte aus dem Fenster des Clubhauses hinüber zum achtzehnten Loch. Die einsetzende Dämmerung kroch langsam über den kurz geschorenen Rasen, und das Gespräch seiner Golfpartner bildete ein angenehmes Hintergrundrauschen. Es war ein guter Tag gewesen. Aus dem Bunker vor dem fünfzehnten Grün war ihm ein hübsches Up-and-down gelungen. Davor hatte er auf der Vier dank eines versenkten Fünf-Meter-Putts einen Birdie gespielt und das zehnte Fairway mit einem Schwung, der sich gewaschen hatte, in nur zwei Schlägen bewältigt. Schöne Momente, um sie der Liste persönlicher Höchstleistungen hinzuzufügen, die jeder Golfer in seinem Kopf führt. Obendrein durfte er heute Morgen mit der Ladung Kühlschrankteile, die sie nach Murmansk geliefert hatten, einen Profit von fast fünfzig Riesen verbuchen. Die ganze Transaktion erwies sich allmählich als recht einträglich. Während der Gin auf angenehmste Weise in seinem Blut zirkulierte, die Steaks bestellt und die Scorekarten ausgewertet wurden, gönnte sich Terry einen Moment innerer Einkehr. Das Leben meinte es gerade außerordentlich gut mit ihm.

Ein Vibrieren an seinem rechten Oberschenkel unterbrach diesen Moment meditativer Andacht. Diskret zog er unter dem Tisch – Handys waren im Clubhaus nicht erlaubt – sein Telefon hervor und blickte aufs Display. Unbekannter Anrufer. Mmmm. Gut möglich, dass es wieder einer dieser nervigen Callcenteragenten war.

Aber es konnte auch einer der Russen sein. Ein Problem mit der Ladung? Oder dem Zoll? So wie Terry das sah, war es in jedem Fall besser zu wissen, was los war, als es nicht zu wissen. »Entschuldigt mich einen Moment, Jungs«, sagte er und stand auf. Er drückte den grünen Annahme-Knopf, trat durch die Terrassentür auf die Veranda und sagte: »Hallo? Terry Russell.«

Als er drei Minuten später auflegte, war er einigermaßen erstaunt. Wenn es um Frauen ging, war man nie vor Überraschungen gefeit. Man konnte ihnen einfach nicht in den Kopf blicken. Und diese hier ... puh, vor vierzig Jahren war er mal verdammt scharf auf sie gewesen.

Er blickte auf sein klobiges IWC-Chronometer, ein Geschenk an sich selbst anlässlich seines fünfzigsten Geburtstags. Konnte das wirklich schon zehn Jahre her sein? Wie die Zeit verflog, wenn man erst einmal die vierzig überschritten hatte.

Die Frau ist immer noch ein Schuss. Da gibt's nichts dran zu rütteln, und sie scheint es dringend nötig zu haben, dachte Terry im Bewusstsein, dass man in seiner Lebensphase nie wusste, wie viele Chancen man noch bekam. *Lass also das Entrecote liegen, erklär den Jungs, du hättest was Wichtiges im Büro zu erledigen, und kauf unterwegs irgendwo eine Flasche Champagner. Vielleicht bleibt dir sogar noch genug Zeit, um zu Hause vorbeizufahren und eine Viagra-Pille aus der Nachttischschublade zu holen.*

Hätte Terry ein paar Sekunden zuvor in die andere Richtung gesehen, als er an seinem Gin Tonic nippte, und statt auf den Golfplatz rüber zur Bar geblickt, wo auf dem stummgeschalteten Fernseher die Nachrichten liefen, dann hätte er sich vielleicht anders entschieden. Aber sind es nicht diese erstaunlichen Zufälle, die das Leben erst interessant machen?

DREISSIG

Boscombe seufzte und lehnte sich in seinem Stuhl zurück. Wesley nahm einen winzigen Schluck aus dem Plastikbecher mit Kaffee, der längst kalt war. Beide musterten Nails, der vor ihnen im Verhörraum saß, die Arme verschränkt, einen blutbefleckten Verband wie einen Turban um den Kopf gewickelt.

»Ich hab's dir doch schon gesagt, Bulle«, sagte Nails. »Die Mädels werdet ihr niemals finden. Die sind über alle Berge. Auf und davon. Nails hat sie persönlich ausgebildet.«

»Wer sind die anderen zwei?«, fragte Boscombe erneut. »Julie Wickham? Julie Wickham ist eine von ihnen, hab ich recht?«

Die ersten beiden waren einfach gewesen. Ethel Merriman, die alte Hexe im Rollstuhl. Wie hätte er diesen ordinären Aufkleber und diese irren Augen vergessen können, die ihn voller Bosheit angestarrt hatten, während die widerliche Vettel versucht hatte, ihm die Eier abzureißen. Und Susan Frobisher? Schon als ihm klargeworden war, woher er Nails kannte, hatte er sich an den Besuch in ihrem Haus erinnert. Noch am selben Nachmittag hatte er einen Durchsuchungsbefehl besorgt, unter den ungläubigen Blicken der Nachbarn die Haustür eingetreten und in einer Schublade genug Indizien gefunden, um seinen Verdacht bestätigt zu sehen: Fotos der Bank und Grundrisszeichnungen des Gebäudes. Aber wer waren die beiden anderen, die bei diesem dubiosen Tanzkurs dabei gewesen waren? Eine konnte er überhaupt nicht zuordnen. Sie war eher ein graues Mäuschen gewesen. Leicht zu übersehen. Die andere, da war sich Boscombe ziemlich sicher, war Julie Wickham.

Die Frau im Altersheim – eine Schreckschraube namens Kendal – hatte ausgesagt, dass Wickham und Merriman dicke Freunde waren. Wickham hatte vor ein paar Tagen gekündigt. Dass sie Kendal einen Eimer Pisse über den Kopf geschüttet hatte, passte zu seinem Bild von der Frau, die den Tanzkurs abgehalten hatte. Aber solange er nichts Konkretes in der Hand hatte, würde der verdammte Wilson nie zulassen, dass er ihren Namen auf die Liste der Verdächtigen setzte. Wahrscheinlich hatte er Schiss, verklagt zu werden.

»Fick dich doch ins Knie, Bulle«, sagte Nails.

»Warum nennt man Sie Nails?«, fragte Wesley, der es mit einer anderen Taktik probieren wollte.

»Ist so ein Gang-Ding«, erklärte Nails. »Siehste die hier?« Er hob die Hände. In der Mitte beider Handflächen befand sich jeweils eine weiße Narbe. Wesley nickte. »Hab mich mal selbst gekreuzigt«, sagte der alte Bankräuber.

»Warum?«, fragte Boscombe.

»Musste was klarstellen.«

Wesley runzelte die Stirn. »Wie haben Sie denn den zweiten Nagel eingeschlagen?«

Nails dachte einen Augenblick nach. »War nicht einfach, Bürschchen.«

»Was war es?«, wollte Boscombe wissen.

»Was war was?«

»Was wollten Sie damals klarstellen?

»Nails weiß es nicht mehr.«

»Sie haben vergessen, warum Sie sich selbst gekreuzigt haben?«

»Wer hat sich selbst gekreuzigt?«, fragte Nails verwirrt. Boscombe schlug die Stirn auf die Tischplatte.

EINUNDDREISSIG

»The look of love, bum ba ba …«, sang Terry den Text des Burt-Bacharach-Songs mit, der aus den Boxen der Stereoanlage von Bang & Olufsen schallte, während er die Kabine der *Geraldine* auf Vordermann brachte. Er hatte das Boot nach seiner zweiten Frau benannt. Ironischerweise gehörte es zu den wenigen Dingen, die sie bei der Scheidung nicht hatte abstauben wollen. Gerry hasste das Meer. Er hatte das Boot längst umtaufen wollen, aber das war eine etwas komplizierte Geschichte und belegte auf seiner Prioritätenliste deshalb konstant einen der letzten Plätze. Terry trug nur einen kurzen Kimono, und sein Haar war noch nass vom Duschen. Für den Fall, dass ihr das womöglich ein bisschen zu forsch erscheinen sollte, hatte er sich bereits eine Ausrede zurechtgelegt: *Ich war etwas früher hier als geplant und habe mich spontan entschlossen, noch mal kurz ins Hafenbecken zu springen. Es ist so ein wunderschöner Abend, und das Wasser des Ärmelkanals ist so weit im Süden wirklich angenehm. Aber warum nimmst du dir nicht schon mal ein Glas Champagner, während ich mir was überziehe? Es sei denn, du hättest vielleicht auch Lust, eine Runde zu schwimmen. Danach könnten wir in die Badewanne gehen, um uns aufzuwärmen. Der Kontrast ist herrlich.* Er drehte die Flasche Perrier-Jouët in dem schwarzen Plastikeimer, drückte sie tiefer ins Eis, und durch die Kälte bildeten sich hübsche Perlen am Flaschenhals. Dann machte er die Musik etwas lauter und das Licht ein klein wenig heller. Es sollte nicht *zu* offensichtlich sein.

Die Walnussverkleidung der sechs mal vier Meter großen Lounge glänzte sanft. Das Licht war so schummrig, dass man den cremefarbenen Velourpolstern die Spuren zahlloser Sünden nicht ansah – jene Geschichten im CSI-Stil, die sie von früheren Eroberungen hätten erzählen können. Er liebte dieses Boot. Es war fünfzehn Meter lang, hatte zwei Außenbordmotoren und machte locker fünfzehn Knoten. Terry war mit seiner *Geraldine* sogar schon unten in San Sebastián gewesen, er und ein paar Geschäftsfreunde, für ein Wochenende mit Drinks und Tapas.

Er öffnete den Kimono ein wenig, damit sein silbergraues Brusthaar etwas besser zur Geltung kam. Es war eine warme Nacht, und vom Meer wehte eine laue Brise durch das Fenster, das er gerade geöffnet hatte. Er fürchtete schon, dass seine Wegbeschreibung zum Ankerplatz vielleicht doch nicht so unmissverständlich gewesen war, wie er gedacht hatte, und fragte sich, ob er die Viagra besser erst bei ihrer Ankunft hätte schlucken sollen, da hörte er, wie sich die gläserne Schiebetür hinter ihm leise öffnete. Ein Lächeln und die Worte »Hallo, Susan« auf den Lippen, drehte er sich um.

Und konnte einen Schrei gerade noch ersticken.

Dort, im Türrahmen, saß eine steinalte Hexe in einem Rollstuhl und stierte ihn lüstern an. Sie leckte sich die Lippen und glotzte ihm direkt in den Schritt, sodass Terry instinktiv seinen Kimono enger schnürte, um seine rapide schrumpfende Erektion zu bedecken. »Komm schon, Süßer«, sagte die lüsterne Alte, »zeig dem Hundchen deinen Knochen.«

»Was zum Teu…«

Susan Frobisher trat hinter der alten Vettel hervor. »Terry! Entschuldige bitte …«

»Um Himmels willen, Susan, was geht hier vor?«

»Hallo, Terry!«, begrüßte ihn eine weitere Frau mit fröhlicher Stimme. Eine Frau, die ihm vage bekannt vorkam und nun ebenfalls in die Kabine trat. »Julie? Julie Wickham?«, sagte sie. »Wir hatten zusammen Chemie? In der achten Klasse? Bei Mr. Edwards?«

»Ich … was?«, stammelte Terry.

»Es tut mir wirklich schrecklich leid, so unangemeldet bei Ihnen einzudringen«, sagte eine vierte Frau, die in diesem Moment in der Tür erschien. »Was für ein entzückendes Boot.«

Susan kam jetzt über den dicken Teppichboden auf ihn zu und erklärte: »Entschuldige bitte, Terry, aber ich muss dich um einen Gefallen bitten.«

»Einen Gefallen? Was? Wer sind diese Leute? Scheiße, was zum Teufel läuft hier, Susan?«

»Zügeln Sie bitte Ihre Ausdrucksweise«, ermahnte ihn eine der Frauen aus dem Hintergrund.

»Du musst uns alle nach Frankreich bringen. Jetzt. Noch heute Nacht.« Susan sah ihm direkt in die Augen. Gott, sie war immer noch schön.

»FRANKREICH?«, fragte Terry, als er den Sinn ihrer Worte erfasste. »Bist du völlig verrückt geworden?«

Irgendwo hinter Susans Rücken ertönte das Surren eines Elektromotors, das leise Quietschen von Reifen, und mit einem Mal sah er eine abgesägte Schrotflinte auf sich gerichtet.

»Wir müssen wirklich darauf bestehen«, erklärte die Alte im Rollstuhl und spannte die Hähne der doppelläufigen Waffe. Terrys Augen weiteten sich, und seine Hände schossen instinktiv in die Luft. »Bitte«, flehte er. »Töten Sie mich nicht.«

»Um Gottes willen, Ethel! Lass das!«, sagte Susan und schob den Gewehrlauf zur Seite.

»Schon gut, nur die Ruhe, Jungchen«, murrte Ethel. »Das Ding ist nicht mal geladen.«

»Hast du denn noch keine Nachrichten gesehen?«, fragte Susan.

»Nein …«

»Komm mit, wir müssen uns unterhalten.«

Sie packte den verwirrten Terry am Ellbogen und führte ihn durch die Schiebetür auf die Brücke der Yacht. Als sie die Tür hinter sich schloss, hörte sie das Knallen eines Champagnerkorkens.

Ethel.

ZWEIUNDDREISSIG

»Gottverdammt, Susan. Ich meine ... *Schei-ße.* Was für eine *gottverdammte* Scheiße.«

Sie saßen in den beiden großen Drehsesseln auf der Brücke, und Susan schenkte ihm den zweiten Brandy ein. »Jep, das sagtest du bereits, Terry. Und es ist nicht besonders hilfreich.«

»Was hast du dir bloß dabei gedacht?«

»Ich weiß es wirklich nicht. Ich habe selbst keine vernünftige Erklärung.«

»Und jetzt soll ich euch aus der Patsche helfen? Euch nach Frankreich übersetzen? Ihr könnt in keinem Hafen legal an Land gehen. Ich müsste euch bei Nacht und Nebel irgendwo absetzen. Ihr werdet von der Polizei gesucht. Nein, vergiss es. Dann häng ich selbst mit drin. Die werden euch so oder so erwischen. Ihr bekommt bestimmt Strafmilderung, wenn ihr euch stellt und das Geld zurückgebt.« Er stockte einen kurzen Augenblick. »Wie viel ist es eigentlich?«

Susan starrte auf das im Mondlicht glitzernde Wasser hinaus, ohne ihm richtig zuzuhören. »Terry?», fragte sie.

»Was?«

»Warum warst du eigentlich auf Barrys Beerdigung?«

»Ich … ich wollte meinen Respekt bezeugen.«

»Blödsinn. Du hast ihn noch nie leiden können. Nicht mal in der Schule.«

»Das ist nicht wahr! Ich …« Terry gab auf. Er konnte sich einfach nicht überwinden, Susans verstorbenen Mann auch noch zu verteidigen. »Ich dachte nur, du hättest was Besseres verdient als Barry Frobisher.«

»Du hattest völlig recht. Traurig ist bloß, dass ich ein ganzes Leben gebraucht habe, um das herauszufinden.« Sie schwenkte ihr Brandyglas und starrte hinein.

»Ach, komm«, sagte Terry. »Dein Leben ist noch lange nicht vorbei.«

Susan hob den Blick. Da war dieses schlaue Funkeln in ihren Augen, eine gewisse Gerissenheit, die er damals nie bemerkt hatte. »Damit hast du verdammt recht. Bei Weitem noch nicht«, erwiderte sie. »Hör zu, uns nach Frankreich bringen ist erst der Anfang. Also wie ausgekocht bist du, Terry?«

»Wie bitte?«

Susan verpasste ihm eine schallende Ohrfeige.

»SCHEISSE!«, schrie Terry. »Was zum Teufel …«

»Jetzt hör gefälligst auf, das Unschuldslamm zu spielen. Du bist der reichste Mann, den ich kenne, und du hast dein Geld mit etwas so völlig Nebulösem wie Import-Export verdient. Etwas, worüber niemand, der dich kennt, irgendetwas Genaueres weiß. Deshalb nehme ich an oder hoffe vielmehr, dass du dabei mit der einen oder anderen dubiosen Gestalt Geschäfte gemacht hast. Für uns steht gerade sprichwörtlich alles auf dem Spiel, und ich muss sichergehen, dass du mir gegenüber ehrlich bist und versuchst, uns zu helfen. Wir brauchen neue Identitäten und Pässe, um uns von Frankreich aus absetzen zu können.«

»Und wohin?« Er rieb sich die brennende Wange.

»Ich bin mir noch nicht sicher. Vielleicht nach Südamerika.«

»Wie kommst du darauf, dass ich euch dabei helfe?«

»Geld«, sagte Susan mit einem Schulterzucken.

»Hä?«

»Um deine Frage, wie viel wir erbeutet haben, zu beantworten: grob geschätzt 4,2 Millionen Pfund. Wir zahlen dir hundert Riesen für die Überfahrt nach Frankreich und noch mal hunderttausend, wenn du uns mit jemandem in Kontakt bringst, der uns neue Pässe besorgen kann. Komm schon! Zweihundert Riesen für weiter nichts als einen kleinen Ausflug über den Kanal und eine Telefonnummer?«

Terry breitete die Arme aus. »Sieht das hier für dich so aus, als bräuchte ich Geld, Susan?«

»Nein. Aber ich glaube nicht, dass du es allein wegen dem Geld machst.«

»Sondern?«

»Tja, teilweise wohl, weil du einfach tierisch auf mich stehst, und das schon seit wir fünfzehn Jahre alt waren.« Susan nahm einen großen Schluck Brandy und schauderte nur ganz kurz, als der Alkohol in ihrer Kehle brannte. Langsam fand sie wirklich Geschmack an dem Zeug. »Das ist der Grund.«

»Du hast dich verändert«, sagte Terry lächelnd.

»Gut.«

Einen Moment lang wurde die Stille zwischen ihnen nur von den Wellen unterbrochen, die gegen den Bootsrumpf schwappten.

Schließlich knickte Terry ein. »Gott steh mir bei. Etwas außerhalb von Le Havre gibt es einen kleinen Pier. Der Strand ist in Privatbesitz und gehört einem Freund von mir. Ich kann euch dort absetzen. Wenn wir bald ablegen, sind wir gegen Morgengrauen dort.«

Susan lächelte ihn an und hob eine Augenbraue, als wollte sie sagen: *Gut … und weiter?*

»Und ich kenn da so einen Typen. Unten in Marseille. Ein Russe. Ich kann euch miteinander bekannt machen. Ich wäre überrascht, wenn er euch nicht weiterhelfen könnte, was die Pässe betrifft – eine angemessene Bezahlung vorausgesetzt.«

»Dann stellt sich natürlich noch die Frage, wie wir das Geld von Frankreich nach Südamerika schaffen …«

»Nach meinen Erfahrungen im Im- und Exportgeschäft interessiert sich niemand großartig für das, was nach Südamerika *hinein*geschafft wird. Aber du musst auf der Hut sein, Susan. Diese Russen? Das sind wirklich furchteinflößende Leute.«

»Nicht nur sie«, sagte Susan und leerte ihren Brandy in einem Zug. »Ich bin Mrs. Fear.«

Terry schüttelte lachend den Kopf. »So«, sagte er, »hatte ich mir den Verlauf dieses Abends ganz sicher nicht vorgestellt.«

»Wie *hast* du ihn dir denn vorgestellt?«, fragte Susan.

»Ach, weißt du …« Terry grinste.

Susan rückte näher an ihn heran. »Spiel deine Karten richtig aus. Die Fahrt wird etwas dauern, stimmt's? Ich nehme an, irgendwo an Bord dieses Spielzeugs gibt es eine Kabine?« Sie zwickte ihm in die Backe. »Na dann. Ich schau mal nach den Mädels.«

Terry schluckte und schenkte sich einen weiteren Brandy ein.

DREIUNDDREISSIG

»Boscombe?«, nuschelte er.

Am Tag nach dem Banküberfall wurde Detective Sergeant Boscombe kurz vor Morgengrauen vom Klingeln des Telefons geweckt. Nachdem auch ein weiteres zermürbendes Verhör von Nails zu keiner einzigen überzeugenden Spur geführt hatte, war er an seinem Schreibtisch eingeschlafen. Allmählich hatte Boscombe den Eindruck, dass Nails weniger knallhart als einfach geistig umnachtet war. Der Alte wusste von einer Minute auf die nächste nicht mehr, ob er gerade von Alcatraz oder Alka-Seltzer sprach. Ob er scheißen musste oder zum Friseur wollte.

Die Kette der Ereignisse, die dazu geführt hatte, dass Boscombes Telefon klingelte, war folgendermaßen verlaufen:

Um 5:15 Uhr war einem Streifenpolizisten in Sands, einem gewissen Constable Graham Denning, ein marineblauer Mercedes-Kombi aufgefallen, der in einer Seitenstraße unweit des Yachthafens parkte. Die Innenbeleuchtung war angeschaltet, weil eine der hinteren Türen nicht richtig geschlossen worden war. Bei näherer Untersuchung bemerkte der Beamte, dass der Schlüssel noch im Zündschloss steckte. Er überprüfte den Wagen und fand heraus, dass der Mercedes auf einen Mr. und eine Mrs. Torbet, wohnhaft in Densmore Cottage, Buttcombe, in der Nähe von Wroxham zugelassen und das Fahrzeug nicht als gestohlen gemeldet war.

Normalerweise hätte Denning es sehr wahrscheinlich dabei belassen. Vielleicht genossen die Besitzer gerade einen ausgelassenen Abend im Yachtclub, hatten bloß ihre Schlüssel im Zündschloss vergessen und waren etwas nachlässig beim Schließen der Türen gewesen. Immerhin war es ja ihre Batterie – wenn es sie offenbar nicht kümmerte, dass ihnen der Saft ausging, war es also auch allein ihre Sache. Aber irgendetwas machte Denning stutzig. Wroxham. Die Nachricht vom Banküberfall war gestern das alles beherrschende Thema gewesen. Genauso wie die beiden Überwachungskamera-Videos, die sich augenblicklich einer enormen Beliebtheit bei YouTube erfreuten: Der Clip mit dem steinalten Rentner, der sich mit Karacho in die Milchglasscheibe eines Supermarkts stürzt, und der andere von diesem Polizisten aus Dorset, wohl ein Sergeant namens Boscombe, der schneller als der verdammte Usain Bolt läuft und sich dabei die Seele aus dem Leib kreischt, während er an seinen Nüssen hinter einem Kleinbus der Krebshilfe hergeschleift wird. Dann entdeckte Denning hinter dem Fahrersitz etwas auf dem Boden vor der Rückbank. Etwas Rosafarbenes. Eine einzelne Fünfzig-Pfund-Note.

Um 5:25 Uhr rief Denning die Wachstube in Buttcombe an. Er schlug vor, dass jemand beim Densmore Cottage vorbeischaute und nachsah, ob Mr. und Mrs. Torbet zu Hause waren. Etwa eine halbe Stunde später, ungefähr um sechs Uhr, kam ein gewisser Constable Willard dem Vorschlag nach und traf im Haus der Torbets niemanden an. Aber ein kurzer Blick durch das Garagenfenster enthüllte ein Fahrzeug, das dort ziemlich sicher nicht hingehörte: einen Minibus der Krebshilfe.

Und so kam es, dass Boscombe um 6:10 Uhr den Hörer seines Telefons abhob und gähnend seinen Namen in die Muschel nuschelte.

Er hörte zu.

Er notierte Nummernschild und Adresse.

Er rannte rüber zu Wesleys Schreibtisch, knuffte den Schlafenden in die Seite und rief: »Los! Aufstehen! Wir haben eine Spur!«

VIERUNDDREISSIG

Julie erwachte mit einem hässlichen, pochenden Kopfschmerz und blickte sich um. Sie und Jill waren an den entgegengesetzten Enden eines langen, L-förmigen Sofas eingeschlummert. Jill natürlich lange vor Julie. Sitzend im Rollstuhl zusammengesackt schnarchte der Grund für Julies spätes Einschlafen wie eine Kettensäge und hielt immer noch eine fast leere Flasche Gin im Arm. Unfassbar, wo steckte Ethel das nur immer hin? Verschwand das Zeug einfach in ihren voluminösen, vermutlich hohlen Beinen? Oder war vielleicht in diesem Rollstuhl irgendwo ein verborgener Tank eingebaut? Julie war sich durchaus bewusst, dass das Saufen in Ethels Generation zum guten Ton gehörte: Drinks zum Mittag, Cocktails am Nachmittag, ein Schlummertrunk vorm Zubettgehen und so weiter. Dennoch blieb es eine beeindruckende Leistung. Mit Blick auf vier leere Champagner- sowie diverse geöffnete Wodka- und Ginflaschen versuchte Julie den Abend zu rekonstruieren.

Nachdem Susan früh zu Bett gegangen und ihnen klar geworden war, dass Terry alle Hände voll damit zu tun haben würde, das Boot zu steuern, hatten Ethel und sie ein wenig über die Stränge geschlagen und sich großzügig an der exquisit bestückten Bar ihres unfreiwilligen Gastgebers bedient. Sogar Jill hatte ein oder zwei kleine Sherrys getrunken – »für ihre Nerven«.

Julie griff nach einer Wasserflasche und spülte sich den staubtrockenen Mund aus. Hatte sie wirklich mit Ethel zu »Da Ya Think I'm Sexy?« getanzt? Und Ethel dabei im Rollstuhl herumgewirbelt?

Sie blickte aus dem Bullauge und sah ein blasses Band pinkfarbenen Lichts am Horizont – die aufgehende Sonne. Ihr schlechtes Gewissen ließ sie in die Hosentasche greifen und ein Bündel Fünfziger hervorholen. Sie zählte zehn davon ab und legte sie auf den niedrigen Couchtisch. Das sollte ihre Zeche in etwa begleichen. Sie grinste. Wann hatte sie sich zuletzt so etwas erlauben können? Fünfhundert Pfund für Alkohol hinzublättern? Vor gut fünfzehn Jahren, während der kurzen Glanzzeit ihrer Boutique? Oder war es sogar noch länger her, damals in London, in den Achtzigern, als sie als Hostess gejobbt hatte?

»Ach du Scheiße«, rief eine Stimme. Auf der Türschwelle stand Susan, frisch wie der neue Morgen. »Was ist denn hier passiert?«

»Ich fürchte, wir haben ein wenig gefeiert. Ich räum das sofort auf.« Doch Susan war bereits dabei, Gläser einzusammeln und Polster glatt zu streichen.

»Ich mach das schon«, sagte sie. »Warum nimmst du nicht eine Dusche? Wir sind fast da.« Sie summte ein Liedchen vor sich hin, während sie geschäftig durch den Raum wirbelte.

Julie sah sie an, und ihre Augen verengten sich zu Schlitzen. »Was ist los mit dir?«

»Was soll schon los sein?«

Julie starrte sie weiter skeptisch an.

»Was denn?«

»Irgendwas ist im Busch. Du bist mir ein wenig zu … fröhlich für jemanden, der auf der Flucht vor dem Gesetz ist.«

»Kann man nicht einfach mal mit dem richtigen Fuß zuerst aufstehen?«

Aber während sie emsig Kissen zurechtrückte und Julies Blick auswich, konnte Susan nicht verhindern, dass sie leicht errötete. Sie hatte etwas fast schon … Mädchenhaftes.

»ICH GLAUB'S NICHT!«, rief Julie.

»Schhh! Schhhh! Leise!« Susan hielt ihr die Hand vor den Mund und drückte sie zurück aufs Sofa.

»Susan Frobisher! Du schmutziges …«

»SCHHHHHHH!«

»… versautes …«

»*Bitte*«, flehte Susan.

»Okay. Ist ja gut. Lass mich los.«

Susan setzte sich neben Julie, und die beiden sahen sich schweigend an. Dann brachen sie gleichzeitig in Gelächter aus. Susan vergrub ihr Gesicht in den Händen. »Details«, forderte Julie. »Ich will Details.«

»Später. In Ordnung?«

»Du und Terry Russell …«

»O Gott …«, stöhnte Susan.

»Ich wette, das war was anderes als mit Barry …«

»Genug jetzt. Du weckst noch alle auf.«

»Warte, bis Ethel davon erfährt. Das ist ja der absolute Oberknaller.«

»Wirst du wohl deinen Mund halten«, sagte Susan und pustete sich eine Haarsträhne aus dem Gesicht. Obwohl Ethels Schnarchen problemlos den verbalen Schlagabtausch zweier betrunkener Matrosen übertönt hätte, unterhielten sie sich im Flüsterton weiter. »Weißt du was? Ich hab mir einfach gedacht: *Was soll's*. Und weißt du noch was, Jules? Ich bin heute Morgen aufgewacht und dachte immer noch: *Was soll's*. Und zwar nicht nur in Bezug auf Terry, sondern auf diese ganze Sache. Es ist passiert. Niemand kam zu Tode. Wir sind nicht im Gefängnis. Zumindest noch nicht. Also machen wir doch einfach das Beste daraus.«

»Meine Güte. Die neue Susan stürzt sich also ins Abenteuer?«

»Könnte man so sagen. Und jetzt hoch mit dir«, sagte Susan und stand auf. »Zeit für eine Dusche. Damit du wieder in die Gänge kommst.«

»Was ist mit den beiden?«, Julie deutete auf ihre schlafenden Kameradinnen.

»Ach, gib ihnen noch ein Viertelstündchen. Ethel kann's gebrauchen, und Jill fängt vermutlich gleich wieder an zu heulen, wenn sie aufwacht.«

»Na schön. Was machen wir jetzt? Ich meine, wo geht's hin?«

»Ich habe einen Plan.«

»Wirklich? Erzähl.«

»Beim Frühstück in Le Havre.«

»Du und Terry Russell. Unfassbar.«

* * *

Zwanzig Minuten später standen die vier Frauen im kühlen Morgengrauen auf einem schmalen Holzsteg. Sie trugen Fleecepullover, Jeans, Turnschuhe und in Ethels Fall eine karierte Decke um die Schultern, die sie in Densmore Cottage hatten mitgehen lassen. Das Geld befand sich in zwei kleineren Sporttaschen – ebenfalls eine Leihgabe aus Densmore Cottage –, die an Ethels Rollstuhl hingen. Susan war überrascht gewesen, wie viel Geld sich auf verhältnismäßig engem Raum verstauen ließ. Eine Million Pfund in Fünfzig-Pfund-Noten sprengte bei den meisten Fluglinien nicht einmal das erlaubte Höchstgewicht für Reisegepäck.

Der Steg endete auf einem schmalen Strand, von dem aus ein Pfad in den Wald führte. Terry vergewisserte sich, dass die Achterleine fest vertäut war, wischte sich das Meerwasser an der Hose ab und verließ ebenfalls das Boot. Susan hockte auf den Planken des Stegs und suchte etwas in ihrer Handtasche, also streckte Julie ihm ihre Hand entgegen, und er ergriff sie.

»Tut mir leid wegen, na ja, du weißt schon ...«, sagte sie und stellte mit Erstaunen fest, dass sie gegen ein breites Grinsen ankämpfen musste. Wieso verhielt sie sich auf einmal, als wäre sie wieder fünfzehn?

»O ja, das war ein ... *bemerkenswertes* Wiedersehen.«

»Danke, Terry«, sagte Julie und dachte bei sich: *Ich wette, dass es das war.*

»Himmel, Arsch und Zwirn«, fluchte Ethel, »war das eigentlich Benzin, was ich gestern Abend gesoffen habe?«

»Ja, danke für alles, Terry«, verabschiedete sich Susan seltsam steif, als sie aufstand.

»Machst du dich jetzt sofort wieder auf den Rückweg?«, fragte Julie.

»Nee. Da man beim Hafenmeister einen Routenplan vorlegen muss, habe ich mir gedacht, es wäre vermutlich das Beste, nicht hundertprozentig bei der Wahrheit zu bleiben. Ich habe angegeben, dass ich mit der *Geraldine* für ein paar

Tage runter nach Cowes will, also tauche ich dort besser früher als später auf … heilige Scheiße!«

Susan hielt ihm einen dicken Packen Fünfziger entgegen.

Terry betrachtete das Geld und lächelte. »Nein«, sagte er. »Behaltet das mal.«

»Bitte, Terry«, sagte Susan. »Es ist das Mindeste, was wir …«

»Ehrlich … nein.«

»Aber warum denn nicht?«, fragte Julie.

»Nun, zum einen weiß ich nicht, ob es so eine gute Idee ist, wenn ich hundert Riesen in gestohlenen Banknoten bei mir …«

»In gebrauchten Scheinen. Nicht registriert«, erklärte Ethel. »Unmöglich nachzuverfolgen.«

»Und zum anderen«, fuhr Terry fort, »glaube ich, dass ihr Mädels jeden einzelnen Penny, den ihr habt, auch brauchen werdet, um auf alles vorbereitet zu sein.«

»Bist du dir sicher?«, fragte Susan.

Er nickte. »Folgt einfach diesem Pfad hier.« Terry zeigte zum Waldrand. »Er führt euch zur Hauptstraße. Von dort sind es noch rund zwei Kilometer bis zum Stadtrand von Le Havre.«

Julie bekam ein Küsschen auf die Wange, bevor sie Ethel den Steg runter Richtung Jill schob. Susan lächelte Terry an, und die Sonne, die hinter ihr aufging, färbte ihr Haar golden. Er reichte ihr einen Zettel. Darauf stand der Name »TAMALOV« und darunter eine Telefonnummer in Marseille. »Wie ich schon sagte: Pass auf dich auf. Mit diesen Typen ist nicht zu spaßen.«

Susan nickte. »Ich danke dir. Sollten sie dich in die Mangel nehmen, dann sag ihnen einfach, wir hätten dir eine Knarre an den Schädel gehalten und dich gezwungen, uns hierher zu bringen.«

»Niemals«, erwiderte Terry. »Mit vorgehaltener Waffe hat bei mir noch nie jemand was erreicht.« Beide mussten herzhaft lachen. »Wir sehen uns.«

»Klar doch«, sagte Susan und umarmte ihn.

FÜNFUNDDREISSIG

»Aha. Ja, lassen Sie mich kurz nachsehen. O ja, hier …« Der Mann legte einen dicken, butterbeschmierten Finger auf einen Eintrag in dem Buch auf seinem Schreibtisch. »Bloß eins. Die *Geraldine*. Eigner ist ein Mr. Terry Russell. Sie ist heute Morgen um 1:15 Uhr ausgelaufen.« Unter einem Titel wie Hafenmeister hatte Boscombe sich etwas Eindrucksvolleres vorgestellt: so einen Kapitänstypen, um die sechzig, in Uniform. Nicht diesen fetten Milchbubi Anfang dreißig in Jeans und Sweatshirt, ein angebissenes Specksandwich in der Hand und eine riesige Dose irgendeines Energy-Drinks vor sich. Sie befanden sich in einem Büro im obersten Stockwerk der Verwaltung des Yachthafens, mit einem tollen Blick auf die Reihen der am Dock vertäuten Boote, deren Masten sanft in der lauen Brise schaukelten. Durchs Fenster sah Boscombe Wesley, der sich auf dem Kai umschaute.

»Und wer war an Bord?«

»Ach, komm schon, Kumpel. Wofür hältst du das hier? Die Kapitäne müssen keine Passagierlisten einreichen. Nur die Fahrtroute.«

»Was war also der Zielhafen?«

Der Hafenmeister konsultierte abermals sein Buch. »Ah … Cowes.«

»Wo liegt das?«

»Auf der Isle of Wight.«

»Alles klar. Und was wissen Sie über diesen Terry Russell?«

»Was soll die Frage?«

»Ich meine, wo kommt er her? Wie tritt er auf?«

»Gott, keine Ahnung. Was weiß ich, wo der herkommt. Bin ihm halt ein paar Mal begegnet. Typ Häuptling Silberlocke. Scheint mir ordentlich Geld zu haben. Wohnt wohl in Sands.«

»Könnten Sie Ihren Kollegen in Cowes kontaktieren und herausfinden, ob das Boot dort eingelaufen ist?«

Der Kerl stöhnte, den Mund voller Brot und Speck. Scheiße, Boscombe war am Verhungern. Es war schon nach neun. Sie waren seit sechs unterwegs und hatten noch nichts gefrühstückt. Und dieser faule, gefräßige Penner hatte ihm nicht mal eine Tasse Tee angeboten. *Der* faule, gefräßige Penner, der nun die Frechheit besaß, auf Boscombes Frage die folgende Antwort zu geben: »Natürlich *könnte* ich. Die Frage ist, ob ich muss.«

Also schön, dachte Boscombe. *Jetzt reicht es.* »Jetzt hör mir mal ganz genau zu, *Kumpel*«, sagte er und beugte sich zu dem Hafenmeister vor. »Diese Leute, hinter denen ich her bin, werden in Verbindung mit einem bewaffneten Raubüberfall gesucht. Das ist eine verdammt ernste Sache. Wenn du mir keine andere Wahl lässt, dann besorge ich einen Durchsuchungsbefehl und stelle mit fünf Männern den ganzen Tag lang deinen Laden auf den Kopf, und zwar bis hier kein Stein mehr auf dem anderen steht. Vielleicht gebe ich deine Daten bei der Gelegenheit auch gleich ans Finanzamt weiter, nur so zum Spaß. Allerdings hoffe ich aufrichtig, dass ich nichts davon tun muss und du dich letztlich doch noch als überaus hilfreich und zuvorkommend erweist, *Kumpel.*«

»Schon gut«, sagte der Hafenmeister beleidigt. »Kein Grund, mir zu drohen. Ich rufe dort an.«

»Wirklich zu gütig.«

Er begann zu wählen. Boscombe ging zum Fenster und ließ den Blick über den Hafen schweifen. Er sah Wesley mit einem alten Kerl sprechen, der gerade Angelzeug in eines der kleineren Boote verlud. Der Mann zeigte auf eine Stelle weiter oben am Kai. Wesley zog sein Notizbuch hervor. Boscombe starrte auf die grünen Wellen des Meeres. Es versprach ein wunderschöner Tag zu werden – vermutlich genauso heiß wie gestern. *Sie sind hier gewesen,* dachte Boscombe. Er wusste es. Er konnte es förmlich riechen ... scheiß auf Wilson, manchmal hatte man das eben einfach im Urin. Etwas erregte seine Aufmerksamkeit. Wesley winkte ihn zu sich herunter, deutete auf den alten Kerl und signalisierte ihm: Daumen hoch. Hinter ihm beendete der fette Milchbubi derweil sein Telefonat. »In Ordnung. Verstehe. Mach's gut, Chris.« Boscombe bedeutete Wesley, dass er hier oben noch zwei Minuten brauchte, und wendete sich mit fragendem Blick dem Hafenmeister zu, kaum dass der den Hörer auf die Gabel gelegt hatte. »Nein«, informierte ihn dieser, »noch nicht eingelaufen.«

»Und wie lange braucht man für diese Strecke normalerweise?«

»Das kommt ganz darauf an, wie eilig man es hat. Ein Boot wie die *Geraldine,* zwei starke Motoren ... wenn man wollte, könnte man in fünf oder sechs Stunden dort sein.«

»Welche Häfen ließen sich in dieser Zeit noch erreichen?«

»Eine ganze Menge. Man könnte die Küste rauf nach Schottland fahren. Rüber nach Frankreich ...«

Frankreich.

»In Ordnung. Danke für Ihre Hilfe. Ich bin gleich wieder zurück. Würden Sie mir bitte die Kontaktdaten für diesen Terry Russell raussuchen? Danke.«

Ohne eine Antwort abzuwarten, trat Boscombe durch die Tür hinaus in die frische Luft und das Geschrei der Möwen. Noch während er die Holztreppe zum Kai hinunterstieg, holte er sein Handy hervor und rief die gute, alte Sandra im Revier an. »Sandra? Finden Sie so viel wie möglich über einen gewissen Terry Russell aus Sands heraus. Ja, Terry wie der Terrier, und Russell wie Jack Russell. Großartig. Tschüss.«

»Das hier ist Mr. Amerhill«, stellte Wesley den freundlich lächelnden alten Herrn neben ihm vor, nachdem Boscombe aufgelegt hatte. »Er hat die Nacht auf seinem Boot verbracht.«

»Tatsächlich?«, sagte Boscombe.

»Ja. Ich bin von denen wach geworden. Gegen Mitternacht. Die eine saß im Rollstuhl.«

Lächelnd blickte Boscombe hinaus aufs Meer.

SECHSUNDDREISSIG

Wäre Detective Sergeant Hugh Boscombe in der Lage gewesen, bis über den Ärmelkanal, den schmalen Privatstrand, das Wäldchen und die Straße entlang bis zu den Außentischen eines kleinen Cafés am Stadtrand von Le Havre zu sehen, dann hätte ihn folgender Anblick erwartet:

Jill Worth, die in ihrem Tee rührte, ihren Fruchtsalat ignorierte und sich ständig nervös umblickte, als würde sie fest damit rechnen, dass jeden Augenblick ein Pulk Polizisten über sie herfiel. Ethel Merriman, völlig verkatert, die gerade einen kurzen Moment von ihrem riesigen Teller mit Steak und Eiern abließ, um herauszufinden, wie viel Butter man auf eine Scheibe Toast bekam. Und Susan Frobisher, die schon ihren zweiten, wirklich köstlichen Café au Lait trank, während sie eine Straßenkarte von Frankreich studierte, die vor ihr ausgebreitet auf dem Tisch lag. Susan hatte den anderen die Grundzüge ihres Plans erläutert. Nämlich nach Marseille zu gelangen, um dort von Terrys Kontakt neue Identitäten zu bekommen und unterwegs Jill, die sich immer mehr zur Belastung entwickelte und von der Polizei offenbar nicht verdächtigt wurde, an irgendeinem Flughafen abzusetzen. Daraufhin hatte sich Julie ein Croissant genommen und war losgezogen, um ein Auto für die Weiterfahrt zu besorgen. Unterwegs war ihnen an der Straße ein großer Gebrauchtwagenmarkt aufgefallen, gleich neben der kleinen Wechselstube, wo sie ein paar Tausend Pfund in Euro umgetauscht hatten.

»Irgendetwas Unauffälliges«, hatte Susan betont.

Sie starrte auf die Straßenkarte. Offenbar gab es zwei Möglichkeiten, von hier nach Marseille zu kommen.

Sie konnten entweder südöstlich Richtung Paris und dann durchs Landesinnere bis in die Provence fahren oder von hier direkt nach Süden, an Le Mans vorbei, dann bei Rochefort auf die Küstenstraße Richtung Bordeaux und schließlich östlich an Toulouse und Montpellier vorbei. Die Paris-Strecke war schneller, führte sie aber näher an große Städte und über stark befahrene Hauptverkehrsstraßen. Die Küstenstrecke war ein Umweg – die Distanz betrug etwa 1.300 statt knapp 1.000 Kilometer –, aber sehr viel diskreter. Und sie bot die schöneren Ausblicke, nahm Susan an. Sollten sie sich für die Küste entscheiden, bot sich der Flugplatz von Nantes an, um Jill abzusetzen, andernfalls würde es vermutlich Lyon werden. So oder so waren es höchstens zwei Tage Fahrt. Wenn sie in Marseille ankamen, würden sie – selbst wenn sie sich dort sofort mit Tamalov treffen konnten – vermutlich ein paar Tage warten müssen, bis die Papiere für Julie, Ethel und sie fertig waren. Susan sah gerade keine realistische Möglichkeit, Frankreich früher als in vier oder fünf Tagen zu verlassen. Möglicherweise würden sie sogar noch länger bleiben müssen, wenn ... aber nein. Immer eins nach dem anderen. Jetzt zählte es erst einmal, nach Süden zu gelangen. Alles Weitere würde sich danach ergeben. Es überraschte sie, wie ruhig sie war. Doch es war genau so, wie sie zu Jules gesagt hatte: Sie hatten das Geld und saßen nicht im Knast. Es gab schlechtere Voraussetzungen.

Susan erklärte dem Rest der Gruppe das Streckendilemma. Die Reaktionen fielen so unterschiedlich aus, wie es zu erwarten war.

»Lasst uns die Küste entlangfahren!«, rief Ethel. »Es ist wunderschön. Und ich bin seit Jahren nicht mehr dort gewesen.«

»Grundgütiger!«, empörte sich Jill. »Können wir nicht einfach die kürzeste Strecke nehmen? Mir ist speiübel, und es wird von Minute zu Minute schlimmer.«

»Du solltest etwas essen, meine Liebe«, sagte Ethel und schaufelte sich eine weitere Gabel mit fast rohem, vor lauter Eigelb feucht glänzendem Fleisch in den Mund.

Jill wandte sich angeekelt ab. »Ja, und manche von uns sollten vielleicht etwas mehr darauf achten, was sie ihrem Körper zumuten.«

»Weißt du, was ich meinem Körper gerne zumuten würde?«, fragte Ethel.

»Ethel ...«, sagte Susan warnend.

»Lass es«, sagte Jill. »Lass es einfach.«

»Einen großen, langen ...«

»Nein!«, kreischte Jill und hielt sich die Ohren zu.

»... fleischigen, harten ...«

»Ethel!« Susan blickte nicht mal mehr von ihrer Karte auf.

»Schw...«

TUUUT TUUUT! Lautes Hupen veranlasste alle drei, sich nach der Quelle des Lärms umzudrehen.

»Um Gottes willen«, sagte Jill.

»Na *hallo*«, schnurrte Ethel.

»Was zum Teufel ...«, rief Susan.

»Hüte deine Zunge!«, mahnte Jill.

Julie saß feixend hinter dem Lenkrad eines knallroten Porsche Cayenne.

»Das darf doch wohl nicht wahr sein!« Fassungslos näherte sich Susan dem Auto und steckte den Kopf durchs offene Seitenfenster. Im Wagen roch es dezent nach teurem Leder. In der Mitte des Armaturenbretts leuchtete das Display eines Navigationsgeräts der Spitzenklasse. Diese Julie – mit ihrer schicken Sonnenbrille, den Arm lässig im offenen Fenster – hatte Susan seit Jahren nicht mehr gesehen. Genau genommen seit jenen glorreichen Tagen mit Ende vierzig, als ihre Freundin im schicken Mercedes SLK durch die Stadt kutschiert war.

»Er war ein absolutes Schnäppchen, ehrlich!«, versicherte Julie. »Zwei Jahre alt. Nur dreißigtausend Kilometer gelaufen.«

»Es geht nicht ums Geld, Julie. Ich sagte *unauffällig.*«

»Er hat getönte Fenster«, erklärte Julie entschuldigend. »Außerdem brauchen wir einen Wagen, dessen Kofferraum groß genug für einen Rollstuhl ist. Und sieh mal!« Sie zog an der Handbremse und drückte einen Knopf. Das Display des Navigationsgeräts wechselte zu einem französischen Fernsehsender. »Er hat sogar einen Fernseher!«

»Ein Fernseher!«, jubelte Ethel im Hintergrund.

»Na toll«, murrte Susan, während sie den Wagen mit skeptischem Blick umrundete. »Wir können französisches Fernsehen schauen, während die Polizei unsere Festnahme vorbereitet ...«

»Och, jetzt sei doch kein Spielverderber«, sagte Julie.

»Können wir bitte einfach losfahren?«, fragte Jill. Einige andere Gäste starrten bereits zu ihnen rüber. Zum ersten Mal war Ethel mit Jill ganz einer Meinung.

»Ja, bitte«, sagte sie, rollte ihr letztes Stück Fleisch in eine Scheibe Brot, schlug diese in eine Serviette ein und stopfte dann alles in ihre Handtasche. »Lasst uns vom Hof reiten! *Garçon! Le addition see vous play!*«

SIEBENUNDDREISSIG

Drei Stunden und fünfundvierzig Minuten.

So lange hatte es gedauert. Nur drei Stunden und fünfundvierzig Minuten vom ersten Kontakt mit der Polizei bis zum vollständigen Geständnis.

Terry war überrascht gewesen, den Polizeiwagen bereits am Ende des Anlegers warten zu sehen, als er um exakt vier Minuten nach zehn, also zur besten Frühstückszeit, sein Boot in Cowes vertäute. Er hatte sich von Le Havre aus nordwestlich gehalten, die zwei Dieselmotoren fast voll ausgereizt und bis zur Isle of Wight nur knapp vier Stunden gebraucht. Die örtliche Polizei hatte ihn wegen des Verdachts der Unterstützung flüchtiger Personen sofort verhaftet und auf die Hauptwache in Ryde gebracht, wo er warten sollte, bis die ermittelnden CID-Beamten vom Festland eingetroffen waren – die Beamten, die ihm nun im Verhörraum gegenübersaßen.

Boscombe und Wesley waren um elf Minuten nach zwölf eingetroffen. Nachdem Terry eine Weile versucht hatte zu mauern, erklärte der ältere, fettere der beiden Bullen, sie wüssten, dass er ursprünglich aus Wroxham stammte und mit zwei der Verdächtigen, die ein Augenzeuge am Abend zuvor an Bord seiner Yacht hatte gehen sehen, gemeinsam zur Schule gegangen war. Anschließend sprach der Detective – neben anderen Dingen – davon, die Steuerfahndung in die Ermittlungen mit einzubeziehen, wenn Terry nicht auf der Stelle mit allem rausrücken würde, was er wusste.

Das war's. Diese Drohung war für Terry Russell um einiges beängstigender als das Gefängnis. Seine privaten Steuerangelegenheiten waren ein byzantinisches Labyrinth der Illegalität, das sogar Bernie Madoff zum Bettnässer degradiert hätte. Um 13:49 Uhr, zur Mittagszeit, wie ihm sein knurrender Magen vermittelte, sank er schluchzend auf den Tisch.

»Die haben mir eine verdammte Knarre an die Schläfe gehalten …«, heulte Terry.

ACHTUNDDREISSIG

»Essen Essen Essen Essen, leckeres Essen, wunderbares Essen … Essen Essen Essen Essen, leckeres Essen, WUNDERBARES ESSEN! Essen Essen Es…«

»Um Gottes willen, Ethel … könntest du BITTE EINMAL DIE KLAPPE HALTEN?!«, brüllte Susan vom Beifahrersitz. Jill hielt sich mal wieder die Ohren zu. Nur Julie, die hinter dem Lenkrad still vor sich hin lächelte, während der Asphalt französischer Autobahnen Kilometer für Kilometer unter ihnen hindurchrauschte, schien resistent gegen die nicht enden wollenden Essensforderungen zu sein, die Ethel in der Manier des Spam-Songs von Monty Python vortrug. Eine Referenz, die allein Julie verstand. Susan und Jill waren schlicht überzeugt, Ethel wäre endgültig verrückt geworden.

Sie fuhren auf der E402 Richtung Forêt d'Écouves. Das Problem, ob sie erst nach Osten, dann geradewegs nach Süden beziehungsweise geradewegs nach Süden und dann nach Osten fahren sollten, hatten sie noch immer nicht gelöst.

»Ach, Leute!«, nörgelte Ethel. »Es ist schon nach zwei! Zeit für einen kleinen Imbiss.«

»Ich schätze, wir könnten an einer Raststätte halten«, sagte Julie und heischte mit einem Seitenblick um Susans Unterstützung.

»Raststätte am Arsch«, protestierte Ethel.

»Ojeeee ...«, stöhnte Jill, als hätte sie sich gerade an einem heißen Teller verbrannt.

»Ich will was Richtiges essen«, sagte Ethel. »Und *Wein* dazu trinken. Ich will Cassoulet, ein Kaassoufflé, Cock au vin mit verdammten Pommes Delfin. In einem Restaurant oder einem Gasthaus. Schaut mal raus, was für ein scheißschöner Tag das ist. Wir sind in *Frankreich,* und euch Hirnis fällt nichts Besseres ein, als euch zum Essen in eine elende *Tankstelle* zu hocken. Tickt ihr nicht mehr ganz richtig?«

»Wir sind auf der Flucht vor dem Gesetz«, sagte Susan.

»Hast du eine Vorstellung davon, wie groß dieses Land ist?«, fragte Ethel. »Ich kann es immer noch nicht glauben, dass wir aus England raus sind, aber wir haben es wirklich geschafft. Und wisst ihr was? Jetzt suchen die Bullen nach einer Nadel im Heuhaufen.«

»Damit hat sie nicht ganz unrecht«, sagte Julie.

»Ich könnte auch etwas essen ...«, meldete sich Jill zu Wort. Sie hatte ihr Frühstück kaum angerührt.

»Also gut. Schön«, lenkte Susan ein, »dann lasst uns die nächste Abfahrt nehmen und sehen, was wir finden ...«

»Jawoll!«, knurrte Ethel und schlug die rechte Faust in die linke Handfläche.

»So wird's gemacht«, sagte Julie. Während sie ein Schild passierten, auf dem »Courtomer« stand, setzte sie den Blinker und wechselte auf die rechte Spur. »Ich muss schon sagen«, fügte sie hinzu und nahm in überaus sportlichem Tempo die Kurve der Ausfahrt, »dieses Baby fährt sich wie 'ne Eins.«

* * *

Fünfzehn Minuten später und keine zehn Kilometer weiter erblickten sie ein großes Restaurant, dessen Terrasse voller Familien samt spielenden Kindern war. Auf dem staubigen Schotterparkplatz standen zahlreiche Autos und Lastwagen.

»Tut's das?«, fragte Julie die anderen.

Kurz darauf wurde bereits die zweite Runde Getränke serviert – Rotwein für Ethel und Susan, Mineralwasser für Jill, eine Cola für Julie –, während alle heißhungrig über ihr Essen herfielen. Sie saßen an einem Holztisch im Freien, und das warme Tageslicht fiel durch den Sonnenschirm über ihnen. Susan nippte an ihrem Wein und schaffte es für einen kurzen Moment, sich einzureden, sie wären alle zusammen auf einer herrlichen Urlaubsreise. »Halleluja«, sagte Ethel und wischte sich über den Mund, »ihr solltet von diesem Kaninchen probieren. Wie oft findet ihr zu Hause schon Kaninchen auf der Speisekarte?«

»Igitt«, sagte Jill.

»Das Huhn der Felder, Schätzchen«, sagte Ethel. »Wie ist dein Salat? Dein öder, eintöniger, langweiliger …«

»Ich halte es nicht für langweilig, sich gesund zu ernähren«, erklärte Jill und rümpfte die Nase.

»Was hast du da?«, fragte Ethel Susan.

»Hühnchen?«

»O Mann, ihr Spießer. Sooo langweilig. Warum hast du nicht das Steak frites genommen? Dann hätte ich den Rest gegessen, wenn du es nicht geschafft hättest.«

»Es ist nicht gut, so viel rotes Fleisch zu essen«, merkte Jill an und goss sich noch ein Glas Wasser ein. Ethel dagegen trank den Hauswein *wie* Wasser.

»Bockmist«, erklärte Ethel. »Ich bin zwanzig Jahre älter als du. Ich esse, was ich will und wann immer ich will. Sieh dich dagegen an. Du isst nichts als Linsen, Grünzeug und Blaubeeren. Jede alberne Erkältung würde dich sofort auf die Bretter schicken.«

»Ethel, du …«, stammelte Jill einigermaßen fassungslos, »… du sitzt im *Rollstuhl*, weil du so fett bist.«

»Oh, knöpfen wir uns jetzt die *Behinderten* vor?«, fragte Ethel. »Ich habe nun einmal schwere Knochen.«

»Schwere Knochen? Dein Problem ist …«

»Könntet ihr beiden das bitte lassen?«, fuhr Susan dazwischen und hätte fast instinktiv hinzugefügt: *Ihr Kinder macht mich wahnsinnig.*

»Julie, wir müssen eine Lösung finden, um Jill an einem Flughafen abzusetzen und ihr Geld auf das Spendenkonto für Jamie einzuzahlen.« Keine Antwort. »Julie?«, sagte Susan noch einmal und sah sie an.

Julie starrte unbeirrt quer über die Terrasse zu einem ziemlich weit entfernten Tisch, der schon fast am Zaun zum Parkplatz stand.

An dem Tisch saßen zwei Menschen: ein Mann und ein Mädchen. Der Mann war Mitte fünfzig, unrasiert, mit fettigem Haar. Dunkelhäutig. Grieche, vielleicht Spanier. Er trug eine verspiegelte Sonnenbrille und eine schwarze Lederweste über einem T-Shirt, das aussah, als wäre es auf seinen Körper genäht. Sein Essen lag unberührt vor ihm, und er trank Pastis. Das Mädchen war ausgesprochen schön. *Sehr französisch*, dachte Julie. Sie hatte einen Bobschnitt, trug Jeans-Hotpants und ein knappes Trägertop. Hungrig schaufelte sie einen Teller Pommes frites in sich hinein. Sie war höchstens siebzehn Jahre alt. Seine Tochter? Der Mann griff nach der

Flasche Pastis auf dem Tisch, goss einen Schuss in ihr Glas und schüttete etwas Wasser dazu. Zu den Füßen des Mädchens lag ein Rucksack, wie Julie bemerkte. Sie registrierte auch den wölfischen Blick, mit dem der Mann die Kleine anschaute, wenn sie ihren Kopf zum Essen senkte. Nein, sie war definitiv nicht seine Tochter …

»Julie!« Susan schlug sie auf den Oberschenkel.

»Aua! *Was denn?*«

»Wie stellen wir das mit Jills Geld für Jamie an?«

»Wir müssen fünf Überweisungen zu jeweils 9.999 Pfund machen, um das Finanzamt an der Nase herumzuführen. Also brauchen wir fünf verschiedene Western-Union-Filialen oder so etwas in der Art zwischen hier und Marseille.«

»Das klingt aber verdammt … riskant«, sagte Susan.

»Sie könnte auch einfach ins Flugzeug steigen und die fünfzig Riesen in ihrer Handtasche mitnehmen«, schlug Ethel vor.

»Weißt du was?«, erwiderte Jill. »Ich habe keine Angst, erwischt zu werden. Solange Jamie seine Operation bekommt, ist mir völlig egal, was mit mir passiert.«

»Wie du meinst, Spartacus …«, sagte Ethel und winkte dem Kellner mit dem leeren Brotkorb.

Der Mann war Spanier. Sie konnte ein paar Brocken Spanisch, aber er sprach mit einem so starken Dialekt, dass sie kaum etwas verstand. Sie war dankbar für das Essen und hielt ihren Kopf hungrig über den Teller gebeugt. Der Alkohol brannte in ihrem Bauch, da hörte sie, wie er von der Grenze redete, dass er sie dort in der Nähe absetzen würde. Das würde reichen, es wäre weit genug. Sie hatte etwas mehr als siebzig Euro dabei. Genug für ein oder zwei billige Übernachtungen unterwegs und um bei Gelegenheit einen Happen zu essen. Was ... was tat er da? Füllte er ihr Glas etwa schon wieder auf? Sie ließ ihn machen. Es würde helfen. Sie lächelte ihn an und sagte: »Merci.« Er ... oh. Sie versteifte sich bei seiner Berührung, aber sie wich nicht zurück. Umsonst von hier bis hinter Toulouse? Die Gelegenheit musste sie nutzen. Auch wenn die Fahrt natürlich nicht wirklich umsonst war. Was gab es schon umsonst?

Nein, er ist ganz sicher nicht ihr Vater, dachte Julie, schnitt sich ein Stück Hühnchen ab und hörte dem Gespräch der anderen nur mit halbem Ohr zu, während sie immer wieder verstohlen zu dem Paar an dem anderen Tisch hinübersah. So, wie er unter dem Tisch ihr Bein anfasste? Das war *keine* väterliche Geste. Julie spürte, wie sich ihre Nackenhaare aufstellten. Irgendetwas an der Reaktion des Mädchens. Der Art, wie sie den Mann, der alt genug war, um ihr Großvater zu sein, weder zu Aufmerksamkeiten ermutigte noch davon abhielt, ließ Julie immer wütender werden. Es war der Eindruck, dass die Kleine sich einfach in ihr Schicksal fügte. Mit einer für ihr Alter viel zu großen Lethargie nahm sie es einfach hin. Susan, die neben Julie saß, hatte inzwischen wieder die Straßenkarte auf dem Tisch ausgebreitet und suchte nach Städten entlang der Strecke nach Marseille, die groß genug waren, um dort eine Western-Union-Filiale zu finden – aber nicht so groß, dass an jeder Ecke mit Polizei zu rechnen war. Verdammt, was passierte denn jetzt? Was machte der Kerl?

Der Mann stand auf und griff nach der Rechnung ...

Er murmelte etwas davon, ihr Essen zu bezahlen, und zeigte auf den Parkplatz, wo ein großer, achtachsiger Lastwagen stand. Lächelnd dankte sie ihm. Er ging, und sie blickte sich unsicher um. Mit einem Mal fühlte sie sich sehr jung und verletzlich, so ganz alleine am Tisch. Ohne einen Erwachsenen in der Welt unterwegs. Na und? Scheiß drauf! Reiß dich zusammen, Vanessa. Sie hob ihr Glas und spülte schaudernd die letzten zwei Fingerbreit des nach Lakritze schmeckenden Schnapses die Kehle hinunter. Sie verabscheute das Brennen des Alkohols, aber sie wusste, sie würde ihn noch brauchen.

Dieser Blick, mit dem sie sich umgesehen hatte – diese Mischung aus Gier und Abscheu, mit der sie den Alkohol runterkippte. Julie kam das nur allzu bekannt vor. Sie sah sich selbst, vor über vierzig Jahren, 1972. In der Jukebox lief »Layla«, und sie saß verängstigt in einem Pub in Brighton. Ohne Bleibe. Und dann, später, in dieser schrecklichen Wohnung. Sie konnte das Meer hören …

Es würde ihr helfen, das zu überstehen, was ihr bevorstand. Zu ertragen, was …

Genug.

Vielleicht würde es gar nicht so schlimm werden. Vielleicht … ein Schatten fiel auf den Tisch, und sie hob den Blick. Vor ihr stand eine ältere Dame um die sechzig.

»Hallo«, sagte Julie.

»He«, erwiderte das Mädchen unsicher.

»Sprichst du Englisch?«

Sie nickte.

»Ich habe deinen Rucksack gesehen«, fuhr Julie freundlich fort. »Meine Freundinnen und ich sitzen da drüben ...«

Der Blick des Mädchens folgte Julies Fingerzeig zu einem Sonnenschirm, unter dem drei weitere alte Damen an einem Holztisch saßen. Eine von ihnen, die in einem Rollstuhl hockte, winkte ihr fröhlich zu.

»Wie auch immer, wir haben uns gefragt, ob du wohl Autostopp machst ...«

Das Mädchen blickte von Julie zu den anderen Damen und wieder zurück. »*Auto*... was?«

»Na, ob du per Anhalter fährst und wo du wohl hinwillst.«

»Ähm. Nach Süden ...«

»Wirklich? Na, das ist ja ein Zufall! Wir auch! Wie wäre es, wenn wir dich mitnehmen?«

»Mich nimmt schon jemand mit«, sagte das Mädchen und nickte in Richtung des Restaurants.

»Ja«, erwiderte Julie. »Aber ich glaube nicht, dass du da wirklich mitfahren willst, Schätzchen.«

Was bildete sich diese verrückte Alte ein? »Woher wollen Sie das wissen?«, fragte das Mädchen, jetzt leicht gereizt.

»Tja.« Julie nahm das leere Glas und schnüffelte daran. »Ich glaube, ich bin eher in der Lage, das zu beurteilen, als jemand, der um zwei Uhr mittags Alkohol trinkt. Gönnst du dir zum Mittagessen immer einen Schnaps? Oder versuchst du gerade, dir Mut anzutrinken?«

Das Mädchen wich ihrem Blick aus. Sie wollte etwas sagen, zögerte dann und sprach schließlich doch. »Er ... er sagt, dass er auf mich aufpassen wird.«

»Tatsächlich?«, sagte Julie. »Diese Männer sind ja schließlich auch gesetzlich dazu verpflichtet, dir zu sagen, ob sie Pädophile oder Vergewaltiger sind, bevor du in ihren Lastwagen steigst.«

Julies Sarkasmus entging dem Mädchen. Die Wörter »Pädophile« und »Vergewaltiger« hingegen keineswegs.

»Ich bin alt genug«, erklärte sie. »Ich weiß genau, was ich tue.«

»Tatsächlich?«, fragte Julie erneut, als hinter ihr ein Grunzen ertönte und ein Schatten auf sie fiel. Sie drehte sich um. Vor ihr stand der Lastwagenfahrer, eine Handvoll Kleingeld in der Rechten. »Qué?«, fragte er sie.

»Hallo!«, sagte Julie und streckte ihm die Hand zur Begrüßung entgegen, was er geflissentlich ignorierte. »Vielen Dank für Ihr großzügiges Angebot, aber sie wird jetzt mit uns fahren. Ich bin eine alte Freundin ihrer Mutter.« Julie deutete mit dem Daumen auf ihren Tisch, woraufhin der Trucker missmutig zu Susan, Ethel und Jill hinüberschielte. »Mach schon«, forderte Julie das Mädchen auf. »Flitz zu den anderen rüber.«

Der Trucker trat bedrohlich nah an Julie heran. »Du«, sagte er mit breitem spanischen Akzent, »verpiss dich, Oma!« Die Aggressivität und offensichtliche Drohung in seiner Stimme schien das Mädchen endgültig umzustimmen. Sie griff nach ihrem Rucksack. »Na los, geh schon«, sagte Julie noch einmal. »Nimm die hier mit«, sie drückte dem Mädchen die Schlüssel für den Porsche in die Hand. »Gib sie der blonden Dame, die etwa in meinem Alter ist, und sag ihr, sie soll schon mal den Wagen starten.«

Das Mädchen rannte so schnell wie möglich rüber zum anderen Tisch.

Der Lastwagenfahrer rückte noch näher an Julie heran. Er war höchstens sieben oder acht Jahre jünger als sie. Für wen hielten die sich bloß immer, diese Männer? »Stopp«, sagte Julie, »das reicht.« Nun rückte sie *ihm* so dicht auf die Pelle, dass sie den Anisschnaps in seinem Atem riechen konnte. Die Flasche Pastis, das hatte sie gesehen, war halb leer gewesen. »Ich denke, du kannst dich glücklich schätzen, wenn sie schon fünfzehn ist«, flüsterte Julie. »Möchtest du hier wirklich eine Szene machen? Vor all diesen Leuten?« Sie deutete in die Runde, auf die Familien mit ihren Kindern. »Soll ich wirklich *les gendarmes* rufen? Obwohl du im angetrunkenen Zustand eine Minderjährige mit in deine Kabine nehmen wolltest? Bist du dir da auch ganz sicher?« Obwohl er sonst offenbar kaum etwas verstand: Das Wort *gendarmes* reichte aus. Ohne ein weiteres Wort zu sagen, starrte er sie wütend an. »In Ordnung«, sagte Julie. »Dann noch gute Fahrt.«

Sie machte auf dem Absatz kehrt und schritt auf den Wagen zu, wo die anderen bereits einstiegen und Susan den Motor anließ.

Julie zog die Beifahrertür hinter sich zu. Das Mädchen saß auf der Rückbank zwischen Ethel und Jill. »Hast du dich schon mit allen bekannt gemacht?« Das Mädchen nickte und lächelte zum ersten Mal. »Gut. Ich bin übrigens Julie. Wie heißt du?«

»Vanessa. Schickes Auto.«

»Das kann man wohl sagen«, antwortete Susan. »Und jetzt schnall dich bitte an.« Sie brauchte das Gaspedal nur anzutippen, da spritzte auch schon der Schotter, und sie schossen vom Parkplatz.

NEUNUNDDREISSIG

So sieht richtige Polizeiarbeit aus, dachte Wesley. *Das ist es, wofür ich zur Truppe gegangen bin.* Sie saßen auf der Rückbank eines Streifenwagens der Polizei von Hampshire und bretterten mit neunzig Sachen über die Küstenstraße aus Ryde heraus. Das Wasser des Solent glitzerte zu ihrer Linken, das Martinshorn gellte und heulte, das Blaulicht blitzte. Boscombe neben ihm, der gerade mit Wilson telefonierte, musste brüllen, um sich verständlich zu machen.

»Das hat er gesagt, Sir, in der Nähe von Le Havre. Sieht so aus, als hätten sie ihn entführt.«

In seinem Büro hatte Wilson auf Lautsprecher geschaltet. Tarrant hörte mit. »Also gut Boscombe. Die französische Polizei will sich schnellstmöglich mit Ihnen treffen.« – »Natürlich liegt die Zuständigkeit ganz allein bei den Franz…«

»Wie bitte, Sir?«

»Ich sagte – verdammte Axt –, KÖNNTEN SIE BITTE DAFÜR SORGEN, DASS DIESE VERMALEDEITE SIRENE AUSGESTELLT WIRD?«

»Sirene? Oh, einen Augenblick.« Wilson hörte Fetzen eines kurzen Gesprächs, dann war die Sirene endlich still. »Wo waren wir, Sir?«, fragte Boscombe.

»Die Zuständigkeit liegt bei der französischen Polizei. Man hat mir volle Kooperation zugesichert. Die Kollegen in Frankreich geben die Täterbeschreibungen an sämtliche Flughäfen, Bahnhöfe, Hotels etc. weiter. Aber Verhaftungen werden ausschließlich von den Franzosen vorgenommen, und wir müssen die üblichen Auslieferungsverfahren befolgen. Haben Sie mich verstanden?«

»Selbstverständlich, Sir.« Boscombe zog mit dem Zeigefinger den Tränensack unter seinem rechten Auge herunter und zwinkerte Wesley zu, da wurden sie beide nach rechts geworfen, als der Wagen, ohne langsamer zu werden, von der Hauptstraße abbog und weg vom Meer ins Landesinnere raste.

»Ihre Aufgabe, Boscombe, besteht darin, die Verdächtigen zu identifizieren und unseren französischen Freunden bei den Ermittlungen zu assistieren. Eine Sache noch, Boscombe …«

»Ja, Sir?«

»Denken Sie um Himmels willen daran, dass Sie Ihr Land repräsentieren, während Sie dort drüben sind. Haben Sie verstanden?«

»Natürlich, Sir. Ich werde nicht …«

Wilson legte auf.

»Dieser arrogante Drecksack«, schimpfte Boscombe und zeigte dem Telefon seinen erhobenen Mittelfinger.

»Wir sind da, Sarge«, sagte Wesley, dem man die Aufregung anhörte.

Boscombe blickte aus dem Fenster und sah, dass sie auf einer grasbewachsenen Landebahn hielten, gleich neben einer in der Sonne glänzenden, rot-weißen, zweimotorigen Cessna. Der Pilot saß bereits im Cockpit und legte irgendwelche Schalter um.

»So gefällt uns das, nicht wahr, Wesley? *So gefällt uns das!*«

VIERZIG

Julie hatte recht, der Wagen fuhr sich wirklich traumhaft. Während Susan der Abzweigung folgte – aufgrund der einsetzenden Dunkelheit besonders vorsichtig –, fielen die Regentropfen beinahe waagerecht durch die Lichtkegel der Scheinwerfer. Sie lauschte auf die harsche, roboterhafte Stimme des Navigationssystems, die sie zum wiederholten Mal aufforderte, eine Kehrtwende zu machen, und fragte sich, wie sie sich so hatten verfahren können. Laut Karte sollte das Hotel, nach dem sie Ausschau hielten und das mit fünfundfünfzig Euro pro Zimmer ausgesprochen preisgünstig war, genau da vorne sein. Sie blickte sich im Auto um: Alle anderen schliefen tief und fest. Das Display zeigte 21:03 Uhr. Es war ein langer Tag gewesen, und in der Nacht zuvor hatten sie kaum ein Auge zugetan. Nein, in den *beiden* Nächten zuvor. »Die Strecke wird neu berechnet«, erklärte die hochnäsige, abgehackte Männerstimme erneut.

»Kannst du verdammt noch mal deine Klappe halten?«, zischte Susan das Navi an und hielt auf dem Grünstreifen. Auf einer Seite der Straße befand sich ein Feld, auf der anderen eine Ziegelmauer mit einem großen schwarzen Eisentor.

»Mmmm?«, brummte Julie verschlafen vom Beifahrersitz.

»Tut mir leid, Liebes. Ich wollte dich nicht wecken ...«

»Wo sind wir?«, fragte Julie und streckte sich. »Oje. Das regnet ja Bindfäden.«

»Wem sagst du das. Wir sind irgendwo unweit von ...« Susan scrollte auf der Karte des Navis rauf und runter.

»Mir platzt gleich die Blase ...«, ertönte Ethels Stimme von hinten.

»Ich hab's verstanden. Wir haben uns nur gerade ein wenig verfahren«, erwiderte Susan.

Jill gähnte und schlug ebenfalls die Augen auf, womit nur noch ihr gemeinsames Findelkind Vanessa blieb, die zwischen Jill und Ethel weiterschlief. »Das arme Ding muss völlig erschöpft sein«, sagte Jill.

Julie hatte inzwischen die Straßenkarte auf ihrem Schoß ausgebreitet. »Wie sind wir denn *hier* gelandet? Das ist nicht mal annähernd in der Nähe des Hotels!«

»Ich könnte jetzt ein Bad vertragen«, murmelte Jill.

»Ich habe keine Ahnung!«, antwortete Susan auf Julies Frage. »Dieses blöde Mistding hat mir ständig gesagt, ich solle umdrehen, und dann muss es plötzlich die Strecke neu berechnen und ...«

»Du hättest einfach ...«

»Ich wollte dich nicht wecken!«

Alle waren übermüdet und knatschig.

»Wenn ich nicht bald auf dem Klo sitze ...«, quengelte Ethel.

Vanessa fing an sich zu bewegen.

»Oh«, sagte Jill träumerisch, »sieht das nicht zauberhaft aus?«

»Was sieht zauberhaft aus?«, fragte Susan irritiert und löste die Handbremse, um weiterzufahren.

»Das«, wiederholte Jill, wischte die beschlagene Scheibe frei und zeigte aus dem Fenster.

Die anderen starrten blinzelnd hinaus in den Regen. Direkt auf der gegenüberliegenden Straßenseite, an der Ziegelmauer, so von Efeu zugewachsen, dass es fast unsichtbar war, hing ein Messingschild. Darauf standen in eleganten, geschwungenen Buchstaben die Worte »L'Auberge du Château«, und darunter prangten fünf magische Sterne. Susan zog die Handbremse wieder an. Jills Finger zeigte eigentlich auf das schwarze Eisentor neben dem Schild. Durch die Gitter eben noch sichtbar, führte ein langer Kiesweg zu den sanften Lichtern eines großen Landsitzes, der im Dunkel der regnerischen Abenddämmerung kaum zu erkennen war. Jill gähnte und sagte dann: »Wäre es nicht wunderbar, wenn wir es uns leisten könnten, in einem Hotel wie diesem zu übernachten?«

Alle anderen starrten sie an.

»Herr, wirf Hirn vom Himmel«, stöhnte Ethel.

* * *

Etwas weniger als eine Stunde später spielte sich in Suite Nr. 14 der L'Auberge du Château die folgende ausgelassene Szene ab:

Champagnerflöten in der Hand, tanzten Julie und Vanessa zu Motown-Songs, die aus den Boxen der mattschwarzen Hi-Fi-Anlage dröhnten, die diskret in einem riesigen Eichenschrank verborgen war. Susan hüpfte auf einem übergroßen Himmelbett herum, während Jill mit lauten »Aaahs« und »Ooohs« diverse antike Möbelstücke begutachtete. Ethel thronte über all dem in einem erhöhten Whirlpool. Bis zu ihrem fleischigen Hals in heißem, sprudelndem Wasser versunken, den Telefonhörer unters Ohr geklemmt, ein Glas exquisiten Gin neben sich und eine dicke Cohiba zwischen den Zähnen, quälte sie gerade zum dritten Mal innerhalb einer halben Stunde den Room Service.

»Nein«, sagte Ethel. »*Non.*« Sie nahm die Zigarre aus dem Mund. »Ich sagte: zwei Hummer, ein Salat und zwei Steaks. Sie haben keinen Beluga mehr? Womit hab ich das verdient ... In Ordnung, ich schätze, wir können uns mit dem Sevruga arrangieren. Großartig, danke viel... Oh! Haben Sie zufällig Austern? Fantastisch, dann nehmen wir zwei Dutzend. Und Sie bringen uns besser noch ein paar Flaschen Champagner. Jep, Nr. 14, danke. *Merci!*« Sie legte auf und prostete der tanzenden Julie zu.

Wie ich das vermisst habe, dachte Ethel.

EINUNDVIERZIG

»Verdammt, Sarge«, stöhnte Wesley, »mein Nacken ist so steif wie ein Brett.« Er reckte den Hals und drehte den Kopf vorsichtig nach rechts und links.

Boscombe grunzte bloß unwirsch. Er war nicht in der Stimmung, Freundlichkeiten auszutauschen. Er starrte erneut auf die Anschlagtafel, die vor ihm an der Wand der Polizeistation von Le Havre hing: Tollwut, Taschendiebe, Schmuggel, das übliche Zeug. Was zur Hölle hatten die hier so Wichtiges zu tun, dass sie ihn derart lange warten ließen? Wussten diese Froschfresser denn nicht, dass er gefährliche Verbrecher jagte? Er blickte aus dem Fenster in den schimmernden Glanz der aufgehenden Sonne, die sich auf den nassen Straßen spiegelte.

Trotz des vielversprechenden Starts hatte sich ihr mondäner Ausflug nicht ganz so entwickelt wie erhofft. Das kleine Flugzeug war irgendwo über dem Ärmelkanal in ein schweres Unwetter geraten. Sintflutartige Wolkenbrüche hatten sich über dem Nordosten Frankreichs festgesetzt und es ihnen unmöglich gemacht, in Le Havre zu landen. Sie mussten fast hundertfünfzig Kilometer die Küste raufffliegen, um den Sturm zu umgehen. Dann hatten die Franzosen ihnen einen

Wagen überlassen, dessen Navigationssystem sie in die falsche Richtung geführt hatte, sodass sie irrtümlich nach Calais gefahren waren. Als ihnen das klar wurde, war es bereits ein Uhr in der Früh gewesen.

Sie hatten die Nacht in den schäbigen Zellen der Polizeiwache verbracht, bevor sie mit Anbruch der Dämmerung hierher aufbrechen konnten. Sie waren beide übermüdet und gereizt und hatten nichts in den Magen bekommen, außer um fünf Uhr morgens ein pappiges Brötchen und eine Tasse, wie Wesley meinte, »wirklich ausgezeichneten« Kaffee. Boscombe wollte das Urteilsvermögen seines Kollegen keineswegs anzweifeln, nur schmeckte das Gesöff für ihn nun mal wie ganz ordinärer Kaffee. Und was zum Teufel spielten die hier eigentlich für Spielchen mit ihnen?

Dann endlich öffnete sich eine Tür. Der Mann, der aus dem Büro kam und sich suchend umschaute, war auf diese müßige französische Art gut aussehend, groß und schlank. Er trug einen eleganten Anzug, der im Kontrast zu den zerzausten, zerknitterten britischen Beamten vor ihm auffällig akkurat gebügelt war. »Detective Wesley und ... Detective Bostock?«, fragte er mit starkem französischem Akzent.

»*Boscombe.* Detective *Sergeant* Boscombe«, korrigierte Boscombe den Mann.

»Entschuldigen Sie. Ich bin Lieutenant Pourcel.« Sie schüttelten einander die Hand. »Kommen Sie doch bitte mit in mein Büro.«

Das wird aber auch Zeit, dachte Boscombe.

Sie nahmen vor Pourcels Schreibtisch Platz, der wie das gesamte Büro tadellos sauber und aufgeräumt war. Der Lieutenant entschuldigte sich für ihre beschwerliche Anreise und bot ihnen eine weitere Tasse Kaffee an, die Wesley dankbar akzeptierte.

»Um endlich zur Sache zu kommen …«, drängte Boscombe.

»Ah ja, natürlich«, sagte Pourcel und schlug den Deckel einer vor ihm liegenden Akte auf. »Ihre … Bankräuber.« Ein belustigtes Grinsen umspielte seine Lippen. *Unverschämter Mistkerl*, dachte Boscombe. »Ich muss schon sagen: eine dolle Sache. Diese alten Damen?«

»Nun, das ist nicht der Ausdruck, den ich verwenden würde«, erwiderte Boscombe.

»*Oui, oui.* Ich habe mir Ihr Video angesehen. Auf YouTube?« Pourcel schürzte die Lippen zu einem lautlosen »Autsch«. »Geht es Ihnen … sind Sie unversehrt?«

»Ja, mir geht es bestens, Lieutenant, danke der Nachfrage.« Dieses verdammte Video. Wie konnte er das beschissene Ding bloß sperren lassen? »Kommen wir also – wie ich bereits sagte – zur Sache. Sie haben die Fahndungsmeldung inklusive einer ausführlichen Täterbeschreibung vorliegen. Wie sieht Ihr weiteres Vorgehen aus?«

»In Bezug worauf?«

»In Bezug darauf, diese Verbrecher aufzuhalten. Haben Sie geplant, das Personal auf Bahnhöfen und Flughäfen zu verstärken? Oder Kontrollposten an den wichtigsten Straßen einzurichten?«

»Kontrollposten?« Pourcel musste sich ein Lachen verkneifen. Was glaubte dieser Kerl eigentlich, was das hier war? Ein Kriminalfilm? *Der Schakal*? »Bleiben wir doch realistisch, meine Herren. Diese Frauen haben augenblicklich einen Vorsprung von vierundzwanzig Stunden. Von ihrem Landungspunkt könnte man innerhalb von vierundzwanzig Stunden so ziemlich jeden Ort erreichen.« Pourcel deutete mit einer ausladenden Geste auf die große Karte der Region, die an der Wand seines Büros hing. »Belgien im Norden, Deutschland im Osten oder Spanien im Süden. Genau genommen besteht – sollten sie die Grenze oder einen Flughafen erreicht haben, bevor wir Ihre Informationen erhielten – eine große Chance, dass sie nicht mehr im Lande weilen. Ich sollte Ihnen sagen, dass meine Vorgesetzten das genauso sehen, gerade mit Blick auf ein …«

»Äh? Wie meinen?«, fragte Boscombe.

»Ich nehme an, Sie meinen mit Blick auf ein Auslieferungsverfahren«, sprang Wesley seinem französischen Kollegen bei und schlürfte dann weiter seinen Kaffee.

»Ganz genau«, sagte Pourcel. »Sind die im Zusammenhang mit einem Verbrechen gesuchten Flüchtigen keine französischen Staatsbürger, so ist eine Auslieferung von Frankreich ans Vereinigte Königreich eine ziemlich simple Sache, im Grunde bloß Papierkram. Von hier aus lassen sich allerdings eine Reihe von Ländern erreichen, in denen das Auslieferungsverfahren sehr viel komplizierter ist.«

»Ja, natürlich, keine Frage«, sagte Boscombe. *Dieser verdammte Klugscheißer von Wesley, ihn so vorzuführen.* »Es scheint mir nur etwas verfrüht von Ihren Vorgesetzten, jetzt schon derartige Schlüsse zu ziehen.«

»Nun, Sie kennen ja die da oben, Sergeant. Das zu tun, was Sie vorschlagen, würde enorme Kosten verursachen. So etwas würde man nur im schlimmsten aller Fälle ernsthaft in Erwägung ziehen: einer terroristischen Bedrohung. Einer Gefährdung der nationalen Sicherheit. Und so weiter.«

»Ich fürchte«, sagte Boscombe, bemüht, sein Temperament zu zügeln, »in meinem Land gilt bewaffneter Raubüberfall als ein schweres Verbrechen.«

»Genau wie hier. Aber seien wir doch mal ganz ehrlich. Diese alten Damen sind keine abgebrühten Schwerverbrecher. Sie werden eher früher als später einen Fehler machen.«

»Damit hat es sich also?«, fragte Boscombe. »Sie werden einfach auf Ihrem Hintern sitzen und abwarten?«

Pourcel lehnte sich in seinem Sessel zurück und blickte erneut auf die Karte, als würde er nachdenken. »Ich weiß beim besten Willen nicht, was wir im Moment noch tun könnten, Sergeant. Wir haben Ihre Beschreibungen an sämtliche Hotels, Bahnhöfe und Flughäfen entlang der Hauptverbindungsstraßen gefaxt. Jetzt heißt es abwarten ...«

Boscombe schnaubte. »Scheint mir für meinen Geschmack ein wenig zu sehr auf das Prinzip Hoffnung zu ...«

»Die Hoffnung stirbt zuletzt, nicht wahr?« Pourcel erhob sich und richtete seine Manschetten, um anzudeuten, dass das Gespräch vorüber war.

»Aber Sie überlassen uns weiterhin einen Wagen?«, fragte Boscombe. »Und erlauben uns, eigene Nachforschungen anzustellen?«

»Natürlich. Es ist mir eine Freude.«

»Danke für den Kaffee«, sagte Wesley.

* * *

»Dreckige knoblauchlutschende, weinsaufende, Charles Aznavour liebende Nazi-Kollaborateure!«, fluchte Boscombe ein paar Minuten später, als sie in der hinterletzten Ecke des Parkplatzes endlich ihren Wagen gefunden hatten. Es war zwar nicht gänzlich ausgeschlossen, dass die Firma Citroën in ihrer langen Geschichte schon einmal ein kleineres Modell hergestellt hatte als jenes, das sie gerade betrachteten, aber es war außerordentlich unwahrscheinlich.

Boscombe trat gegen einen Reifen. »Die verarschen uns doch, Wesley. Diese französischen Pisser machen sich über uns lustig.«

»Lassen Sie uns das Beste daraus machen, Sergeant, in Ordnung?«

»Sergeant Boscombe?«, fragte hinter ihnen eine Stimme mit eindeutig englischem Akzent. Als sie sich umdrehten, erblickten die beiden Polizisten eine Frau und zwei Männer. Die Frau war jung, Mitte zwanzig, und sehr attraktiv. Einer der Männer hielt ein fellbedecktes, kapselförmiges Ding an einer langen Stange, der andere hatte eine sehr professionell aussehende Kamera dabei.

»Wer will das wissen?«, fragte Boscombe.

»Mein Name ist Katie Slater.« Breit grinsend streckte sie ihm die Hand entgegen. »Wir sind von Sky News. Wir haben uns gefragt, ob wir mit Ihnen wohl ein kurzes Interview machen können. Ihnen ein paar Fragen zu den alten Damen stellen, hinter denen Sie her sind ...«

»Sie sind deshalb extra aus England gekommen?«, fragte Wesley.

»Nein.« Slater schüttelte den Kopf. »Wir waren wegen einer anderen Geschichte oben in Calais. Immigranten. Aber unser Redakteur hat uns gebeten, einen kleinen Abstecher hierher zu machen, um Sie zu erwischen.«

»Ein Interview also?«, sagte Boscombe.

»Ähm, Sarge«, warf Wesley ein, »vielleicht sollten wir das an die Pressestelle zu Hause weiterleiten.«

»Ach, kommen Sie schon!«, rief Slater. »Das geht doch schnell ...«

»Im Prinzip haben Sie recht, Wesley«, sagte Boscombe und richtete bereits seine Krawatte. »Aber so hilfreich, wie diese Mistkerle hier bislang waren …« Er nickte in Richtung der Polizeiwache. »In Frankreich kann man doch Sky empfangen, oder?«

Slater nickte. »Na klar. Überall.«

»Ein bisschen Publicity könnte ganz hilfreich sein«, fügte Boscombe hinzu und strich sich durchs Haar.

»Ich halte das wirklich für keine gute Idee, Boss«, warnte Wesley. »Vielleicht sollten wir vorher mit Wilson sprechen. Ihn kurz anrufen. Zumindest mal hören, was er dazu sagt.«

»Sie scheinen der irrigen Vorstellung zu erliegen, dies sei eine Demokratie, Wesley …« Boscombe war immer noch verärgert über die neumalkluge Bemerkung dieses Besserwissers in Pourcels Büro. Der Fernsehmann hievte sich die schwere Kamera auf die Schulter. »Ist das hier ein guter Platz?«, fragte Boscombe.

»Perfekt, Sergeant«, erwiderte Slater. »Die französischen Behörden waren also nicht sonderlich hilfreich?«

»Sie machen wohl Witze«, sagte Boscombe. »Hilfreich? Hören Sie zu, meine Liebe …«

Ohne zu ahnen, dass das Interview bereits begonnen hatte, ließ er sich lang und breit über die Franzosen aus.

ZWEIUNDVIERZIG

Julie schüttete sich noch etwas Kaffee nach und lehnte sich in das bequeme, weiche Polster der Sonnenliege zurück, um die Aussicht von ihrem Balkon angemessener würdigen zu können. Wobei »Balkon« vermutlich zu kurz griff. »Terrasse« traf es wohl eher. Wie sie es gestern Abend beim Einchecken genossen hatte, als die Empfangsdame sagte, dass nur noch eine Suite mit zwei Schlafzimmern frei wäre, die allerdings zweieinhalbtausend Euro pro Nacht kosten würde, woraufhin Susan nur müde abgewinkt und gesagt hatte: »Das geht in Ordnung.« In der Ferne, über Wiesen und Wälder hinweg, konnte Julie die Kirchtürme der großen Kathedrale von Chartres erkennen. Der Morgennebel lag noch über den Wiesen, und von den Büschen tropfte der Tau. Eine riesige Auswahl an Leckereien lag vor ihr ausgebreitet – ein Frühstücksbüfett für fünf Personen, das der Room Service gebracht hatte: zwei große silberne Kannen mit Kaffee, Gläser mit Orangen- und Grapefruitsaft, Brotkörbe mit Croissants, Brioches und Baguette, eine Obstschale mit herrlich süßen Erdbeeren, Äpfeln, Bananen, Trauben und Mangospalten auf zerstoßenem Eis. Es gab sogar Mini-Champagnerflaschen und einen Krug mit gesiebtem Pfirsichsaft, um

Bellinis zu machen. Es war seltsam in Anbetracht der Umstände – die Risiken, die große Gefahr, in der sie schwebten, die Ungewissheit, die sie erwartete –, aber so glücklich wie in diesem Augenblick hatte sie sich seit Jahren nicht mehr gefühlt.

Sie hörte, wie hinter ihr die Schiebetür geöffnet wurde, und schaute, wer so früh schon wach war. Auf der Türschwelle stand Vanessa, die Augen vom Schlaf verklebt, in einen viel zu großen Frottee-Bademantel gehüllt. Ihre dichte schwarze Mähne erinnerte Julie stark an ihr eigenes Haar. *Gib es schon zu,* dachte sie, *sie sieht genauso aus, wie du sie dir immer vorgestellt hast.* »Guten Morgen, Schönheit!«, rief Julie. »Komm her, es gibt Frühstück.«

»Merci.« Vanessa nahm sich ein Croissant aus dem Brotkorb und setzte sich auf die benachbarte Sonnenliege. »Aua, mein Kopf!«, klagte sie und knabberte an dem Gebäck.

»Ach, hör auf«, sagte Julie. »Du bist zu jung für einen richtigen Kater. Aber wir haben es ganz schön krachen lassen, was?« Im Wohnzimmer hinter ihnen war jeder freie Platz mit leeren Flaschen und Tellern bedeckt. Den Preisen der Minibar nach zu urteilen, hatten sie gestern locker noch einmal zweitausend Euro verprasst.

»Oui.« Vanessa nickte. »Danke, Julie. Für das Zimmer, das Essen, einfach für alles.«

»Gern geschehen, Süße.«

Vanessa deutete auf das Frühstück, den Ausblick, das Hotel und sagte: »Du und Susan, ihr habt in England sicher sehr wichtige Jobs …«

»Na ja«, entgegnete Julie, »ich habe gerade einen kleinen beruflichen Wechsel hinter mir.«

»Was machst du denn?«

Julie dachte nach. »Ich arbeite im Bereich der ... Vermögensumverteilung.«

Mit vollen Backen kauend nickte Vanessa nachdenklich.

»Na schön«, sagte Julie und nahm sich eine prächtige Erdbeere, »jetzt bin ich dran. Was machst du so?«

»Dies und das.« Vanessa grinste.

»Verstehe. Und wohin willst du genau?«

»Nach Cannes. Eine Freundin von mir arbeitet dort als Tänzerin in einem Nachtclub. Sie verdient tausend Euro in der Woche!« Vanessa bekam große Augen beim bloßen Gedanken an diese unvorstellbare Menge Geld.

»Wirklich?«, sagte Julie, biss in die Erdbeere und blickte über die dampfenden Wiesen. »Dann muss sie aber eine sehr gute Tänzerin sein ...«

»Oui«, sagte Vanessa mit einem unschuldigen Nicken. Beide saßen einen Augenblick schweigend da und kauten. »Julie?«

»Mmmm?«

»Warum hast du mich angesprochen? Vor dem Restaurant?«

»Na ja«, Julie strich ihren Bademantel glatt, »sagen wir, ich bin selbst ein paarmal ins falsche Auto eingestiegen, als ich in deinem Alter war. Was mich zu meiner nächsten Frage bringt ... wie alt bist du?«

»Ich bin siebzehn ... an meinem nächsten Geburtstag«, sagte Vanessa und senkte den Blick. Etwas verdrossen fügte sie hinzu: »Ich nehme an, jetzt willst du wissen, warum ich nicht zu Hause bin?«

Julie schlürfte ihren Kaffee und wartete ein paar Sekunden, bevor sie antwortete. »Ich glaube, wenn du dazu bereit bist, wirst du es mir schon erzählen.«

Sie genossen einen Moment lang die Aussicht. Das Zwitschern der Vögel. »Meine Mutter«, sagte Vanessa dann, »ist abgehauen, als ich noch klein war. Ich wohne bei meinem Vater. Er arbeitet immer. Er trinkt. Manchmal schlägt er mich.«

»Weiß er, wo du bist?«

»Er denkt, ich übernachte bei einer Freundin. Er wird gar nicht merken, dass ich weg bin.«

»Das stimmt nicht, da bin ich mir ziemlich sicher.«

»Er sagt, ich soll mir einen Job suchen, damit Geld ins Haus kommt.«

»Willst du deshalb … tanzen?«

Vanessa schüttelte den Kopf und nagte an ihrem Croissant. »Non. Ich möchte nächstes Jahr zur Uni gehen. Auf die Kunsthochschule. Aber er sagt, das können wir uns nicht leisten. Ich dachte, wenn ich das einen Sommer lang mache und das Geld spare … ich könnte mir eine eigene Wohnung nehmen.«

»Heiiiiilige Scheiße«, ertönte es hinter ihnen, als Ethel auf die Terrasse rollte. »Ich fühle mich, als hätte mich die komplette Fremdenlegion gebumst. Ich brauche einen Kaffee. Sofort.«

Vanessa und Julie lachten.

* * *

Derweil hatte sich Susan mit dem Telefon ins Bad zurückgezogen. »Also gut«, sagte die Stimme mit dem russischen Akzent am anderen Ende der Leitung. »Übermorgen. Rufen Sie mich wieder an, sobald Sie in der Stadt sind.« Klick.

Es war ein sehr kurzes Gespräch gewesen. Insgesamt fünfzehn Worte seinerseits, wenn man das barsche, misstrauische »Hallo« mitzählte, mit dem er sich gemeldet hatte. Susan stellte den Hörer zurück in die Ladestation auf dem Nachttisch. Im Wohnzimmer lächelte sie den beiden Zimmermädchen, die das nicht unbeträchtliche Chaos von gestern Abend beseitigten, leicht beschämt zu und trat dann hinaus auf den Balkon, wo Julie, Vanessa, Jill und Ethel sich gerade über eine Landkarte von Frankreich beugten. »Also«, sagte Susan, »ich habe gerade mit Mr. Tamalov gesprochen.«

»Und?«, fragte Ethel.

»Ich kenne freundlichere Menschen. Wir treffen uns übermorgen. Ich soll ihn wieder anrufen, wenn wir in Marseille sind.«

»Prima«, sagte Julie. »Ich hab schon eine Strecke rausgesucht. Im Prinzip«, sie fuhr auf der Karte eine südwärts führende Straße mit dem Finger entlang, »halten wir uns Richtung Lyon und folgen dann den Schildern Richtung Riviera und Cannes ...«

»Cannes?«, fragte Susan.

»Da will unsere Kleine hier hin ...« Julie zeigte auf die grinsende Vanessa.

»Ah.« Susan zögerte. »Ich glaube wirklich, wir sollten zusehen, dass wir so schnell wie möglich in Marseille sind.«

»Kein Problem«, erklärte Julie. »Es ist bloß ein Umweg von wenigen Stunden.«

»Schon verstanden, aber du scheinst zu vergessen, dass ...«

Ein Klopfen an der Tür unterbrach sie. Susan ging zurück ins Wohnzimmer und zur Tür. *Verflixt noch mal! Bin ich denn die Einzige, die sich darum schert, dass wir uns mit Beutegut in Millionenhöhe auf der Flucht vor der Polizei befinden?* Sie blickte durch den Türspion, sah ein weiteres Zimmermädchen und öffnete. »Dürfte ich bitte die Minibar auffüllen?«, fragte das Zimmermädchen.

»Gerne doch«, antwortete Susan und trat zur Seite. Nachdem sie die Tür wieder geschlossen hatte und gerade auf den Balkon zurückkehren wollte, stand im Flur plötzlich Julie mit verschränkten Armen vor ihr.

»Was bist du denn so zickig?«, fragte sie flüsternd.

»Ich bin bloß überzeugt, dass wir uns möglichst unauffällig verhalten sollten, bis wir in Marseille sind.«

»Es ist ein winziger Umweg.«

»Mag ja sein, aber ich finde, dass wir uns nicht noch mehr in der Gegend herumtreiben sollten. Herrgott, wir sind auf der Flucht vor dem Gesetz!«

Julie schloss die Tür zum Wohnzimmer. »Hör zu, Susan. Die Kleine will nach Cannes, um dort als ›Tänzerin‹ anzufangen, und ich bin mir ziemlich sicher, dass diejenigen, für die sie dort arbeiten wird, sie ausschließlich auf dem Rücken tanzen lassen. Wenn wir nur …«

»Julie!«, unterbrach Susan ihren Redefluss und packte sie an den Schultern.

»Was?«

»Ist der Grund, warum du dich so … hat das damit zu tun, dass … du weißt schon …«

»Was? Nein.« Julie sah weg. »Nein.« Sie biss sich auf die Lippe. »Ich will doch nur …«

»Oh, meine Liebe.« Susan nahm sie in die Arme. »Also gut. Wir fahren nach Cannes.«

»Du bist ein Schatz«, jubelte Julie. Sie gab Susan einen Kuss auf die Wange und eilte zurück auf den Balkon, um die guten Neuigkeiten weiterzugeben.

DREIUNDVIERZIG

Tom und Clare Frobisher bereiteten ihr Essen vor. Ein spartanisches Mahl aus Ofenkartoffeln, Quiche sowie einem grünen Salat mit Tomaten, aber ohne Dressing. Die Art liebloses Mahl, wie es von Menschen bevorzugt wird, denen Essen wenig bedeutet.

Die letzten achtundvierzig Stunden hatten zu den surrealsten ihres Lebens gehört. Neben der Trauer ob des vorzeitigen und schäbigen Ablebens seines eigenen Vaters, der unter Qualen und aufgespießt von einem monströsen Sexspielzeug gestorben war, musste Tom auch noch mit der Polizei und den Reportern fertigwerden. Diese Fragen. Ob er wisse, dass seine Mutter der Kopf einer Bande von Bankräubern sei? Ob es irgendetwas gebe, was er ihr gerne sagen würde? Ob er, ohne zu zögern, die Behörden informieren würde, falls sie sich bei ihm melden sollte? Und so weiter und so fort. Ein zweifellos überarbeiteter, übergewichtiger Detective hatte ihm unterstellt, er sei womöglich in das Verbrechen eingeweiht gewesen!

Als Clare gerade Wassergläser und einen Krug – die beiden tranken so gut wie keinen Alkohol – an den winzigen Esstisch trug, der für zwei Personen gedeckt war – sie luden auch nie Gäste ein –, warf sie im Vorbeigehen einen Blick auf den Fernseher, der wie immer mit ausgeschaltetem Ton lief. Und da war er. Er stand auf einem Parkplatz, zumindest sah es danach aus: genau der Detective, der Tom unterstellt hatte, er habe möglicherweise von dem Banküberfall gewusst.

Die Worte »*Ermittlung zu bewaffnetem Banküberfall in Wroxham führt nach Frankreich*« wanderten in einem gelben Nachrichtenticker den unteren Bildschirmrand entlang. »Tom!«, brüllte Clare in Richtung Küche, griff nach der Fernbedienung und stellte den Ton an. Tom kam gerade rechtzeitig, um zu hören, wie Boscombe sagte: »… und falls sie das hier sehen, möchte ich zu den Verdächtigen, zu diesen Frauen gerne sagen: Geben Sie auf und stellen Sie sich der Polizei, bevor die Sache aus dem Ruder läuft …«

»Das ist dieser unverschämte Mistkerl, der mich verhört hat!«, echauffierte sich Tom.

»Schhh«, erwiderte Clare und machte den Fernseher noch etwas lauter, als die Kamera auf eine hübsche, junge Reporterin schwenkte, die sagte: »*Zu Beginn dieses Interviews brachte Sergeant Boscombe einige Enttäuschung darüber zum Ausdruck, wie mangelhaft die Ermittlungen von den französischen Behörden unterstützt werden …*« Dann wurde zurück auf den Detective geschnitten.

* * *

In seinem Büro in der Polizeistation von Wroxham erledigte Chief Inspector Wilson gerade den liegen gebliebenen Papierkram, als Sergeant Tarrant an die offene Tür klopfte. »Ähm, Sir«, sagte er, »ich denke, Sie sollten kurz rüberkommen und sich das ansehen …« Wilson legte seinen Stift nieder und folgte Tarrant in den Hauptraum, wo eine Gruppe uniformierter Beamter sich um den Fernsehapparat versammelt hatte, auf dem gewöhnlich entweder BBC News 24 oder Sky News lief. Einige der Beamten sahen erwartungsvoll und nervös zu Wilson auf, dem es sofort gründlich die Laune verhagelte, als er auf dem großen Bildschirm Boscombes Gesicht erblickte. Dank Sky Plus hatte Tarrant die digitale Übertragung auf Pause gestellt. Die Lippen gekräuselt und die Augen halb geschlossen sah Boscombe aus, als wäre er im Begriff zu niesen oder würde einen Schlaganfall bekommen. Wilson war nur milde verstört darüber, dass er die Aussicht auf das zweite Szenario als tröstlich empfand. Dieses winzige Aufflackern einer menschlichen Regung gegenüber dem Detective Sergeant dauerte exakt so lange, wie Tarrant brauchte, um den Startknopf zu drücken, woraufhin Boscombes Stimme aus den Lautsprechern polterte. »Kooperation? Hören Sie zu, Schätzchen«, sagte er, »das ist ein schlechter Witz. Sie wissen doch sicher, was dieses Land ohne uns wäre. Die beschissene deutsche Riviera, das wäre es. Und noch was ...«

Wilson schloss die Augen, legte den Kopf in den Nacken und begann langsam und tief durch die Nase zu atmen. Von irgendwo hinter sich hörte er Tarrant sagen: »Ich mache mich wohl besser sofort auf den Weg zur Pressestelle, Sir. Ich bemühe mich, wie üblich, um Schadensbegrenzung ...«

»Jawohl, Sergeant, ich danke Ihnen«, erwiderte Wilson, und seine Stimme klang dabei ein ganz klein wenig höher als üblich.

VIERUNDVIERZIG

Wesley konnte es nicht fassen. Diese Qualität. Es gab knusprige Baguettes, delikat belegt, Schüsseln mit knackigem Blattsalat, einen blubbernden Topf mit Coq au vin und eine große Käseauswahl. Alles war frisch, nichts schwitzte in Zellophanfolie und sah aus, als wäre es sechshundert Kilometer weit auf der M6 gereist. Gesetzt den Fall, dass man nicht im Dienst war, konnte man sogar ein Glas Wein oder frisch gezapftes Bier bestellen. Und das alles hier in der Tankstelle! Gott, diese Leute verstanden es, gut zu essen. »Merci«, sagte er, als der Mann hinter der Theke Wesleys Teller randvoll mit dicker französischer Zwiebelsuppe gefüllt hatte.

»Geben Sie mir noch was von dem Zeug«, rief Boscombe von hinten, auf dessen Tablett sich nur Dinge stapelten, die seinem gewohnten, heimischen Essen so nah wie irgend möglich kamen: drei fette Würste, ein Berg Pommes, ein weiches Brötchen und eine Dose Cola.

Wesley sah, dass Boscombe auf eine Platte mit Hacksteaks zeigte, und reichte ihm nachsichtig eins rüber. »Sind Sie sicher, dass Sie nichts von dieser Suppe wollen?« Kein Wunder, dass die Ernährung des Sergeant zu sechzig Prozent aus

Abführmitteln bestand. Und dass er Rennies kaute wie andere Leute Tic Tacs.

»Diesen Fraß?«, sagte Boscombe. »Sieht aus wie wässrige Bratensoße.«

Wesley seufzte. »Ist ja Ihr Darm, Sarge. Sehen Sie diese köstliche Makrelenpastete?«

»Ach, halten Sie doch die Klappe, Sie Obergourmet«, schimpfte Boscombe. Als sein Handy klingelte, hämmerte er mit einem seiner Wurstfinger auf den grünen Knopf. »Boscombe?«

»Könnte ich bitte mit dem rassistischen Schwachkopf sprechen, der dafür gesorgt hat, dass ich mein Büro heute nicht vor zehn Uhr abends verlassen kann?«

»Wie bitte? Ich kann Ihnen nicht ganz folgen, Sir?«, fragte Boscombe, schirmte das Handy mit der Hand ab, sah Wesley an und flüsterte: »Wilson.«

»DIE DEUTSCHE RIVIERA!«, schrie Wilson. »HABEN SIE VÖLLIG DEN VERSTAND VERLOREN, BOSCOMBE?«

Boscombe zog das Handy vom Ohr weg, als hätte es ihn gebissen, bedeutete Wesley, er möge das Essen bezahlen, und verzog sich rasch in eine ruhigere Ecke. »Sir, wenn ich mich kurz erklären dürfte: Ich wusste nicht, dass diese hinterhältigen Mistkerle bereits filmten! Woher sollte ich wissen, dass das Interview bereits begonnen hatte?«

»Eben deshalb ist es Ihnen *untersagt, mit der Presse zu reden, Boscombe*!«

»Ich dachte, ein wenig Öffentlichkeit könnte ganz hilfreich für die Ermittlung sein, Sir.«

»Aha«, sagte Wilson. »Mir ist glasklar, was hier vor sich geht. Ich weiß es haargenau. Soll ich Ihnen sagen, in welchem Moment das alles schiefgelaufen ist, Boscombe? Exakt in dem Moment, als Sie sich erlaubt haben, selbstständig zu *denken.* Oder was immer in diesem hohlen, überflüssigen Ding, das Sie da auf Ihren Schultern durch die Gegend tragen, als *denken* durchgeht. Ich weiß gar nicht, warum ich überrascht bin, dass ...«

Wieder hielt Boscombe das Handy vom Ohr weg. An Wesley gewandt, der gerade mit ihren Tabletts zu einem leeren Fensterplatz unterwegs war, imitierte er mit der linken Hand einen plappernden Mund.

»... und sollte ich noch so eine Überraschung wie diese erleben, dann werde ich, so wahr mir Gott helfe, nicht zögern ...«

Boscombes Handy hatte begonnen zu vibrieren. Er blickte aufs Display: ein anderer Anruf. »Sir?«

»Unterbrechen Sie mich gefälligst nicht, Boscombe! Ich musste wegen Ihnen heute bereits Anrufe des Superintendent, des Auswärtigen Amtes und einer Reihe von Boulevardblättern entgegen...«

»Sir, ich habe einen Anrufer auf der anderen Leitung. Es könnte um die ...«

»Sämtliche Anfragen, Interviewwünsche, Bitten um Stellungnahme, all so was leiten Sie von nun an umstandslos an die Pressestelle weiter. Haben Sie das verstanden, Boscombe?«

»Jawohl, Sir. Ich melde mich später.«

»Und Boscombe?«

Was denn jetzt noch? »Ja, Sir?«

»Ich will, dass Sie Ihren französischen Verbindungsoffizier anrufen und sich persönlich bei ihm dafür entschuldigen, dass ...«

»Natürlich, Sir. Auf Wiederhören.«

Boscombe legte auf und nahm den anderen Anruf entgegen. »Hallo?«

»Sergeant Boscombe? Hier spricht Lieutenant Pourcel.« Pourcels Ton war knapp und unpersönlich. »Wir haben einige Informationen bezüglich Ihrer Damen erhalten. Haben Sie einen Stift?«

»Natürlich, fahren Sie fort.« Boscombe zog einen Kuli hervor und machte sich auf seinem Handrücken Notizen. Als er fertig war, sagte er: »Danke vielmals, Lieutenant.«

»Ja«, erwiderte Pourcel. »Viel Glück. Sehen Sie, wir sind gar nicht *so* übel, hier an der deutschen Riviera.«

»Wirklich witzig. Hören Sie, was das betrifft, wollte ich noch …«

Klick.

Überempfindliche Franzeckenmimose, dachte Boscombe.

Fantastisch. Einfach fantastisch, dachte Wesley, als er den zweiten Löffel Suppe an die Lippen führte und ihm der warme, feuchte Dampf ins Gesicht und das Aroma von kräftiger Brühe, geschrotetem schwarzem Pfeffer sowie geschmolzenem Käse in die Nase stieg. Plötzlich schlug ihm eine Hand auf den Rücken, sodass er die Suppe quer über den Tisch verspritzte. »Auf geht's, mein Freund«, sagte Boscombe und griff sich ein paar Würste von seinem Teller.

»Was? Wohin?«

»Nur ein paar Stündchen Richtung Süden.«

»A-aber mein Essen?«

»Sie können im Auto weiteressen!«, rief Boscombe ihm über die Schulter zu, da er bereits auf dem Weg zum Ausgang war.

»Das ist *Suppe*!«

»Daran hätten Sie früher denken sollen, Wesley. Finden Sie nicht auch?«

Kaum dass Wesley auf dem Beifahrersitz saß, rasten sie auch schon vom Parkplatz des Rasthofs. Na ja, soweit es sich mit einer Handvoll PS unter der Haube eben rasen ließ. Wesley brüllte das, was er jedes Mal brüllte, wenn Boscombe sich hinters Steuerrad klemmte: »SARGE! NACH RECHTS! FAHREN SIE AUF DER RECHTEN SEITE!« Boscombe lenkte den Wagen auf die korrekte Spur und schaffte es diesmal tatsächlich, sich ein halbherziges »Tschuldigung« abzuringen.

FÜNFUNDVIERZIG

Ein Jazzsender spielte leise Stan Getz. Susan genoss den Frieden und die Ruhe, während sie fuhr. Das auf- und abschwellende Geräusch vier unterschiedlicher Schnarchtypen ging mal mehr, mal weniger passende Verbindungen mit der Musik ein. Das Schnarchen der kleinen Vanessa, die in der Mitte der Rückbank saß, war kaum mehr als ein lautes Atmen. Das von Julie ein gleichmäßiges nasales Raspeln. Sie saß auf dem Beifahrersitz und schlief mit ihrer zusammengerollten Jacke als Kopfkissen gegen das Fenster gelehnt. Jill gab beim Ausatmen regelmäßig ein dünnes Pfeifen durch ihre Vorderzähne von sich, während das gesamte Schnarchkonzert von Ethels sonorem, röchelndem Bassdröhnen untermalt wurde. Seit Grenoble waren sie auf der N85 unterwegs und kamen gut voran, es herrschte kaum Verkehr. Allerdings befürchtete Susan, im Augenblick nicht hundertprozentig zu wissen, wo sie eigentlich waren. Was hatte auf dem letzten Schild gestanden? Geradeaus Richtung Nizza oder rechts ab nach Antibes? Sie hatte das Navi bereits vor geraumer Zeit abgeschaltet, damit die anderen von seinen harschen Anweisungen nicht wach wurden. Irgendwie war dieses Schnarchen beruhigend. Schon früher, wenn sie samstags früh aufgestanden war, um die Hausarbeit zu erledigen, hatte sie es gemocht, dabei Toms und Barrys Schnarchen zu lauschen, das aus ihren Zimmern erklang. Das alles schien eine Ewigkeit her zu sein. Ein anderes Leben. Nun, auch das hier war ihr Leben.

Hatte nicht einmal jemand gesagt, dass wir alle nicht nur ein, sondern verschiedene Leben durchleben, verschiedene Daseinsstadien? Na dann. Auch das war ihr Leben, und es … o mein Gott.

Da war es, von jetzt auf gleich lag es glitzernd vor ihnen.

Das Mittelmeer. Und in der Ferne, mit seinen weißen Gebäuden, die sich schimmernd zwischen Bergen und Wasser drängten: Cannes.

Susan fuhr rechts ran. Unglaublich, wie schön das war. »Mädels?« Langsam regte sich etwas um sie herum.

»Gott!«, sagte Julie verschlafen. »Seht euch das an!«

»Oh!«, staunte Vanessa.

»Darf man hier überhaupt halten?«, fragte Jill und betrachtete misstrauisch den vorbeirasenden Verkehr.

»Wow«, sagte Ethel. »Diese Aussicht hab ich seit sehr langer Zeit nicht mehr genossen.«

»Bist du schon mal hier gewesen?«, fragte Susan.

»Mmmm. Allerdings. Zum letzten Mal … lasst mich überlegen. Es muss ’52 oder ’53 gewesen sein. Ich habe Urlaub auf der Yacht eines Freundes gemacht, gleich dort an der Küste. Wir sind den ganzen Tag geschwommen und dann abends mit dem kleinen Motorboot in den Hafen gefahren, um in einem der Restaurants an der Uferpromenade zu essen. Wisst ihr was? Dort habe ich Picasso getroffen.«

»Wirklich?«, fragte Vanessa und ließ sich mit ihrer Flasche Evian in den Sitz zurücksinken.

»Aber ja. Es war ein herrlicher Sommer.«

»Oh, Ethel«, sagte Jill. Alle lauschten wie gebannt. Während Ethel sich in die Vergangenheit zurückträumte, versuchten die anderen, sich die Person in dem Rollstuhl und dem schweren Wollrock mit den Eiflecken als rankes Mädchen im Badeanzug vorzustellen. Hier. Vor einem halben Jahrhundert. Ihre Stimme klang verschleiert, wie mit Sepia getönt. Die Meeresbrise wehte durch die offenen Fenster herein.

»Ich habe damals einen jungen Mann kennengelernt«, fuhr Ethel fort. »Sehr wohlhabend. Sehr attraktiv. Wir haben Strandspaziergänge in der Abenddämmerung gemacht. Nachmittags tranken wir Mint Juleps an Deck der Yacht. Dann, wenn es dunkel war und das Wasser noch immer die Hitze des Tages abgab, gingen wir nach unten in die Kabine ... und er vögelte mir die Seele aus dem Leib.«

Susan verdrehte die Augen.

Vanessa prustete ihr Mineralwasser quer durchs Auto.

»NA GUT! JETZT REICHT'S ENDGÜLTIG!«, kreischte Jill und riss am Türgriff. »ICH WERDE MIR SO ETWAS NICHT LÄNGER ANHÖREN!« Sie sprang aus dem Wagen und marschierte vor Wut schäumend in der Parkbucht auf und ab, während Julie, Susan und Vanessa sich redlich bemühten, nicht laut loszulachen.

»Ganz ehrlich«, sagte Ethel, »was der Kerl mit sich rumtrug – alle Achtung. Als hätte er sich ein Paket Zucker und eine Socke voll Hackfleisch in die Hose ...«

»Ethel!«, rief Susan.

»Das wird dir niemals langweilig, oder?«, fragte Julie und nickte Richtung Jill, die mit vor der Brust verschränkten Armen aufs Meer starrte und deren rauchender Zorn eine beinahe sichtbare Wolke über ihrem Kopf bildete.

»Ach komm, Susan«, erwiderte Ethel. »Das ist doch das Einzige, wozu diese verbiesterten Christen gut sind.«

»Also schön, wie geht's weiter?«, fragte Julie in die Runde und klatschte in die Hände. »Ich bin am Verhungern.«

»Na ja«, sagte Susan, drehte den Zündschlüssel rum, spielte mit dem Gaspedal und ließ den riesigen Porsche-SUV aufröhren. »Da wir ohnehin erst morgen früh in Marseille sein müssen, schlage ich vor, dass wir uns ein Hotel für die Nacht suchen.«

»Da kommt in Cannes nur eins infrage …«, erklärte Ethel.

SECHSUNDVIERZIG

Wem's gefällt.

Boscombe musterte die prächtige, großzügige Lobby der L'Auberge du Château – die üppigen Topfpalmen, die Wandteppiche –, während er auf die Rückkehr der Hotelmanagerin wartete. Unruhig trat er von einem Fuß auf den anderen, verlagerte sein Gewicht, um irgendwie Bewegung in seinen verknoteten Verdauungsapparat zu bringen. Vielleicht lag Wesley gar nicht so falsch. Vielleicht war seine Nur-Fleisch-und-Kohlehydrate-Diät tatsächlich überdenkenswert. Im Augenblick hatte er das Gefühl, sein gesamter Magen-Darm-Trakt wäre mit Rauputz oder Waschbeton ausgekleidet. Verstohlen blickte er sich um und fragte sich, ob er sich wohl aus seinem dringenden Bedürfnis, eine Toilette aufzusuchen, herausfurzen könnte. Nein, da kam sie schon, die Managerin, in Begleitung eines jungen, nervös wirkenden Zimmermädchens.

»Das ist Suzanne«, stellte die Managerin das Mädchen vor. »Sie hatte heute Morgen Zimmerdienst.«

Boscombe zog die Fotos von Susan Frobisher und Ethel Merriman, seiner Nüsse knackenden Nemesis, hervor. Die Managerin gab sie dem Zimmermädchen und fragte auf

Französisch: »Sind das die Frauen, die gestern in Suite Nr. 14 übernachtet haben?«

»Oui.« Das Mädchen erkannte sie sofort. Sie waren *so* nett gewesen. Und hatten ihr *so* ein großzügiges Trinkgeld gegeben.

Boscombe spürte, wie sein Körper Adrenalin ausschüttete. »Fragen Sie sie doch bitte, ob sie mitbekommen hat, wo die Frauen hinwollten.«

Die Managerin und das Zimmermädchen lieferten sich ein Wortgefecht auf Französisch, doch Boscombe war keineswegs ungeübt im Lesen von Körpersprache. Er spürte einen gewissen Widerstand seitens des Mädchens.

»Sagen Sie ihr«, forderte Boscombe die Managerin auf, machte dabei allerdings einen Schritt auf das Mädchen zu, dem er direkt ins Gesicht blickte, »dass diese Frauen gemeingefährliche Kriminelle sind.« Die Managerin übersetzte, und das Mädchen machte große Augen. »Sagen Sie ihr: Wenn sie uns nicht alles erzählt, was sie weiß, dann können wir sie wegen Behinderung der Justiz belangen.« Die Managerin schien nicht ganz zu verstehen. »Sie.« Boscombe zeigte auf das Mädchen. »Verhaften. Gefängnis. La Bastille.« Die Managerin warf ihm einen missbilligenden Blick zu, und während des folgenden erneuten Austauschs von Kauderwelsch konnte Boscombe sehen, wie die Lippen des Zimmermädchens zu zittern begannen. Sie erinnerte sich sehr gut. Erinnerte sich, wie die Frauen gejubelt hatten, als sie sich auf dem Balkon unterhielten. Widerwillig, den Blick zu Boden gesenkt, erzählte sie, was sie wusste.

* * *

Wesley hatte den Fahrersitz fast bis in Liegeposition zurückgeklappt, um ein wenig zu dösen. Er wäre vor Schreck beinahe von seiner improvisierten Bettstatt gestürzt, als sein kurzer Frieden unter dem Radau zerbrach, mit dem Boscombe sich in den Beifahrersitz des winzigen Autos zwängte.

»Kannes!«, rief Boscombe keuchend, von dem 30-Meter-Sprint bis zum Wagen ganz aus der Puste.

»Was können Sie?«, fragte Wesley.

»Ab nach Kannes. Sie wissen schon. Dahin, wo sich die verdammten Filmstars rumtreiben!«

»Oh!«, sagte Wesley. »Sie meinen *Cannes*. Das ›s‹ wird nicht mitgesprochen.« Er richtete die Rückenlehne wieder auf und hatte noch nicht ganz die korrekte Sitzposition erreicht, da wollten sich seine Knie bereits in die Brust bohren.

»Ich stopfe Ihnen gleich das Maul, Professor Besserwisser«, keifte Boscombe und legte den Gurt an. »Sind angeblich gute neun Stunden Fahrt von hier. Wir sollten es also bis Anbruch der Dunkelheit schaffen. Sie fahren die erste Schicht. Na los, auf geht's.«

»Sollten wir vorher nicht die Polizei vor Ort kontaktieren? Eine Beschreibung durchgeben? Rausfinden, was sie ...«

»Erstens, Wesley, haben wir doch gesehen, dass die französische Polizei sich EINEN SCHEISS um diese Angelegenheit schert. Und zweitens werde ich meine Erkenntnisse nicht diesen Nazi-Kollaborateuren überlassen, damit einer von denen hinterher feixend den Ruhm einheimst. Sind Sie auf meiner Seite?«

»Ich bin natürlich auf Ihrer Seite, Sarge«, erklärte Wesley und startete den 1-Liter-Motor. Man hätte ebenso gut ein Hamsterrad mit zwanzig Nagern an der Antriebswelle befestigen können und wäre zum selben Ergebnis gekommen. »Ihr Argument ist schließlich ziemlich stichhaltig.«

Na also, dachte Wesley im Stillen, *hat sich die Tortur also doch noch gelohnt.* Er hatte immer schon von einer Reise nach Cannes geträumt. Um die Filmstars zu sehen und den Glamour zu erleben. Und das Essen dort war vermutlich auch fantastisch. Wenn es ihm nur gelingen würde, diesen Gourmand hier von den örtlichen McDonald's-Filialen fernzuhalten ...

SIEBENUNDVIERZIG

Heilige Scheiße, dachte Susan, als sie die sonnendurchflutete Lobby durchquerten. Sie und Barry waren über die Jahre in einigen wirklich schicken Häusern abgestiegen, Vier- und Fünf-Sterne-Hotels. Zur Abschiedsfeier seines Chefs hatten sie sogar einmal eine Nacht im Savoy verbracht. Sie konnte sich noch an das riesige Bett und die flauschigen Handtücher erinnern. Aber das hier war etwas völlig anderes: Das Ritz Carlton – das zu Ethels Entsetzen nun Intercontinental Carlton hieß – und seine cremefarbenen Marmorböden, seine elfenbeinweißen Säulen, die bis unter die endlos hohen Decken reichten, von denen gewaltige Kronleuchter baumelten, unter denen überall Menschen saßen, sehr reiche Menschen, sehr, sehr reiche Menschen, und Zeitung lasen, plauderten oder sich einen Drink genehmigten. Auf dem langen Weg vom Säulenportal des Eingangs zur Rezeption wurde sich Susan schlagartig ihrer Kleidung bewusst, die so seltsam bunt zusammengewürfelt war wie ihre Truppe. Ihrer zerknautschten, verschwitzten, schlecht sitzenden Klamotten, die sie seit achtundvierzig Stunden nicht gewechselt hatten. In der Auberge hatte sie sich gerade mal die Achseln über dem Waschbecken geschrubbt. Da sie am Abend zuvor im Whirlpool keine Zeit für Hygienepraktiken vergeudet hatte, wusste Gott allein, was unter den geschmacklosen Kleidern von Ethel los war, die ihnen gerade voller Enthusiasmus vorausrollte.

In Ethels Kopf ging es drunter und drüber. Sie war jetzt wie lange nicht mehr hier gewesen? Sechzig Jahre? Grace Kelly hatte damals hier logiert. Tolles Mädchen. Fantastische Figur. Es war etwas dunkler hier drin gewesen, nicht annähernd so luftig wie heute. Das war tatsächlich eine Verbesserung.

Claude, der Rezeptionist, auf den sie zustrebten, dachte wiederum: *Mon Dieu.* Vermutlich Touristen, die einen kurzen Abstecher in die Lobby machten, um nach Promis Ausschau zu halten. Gut möglich, dass sie einen Tee trinken wollten. Er zwang seine Gesichtszüge zu einem professionellen Lächeln, als die Vorhut im Rollstuhl seinen Tresen erreichte und ihm ein resolutes »*Bonjour!*« entgegenschleuderte.

»Hallo«, begrüßte auch Susan den Rezeptionisten und versuchte möglichst fröhlich und locker zu klingen. Jill umklammerte ihre Handtasche und glotzte den Mann am Empfang an, als stünde sie vor dem Herrgott persönlich. Julie hätte ihr am liebsten eine geknallt. An Orten wie diesen gab man sich am besten möglichst ungezwungen. Denn so waren die Reichen und Schönen: ungezwungen. Wie Vanessa – sie hatte sich quer über die Lehnen eines großen Sessels gelümmelt und blätterte desinteressiert in einem Magazin. *Das* hatte Stil.

»Wir hätten gerne ein Zimmer für eine Nacht«, sagte Julie. »Eigentlich zwei Zimmer.«

Claude starrte sie einen Augenblick lang an. Damit hatte er nicht gerechnet. »Ähm, Madame«, erklärte er freundlich, »ich fürchte, wir sind leider ausgebucht.«

»Ich bitte Sie«, versuchte Susan ihr Glück. »Ihr Haus ist so groß. Da werden sich doch sicher zwei kleine Zimmer finden lassen.«

»Leider nein, Madame. Wir haben Hochsaison. Ich könnte Ihnen einige andere Hotels empfehlen, die …«

»Tut mir leid, keine letzte Übernachtung im Ritz Carlton für die große Madame Merriman«, sagte Susan und strich Ethel übers Haar.

»Wir verstehen«, erklärte Julie. »Vielleicht wenn …« Sie schob einen Fünfzig-Euro-Schein über den Tresen. »Könnten wir uns so arrangieren?«

Was ist nur mit diesen Leuten los?, dachte Claude. »Äh, Madame. Es ist keine Frage des …«

»Lass gut sein, Julie«, sagte Susan. »Wir suchen uns ein anderes Hotel. Komm, wir …«

»Das darf doch nicht wahr sein!«

Alle drehten sich um und erblickten ein winziges Kerlchen, das sich auf einen Gehstock stützte. Der Mann trug einen zweifellos sündhaft teuren blauen Anzug, in dem er so gut wie verschwand. Er war mindestens neunzig und ließ Nails wie einen jungen Hüpfer wirken. Seine Augen blinzelten hinter den leicht getönten, goldumrandeten Gläsern einer Sonnenbrille. Er sah aus wie ein ausgesprochen exklusiv gekleideter Maulwurf.

»Kann ich Ihnen helfen?«, fragte Susan.

»Nach so vielen Jahren dachte ich erst, ich täusche mich. Aber dann hörte ich Ihren Namen und … das kann doch einfach nicht wahr sein …«

Er sprach nicht mit Susan oder Julie, sondern mit Ethel, die er strahlend ansah. »Madame Merriman? Ethel Merriman?«

»Oui«, erwiderte Ethel, während die anderen es dem Edelmaulwurf gleichtaten und Ethel anstarrten. Hinter seinem Tresen begann Claude plötzlich zu erröten.

Der Mann trat näher. »Darf ich?« Ethel streckte ihm ihre Hand entgegen, und er beugte sich vor, um sie ehrerbietig zu küssen.

»Mein Name ist Armand Ferrat. Ich habe Sie tanzen sehen, in der Bamboo Lounge in Paris, kurz nach dem Krieg. Sie waren die schönste Frau, die ich je gesehen habe …«

»Aber nicht doch, Sie Charmeur«, erwiderte Ethel. »Trotzdem ist es immer ein Vergnügen, einen Fan zu treffen.« Die anderen glotzten sie jetzt ungeniert an.

»Was führt Sie nach Cannes, Madame?«, fragte Ferrat.

»Oh, Sie wissen schon. Meine Gesundheit, das Meer.«

»Nun, es wird uns eine Freude sein, Sie hier bei uns zu haben.«

»Oder auch nicht …«, murmelte Julie.

»Wie bitte?« Ferrat runzelte die Stirn.

»Ähm, Monsieur Ferrat«, hob Claude an, »wir … ich habe den Damen gerade erklärt, dass wir vollständig ausgebucht sind.«

Ferrat richtete sich auf und fixierte den Rezeptionisten. Mit einem Mal sah er gar nicht mehr wie ein Maulwurf, sondern vielmehr wie Michael Corleone mit einem üblen Kater aus. »Soweit ich weiß, ist die Connery-Suite noch verfügbar.«

»Die … aber die kostet zwölftausend Euro pro …«

»Sie haben recht«, sagte Ferrat. »Das ist eine unerhörte Summe. Deshalb werden Sie Madame Merriman und ihren Begleiterinnen die Suite auch zum Preis eines Standardzimmers überlassen. Die Differenz buchen Sie auf meine Rechnung. Und jetzt zeigen Sie diesen Damen bitte umgehend ihre Suite. Es ist unerhört, sie bei dieser unerträglichen Hitze warten zu lassen.«

»Selbstverständlich, Monsieur Ferrat …« Claude drückte hastig die Klingel auf dem Tresen, woraufhin von allen Seiten Kofferträger herbeieilten.

»Madame Merriman«, sagte Ferrat, und sein Ton wurde sanfter, als er sich erneut zu ihr hinunterbeugte, »bitte lassen Sie mich sofort wissen, wenn wir noch irgendetwas tun können, um Ihnen den Aufenthalt hier angenehmer zu machen.«

Im Lift nach oben starrten die anderen vier Ethel immer noch sprachlos an. Mit gesenktem Kopf wachte der attraktive junge Hotelpage über ihre Taschen. Natürlich nicht *die* Taschen. Diese waren im Reserveradfach des Porsche verstaut, der sicher auf dem hoteleigenen Parkplatz stand. Die Lifttüren öffneten sich, und der Page führte sie über einen Flur mit einem Teppichboden, der so dick und weich wie Rasen war.

»Wer war der Mann?«, flüsterte Jill.

»Weiß der Geier«, antwortete Ethel schulterzuckend. »Irgendein verrückter Fan. Ich schätze, sonderlich viele von denen gibt es nicht mehr.«

»Du warst mal berühmt, Ethel?«, fragte Vanessa.

»Eher berüchtigt, Schätzchen, eher berüchtigt«, erwiderte Ethel.

»Mesdames, Mademoiselle«, sagte der Page und zog die Schlüsselkarte durchs Schloss. Mit einem tuschähnlichen »Voilà!« stieß er die Flügeltür auf.

»Oh. Mein. Gott«, staunte Susan.

Die Suite war riesengroß. Locker über dreihundert Quadratmeter. Eine komplette Wand bestand aus einer einzigen

Glasfront, die auf einen Balkon mit Blick auf die sieben Stockwerke unter ihnen verlaufende Croisette und den Strand führte. *Allemal besser als Wroxham an einem verregneten Mittwoch,* dachte Susan.

»Danke, mein Hübscher«, sagte Ethel zu dem Pagen und drückte ihm einen Hunderter in die Hand.

»Immer zu Diensten, die Damen. Ein Anruf genügt.«

»Ich liebe es, erster Klasse zu reisen«, lachte Ethel. »Da kommt einem keiner dumm.«

»Das ist ja wie im Film«, flüsterte Jill.

»Cocktail gefällig?«, fragte Julie, die vor der voll ausgestatteten Bar am Ende des Raums stand.

»Später vielleicht«, sagte Susan. »Es gibt etwas, was wir vorher erledigen sollten.«

»Was?«, fragte Vanessa.

»Wir sind im Augenblick nicht gerade knapp bei Kasse und tragen diese verdammten Klamotten jetzt seit fast drei Tagen ...«

Sie und Julie grinsten sich an und riefen dann, wie sie es seit ihren Teenagertagen, also seit fast fünfzig Jahren taten, im Chor: »SHOPPING!«

ACHTUNDVIERZIG

Wesley saß auf dem Beifahrersitz, hielt sein Handy auf der Suche nach Empfang mal hierhin, mal dorthin und versuchte die Navi-App zu reaktivieren, die er heruntergeladen hatte. Es war stockdunkel draußen, bereits nach Mitternacht, und der winzige Bildschirm des Telefons bildete die einzige Lichtquelle. Erneut warf er einen Blick auf den Pfad, der zu dem winzigen Hotel führte. Der Sarge ließ sich Zeit. Vermutlich versuchte er gerade die Einheimischen mit seinem speziellen Charme und seiner gewinnenden Mixtur aus aggressivem Englisch und Fantasiefranzösisch zu bearbeiten. Es war beinahe anrührend, wie felsenfest er trotz sich häufender gegenteiliger Beweise immer noch darauf vertraute, dass das wiederholte Brüllen desselben Satzes auf Englisch, wenn man dabei allmählich die Lautstärke und das Maß der Gestikulation erhöhte, schlussendlich zu einer Art osmotischer Übersetzung ins Französische führte. Dass das Gesicht seines Gegenübers sich plötzlich aufhellte und er rief: »AHA! Aber natürlich. Hier ist das, worum Sie mich gebeten haben, guter Mann.«

Wie hatten sie sich bloß dermaßen verirren können? Sie hatten die E15 verlassen und waren nach Osten gefahren.

Also Richtung Cannes, wie sie zumindest dachten. Stattdessen waren sie hier gelandet: auf einer Landstraße bei Aix-en-Provence, immer noch über hundert Kilometer von ihrem Ziel entfernt. Das hier war das vierte Hotel, in dem sie nach einem Zimmer fragten. Sommer. Hochsaison.

Wesley hörte ein Tor zuschlagen. Als er aufblickte, sah er Boscombe aus dem Dunkel ins Licht der Autoscheinwerfer treten. Säuerlich den Kopf schüttelnd, signalisierte der Sergeant mit der Rechten: Daumen nach unten.

»Voll«, zischte Boscombe, als er sich in den Fahrersitz des winzigen Autos faltete, um sofort das unvermeidliche »Scheiß-Kollaborateure« hinzuzufügen.

»So ein Mist«, sagte Wesley. »Was jetzt?«

Gähnend musterte Boscombe die düsteren Heckenreihen und den Nachthimmel. Er griff an die Decke und machte die Innenraumbeleuchtung aus. Dann klappte er seinen Sitz so weit zurück wie möglich. Er drehte sich auf die Seite, mit dem Rücken zu Wesley, und zog seinen Regenmantel fester um sich. »Nacht«, brummte er.

O nein, dachte Wesley. Irgendwo in der Ferne ertönte der klagende Ruf einer Eule – das traurigste Geräusch, das Wesley sich vorstellen konnte. Zumindest bis zu dem Augenblick, als Boscombes Körper sich im Dunkel versteifte und er leicht die Hüfte anhob, um einen schrillen, fast fiependen Furz loszulassen.

»*Gottverdammt ...*«

»Tschuldigung«, murmelte Boscombe schläfrig. In seiner Stimme lag nicht eine Spur von Aufrichtigkeit.

Jetzt folgte der Moment des Grauens – jener Augenblick, in dem man die pilzförmige Wolke am Horizont sieht, aber unfähig ist sich auszumalen, welche Zerstörung die Druckwelle anrichten wird, wenn sie einen erst mal erreicht. Der wahre Horror begann vier Sekunden danach, als der gasförmige Beweis für die fehlgeleitete Ernährung seines Bosses den knapp bemessenen Raum zu okkupieren begann: faulende Müllhalden, tagelang in saurer Milch gekochter Kohl, öffentliche Wickelräume im Hochsommer, verwesende Leichen.

»O Gott, o Gott, o Gott ...« Würgend öffnete Wesley sein Fenster und streckte den Kopf hinaus, um wieder Luft zu bekommen. Was zum Teufel hatte der Mann gegessen? Tatsächlich kannte Wesley die Antwort ganz genau: Würstchen, Burger, Hacksteaks, Chicken Nuggets und Specksandwiches. Die Beige-Braun-Diät. Schlachtabfälle, verarbeitet zu Spachtelmasse für die Eingeweide seines Vorgesetzten. Aber es stank sogar noch schlimmer als das. Es roch, als hätte der Mann seit Wochen nichts als puren Schwefel zu sich genommen.

»Um Himmels willen, Sarge ...«

Doch Boscombe war längst eingeschlafen.

NEUNUNDVIERZIG

Was für ein Tag, dachte Ethel und schob sich noch eins der dicken, weichen Daunenkissen in den Rücken. Am anderen Ende des riesigen Schlafzimmers schnarchte Jill in ihrem Bett leise vor sich hin. Sie hatten vermutlich ein Vermögen in diesen Läden ausgegeben – Chanel, Versace, Gucci, Hermés. Sie hatten Dinge zu ihrem Vergnügen gekauft – Kleider, Schuhe, Taschen – und ein paar Sachen, die sie für Phase zwei des Plans benötigten: ein großes neues Make-up-Set für Susan, einen sehr locker sitzenden Sommeranzug für den kräftigeren Herrn und ein paar Perücken. Julie hatte auch noch zwei billige Handys mitgenommen – »für den Fall, dass wir uns trennen müssen«. »Burner« nannte sie die Dinger. Susan war der Meinung, dass ihre Freundin zu viele von diesen Krimiserien im Fernsehen schaute.

Ethel bewunderte ihre neuen Prada-Slipper neben dem Bett. Julie hatte darauf bestanden, die Schuhe zu kaufen. Irgendwann hatte Susan begonnen, sich etwas unwohl zu fühlen, dass sie so viel Geld ausgaben. Gesetzt den Fall, sie sollten geschnappt werden, würde es ihnen schließlich sicher positiv angerechnet werden, wenn sie einen möglichst großen Teil des Geldes zurückgeben konnten. Doch am Ende wurde sie überstimmt. Danach waren sie in einem sehr edlen Restaurant an der Croisette essen gewesen, wo der Hotelmanager einen Tisch für sie reserviert hatte. Zweifellos auf Drängen von Monsieur Ferrat, der auch dafür gesorgt hatte, dass eine eiskalte Magnumflasche Champagner auf sie wartete. Sie hatten die Flasche tatsächlich bis auf den letzten Tropfen geleert. Selbst Jill trank jetzt gelegentlich ein bisschen, was sie zu Hause in Dorset niemals getan hätte. Dorset! Wie weit weg und wie trostlos das inzwischen klang.

Ethel blickte hinüber zu den schweren Samtvorhängen vor dem Fenster und versuchte anhand des schmalen Lichtspalts die Uhrzeit zu schätzen. Er war noch schwach und blass – irgendwas zwischen fünf und sechs?

Sie war kein bisschen müde und hatte nicht den leisesten Anflug eines Katers, obwohl sie nach dem Essen auf der Terrasse noch eine halbe Armee Brandys vernichtet hatte, als alle anderen schon zu Bett gegangen waren. Das war einer der wenigen Vorteile des Alters. Die Fähigkeit, problemlos mit vier oder sogar nur drei Stunden Schlaf auszukommen. Solange sie ihr Mittagsschläfchen machte, das sie heute für die Fahrt nach Marseille eingeplant hatte. Sie würde jetzt ohnehin nicht wieder einschlafen, so viel war klar. Kaffee! In der kleinen Küchenecke gab es eine Kaffeemaschine. Einen Versuch war es wert. Sollte die Maschine nicht mitspielen, konnte sie immer noch den Room Service rufen oder runter ins Restaurant gehen, falls es dafür nicht noch zu früh war. Sie schwang ihre Beine über die Bettkante und schob ihre Zehen ins luxuriöse Futter ihrer neuen Slipper. Sie zog den Rollstuhl so nah ans Bett heran, wie sie konnte, und hievte sich unter großer Anstrengung hinein. Uff. Die verdammte Gicht in ihren Knien. Aber was sollte sie machen? Von Wasser und Grünzeug leben? Nicht solange sie noch ein Wörtchen mitzureden hatte. Sie warf einen Blick auf die Uhr neben ihrem Bett. Richtig getippt: 5:45 Uhr.

Ethel schob sich aus dem Schlafzimmer in den Flur, zog vorsichtig die Tür hinter sich zu, um Jill nicht zu wecken, und rollte geradewegs in Vanessa hinein.

»Na so was!«, rief Ethel. »Du bist schon so früh …«

Dann sah sie es. Vanessa war komplett angekleidet, hatte ihre Tasche über die Schulter geworfen, und aus ihrem Gesicht sprach ihr schlechtes Gewissen. »Alles klar«, sagte Ethel. »Verstehe.«

»Ethel, ich …«

»Ich bin selbst kein Freund von großen Verabschiedungen.«

Vanessa blickte zu Boden und strich sich eine Haarsträhne aus dem Gesicht. Sie sah unglaublich jung aus. »Sag den anderen Tschüss von mir.«

Ethel nickte. »Jetzt geht's wohl zu deinem großen Vortanzen, was?«

»Oui.«

»Na dann viel Glück, Schätzchen. Aber ich sag dir eins: Nach meiner Erfahrung gibt es zwei Sorten von Tanzjobs. Da wäre zum einen die Variante A. Zu der Sorte gehört …«, Ethel vollführte mit den Händen eine Art wellenförmige Disco-Choreografie und sang dazu, *»I love the night life, I love to boogie, on the disco ah-ahhh.* Richtiges Tanzen halt. Und dann gibt es noch die Variante B. Die Sorte Tanz, bei der du das Ding eines fremden Mannes in deinem Mund hast.«

Vanessa runzelte die Stirn. »Das Ding? Ich … oh.« Der Groschen war gefallen. »Ich kann schon auf mich aufpassen.«

»Ich bin mir sicher, dass du das kannst«, sagte Ethel und rollte näher an sie heran. »Aber denk immer daran, ganz gleich, was dir jemand einreden will oder du dir selbst einredest: Es nimmt dir etwas, raubt einen Teil von dir. Und du bekommst ihn nie wieder.«

Ihre Blicke trafen sich.

»Verstehst du das?«, fragte Ethel sanft. Und als sie ihr in die Augen sah, konnte Vanessa darin etwas sehen, samtig schimmernd, diese Momente, viele Jahre davon, in Hotelzimmern, Apartments und Autos. Erfahrung.

»Ich verstehe«, sagte Vanessa und nickte.

»Braves Mädchen. Hier ...« Ethel hielt ihr eine dicke Rolle Euros entgegen. Vanessa schüttelte den Kopf. »Nimm das«, sagte Ethel und stopfte die Geldscheine in die Tasche von Vanessas Jeansjacke. »Eine Sache weniger, die mein Gewissen belastet.«

»Danke«, sagte Vanessa und gab Ethel einen Kuss.

Sie ist schon etwas Besonderes, dachte Ethel. *So hübsch.* Aber auf die Kleine warteten harte Zeiten, da gab es kein Vertun. Ethel sah ihr nach, bis sie zur Tür hinaus war, und rollte dann über den Flur zur Kaffeemaschine.

* * *

Kurz darauf kam Vanessa die Eingangstreppe des Carlton herunter. Sie lächelte dem uniformierten Portier schüchtern zu, der zum Gruß an seinen Hut tippte, und bog nach rechts auf die Croisette ein, die in der Morgendämmerung noch beinahe völlig verlassen dalag. Abgesehen von zwei Männern, die auf dem Bürgersteig neben einem winzigen Citroën standen. Sie stritten sich über irgendetwas auf Englisch. Vanessa hörte das Wort »Bollocks« heraus, das Ethel so gern benutzte. *Touristen,* dachte sie und verschwand in einer Seitenstraße, die vom Meer Richtung Innenstadt führte. Bis zu der Adresse, die ihre Freundin ihr gegeben hatte, war es nicht weit.

* * *

»Bollocks«, sagte Boscombe erneut zu Wesley und sah dem jungen Mädchen hinterher, bevor er wieder die Croisette und den Strand dahinter in Augenschein nahm. »Das hier ist wie Blackpool mit beschissenen Palmen.«

»Sie haben es nicht so mit den schönen Dingen des Lebens, oder, Sarge?«

»Also, hier ist mein Plan. Wir befinden uns ungefähr in der Mitte. Ich gehe da runter, bis ans Ende«, Boscombe deutete die Straße hinunter, »und Sie dort entlang bis ans andere Ende. Wir überprüfen sämtliche Hotels und treffen uns in zwei Stunden wieder hier. Vor dem da.« Er zeigte auf das Carlton.

»Wie wäre es vorher mit einem kleinen Frühstück?«, fragte Wesley. »Ich bin halb verhungert.«

»Da ist noch ein halbes Hacksteak im Handschuhfach, wenn Sie mögen.« Wesley schauderte. »Also los. Packen wir's an. Wir sind hier, um zu arbeiten. Das ist schließlich kein Gourmet-Urlaub auf Kosten des Steuerzahlers.«

Wäre ja auch zu schön, dachte Wesley.

FÜNFZIG

»Um Himmels willen, Ethel! Warum hast du sie nicht aufgehalten?«

»Julie, Liebes«, versuchte es Ethel vorsichtig.

»Weiß der Geier, mit was für Leuten sie sich da einlässt!«

»Man kann niemanden zwingen ...«, versuchte es Ethel erneut.

»Sie ist doch noch ein Kind!«

Jill und Susan sagten nichts und ließen der Auseinandersetzung ihren Lauf. Susan hatte Julie noch nie zuvor so aufgebracht erlebt. »Ich meine: *Tanzen*? Gott, Ethel ...«

»Und wie bist du so gewesen, als du in ihrem Alter warst, hmm? Ganz genauso, wette ich.« Ethel wurde nun ebenfalls ungehalten. »Genau wie wir alle – du hast damals auch geglaubt, du hättest die Weisheit mit Löffeln gefressen. Sie muss ihre eigenen verdammten Fehler machen.«

Julie machte auf dem Absatz kehrt und marschierte klackernd über den Marmorboden zu ihrem Zimmer. Sie hörten, wie die schwere Tür zugeschlagen wurde. »Heilige Scheiße«, fluchte Ethel.

»Na!«, wies Jill sie instinktiv, aber halbherzig zurecht.

Als Ethel sich anschickte, Julie zu folgen, rief Susan: »Nein! Lass sie bitte.«

»Worum geht's dabei eigentlich?«, wollte Ethel wissen.

»Weißt du …« Susan dachte nach. Erinnerte sich, wie sie vor beinahe dreißig Jahren Julies Hand gehalten hatte. In diesem schrecklichen, deprimierenden Raum. Und wie sie beide geweint hatten, als Julie sagte: »Tja, das war's dann wohl.« Immer wieder. »Um gar nichts, Ethel.« Susan griff nach ihrem Handtuch. »Lassen wir's für heute gut sein. Kommt, lasst uns nach unten gehen und noch schnell eine Runde schwimmen, bevor wir uns wieder auf den Weg machen.«

* * *

Sieben Stockwerke tiefer und knapp einen Kilometer weiter westlich hielt Boscombe seine Fotos einem weiteren perplexen Concierge unter die Nase. Zur selben Zeit, ungefähr einen Kilometer östlich, kam Wesley aus dem vierten Hotel in Folge, in dem er nichts als Verwirrung und verständnislose Blicke geerntet hatte. Er stieg die Treppe zu einer kleinen Terrasse hinunter und … lieber Gott, dieser Duft, dieser himmlische Duft. Was war das für …

Wesley wurde bewusst, dass er im Restaurant gelandet war.

Unter hellen, elfenbeinfarbenen Sonnenschirmen nahmen teuer gekleidete Menschen ihr Frühstück ein. Wesley erfasste die Szenerie in einer Serie einzelner Nahaufnahmen – Tisch für Tisch bis zum Büfett. Rührei und Kaffee, Krüge mit Blutorangensaft, an denen das Wasser herunterperlte, knusprig gebratene Speckscheiben, golden schimmernde Omeletts, eine ganze Lachsseite, Schalen mit frisch aufgeschnittenen Früchten auf Eis: Wassermelonen, Papayas, Kiwis und Erdbeeren.

Wesley lief das Wasser im Mund zusammen. Bevor er überhaupt wusste, was er tat, zog er den Stuhl unter einem Zweiertisch hervor, winkte dem Kellner und setzte sich. Drauf geschissen. Es gab nichts, was keine halbe Stunde warten konnte. Wenn Boscombe abwechselnd den hungernden Märtyrer spielen und sich beim Autofahren Fastfood-Dreck ins Gesicht stopfen wollte, war das sein Problem. *Oooh*, dachte Wesley, als er einen Kellner sah, der ein Silbertablett mit zwei randvollen Champagnerflöten trug, *vielleicht gönne ich mir sogar eine dieser Mimosas.*

* * *

Julie lag auf dem Bett und weinte. Dann kam ihr der Gedanke: *Das ist dumm.* Wann hatte sie zuletzt etwas, das derart lange her war, so mitgenommen? Das passierte sonst nur, wenn sie sehr betrunken war, spät in der Nacht. Ethel hatte natürlich recht, das war ihr bewusst. Dennoch hatte sie gehofft, sie könnte vielleicht ... ach, weiß der Geier. Sie griff nach einem Taschentuch, unterdrückte den Schluchzer in ihrer Brust, spürte, wie sich ihre Rippen hoben und senkten. Da hörte sie ein leises Klopfen. Die Tür wurde aufgestoßen, und plötzlich stand Vanessa im Zimmer, ebenfalls in Tränen aufgelöst. Julie sprang vom Bett auf und nahm sie in ihre Arme. Die beiden weinten gemeinsam, ohne dass der eine vom anderen wusste, warum.

»Vanessa ... schhhh ... was ist los? Was ist passiert?«, fragte Julie.

Vanessa sah sie an und jammerte: »Es war Variante B!«

* * *

Boscombe blickte auf seine Uhr. *Wesley, dieser faule Penner. Der will mich wohl verarschen.* Da stand er nun vor dem Carlton, pünktlich auf die Minute, und wo war dieser Clown? Nicht da. Na gut, eine Galgenfrist würde er ihm noch geben.

Er setzte sich auf die Mauer vor dem großen weißen Gebäude und starrte über die Straße auf das glitzernde Wasser. Es war neun Uhr morgens, und die Sonne stand bereits so hoch, wie sie heiß war. Dieses Hotel war für irgendwas berühmt. Wofür noch mal? Wesley hatte es im Auto erwähnt. Ah, ja. Elton John. Das Video zu einem seiner Songs, »I'm Not Standing« oder so ähnlich, war hier gedreht worden. Dieser Wesley war eine unerschöpfliche Quelle durch und durch nutzloser Informationen.

* * *

»Ist ja schon gut. Alles in Ordnung«, sagte Julie und genoss die Wärme und den Duft des Mädchens. »Alles wird wieder gut. Nicht so ganz das, was du erwartet hattest, hmmm?« Sie fühlte, wie Vanessa an ihrer Brust heftig den Kopf schüttelte.

»Ich hab dich angelogen«, schluchzte Vanessa.

»Ach ja?«, erwiderte Julie. »Wie das?«

»Ich bin erst fünfzehn.«

»Das macht nichts, Süße. Ich hab dich auch belogen.«

»Worüber?« Vanessa atmete wieder ruhiger, löste sich aus Julies Armen und wischte Tränen und Haarsträhnen aus ihrem Gesicht.

»Neulich morgens, als du mich gefragt hast, womit ich meinen Lebensunterhalt verdiene ... ich ... ach, das ist jetzt nicht wichtig.« Julie reichte Vanessa ein frisches Taschentuch. Als sie es nahm, schien sie zum ersten Mal die roten

Augen und das verschmierte Make-up von Julie zu bemerken.

»Warum hast *du* geweint?«, fragte Vanessa.

»Ich musste an etwas denken, was vor sehr langer Zeit passiert ist.«

»Was?«

»Nichts von Bedeutung. Ehrlich. Egal … was hast du jetzt vor?«

Vanessa zuckte mit den Schultern und lachte.

»Na schön«, sagte Julie. »Lass uns unsere Badesachen holen und den anderen unten am Pool Gesellschaft leisten. Dabei können wir in Ruhe überlegen, wie es weitergeht. In Ordnung?« Julie klatschte in die Hände und ging zum Schrank.

»Ähm, Julie?«, fragte Vanessa.

»Mmmm?«

»Womit verdienst du denn nun deinen Lebensunterhalt? Du weißt schon, die Sache, wegen der du mich belogen hast …«

»Oh. Das. Richtig. Also gut.« Julie dachte eine Sekunde lang nach und kaute auf der Unterlippe. »Die Sache ist die …«

* * *

Scheiß drauf. Überprüf eben noch das hier und such danach dieses Weichei Wesley.

Boscombe stieg die brütend heißen Stufen hinauf und betrat die riesige, kühle Lobby. Heilige Scheiße. So lebten also die oberen Zehntausend. Er musterte die wohlhabenden Urlauber, die in den Sitzgruppen miteinander plauderten, flanierten, kamen oder gingen, und winkte einen der

Hotelangestellten herbei. Der Concierge sah Boscombe einigermaßen befremdet an, kurzzeitig perplex ob der billigen, verschwitzten Kleidung und der rötlichen, von Fehlernährung geprägten Gesichtsfarbe. Einen kurzen Moment war er überzeugt, ein Obdachloser hätte sich ins Hotel verirrt, bevor er sich Boscombe mit der gebotenen Vorsicht näherte.

»Monsieur?«, fragte der Concierge.

»Könnte ich bitte mit dem Manager sprechen?«, erwiderte Boscombe.

Der Concierge musterte ihn von oben bis unten. »Kann ich Ihnen vielleicht helfen?«

Widerwillig zückte Boscombe zum zigsten Mal an diesem Morgen seinen Dienstausweis. Ihn aus der Innentasche seiner Jacke zu ziehen rief ihm jedes Mal unangenehm die pflastersteinartige Verhärtung in seinem Bauch ins Gedächtnis. Wie lang war es her, dass er zuletzt … bevor sie das Flugzeug nach Frankreich bestiegen hatten? Nein, sicher nicht. Das war vor zwei Tagen gewesen. »Holen Sie einfach den Manager«, sagte er und klappte den Ausweis auf. Dieser unverschämte Kerl nahm ihm doch tatsächlich den Ausweis ab, um ihn ausgiebig zu studieren.

»Britische Polizei?«, fragte der Concierge.

»*Oui*«, antwortete Boscombe unverhohlen sarkastisch.

Der Concierge starrte weiter auf den Ausweis. Schließlich war Boscombes bereits bedenklich zur Neige gegangener Vorrat an Geduld unweigerlich am Ende.

»Passen Sie mal auf, mein Freund«, sagte er. »Ich führe hier eine offizielle polizeiliche Ermittlung durch. Ich habe ein Unterstützungsschreiben Ihrer Regierung und muss sofort Ihr Gästeverzeichnis sehen. *Comprende?*«

Der Concierge begegnete Boscombes forderndem Blick völlig unbeeindruckt. Er war es gewohnt, sich mit Oligarchen unter Zeitdruck und verkaterten Studiomogulen auseinanderzusetzen. Ein alberner Polizist war nichts dagegen, und sein anfängliches Misstrauen gerann binnen weniger Momente zu unerschütterlicher Abneigung. »Dürfte ich ihn bitte sehen?«

»Was wollen Sie sehen?«

»Den Brief. Ich befürchte, dass Ihr britischer Dienstausweis bei uns wenig zu sagen hat, Detective …«, wieder starrte er blinzelnd auf den Ausweis, »… Boskop.«

Die Adern an Boscombes Schläfen begannen zu pochen, als er seine Jackentaschen durchwühlte. »Wie heißen Sie?«

Der Concierge zeigte auf den Messinganstecker an seinem Revers, auf dem in eleganter schwarzer Schrift der Name »Charles« prangte.

»Also, Charles, ich werde offiziell Beschwerde gegen Sie einreichen.«

»Wie Sie wünschen. Ich fürchte, die Privatsphäre unserer Gäste zu schützen hat bei uns oberste Priorität. Dürfte ich?« Er zeigte mit Boscombes Dienstausweis auf den Brief in der Hand des Detectives.

»Um Gottes willen. Tun Sie, was Sie nicht lassen können.«

»Seien Sie doch bitte so nett und warten Sie hier.«

»Aber machen Sie gefälligst schnell. Ich hab's eilig.«

»Natürlich.« Charles rang sich ein gequältes Lächeln ab.

Dieser arrogante Schnösel, dachte Boscombe, während er dem Kerl nachsah, als dieser mit klackernden Schritten den fußballfeldgroßen Marmorboden überquerte. Der Detective ließ sich schwer atmend in die dicken Kissen eines Korbsessels fallen und spürte dabei abermals das Gewicht dieses

Dings, das sich anfühlte wie ein in seinem Rektum verkeiltes Robbenbaby. Vielleicht sollte er sich in der Apotheke ein Abführmittel kaufen. Und damit nicht genug, war er auch noch hungrig.

Möglicherweise hatte Wesley recht – sie hätten was essen sollen. Er nahm sich eine Zeitung, verstand aber kein Wort. *Scheiß drauf,* dachte er. *Guck dir halt einfach nur die Fotos an.*

* * *

Statt nach links zum Büro des Managers ging Charles nach rechts durch die Tür mit dem Schild »Exit«. Er folgte einem kurzen Flur und trat durch eine Feuertür hinaus auf eine Laderampe. Er steckte Boscombes Ausweis und den Brief in die Tasche und zündete sich eine Camel an.

Arrogantes englisches Arschloch. Soll er doch warten.

* * *

Wesley gab einen zufriedenen kleinen Rülpser von sich. Gott, war das gut. Die Flockigkeit des Croissants, das perfekte Sonnengelb der Rühreier. Und der Kaffee. Er konnte nicht anders, als den Kellner herbeizuwinken, um noch eine Tasse zu bestellen. Er blickte auf die Uhr. Sicher, es wurde allmählich ein wenig spät. Egal. Er würde Boscombe einfach erzählen, es hätte alles länger gedauert, als er dachte. Er würde sich das einzige vernünftige Essen, das er auf dieser Reise zwischen die Zähne bekam, nicht vermiesen lassen.

* * *

»*Putain!*«, rief Vanessa erneut und starrte Julie mit großen Augen an. Julie hatte fünf Minuten ohne Unterbrechung weitergeredet: also die ganze Zeit vom Zusammensuchen der Schwimmsachen, bis sie im Lift waren. Sie hatte Vanessa von Barrys Tod bis zum heutigen Morgen so ziemlich alles erzählt, inklusive einer ausführlichen Schilderung des Banküberfalls.

»Und wo wollt ihr jetzt hin?«, fragte Vanessa.

»Tja«, antwortete Julie und sah zu, wie hintereinander die Ziffern der Stockwerke aufblinkten – 6, 5, 4 –, »für Ethel, Susan und mich sieht es wohl ganz nach Südamerika aus. Aber vorher müssen wir noch Jill nach Hause bekommen.«

»Das ... ist unglaublich!«

»Damit hast du zweifellos recht«, sagte Julie.

2 und 1.

Bing.

Sie traten in die Lobby und machten sich auf den kurzen Weg zu den Umkleidekabinen.

* * *

Boscombe gähnte und blickte von seiner Lektüre der Tageszeitung auf – irgend so ein Quatsch über den französischen Ex-Präsidenten Sarkozy. Eine verdammt gut aussehende Olle hatte der ...

Sein Gähnen gefror ihm mitten im Gesicht.

Heilige Scheiße.

Da war sie – die, die ihn dazu gebracht hatte, mit ihr einen Scheißtango zu tanzen. Keine fünfzig Meter von ihm entfernt schlenderte sie durch die Lobby.

Boscombe sah aus, als hätte ihn schließlich der Schlaganfall erwischt, den sich sein Vorgesetzter so inständig herbeisehnte.

* * *

Julie und Vanessa betraten die Damenumkleide. »*Putain!*«, staunte Vanessa noch mal. »Also deshalb müsst ihr nach Marseille? Um neue Identitäten zu kriegen?« Sie setzte sich auf die Holzbank und zog sich bis auf die Unterwäsche aus. Die Luft duftete nach teuren Lotionen und Parfüms.

»Genau«, sagte Julie. »Ein Freund von Susan hat uns mit so einem Typen in Kontakt gebracht, der …«

Die Tür wurde aufgerissen.

Vanessa und Julie waren ganz alleine im Raum, als Boscombe hereinstürmte. Ein grausames Grinsen im Gesicht, schien er Julie mit seinen Augen durchbohren zu wollen.

»Na, wenn das mal nicht unsere *Tanzlehrerin* ist«, feixte er.

Julie wich vor ihm zurück, als Vanessa instinktiv aufstand und sich zwischen sie stellte. »Wer sind Sie?«, rief sie. »Sie dürfen hier nicht rein!«

»Detective Sergeant Hugh Boscombe vom britischen CID«, sagte er, ohne Vanessa eines Blickes zu würdigen. Die Augen fest auf Julie gerichtet, fügte er hinzu: »Das Spiel ist aus, Schätzchen.«

Ohne ihrerseits den Blick von Boscombe abzuwenden, rief Vanessa Julie zu: »Lauf!«

»Nein, Süße«, sagte Julie leise. »Halt dich da r…«

»LAUF, JULIE!«, brüllte Vanessa und gab ihr einen kräftigen Schubs, bevor sie tief Luft holte, um einen ohrenbetäubenden Schrei auszustoßen. Draußen in der Lobby erschreckten sich diverse Gäste fast zu Tode, als der gellende Schrei durch Türen und Wände drang. Auch Claude, der Rezeptionist, schreckte zusammen. Kaum hatte er seine Fassung wiedergefunden, winkte er geistesgegenwärtig zwei Sicherheitsleute herbei. Julie rannte auf den hinteren Ausgang zum Pool zu. Boscombe wollte ihr folgen, aber Vanessa stürzte sich auf ihn. Er versuchte, sich dieses winzige französische Mädchen von seiner Brust zu reißen, als wollte er sich einer wild gewordenen Katze entledigen, woraufhin Vanessa allerdings nur noch lauter und durchdringender schrie.

»LASS MICH LOS!«, brüllte Boscombe. Während des Gerangels griff Vanessa geschickt nach unten und fand Boscombes Reißverschluss. Sie zog ihn mit einem Ruck auf und schob die Hand in seinen Hosenstall.

»WAS ZUM TEUFEL TUST DU DA?«, kreischte Boscombe.

»AHHHHHHHHHHH!«, schrie Vanessa und zog hervor, was sie in die Finger bekam. »HILFEEEEE!«

Boscombe wusste sich nicht anders zu helfen, als ihr die Hand vor den Mund zu halten. »Schhhh, sei still! Sei jetzt gefälligst still! Ich bin Polizist!«

»MMMPF! UHHHNNN!«, wehrte sich Vanessa.

Zum zweiten Mal wurde die Tür aufgerissen, und Claude stürmte in Begleitung der beiden Sicherheitsleute herein. Fassungslos sahen sie, was vor sich ging: Der rotgesichtige, schwitzende, ziemlich verwahrlost aussehende Boscombe, der einem sehr jungen, halb nackten Mädchen den Mund zuhielt. Vanessa stürzte schluchzend zu Boden, und der folgende Wortwechsel dauerte nur einige Sekunden. Er fand – abgesehen von Boscombes Beitrag – komplett auf Französisch statt.

Claude: »Was zum Teufel ist hier los?«

Vanessa, schluchzend: »Er … er …«

Boscombe, nach seinem Ausweis greifend: »Immer mit der Ruhe. Ich bin Polizist.«

Vanessa: »Er hat versucht, mich … mich zu …«

Einer der Sicherheitsleute: »Treten Sie von dem Kind zurück.«

Boscombe, als er die Innentasche seiner Jacke leer vorfand: »Verdammte Scheiße.«

Vanessa: »ER WOLLTE MICH ZWINGEN, SEIN DING ANZUFASSEN!«

Alle drei Männer starrten auf Boscombes Hosenstall, aus dem sein schlaffer, traurig anzusehender Penis baumelte.

Später sollte es Boscombe schwerfallen, sich daran zu erinnern, wer als Erster zugeschlagen hatte. Wer auch immer es war: Ein paar Minuten danach vernahmen die neu anreisenden Gäste des Carlton den hier nicht unbedingt alltäglichen Klang von Polizeisirenen, als zwei Streifenwagen vor dem Hotel vorfuhren. Genau rechtzeitig, um Detective Sergeant Boscombe vom britischen CID zu übernehmen, der zappelnd und schreiend von ganzen vier Sicherheitsleuten aus der Lobby geschleift wurde. Er hatte ein lädiertes Auge sowie diverse Platzwunden im Gesicht. Offenbar hatten die Sicherheitskräfte sich ein wenig hinreißen lassen. »LASST MICH LOS! LASST MICH VERDAMMT NOCH MAL LOS, IHR GOTTVERDAMMTEN WICHSER!«

Zwei Polizisten halfen den Mitarbeitern des Hotels dabei, den um sich schlagenden und tretenden Boscombe in den ersten der beiden Streifenwagen zu verfrachten.

»Qui est-ce?« wurde Claude, der die Operation beaufsichtigte, von einem Pagen gefragt.

»Un pédophile«, antwortete Claude.

»Mon Dieu!«

»IHR DRECKIGEN SCHWEIIIIIINE!«, kreischte Boscombe.

Dieser Schrei sollte Boscombes letzter Beitrag zu der Auseinandersetzung bleiben, da der leitende Polizist nun schulterzuckend zurücktrat, seinen Elektroschocker zückte und dem Sergeant eine volle Ladung in den Hintern verpasste.

»Arrrrggnnnn«, knurrte Boscombe, während er zusammensackte.

Fast im selben Augenblick erfüllte ein schrecklicher Gestank die Luft, als gut 400 Volt Elektrizität das erreichten, was einer übermenschlichen Dosis von Abführmitteln nicht einmal annähernd gelang.

»Heilige Maria, Mutter Gottes«, stöhnte einer der Polizisten und wandte sein Gesicht ab.

* * *

Fünfhundert Meter entfernt genoss Wesley derweil die letzte seiner drei Tassen köstlichen französischen Milchkaffees. Als er den Polizeiwagen mit gellenden Sirenen vorbeirasen hörte, konnte er zu seinem Glück nicht ahnen, dass auf dem Rücksitz sein bewusstloser Boss lag, mit anderthalb Kilo biologischem Kampfstoff in der Hose.

»Richtig so, Jungs«, rief Wesley und hob fröhlich seine Tasse Café au Lait zum Salut. »Bringt die Kacke zum Dampfen!«

EINUNDFÜNFZIG

»Aber ... haben Sie denn keine *Security*, um sicherzugehen, dass so etwas nicht passiert?«, empörte sich Susan. Sie fand es überraschend einfach, ein gerüttelt Maß gerechten Zorns zu heucheln.

»Madame, ich ... ich kann Ihnen versichern ...«, antwortete Claude stotternd. Er stand auf der Türschwelle, flankiert von den Sicherheitsleuten, die Boscombe eben eine kräftige Tracht Prügel verpasst hatten. Hinter Susan saß Vanessa noch immer schluchzend bei Ethel und Jill auf einem der riesigen, dick gepolsterten Sofas.

»Ich meine, wir kommen hierher, zahlen Gott weiß wie viel Geld und ...«

»Ich weiß nicht, wie dieser Mann in unser Hotel gekommen ist«, fuhr Claude fort, »aber ich kann Ihnen versichern, dass wir intensive Nachforschungen anstellen werden und der schändliche Perverse die volle Härte des Gesetzes zu spüren bekommt.«

Claudes Nachforschungen wären sicher sehr viel einfacher verlaufen und hätten mehr Klarheit in die Sache gebracht, wenn er gewusst hätte, dass sieben Stockwerke unter ihm in diesem Augenblick Charles der Concierge in die Lobby zurückkehrte, nachdem er zwei Camel geraucht und mit seinem Liebchen ein längeres Telefongespräch zwecks Anberaumung einer späteren Verabredung geführt hatte. Die heftige Auseinandersetzung war komplett an ihm vorübergegangen. Nicht imstande, den schlecht gekleideten englischen Polizisten zu finden, hatte er schlicht angenommen, dieser habe sich die Beine vertreten. Er hatte nach seiner Innentasche getastet, um sich zu vergewissern, dass Boscombes Dienstausweis und das Schreiben noch da waren. Daraufhin hatte er sich zu einer Gruppe jüngerer Angestellter in der Nähe des Haupteingangs gesellt, die gerade aufgeregt über die jüngsten Ereignisse sprachen, die Charles völlig entgangen waren. Irgendwas mit einem Sittenstrolch in der Damenumkleide.

»Ich weiß nicht«, sagte Ethel und bugsierte ihren Rollstuhl an Susans Seite, um ihre Trumpfkarte auszuspielen. »Ich glaube, ich sollte wirklich mal ein Wörtchen mit Monsieur Ferrat darüber sprechen.«

Die bloße Erwähnung des Namens ließ Claude erblassen. »Mesdames«, sagte er betont salbungsvoll, »lassen Sie mich Ihnen zuvor versichern, dass Sie in Verbindung mit Ihrem Aufenthalt hier keine Rechnung erhalten werden. Außerdem …«

»ES WAR SCHRECKLICH!«, heulte Vanessa im Hintergrund.

»Weiß der Geier, was die Presse daraus machen wird«, orakelte Julie.

»Außerdem«, schluckte Claude, »würde ich diese Konditionen gerne ausweiten und Ihnen anbieten, Ihren Aufenthalt hier nach Belieben zu verlängern.«

Ethel und Susan schauten sich an. »Vielen Dank«, erwiderte Susan, »wir denken darüber nach. Wenn Sie uns nun bitte allein lassen könnten. Wir benötigen jetzt dringend etwas Ruhe.«

»Aber selbstverständlich. Wenn ich noch irgendetwas für Sie ...«

»Danke«, sagte Susan und schloss die Tür, nachdem Claude sich zurückgezogen hatte, die Handflächen zu einer letzten demütigen Geste der Entschuldigung erhoben.

In dem Augenblick, in dem die schwere Tür ins Schloss fiel, hörte Vanessa auf zu weinen und sah die anderen mit einem verlegenen Grinsen an. Nach einem kollektiven Moment stiller Erleichterung sagte Ethel: »Bereit, Ladys? Dann nichts wie weg hier.«

ZWEIUNDFÜNFZIG

Ungefähr eine halbe Stunde danach nahm Chief Inspector Wilson an seinem Schreibtisch einen Mittagsimbiss zu sich. Es war eine frugale Mahlzeit, mit der man jeden Franzosen beleidigen konnte, bestehend aus einem Thunfischsalatsandwich, ein paar Weintrauben und einer Flasche stillem Wasser. Seine Frau lag ihm ständig mit seinem Cholesterinspiegel und dem Bluthochdruck in den Ohren – und das mit Recht. Einer der Gründe für seine gesundheitlichen Probleme und der alleinige Grund dafür, dass er sein Mittagessen an seinem Schreibtisch statt unten im Joiner's Arm oder im Fox einnahm, stapelte sich zu seiner Rechten: ein kippelnder Turm aus Schriftstücken. Beim Essen nahm Wilson das jeweils oberste Dokument vom Stapel und sah es sich an, bevor er es entweder unterschrieb und im Postausgangsfach ablegte oder in der Ablage mit der Aufschrift »Zu bearbeiten« – falls es sich um etwas handelte, das weiterer Auseinandersetzung bedurfte. Es war ein archaisches System – die meisten seiner Kollegen starrten den lieben langen Tag am Bildschirm auf ihre E-Mails –, aber eines, das Wilson seit den späten Siebzigern verwendete und das ihm gute Dienste leistete. Er hatte sich an der elektronischen Methode versucht und dabei festgestellt, dass er ein Stück Papier in der Hand halten musste, um sich vernünftig konzentrieren zu können. Was schlussendlich dazu geführt hatte, dass er sämtliche E-Mails, die er bekam, ausdruckte und in seinem Posteingangskorb ablegte. Was wiederum – wie es seine älteste Tochter formulierte – die ganze Angelegenheit ad absurdum führte.

Er nahm ein weiteres Dokument vom Stapel und stellte fest, dass es sich dabei um eine Rechnung über mehrere tausend Pfund für das Chartern des Kleinflugzeugs handelte, das Boscombe und Wesley vor ein paar Tagen nach Frankreich befördert hatte. Mit einem kaum merklichen Zucken der Wimper und einem minimal beschleunigten Herzschlag kritzelte Wilson seine Unterschrift in das Feld über dem Wörtchen »Genehmigt«. Gerade als er das tat und sein Blick noch immer auf dem gefürchteten Namen »Boscombe« verweilte, klopfte es an der Tür. »Herein!«, rief Wilson, der, ohne aufzuschauen, wusste, dass es Sergeant Tarrant war.

»Hätten Sie einen Augenblick Zeit, Sir?«

»Raus damit, Tarrant«, sagte Wilson, der immer noch nicht von seinem Papierkram aufsah. Er hasste Vorreden und Geräusper.

»Es geht um Sergeant Boscombe.«

Das leichte Zucken im Augenlid nahm zu, und sein Herzschlag beschleunigte sich.

»Ja?«

»Nun ja, ich weiß nicht so ganz, wie ich es am besten formulieren soll, Sir.«

»Jetzt reden Sie doch nicht so um den heißen Brei herum. Was hat er diesmal getan? Gegen den Arc de Triomphe gepinkelt?«

»Äh, nicht ganz, Sir, nein. Er wurde in Südfrankreich wegen der sexuellen Belästigung eines kleinen Mädchens verhaftet.«

Wilson hob den Blick. Er verspürte einen leichten Schwindel, ganz am Rand seines Augenwinkels tanzten kleine Lichtpunkte. »Aha«, sagte er bloß, legte den Stift zur Seite und lehnte sich in seinem Sessel zurück. »Verstehe.« Einen Moment lang saß er einfach bewegungslos da. Tarrant trat auf der Türschwelle unbehaglich von einem Fuß auf den anderen, in der Hand noch immer die E-Mail, die er von der Gendarmerie in Cannes erhalten hatte. Er hatte sie ausgedruckt, wie es der bevorzugte Modus Operandi seines Chefs war, der jetzt wie gelähmt in seinem Schreibtischsessel saß und geradewegs durch Tarrant hindurchzusehen schien, durch die Wand und das Hauptbüro, den ganzen Weg bis nach Frankreich.

»Sir?«, fragte Tarrant nach einer gefühlten Ewigkeit. Er bemerkte, dass allmählich etwas Farbe in das Gesicht des Chief Inspectors zurückkehrte. Eigentlich sogar ein wenig zu viel Farbe …

»Geben Sie mir bitte ein paar Sekunden, Tarrant«, bat Wilson und klang dabei irgendwie abgelenkt, als wäre er mit einem sehr viel größeren, dringenderen Problem beschäftigt.

Weitere Sekunden verstrichen, bevor die restlichen Beamten im Hauptbüro der Polizeiwache von Wroxham zusammenschreckten, als sie hörten, wie Wilsons Stimme mit übermenschlicher Lautstärke »AAAAAAAARSCHLOOOOOCH!« brüllte, begleitet von einem lauten Knall, dem wiederum ein metallisches Scheppern folgte und von dem nur Tarrant wusste, dass es auf den Tritt zurückzuführen war, mit dem Wilson seinen Papierkorb quer durch sein Büro gegen die Wand befördert hatte.

DREIUNDFÜNFZIG

Marseille – etwas weniger als zwei Stunden Fahrt von der manikürten Schönheit Cannes' entfernt und das Zuhause von eineinhalb Millionen Menschen. Der Hafen galt darüber hinaus als Heimat einiger der niederträchtigsten Schurken, die in diesem Teil Europas anzutreffen waren. Quasi das Mos Eisley Frankreichs. Seit der Antike strömte der Abschaum der Welt hierher, um mit so unterschiedlichen Waren wie Seide, Gewürzen, Drogen, Waffen und Menschen zu handeln. Da machten vier weitere Kriminelle keinen großen Unterschied.

Auf Susans Beharren hin hatten sie sich diesmal für eine deutlich weniger prächtige Bleibe entschieden: ein Drei-Sterne-Hotel in einer dunklen Gasse am alten Hafen. Dort hatten sie das Geld und die Tasche mit Nails' Waffen von ein paar Pullovern bedeckt unten im Schrank verstaut und gingen nun ein weiteres Mal ihren Plan durch.

Eine von ihnen würde immer im Zimmer mit der Beute bleiben. Während Susan und Julie Terrys Geschäftspartner Mr. Tamalov in dessen Nachtclub trafen, der wenig überraschend »Le Punisher« hieß, übernahm Jill die erste Wache. Das älteste und das jüngste Mitglied des Teams schlürften derweil Bouillabaisse an der Promenade.

Am nächsten Morgen sollte Jill ein Taxi zum Flughafen von Nizza nehmen und von dort mit der ersten Maschine zurück nach England fliegen. In ein oder zwei Tagen würden die anderen dann die dreißigtausend Pfund, die Jill für Jamies Operation benötigte, auf ein Konto überweisen, das sie zu Hause eröffnen sollte. Danach, unter Verwendung ihrer von Tamalov erworbenen neuen Identitäten, würden Susan, Julie und Ethel ein Flugzeug nach Südamerika besteigen, auf dessen exaktes Ziel sich noch geeinigt werden musste. Der einzige andere Punkt, der ebenfalls noch einer Einigung bedurfte, war die Frage, wie sie mehrere Millionen Pfund in bar außer Landes schaffen sollten.

Dieses Problem war auch Gegenstand von Susans und Julies Gespräch, als sie in dem leeren Nachtclub auf Tamalov warteten.

»Könnten wir nicht irgendwas Großes kaufen, das Geld darin verstecken und es dahin verschiffen, wo wir hinfliegen werden?«, fragte Susan.

»Also ich weiß nicht«, antwortete Julie. »Willst du das wirklich riskieren?«

»Nein. Dumme Idee. Tut mir leid.«

Um sie herum waren ein Putztrupp mit Staubsaugen und ein paar Angestellte mit dem Einsammeln von Gläsern beschäftigt. Wenn sie über die klebrige Auslegeware liefen, klangen ihre Schritte wie aufreißende Klettverschlüsse. Einige der Reinigungskräfte sprühten Raumspray in die dunkleren Nischen, um die Ausdünstungen von Alkohol, Tabak, Schweiß und Verzweiflung zu übertönen. *Nachtclubs werden nicht ohne Grund Nachtclubs genannt,* dachte Susan. Bei Tage wurden sie als das entlarvt, was sie wirklich waren: billige Sexschlachthäuser. Nicht ihr Milieu. Julie wiederum fühlte sich hier wie zu Hause. Der Blick, mit dem sie das Aufräumkommando beobachtete, war voll aufrichtiger Sympathie, hatte sie doch in London, Sydney und San Francisco selbst genügend ähnliche Jobs gemacht.

»Oder wie wäre es ...«, begann Susan. Doch was immer sie hatte sagen wollen, wurde von einem röhrenden »MEINE DAMEN!« unterbrochen, als sich ihnen eine im Halbdunkel erst nur schemenhaft zu erkennende Gestalt über die verlassene Tanzfläche näherte. Sie entsprach in mancherlei Hinsicht genau dem Bild, das man sich von einem russischen Geschäftsmann mittleren Alters und zweifelhaften Rufs machte. Und machen wir uns nichts vor, dieser »zweifelhafte Ruf« hing den meisten russischen Geschäftsleuten nach. Eine Nation, die aus Weizenfeldern und Plumpsklos in nur dreißig Jahren zur größten militärischen Supermacht aufstieg? Und sich später innerhalb von zwanzig Jahren von der Hochburg des Kommunismus zum Inbegriff des glitzernden Raubtierkapitalismus wandelte? Dem musste einfach eine gewisse moralische Flexibilität zugrunde liegen.

Tamalov hatte einen silbergrauen Bart und nackenlanges, dünner werdendes weißes Haar. Eine Goldkette, so dick wie eine Wäscheleine, hing um seinen Hals. Seine Uhr sah aus wie ein aus dem Leitstand eines Atom-U-Boots gebrochener Zeitmesser, den man mit genug Edelteilen bestückt hatte, um ein Supermodel kotzen zu lassen. Er trug ein Poloshirt von Ralph Lauren, unter dessen hautengem Stoff sich ein kräftiger Schmerbauch wölbte, dazu Chinos und braune Lederslipper ohne Socken – die Uniform der Reichen in südlichen Gefilden. Einzig seine Körpergröße von exakt einem Meter fünfzig fiel ein wenig aus dem Rahmen. Breit grinsend trat er in ihr Separee, forderte sie auf sitzen zu bleiben, schüttelte ihnen die Hand, merkte sich ihre Namen und bestand darauf, dass sie ihn Alexei nannten. Er rutschte gegenüber von Susan auf die Bank und setzte sich neben Julie, die sich sofort zurücklehnte, um ihn nicht um mindestens einen Kopf zu überragen. »Also!«, sagte er. »Sie sind Freunde von Terry?«

»Das sind wir«, antwortete Susan.

»Alte Freunde«, betonte Julie.

»Sehr gut, sehr gut. Ich habe Terry seit fünf oder sechs Jahren nicht gesehen. Wir machen seit Anfang der Neunziger miteinander Geschäfte, haben Range Rover in die ehemalige Sowjetunion exportiert. Viel Geld. Sehr viel Geld. Egal, wir ...« Er hielt inne, runzelte die Stirn und starrte irritiert auf den Tisch, als wäre ihm gerade etwas hochgradig Befremdliches aufgefallen. »Aber Sie haben ja gar nichts zu trinken. Bitte verzeihen Sie. Das ist ein Unding.«

»Nein, nein, vielen Dank ...«, lehnte Julie zaghaft ab.

»Bitte, etwas Champagner?«

»Das ist zu freundlich. Vielleicht lieber eine Cola, danke sehr«, sagte Susan.

»COLA!«, bellte Tamalov. »Cola ist was für Kinder! Na los, bitte, ich habe exzellenten Pol Roger.«

»Also ich hätte nichts gegen ein Gläschen Champagner einzuwenden«, sagte Julie.

»Sehr gut!«, rief Tamalov. »Diese Frau«, er schlug mit der Handfläche auf den Tisch vor Julie, »hat den Blick. In ihren Augen. Bedeutet Schwierigkeiten.«

»Wenn Sie wüssten«, erwiderte Susan.

»DOMINIC!«, brüllte Tamalov. Ein Kerl um die dreißig, braun gebrannt und gut aussehend, kam hinter der Bar hervor. Seine Zähne leuchteten strahlend weiß im fahlen Putzlicht des Clubs. »Champagner! Aus meinem Büro. Nicht dieser beschissene Sirup, den du an der Bar verkaufst. Entschuldigen Sie die Wortwahl, meine Damen. Terry geht es also gut, ja?«

»Sehr gut«, antwortete Susan. »Er lässt Ihnen Grüße ausrichten.«

»Und Sie müssen ihn von mir grüßen. Der alte Mistkerl! Darf ich?« Er zog ein Päckchen Sobranie hervor. Die Zigaretten darin waren pastellfarben, rot, pink, gelb, blau, mit einem goldenen Band um den Filter, den er zu ihrer Überraschung abbrach.

»Nur zu«, sagte Susan.

»Könnte ich vielleicht eine haben?«, fragte Julie. »In Russland habe ich die immer geraucht.« Susan sah sie überrascht an.

»Ah. Aber natürlich. Bitte.« Er nahm eine grüne, gab sie ihr und hielt ihr sein Feuerzeug entgegen. Julie steckte sich die Zigarette an und atmete den dicken, kräftigen Rauch ein.

»Ooooh, ja«, sagte sie.

»Ich lasse sie mir stangenweise von zu Hause schicken. Wenn Sie gehen, gebe ich Ihnen eine Packung mit.« Tamalov zog an seiner filterlosen Zigarette und stieß anschließend den Rauch durch seine Zähne.

»O Gott, nein. Führen Sie mich nicht in Versuchung.«

»Julie«, sagte Tamalov, »Sie machen mir nicht den Eindruck, als hätten Sie etwas gegen Versuchungen.«

Julie kicherte kokett. *Also gut,* dachte Susan. *Zeit, dass wir zum Geschäftlichen kommen.* »Mr. Tamalov, Alexei, wir …«

Doch er kam ihr zuvor. »Aber ja. Der Grund, warum Sie hier sind. Selbstverständlich. Ich nehme mir die Freiheit anzunehmen, dass Sie nicht zu mir kommen, weil Sie Zigaretten brauchen. Also reden wir nicht um den heißen Brei herum. Womit kann ich Ihnen helfen?«

»Mit Pässen«, antwortete Susan.

»Welche Nationalität?«, fragte Tamalov, ohne mit der Wimper zu zucken, als wäre er tatsächlich bloß um Zigaretten gebeten worden und würde sich nun nach der Marke erkundigen.

»Großbritannien«, sagte Julie.

»Wie viele?«

»Drei.«

»Ah! Fantastisch, vielen Dank, Dominic«, rief Tamalov, als er den Sektkühler, den grünen Flaschenhals, der daraus hervorlugte, und die drei Gläser erblickte. Dominic setzte das Tablett ab und zog sich sofort wieder zurück, während Tamalov sich an der Drahtschlaufe des Verschlusses zu schaffen machte. »Drei britische Pässe«, wiederholte er, während er mit ruhiger Hand den Korken löste. »Drei britische …« PLOPP! Ein dünner Rauchschwaden stieg aus dem Hals auf. Wie immer kämpfte Susan dagegen an, das Öffnen der Champagnerflasche mit einem mädchenhaften »Ohhh!« zu kommentieren. Tamalov schenkte ihnen ein und sagte: »Da kann ich in der Tat behilflich sein.« Als Julie und Susan einander ansahen, mussten sie sich beide ein Lächeln verkneifen. »Allerdings brauchen Sie heutzutage – wo all diese Terroristen-Schweine ihr Unwesen treiben – nur die allerbeste Ware. Wenn nicht, dürfte Ihre Reise sehr kurz ausfallen. Und wie zwei kultivierte und gebildete Damen sicher wissen werden: Das Beste vom Besten ist niemals billig.« Er reichte ihnen die vom kalten Champagner beschlagenen Gläser.

»Wie viel?«, fragte Susan.

»Zwanzigtausend Euro«, antwortete Tamalov und nahm einen Schluck von seinem Schaumwein.

»Zwanzigtausend?«, rief Julie und spuckte ihren fast wieder aus.

»Natürlich pro Ausweis«, erklärte Tamalov.

»*Sechzigtausend?*« Julie rang sichtlich um Fassung. »Wir haben einen verdammten Porsche für weniger als das gekauft!«

»Mmmm.« Tamalov spielte mit dem Boden seiner Champagnerflöte, drehte sie auf dem Tisch hin und her. »Ich fürchte, Ihr Porsche wird Sie nicht so weit bringen wie nötig.«

»Dreißigtausend für alle drei«, sagte Julie.

Tamalov lächelte. »Wir sind hier nicht auf dem Fischmarkt.«

»Wie schnell können Sie uns die Dokumente besorgen?«, fragte Susan.

»In einer Woche«, antwortete Tamalov.

»Nein«, erwiderte Susan, »bis morgen.«

»Bis morgen.« Tamalov lachte jetzt. »Das können Sie vergessen.«

»Wenn Sie uns die Pässe bis morgen besorgen, kriegen Sie sechzigtausend *und* den Porsche. Andernfalls gibt es keinen Deal.«

»Susan!«, kiekste Julie erschrocken.

»Baujahr, Modell und Tachostand?«

Susan sah Julie an. Julie starrte kopfschüttelnd zurück. »*Julie*«, sagte Susan bittend.

»Das ist …«, Julie stellte sich stur, gab aber schließlich klein bei. »Also gut. Ein 2012er Cayenne. Unter dreißigtausend gelaufen.«

Stirnrunzelnd stellte Tamalov ein paar Berechnungen an, bevor er schließlich sagte: »Ich schätze, unter diesen Bedingungen kommen wir ins Geschäft.«

»Das hoffe ich aber mal schwer!«, echauffierte sich Julie, die bereits um den Verlust ihres geliebten Porsche trauerte.

»Ich weise meinen Spezialisten an, alles vorzubereiten. Er wird die Nacht durcharbeiten müssen, um rechtzeitig fertig zu werden, ist Ihnen das klar? Sie müssen mir so schnell wie möglich die Passfotos bringen.«

»Natürlich«, sagte Susan.

»Ausgezeichnet«, erklärte Tamalov, nahm die Flasche aus dem Kühler und füllte ihre Gläser wieder auf. »Nun, meine Damen, einen Toast! Darauf, das Leben in vollen Zügen zu genießen. Es ist immer noch die beste Rache, nicht wahr?« Julie und Susan hoben ihre Gläser. Letztere enthusiastischer als Erstere.

Kurz darauf, auf der Straße, im heißen Sonnenschein vor dem Eingang zu Tamalovs Club, sagte Susan: »Jetzt hör endlich auf zu schmollen. Was hattest du denn vor? Den verdammten Wagen mit ins Flugzeug nehmen?«

»Es geht ums Prinzip!«, schimpfte Julie, stapfte neben Susan her und griff auf das Totschlagargument der Gescheiterten zurück. »Du hast ja nicht mal versucht, richtig zu handeln! Mit dem Auto sind das über hunderttausend Euro!«

»Weißt du was, Julie Wickham?«, erwiderte Susan und setzte ihre Sonnenbrille auf. »Du bist mit Abstand die knauserigste Millionärin, die ich kenne.«

»O Gott!«, sagte Julie und blieb stehen. »Das bin ich wirklich.« Sie ließ die Erkenntnis auf sich einwirken. Sie war tatsächlich Millionärin. Beide brachen in Gelächter aus, nahmen einander in den Arm, und als sie in den herrlich warmen

Nachmittag hineinschlenderten, spürten sie die Sonne im Gesicht und das berauschende Prickeln des Champagners in ihren Adern.

Wären sie nicht so damit beschäftigt gewesen, sich des Lebens und des Hochgefühls zu erfreuen, zumindest augenblicklich eine Nasenlänge weit vorn zu liegen und eine, wie sie befürchtet hatten, schwierige Verhandlung erfolgreich zum Abschluss gebracht zu haben, so hätten sie vielleicht den beigefarbenen Mercedes bemerkt, der auf der anderen Straßenseite gegenüber dem Nachtclub parkte.

Und vielleicht wären ihnen dann auch die vier Männer darin aufgefallen.

Möglicherweise hätten sie sogar bemerkt, dass der Mann auf dem Beifahrersitz eine Kamera mit einem Teleobjektiv auf sie richtete, den Auslöser drückte und eine Reihe hochauflösender Bilder von ihnen machte, bevor sie auf dem Rückweg ins Hotel um die nächste Ecke verschwanden.

VIERUNDFÜNFZIG

Auf den steinernen Eingangsstufen des Polizeireviers von Cannes sitzend, eines schönen Gebäudes an der Avenue Michel Jourdan, nur ein wenig hinter der Croisette gelegen, hörte Wesley eine schwere Tür zufallen. Als er sich umdrehte, sah er, wie Boscombe auf ihn zustiefelte. Niemand hätte das übliche Auftreten des Sergeant je als »aufgeräumt« oder gar »umgänglich« bezeichnet, aber dies war eine völlig neue Qualität. Boscombe sah aus, als müsste man mit einem gewaltigen Massaker rechnen, wenn man ihm in diesem Augenblick eine automatische Waffe in die Pranken drücken würde. Als er näher kam, konnte Wesley im Gesicht des Sergeant zwei schillernde Veilchen sowie eine Platzwunde auf der Wange entdecken. Eines seiner Ohrläppchen wies eine frappierende Ähnlichkeit mit einem Stück Brokkoli auf. Und noch etwas war ein wenig befremdlich. Nämlich die riesige schlabbernde Uniformhose, die mindestens drei Nummern zu groß für ihn war. Sie flatterte wie eine Schlaghose um seine Knöchel, seine Schuhe verschwanden vollständig darunter. Er zog sie hoch wie einen Rock, als er Wesley erreichte. Dieser hatte schwer gegen das Grinsen anzukämpfen, das sich auf sein Gesicht schleichen wollte. So neutral und respektvoll wie möglich fragte er: »Geht es Ihnen gut, Sergeant?«

»Ob es mir gut geht?«

Die letzten paar Stunden waren ein verschwommenes Durcheinander aus Anrufen und E-Mails von Wilson, Wilsons Vorgesetztem, Superintendent Tanner, und schließlich sogar dem Auswärtigen Amt gewesen. Nachdem sie erst einmal den Kerl im Carlton aufgetrieben hatten, der sich mit Boscombes Dienstausweis verdünnisiert hatte, war alles relativ einfach aufzuklären gewesen. Allerdings hatte es bis dahin ein Weilchen gedauert. Wesley klingelte immer noch das rechte Ohr. Wilson war ausgerastet. Wesley hatte den Mann schon früher wütend, ja sogar außer sich erlebt, aber das hier war eine Klasse für sich gewesen. Irgendwann hatte der Chef nur noch kläffende Tierlaute von sich gegeben.

»Ob es mir scheiße noch mal gut geht?«

»Ganz ruhig, Sarge«, sagte Wesley.

»Diese Dreckschweine haben mich zusammengeschlagen!« Mehrere Passanten drehten sich nach ihnen um.

»Na kommen Sie«, forderte Wesley ihn auf. »Da vorne steht der Wagen.«

»Die haben mich grün und blau geprügelt!«, zischte Boscombe. »Sehen Sie sich doch mein verdammtes Gesicht an!«

»Na ja, fair ist fair, Sergeant. Die haben Sie für einen Kinderschänder gehalten. Wissen Sie noch, als wir den Kerl in die Finger gekriegt haben, der …«

»Fair ist fair?!«

»Ich mein ja nur.«

»Fair ist verdammte Scheiße fair!?! Ich schwöre zu Gott, wenn ich diese Weiber in die Finger kriege, dann …«

»Vielleicht sollten Sie sich das lieber noch mal überlegen, nachdem …«

Boscombe starrte Wesley an.

»Nur ein Scherz. Kommen Sie, wir besorgen Ihnen eine schöne Tasse Tee. Ich habe eine Spur.«

»Eine Spur?«

»Ja, wir haben einen Anruf vom Penthouse der Gesuchten zu einer Nummer in Marseille zurückverfolgt. Ich glaube …«

»Penthouse?« Boscombe war stehen geblieben und ballte die Fäuste.

»Ja, im Carlton. Sie hätten sehen sollen, wie groß das war. Junge, Junge, dieser Ausblick von der Terrasse …«

»O ja – DIE HABEN DEN AUSBLICK VON DER TERRASSE IHRES SCHEISS-PENTHOUSE GENOSSEN, WÄHREND ICH IN EINER VERFICKTEN FRANZÖSISCHEN ZELLE WINDELWEICH GESCHLAGEN WURDE?!«

»Beruhigen Sie sich, Sergeant. Wir wollen doch nicht noch mehr Ärger. Da sind wir auch schon …« Wesley drückte auf den Autoschlüssel und öffnete die Türverriegelung des winzigen Citroën. Boscombe stakste mit schlackernden Hosenbeinen um das Auto zur Beifahrerseite. Wesley konnte es sich einfach nicht verkneifen: »Was ist mit Ihrer Hose passiert?«, fragte er.

»Ich bin gestürzt«, antwortete Boscombe. »Hab sie zerrissen. Die haben mir eine geliehen.«

»Verstehe.«

Natürlich wusste Wesley Bescheid. Er hatte einen kleinen Plausch mit einem der an der Festnahme beteiligten Beamten gehalten, während er darauf wartete, dass der Papierkram erledigt wurde. Netter Bursche, er sprach richtig gut Englisch und schien das Missverständnis, wie er es nannte, aufrichtig zu bedauern. »Aber diese gewaltige Sauerei«, hatte er gesagt. »Merde!«

Sie hatten Boscombe unten im Hof bei den Hundezwingern mit dem Schlauch abspritzen müssen. Der französische Kollege hatte sich sogar nach Boscombes Ernährung und der Gesundheit des Sergeant erkundigt. Er schien wirklich besorgt darüber gewesen zu sein, dass das menschliche Verdauungssystem imstande sein sollte, jene Art und Menge von Durchfall zu produzieren, die Boscombe in seine Unterhosen gepumpt hatte. O Mann, was wohl die Jungs im Polizeirevier von Wroxham sagen würden, wenn sie davon Wind bekamen. Wesley war jetzt schon gespannt auf all die neuen Spitznamen, die sicher bald die Runde machten.

FÜNFUNDFÜNFZIG

Susan packte zusammen. Sie hatten sich in Cannes ein paar hübsche Dinge geleistet. Größtenteils Sommersachen. Die Passfotos hatten sie im Club vorbeigebracht. Alles schien so weit in trockenen Tüchern zu sein. Susan erlaubte sich den Luxus sich auszumalen, sie könnten damit durchkommen, mit allem davonkommen.

Vanessa lag auf dem Bett. Ihr Blick flitzte zwischen Susan und dem Fernseher hin und her, wo gerade eine alte Hollywood-Schmonzette in Schwarz-Weiß lief. Julie war kurz vor die Tür gegangen, um etwas zu essen zu besorgen. Ethel und Jill waren nebenan.

»Susan?«

»Mmmm?«

»Kann ich nicht mit euch mitkommen?«

»Ach, Schätzchen. Tut mir leid, aber das ist zu gefährlich. Was, wenn sie uns schnappen? Was passiert dann mit dir? Nach der Geschichte in Cannes wirst du vielleicht als Komplizin eingestuft.«

»Komplizin?«

»Na ja, weil du uns geholfen hast.«

»Aber ich …«

»Außerdem bist du erst fünfzehn! Du musst wieder zur Schule gehen. Du willst doch nicht ernsthaft mit einem Haufen alter Damen nach Südamerika flüchten.«

»Mit euch ist mehr los als mit den meisten meiner Freunde«, schmollte Vanessa.

»Das ist wirklich lieb von dir, Süße. Aber ernsthaft: Du kannst nicht mitkommen. Das ist unmöglich. Du musst zurück zu deinem Vater.«

»Er ist nie zu Hause. Wahrscheinlich hat er noch gar nicht gemerkt, dass ich weg bin.«

»Sei nicht albern. Ich bin mir sicher, dass er dich sehr lieb hat.«

Während Susan weiter ihre Sachen zusammenpackte, überlegte sie, wie sie das Thema wechseln konnte. Julies Zuneigung für das Mädchen wuchs von Tag zu Tag. Susan verstand zwar, warum, aber es wurde allmählich zum Problem.

Als könnte sie Susans Gedanken lesen, fragte Vanessa: »Warum hat Julie mich so gern?«

»Wie meinst du das?«

»In Cannes, als ich gegangen bin, da war sie ganz unglücklich. Sie ...«

»Sie ist einfach ein lieber Mensch. Eine gute Seele. Das ist alles.«

Vanessa blickte Susan skeptisch an. Ihre wachen braunen Augen durchbohrten sie regelrecht.

»Also gut«, sagte Susan, legte die Bluse zur Seite und setzte sich zu Vanessa auf die Bettkante. »Aber du darfst ihr nicht sagen, dass ich dir davon erzählt habe. Es hat mit etwas zu tun, das vor sehr langer Zeit passiert ist. Etwas, worüber sie niemals spricht. Versprichst du mir, den Mund zu halten?«

Vanessa setzte sich auf und zog die Knie unter ihr Kinn. »Versprochen.«

»Als sie nicht sehr viel älter war, als du es jetzt bist, hatte sie ein Baby. Ein kleines Mädchen. Es war eine Frühgeburt und lebte nur wenige Tage. Es hatte einen angeborenen Herzfehler«, erzählte Susan, selbst überrascht, wie leicht ihr das über die Lippen kam, wo sie doch so lange nicht darüber geredet hatte. »Etwas, das man heute beheben könnte, aber nicht damals, Anfang der Siebzigerjahre.«

»Arme Julie«, sagte Vanessa.

»Weißt du, manchmal glaube ich, sie denkt jeden Tag an dieses Kind. Sie wäre inzwischen über vierzig, Julies Tochter. Hätte vermutlich selbst Kinder ... Tja. Wie auch immer, es gab noch ein paar andere Komplikationen bei der Geburt, und Julie musste kurz darauf operiert werden. Danach konnte sie keine Kinder mehr kriegen. Sie ist ein ziemlich wildes Ding gewesen, als sie jünger war. Ich glaube, dass sie in dir sehr viel von sich selbst sieht. Und dann ist da natürlich diese Tochtersache, also ...«

»Das ist ja so traurig«, sagte Vanessa, der die Tränen in die Augen stiegen.

In diesem Augenblick hörten sie Schritte im Flur und einen Schlüssel, der ins Schloss geschoben wurde. Vanessa wischte sich die Augen. Susan stand auf und verstaute die letzte Bluse in ihrem Koffer, als die Tür aufschwang und Julie mit vier Pizzakartons und einer Plastiktüte voller Bier und Cola ins Zimmer kam.

»So packt man platzsparend!«, sagte Susan zu Vanessa und tätschelte ihren Koffer.

»Das Essen ist da!«, rief Julie. »Eine Margherita ohne alles für Jill, einmal extrascharf mit besonders viel Chilis und Jalapeños für Ethel – ehrlich, keine Ahnung, warum sie sich nicht einfach ein Feuerzeug unter den Arsch hält –, eine Fiorentina für mich und Susan zum Teilen und eine doppelte Peperoni mit Extrakäse für Madame hier. Ich weiß nicht, wie du bei deiner Ernährung so einen reinen Teint haben kannst. Es ist mir ein Rätsel. Ehrlich, all dieser Zucker und Käse …« Sie stellte die Pizzen auf der Kommode ab und reichte Vanessa eine Cola. »Bitte schön …« Ihr fielen Vanessas feuchte Wangen auf. »He, was ist denn passiert? Stimmt was nicht?«

»Ach, bloß …«, Vanessa deutete auf den Fernseher, »… ein trauriger Film.«

»Ach so«, sagte Julie und setzte sich zu ihr. »Dann gibt's jetzt Pizza im Bett!«

Dich, mein Schätzchen, will ich in meinem Pokerteam haben, dachte Susan, als Vanessa ihr einen verschwörerischen Blick zuwarf. Lächelnd sah sie zu, wie die beiden sich ins Bett kuschelten und über die Pizza hermachten.

SECHSUNDFÜNFZIG

Alexei Tamalov bewegte sich mit zügigem Schritt durch das Gewirr von Räumen über seinem Club »Le Punisher« – ein maroder Bürokomplex, von dem aus er seine vielfältigen Geschäfte führte.

Dem einen oder anderen ein »Hallo« zunickend, marschierte er einen schmalen Korridor entlang und warf einen Blick durch die offene Tür des Telefonraums, wo zwei seiner Angestellten, gewappnet mit nichts als einer nicht gelisteten Telefonnummer und einem niemals endenden Kaffeenachschub, die Märkte beackerten. In Tamalovs Auftrag kauften und verkauften sie in den Verwerfungen und Grauzonen zwischen den Währungen verschiedener osteuropäischer Länder. Auf der anderen Seite des Flurs wurde das Im- und Exportgeschäft betrieben, das hauptsächlich aus dem Verkauf von Autos und Waffen nach China und in die ehemalige Sowjetunion bestand. Eine Tür weiter befand sich sein persönliches Arbeitszimmer. Eine ganze Reihe Überwachungsmonitore zeigte die Geschehnisse unten im Club und auch in den Büros darüber – schließlich wusste jeder, der ein größtenteils auf Bargeldverkehr basierendes Geschäft führte, dass derartige Unternehmen zu »undichten« Stellen neigten. Ganz am Ende des Flurs befand sich ein Raum, der für Aktionen reserviert war, die Tamalov gerne als seine »Sonderprojekte« bezeichnete. Jobs, die nicht unbedingt zu seinem Kerngeschäft gehörten und die Beschäftigung unabhängiger Fachkräfte erforderten. Spezialisten wie Franco, der italienische Fälscher, der momentan dort einquartiert war und sich um die Pässe kümmerte.

Tamalov konnte es noch immer kaum fassen, dass die beiden älteren Damen seinen astronomischen Preisvorstellungen so schnell zugestimmt hatten. Wie hatte sein Großvater Sergej aus Minsk immer gesagt: »Ein Narr und sein Geld sind bald geschieden.« Gott allein wusste, wovor die beiden davonrannten, aber sie brachten ihm auf die Schnelle ein hübsches Sümmchen ein. Er hatte bereits einen Käufer an der Hand, der bereit war, bis zu fünfzigtausend für den Porsche zu zahlen, und Franco bekam für vierundzwanzig Stunden Arbeit ein Salär von zehntausend plus Extras. Das machte einen Reinerlös von fast einhunderttausend Euro für ein paar Telefonanrufe. Hätten diese alten Schabracken auch nur das Geringste über das Fälscherbusiness gewusst, dann hätten sie ihre Papiere für einen Bruchteil des Preises bekommen können. Aber wie in so vielen seiner Geschäftsbereiche galt auch hier: Wenn die Leute wüssten, wie das Geschäft lief, dann wäre er längst nicht mehr im Geschäft.

»Kann ich reinkommen?«, rief Tamalov durch die geschlossene Tür, als er klopfte. Weniger aus Höflichkeit denn aus Vorsicht – für den Fall, dass der Fälscher gerade einer besonders kniffligen Tätigkeit nachging. Franco konnte recht temperamentvoll sein. Aber indem er sich für ihn entschied, hatte Tamalov den Damen einen echten Gefallen erwiesen: Der Italiener war gut. Er nahm seine Arbeit äußerst ernst und war zu Recht stolz darauf. Im Vergleich mit seinen Dokumenten sah manch anderer gefälschte Pass aus, als hätte ihn ein Kind mit Schere und Klebstoff zusammengebastelt.

»Si«, rief Franco von drinnen.

Tamalov trat in den sanft beleuchteten Raum. Zwei Arbeitstische standen einander gegenüber. Auf einem davon hatte der Fälscher seinen Kram ausgebreitet: Transparentpapier, ein Stapel gekaufter oder gestohlener Pässe, Skalpelle, ein Laserdrucker der Spitzenklasse und die drei Passfotostreifen, die die beiden Frauen vorbeigebracht hatten. An dem anderen Tisch saß Benny und studierte mit finsterem Blick die Fußballseiten eines englischen Revolverblatts. Benny war einer der Rausschmeißer des Clubs. Ein algerisches Muskelpaket, das Tamalov gelegentlich zum Geldeintreiben einsetzte.

»Wie kommst du voran?«, fragte Tamalov. In der Regel unterhielten sie sich auf Französisch, auch wenn Tamalovs Italienisch immer besser wurde.

Franco gähnte und fuhr sich mit der Hand durch das schüttere Haar. »Diese neuen Barcodes sind haarig …«

»Du wirst bis heute Abend fertig, oder?«

»Man sollte keine Versprechen geben, die man nicht halten kann, Alexei.«

Tamalov dachte einen Moment nach. Manchmal kam man mit Zuckerbrot weiter als mit der Peitsche. Natürlich hätte er einen Tausender aufs Honorar drauflegen können. Aber er wusste, dass es etwas gab, was dieser Mann noch mehr liebte als Geld. Schließlich war er Italiener …

»Ach komm«, sagte Tamalov und gab Franco einen aufmunternden Klaps auf den Rücken. »Wenn du sie bis heute

Abend fertig hast, kannst du danach runter zu mir in die VIP-Lounge kommen. Später schauen noch ein paar Mädels vorbei, die ich kenne. Siebzehn Jahre alt. Die gehen noch zur Schule …«

Franco grinste. »Wird erledigt«, sagte er. »*Pronto.*«

Tamalov lachte. Benny blickte von seiner Zeitung auf und stimmte mit ein.

»Ha! Unfassbar! Diese Italiener und die Frauen. Schlimmer als die Russen«, sagte Tamalov, »und das will was heißen!« Dann erregte ein Foto auf der Titelseite von Bennys Revolverblatt seine Aufmerksamkeit. Zwei Gesichter, die ihm verdammt bekannt vorkamen.

Er riss Benny die Zeitung aus der Hand.

»He!«, rief Benny.

SIEBENUNDFÜNFZIG

Boscombe und Wesley kam ihre augenblickliche Situation verdammt vertraut vor: Sie saßen in einer französischen Polizeistation und warteten. In dieser hier in Marseille war es jedoch deutlich wärmer als in jeder anderen bisher. Über ihren Köpfen surrte so kraft- wie nutzlos ein Deckenventilator, während sie mal wieder auf eine Galerie französischer Plakate starrten, auf denen in französischer Sprache vor Tollwut, Taschen- und Autodiebstahl gewarnt wurde. Sie hockten jetzt seit fast einer Stunde hier herum, und Wesley wusste, ohne nach links sehen zu müssen, dass die Ader an Boscombes rechter Schläfe schon wieder pochte. Boscombes ganzes Gesicht war ein Flickwerk aus Blutergüssen und Wunden. Er atmete flach und nervös durch bebende Nasenflügel. Wesley bemühte sich, die Stimmung ein wenig aufzuheitern. »Zu Hause regnet es vermutlich Katzen und Hunde. Meinen Sie nicht auch, Sarge?«

»Hunde? Was treiben diese Hunde hier eigentlich schon wieder für ein Spiel? Scheiße, wofür brauchen die so lange?« Er nickte Richtung Tür, hinter der Lieutenant Halles, ihr Kontaktmann in Marseille, vor gut fünfundvierzig Minuten verschwunden war. »Es geht ja schließlich nur um einen bewaffneten Raub…«

In diesem Augenblick öffnete sich die Tür, und die ranke, schlanke und in Leinen gewandete Gestalt von Halles erschien. »Meine Herren, bitte ...«

»Wird aber auch Zeit«, zischte Boscombe, als sie in den Konferenzraum geführt wurden.

Dort am Tisch saß bereits ein Mann in den Fünfzigern mit dichtem Schnauzbart, Brille und miesepetrigem Gesichtsausdruck. Dem Ausdruck eines Mannes, der von jedem Menschen nur das Schlimmste erwartet. Vor ihm stand ein Glas Wasser, daneben lagen ein Füllfederhalter, ein Notizblock und eine Aktenmappe, so dick wie ein Telefonbuch – oder in Anbetracht ihres Inhalts wohl eher so dick wie ein russischer Roman. Wesley zweifelte keinen Moment, dass er einen wichtigen Mann vor sich hatte. »Das ist Inspector Dumas von Interpol«, stellte Halles ihn vor, und sie reichten einander die Hände.

»Soso«, frohlockte Boscombe und nahm gegenüber von Dumas Platz. »Interpol? Bekommen wir in dem Fall nun doch noch ernst zu nehmende Unterstützung?«

»So kann man das nicht sagen«, entgegnete Dumas und zog das Gummiband von der Akte.

»Dann klären Sie uns doch bitte darüber auf, was hier los ist«, keifte Boscombe. »Wir mussten da draußen eine geschlagene Stunde warten. Unsere Zielpersonen könnten inzwischen die Stadt verlassen haben und über alle Berge sein. Wir müssen auf der Stelle etwas unternehmen, mein Freund.«

Dumas nahm einen Schluck Wasser und musterte den seltsamen, aufgebrachten Engländer. »Ich fürchte, ganz so einfach ist das nicht, Sergeant ...«

Er schob Boscombe ein Foto zu.

ACHTUNDFÜNFZIG

Julie und Susan saßen wieder im selben Separee im »Le Punisher«. Ein kräftiger Sicherheitsmann hatte sie hineingeführt und war dann verschwunden, um Tamalov zu holen. Es war achtzehn Uhr und still wie in einer Kirche, ja, wie in einem Mausoleum. Kein Putztrupp weit und breit. Der Club war vielleicht nicht gerade blitzblank, aber man konnte sich vorstellen, dass er in wenigen Stunden, dank Lichtanlage, Stroboskopblitzen und lauter Musik, der Vorstellung recht nahekam, die ein Betrunkener vom Paradies hat. Julie fand es seltsam, dass noch niemand hinter der Bar stand und alles für den Abend vorbereitete. Andererseits ging es heutzutage in den Clubs frühestens um Mitternacht richtig los, oder?

»Ich hab noch mal nach den Flügen gesehen«, sagte Susan, die nervös und irgendwie abgelenkt wirkte. »Um 21 Uhr geht einer nach London, den Jill vermutlich noch kriegen würde, und wir könnten den um Mitternacht nach São Paulo nehmen.« Sie hatten ihren Plan zum Schmuggeln des Geldes jetzt mehrere Male durchgekaut. Er war das letzte große Risiko und musste reibungslos über die Bühne gehen. Kein idealer Plan, aber wie hieß es so schön: *Ein guter Plan heute ist besser als ein perfekter Plan morgen* – oder so ähnlich.

Susan fiel auf, dass Julie bisher noch kein Wort gesagt hatte. »Vanessa macht das schon, sie ist ein cleveres Mädchen«, versuchte sie ihre Freundin aufzumuntern.

»Ja, ich weiß«, erwiderte Julie. »Oh, da kommt er …«

Tamalov eilte über die große Tanzfläche auf sie zu und rieb sich die Hände. »Meine Damen! Wie geht es Ihnen heute?«

»Sehr gut, danke«, antwortete Julie. Lächelnd zog Susan einen Umschlag aus der Innentasche ihrer Jacke und legte ihn auf den Tisch. »Es ist alles da«, erklärte sie. »Sie können nachzählen.«

Tamalov betrachtete den Umschlag, machte aber keine Anstalten, ihn aufzuheben. »Ah ja«, sagte er. »Ich fürchte, der Preis hat sich leider ein wenig erhöht.«

»Wie bitte?«, fragte Susan.

»Was?«, fragte Julie.

»Wie … wie viel?«, stotterte Susan.

In diesem Moment hörten Julie und Susan ein metallisches Klicken und Schnappen. Ein Geräusch, das sie beide bisher nur aus Hollywoodfilmen kannten. Als sie sich umdrehten, erblickten sie den Türsteher, der sie reingelassen hatte, und einen weiteren, sogar noch größeren Kerl. Beide hielten eine schwarze, kurzläufige Maschinenpistole auf sie gerichtet, deren Schlagbolzen die Quelle des metallischen Geräuschs waren.

»Alles«, erklärte Tamalov und sagte dann lächelnd: »Mrs. Fear.«

»Nein …«, flüsterte Julie.

»Benny«, sagte Tamalov zu seinem Bodyguard. »Wir nehmen den Lieferanteneingang. Meine Damen, wenn Sie mir bitte in den Keller folgen würden.«

NEUNUNDFÜNFZIG

Boscombe und Wesley betrachteten ein körniges Schwarz-Weiß-Foto. Es war aus großer Entfernung aufgenommen, mit einem Teleobjektiv. Aber es zeigte trotz der Sonnenbrillen, die sie trugen, unverkennbar Susan Frobisher und Julie Wickham. »Das sind Ihre Bankräuber aus England, richtig?«

»Und ob sie das sind!«, knurrte Boscombe, nahm das Foto und starrte es hasserfüllt an.

»Das wurde gestern in Marseille aufgenommen.«

»Was? Gestern? Warum habt ihr Pe...«, schnaubte Boscombe aufgebracht und kriegte dann in letzter Sekunde die Kurve. »Warum haben Sie die beiden dann nicht verhaftet?«

»Wie ich schon sagte: Ganz so einfach ist das nicht.«

»Nicht einfach? Jetzt hören Sie mal zu, ich ...«

Dumas schob noch ein körniges Teleobjektivfoto über den Tisch. Es zeigte einen weißhaarigen Mann mit einem silbergrauen Bart. Er trug eine dicke Goldkette um den Hals. Laut lachend hielt er ein Handy an sein Ohr. »Wissen Sie, wer dieser Mann ist?«

Boscombe und Wesley schüttelten den Kopf.

»Das«, sagte Dumas, nahm die Brille ab und polierte sie mit seiner Krawatte, »ist Alexei Tamalov. Auch bekannt als der Kleine Alexei, Dimitri Schenkmann oder der Bär von Minsk. Wir sind seit Jahren hinter ihm her. Waffenschmuggel, Kreditkartenbetrug, Identitätsdiebstahl, Menschenschmuggel, Geldwäscherei. Was immer Sie wollen, er hat seine schmutzigen Finger mit drin. Aber es ist uns nie gelungen, ihm wirklich etwas anzuhängen.«

»Mir ist nicht ganz klar, was das …«, sagte Boscombe und wurde von Dumas mit einem kurzen Heben der Hand abgewürgt.

»Wir haben gute Gründe anzunehmen, dass Ihre Bankräuber von diesem Mann falsche Pässe erwerben wollen, um das Land verlassen zu können. Das ist vermutlich unsere beste Chance, um ihn … wie sagen Sie doch gleich? Genau, um ihn *dranzukriegen.*« Dumas griff nach seinem Wasserglas und gönnte sich einen weiteren tiefen Schluck.

»Urkundenfälschung? Gottverdammte Urkundenfälschung? Ich spreche hier von bewaffnetem Überfall, und Sie kommen mir mit popeliger …«

»Sergeant Boscombe«, sagte Dumas, »wissen Sie, welche Strafe auf das Fälschen eines Personalausweises steht?«

»Ähm … ich glaube … nun ja, natürlich eine Geldstrafe und, abhängig von den Umständen«, stotterte Boscombe, der nicht die geringste Ahnung hatte, »vielleicht noch eine …«

»Zehn Jahre?«, fragte Wesley.

»Sehr gut, Detective«, sagte Dumas.

Der hasserfüllte Blick, mit dem Boscombe Wesley anstarrte, verfluchte diesen in Großbuchstaben als Streber.

»Zehn Jahre Gefängnis für *jedes Vergehen*«, fuhr Dumas fort. »Wenn er diesen Damen zwei oder sogar drei Pässe besorgt, dann sind das dreißig Jahre Gefängnis. Das ist wohl etwas mehr als ein Bußgeldbescheid. Ich könnte den Mann für den Rest seines kriminellen Lebens hinter Gitter bringen.« Er schloss die Akte und erhob sich.

»Was werden wir also tun?«, fragte Boscombe.

»*Wir* werden observieren und abwarten«, erklärte Dumas und knöpfte sein Sakko zu, »bis wir ihn auf frischer Tat ertappen. *Sie* können uns vielleicht als Beobachter begleiten, aber darüber hinaus halten Sie sich raus und mischen sich auf keinen Fall ein.«

»Ist das so?« Boscombe kochte innerlich. »Nun, da werde ich wohl erst einmal mit meinen Vorgesetzten sprechen müssen. Ich kann mir nicht vorstellen, dass sie darüber besonders glücklich sind.«

»Oh, ich habe mir bereits die Freiheit genommen, sie zu informieren«, sagte Dumas, die Hand auf dem Türknauf, während Lieutenant Halles sich anschickte, ihm aus dem Zimmer zu folgen. »Ich habe mit einem gewissen Chief Inspector Wilson gesprochen. Er war der Meinung, es wäre das Beste, wenn Sie sich an unsere Anweisungen hielten.«

Boscombe schnaubte abschätzig. »Wilson soll das gesagt haben?«

»Ja, das waren seine Worte.«

»Das waren sie ganz sicher nicht«, empörte sich Boscombe.

»Richtig. Seine exakten Worte waren: *Wenn dieser nutzlose, fette Arsch Ihnen in die Quere kommt, dann sperren Sie ihn ein und werfen den Schlüssel weg.*«

Die Tür schloss sich hinter den beiden Franzosen.

Nichts rührte sich. Nur Boscombes Augenlid zuckte, und die Ader an seiner Schläfe pochte.

»Der gute alte Wilson«, sagte Wesley. »Immer für einen Scherz zu haben. Nicht wahr, Sarge?«

SECHZIG

Jill lag auf ihrem Einzelbett und schaute sich eine französische Gameshow an. Ethel saß im Rollstuhl vor dem Fernseher und leerte eine Tüte Bonbons. Wie mechanisch wickelte sie eins nach dem anderen aus dem Papier und stopfte es sich in den Mund. Vanessa saß zwischen ihnen auf dem Boden. Nach ein paar Minuten sagte Jill: »Macht es dir überhaupt keine Sorgen, so viel Zucker zu essen?«

Ethel starrte auf das Bonbon, das sie gerade lutschen wollte. »Nein.«

»Ich meine, bei deinem Gewicht, Typ-2-Diabetes, all das ...«

»Scheiße, nein«, sagte Ethel noch einmal.

»*Wirklich?*«, fragte Jill. »War es jetzt *wirklich* nötig zu fluchen? Hättest du nicht einfach Nein sagen können?« Vanessa kicherte. »Ist dir denn völlig egal«, fuhr Jill mit ihrem Vortrag fort, »was für ein Beispiel du dem Mädchen gibst?«

Ethel und Vanessa tauschten einen stirnrunzelnden Blick aus, da klopfte es an der Zimmertür. Nach einer kurzen Pause klopfte es noch zweimal. Ihr Code. Vanessa sprang auf. Noch bevor sie an der Tür war, rief Ethel aus dem Zimmer: »Wer ist da?«

»Wir sind's«, antwortete Julie.

Da ist etwas in ihrer Stimme, so ein Ausdruck von Resignation, dachte Ethel, behielt es aber für sich, als Vanessa den Riegel des Schlosses zurückschob.

Julie und Susan traten ins Zimmer.

»Was ist euch denn über die Leber ge...«, sagte Ethel beim Anblick ihrer Gesichter. Doch sie verstummte sofort, als nach ihnen zwei riesige Algerier das Zimmer betraten, gefolgt von einem kleinen Mann mit silbergrauem Bart.

»Wer zum Teufel ...« Ethel hievte sich aus dem Rollstuhl. Der vordere der beiden Muskelprotze griff in seine Jacke, und ehe Ethel sich versah, spürte sie das kalte Metall eines Pistolenlaufs auf ihrer Stirn.

»Setz dich und halt's Maul, Oma«, sagte der Mann. Jill unterdrückte einen Schrei, als der kleine bärtige Mann die Tür hinter sich schloss.

»Wo ist es?«, wollte Tamalov wissen.

Susan deutete stumm auf den Kleiderschrank.

Während die beiden Rausschmeißer mit ihren Waffen die Frauen in Schach hielten, öffnete Tamalov den Schrank. Ganz unten, nur von ein paar Pullovern bedeckt, lag die schmuddelige Sporttasche. Er ging in die Hocke, öffnete den Reißverschluss und pfiff durch die Zähne. »Wie viel?«, fragte er. Niemand antwortete. Tamalov nickte Benny zu, der Vanessa die Mündung seiner Pistole von oben auf den Scheitel drückte.

»Knapp vier Millionen Pfund«, sagte Susan elendiglich.

Mit einem Fingerschnipsen beorderte Tamalov das andere Schwergewicht herbei, das nach den Henkeln griff und die Tasche auf seine Schulter hievte. »Nein!«, brüllte Vanessa. Sie stürzte sich auf Tamalov, aber Benny schlug ihr so heftig mit dem Handrücken ins Gesicht, dass sie rückwärts auf eines der Betten taumelte.

Jill weinte. Ethel starrte Tamalov an, als wollte sie ihn mit Blicken durchbohren.

»Bitte«, flehte Julie und kämpfte ebenfalls gegen die Tränen an, »nehmen Sie nicht das ganze Geld. Wir können nirgendwo mehr hin.«

»Nehmt es nicht so tragisch«, erwiderte Tamalov. »So was passiert im Geschäftsleben nun einmal. Ihr könnt stolz sein, es überhaupt so weit geschafft zu haben. Außerdem erspare ich euch eine Menge Kopfzerbrechen, Ladys. Ihr würdet so viel Geld niemals gewaschen bekommen. Und man würde euch sicher schnappen, wenn ihr versucht, es außer Landes zu schaffen.«

»Warum?«, fragte Susan. »Warum tun Sie uns das an?«

Tamalov hob die Schultern. »Ihr kennt doch sicher die alte russische Geschichte. Am Fluss sitzt ein Frosch. Ein Skorpion kommt vorbei und sagt: ›Bring mich auf die andere Seite.‹›Aber dann stichst du mich‹, sagt der Frosch. ›Mach ich nicht‹, erwidert der Skorpion. ›Versprochen.‹ Also bringt der Frosch ihn ans andere Ufer. Kaum sind sie drüben angekommen, sticht der Skorpion den Frosch. ›Warum?‹, fragt der Frosch. Der Skorpion antwortet: ›Ich bin ein Skorpion. Das ist meine Natur.‹« Tamalov musterte die niedergeschmetterten, weinenden Frauen. »Kopf hoch. Wir lassen euch den Wagen, wie findet ihr das? Wir sind schließlich keine Tiere. *Au revoir*, Ladys.«

EINUNDSECHZIG

Samstagnacht in Marseille: Partyzeit.

Boscombe und Wesley saßen auf der Rückbank, Dumas und einer seiner Männer vorn. Sie hielten ihren Posten schräg gegenüber von Tamalovs Club jetzt seit über zwei Stunden. Draußen auf der Straße erwachte die Nacht allmählich zum Leben. Junge Männer in grellen T-Shirts und junge Frauen in winzigen Miniröcken und auf schwindelerregenden Absätzen zogen von Bar zu Bar. Durch die Türen dröhnte laute Musik. Vom »Le Punisher« zog sich die Schlange der Wartenden inzwischen einmal um den Block. Über den Einlass wachten zwei Sicherheitsleute mit Headset und ein Mädchen mit Klemmbrett, das entschied, wessen Erscheinung dem modischen Code des Clubs Genüge tat und welche nicht.

Während der zwei Stunden, die sie jetzt hier im Auto saßen, waren die Neuigkeiten, die ständig über Funk durchkamen, nicht unbedingt besser geworden. Die beiden englischen Damen hatten den Club gegen achtzehn Uhr betreten, das war eine halbe Ewigkeit her. Und sie hatten ihn immer noch nicht verlassen.

Die Polizei überwachte sowohl den Vorder- als auch den Hintereingang. Allerdings konnte Interpol nicht wissen, dass

Tamalovs Lieferanteneingang einen Teil des weitläufigen Gewirrs unterirdischer Gänge nutzte, das unter Marseille verlief. Eine Tür in seinem Keller führte zu einem Tunnel, der in einer Gasse fünfhundert Meter vom Club entfernt endete. Tamalov war unter den Augen des Überwachungsteams nicht nur verschwunden, sondern auch längst wieder zurückgekehrt.

»Wie lange sollen wir hier noch sitzen?«, fragte Boscombe.

Was für eine Nervensäge, dachte Dumas. Dieser Kerl war wie ein Kind auf der Fahrt in den Urlaub. *Sind wir bald da? Kann man's schon sehen?* »Ich sagte Ihnen doch bereits«, seufzte Dumas, »dass wir da nicht einfach reinplatzen können. Wir werden warten, bis Ihre Damen mit den Dokumenten erscheinen. Dann werden wir sie festnehmen, und sie werden uns Tamalov liefern.«

»Im Gegenzug wofür?«, fragte Wesley und ließ sein Fenster herunter. Er war sich ziemlich sicher, dass Boscombe, diese Sau, heimlich ein paar Fürze abgesetzt hatte. Er hatte beobachtet, wie der Sarge sein Gewicht von einer Arschbacke auf die andere verlagerte, und zwar öfter als einmal. Und er hatte es gerochen. Einmal meinte er zu sehen, dass Dumas vorne angewidert das Gesicht verzog.

»Nun, wir werden einen Deal aushandeln müssen.«

»Ach, so läuft das«, sagte Boscombe. »Unsere Verdächtigen kommen mit einem Klaps auf den Po davon, solange sie Ihren Kerl ans Messer liefern, stimmt's? So sieht er doch aus, der Deal ...«

»Alexei Tamalov ist für unsagbares Leid verantwortlich, meine Herren. Er hat Menschen umgebracht. Ihre Damen dagegen sind nicht gerade Berufsverbrecher, oder? Nach allem, was ich bisher gehört habe, scheint mir dies ihr bisher erster und entsprechend einziger Gesetzesverstoß zu sein. Also spricht vieles für mildernde Umstände. Ich denke dabei bloß an das Wohl der Allgemeinheit.«

»Das werden wir ja sehen«, knurrte Boscombe. Er saß direkt hinter Dumas, weshalb er das Lächeln nicht sehen konnte, das um die Mundwinkel des Mannes spielte – im Gegensatz zu Wesley. Der Grund für dieses Lächeln war die Tatsache, dass Dumas ganz genau wusste, warum Boscombe diesen Fall so persönlich nahm. Am Nachmittag auf der Polizeiwache hatte einer der jüngeren Beamten ihm einen Clip auf YouTube gezeigt: ein Überwachungsvideo, auf dem Boscombe sich die Seele aus dem Leib schreit, während er an den Eiern hinter einem Kleinbus hergeschleift wird.

Boscombe blickte zur anderen Straßenseite hinüber, wo junge Leute an Tischen saßen und tranken. Verdammt, er würde sterben für ein kühles Bier.

ZWEIUNDSECHZIG

Wie lautet noch mal das korrekte Kollektivum von »Tränen«?, fragte sich Ethel. Ein Meer der Tränen? Oder ein Tränenmeer? Egal, beides beschrieb ziemlich treffend das Ergebnis dessen, was gerade in Zimmer 38 des Drei-Sterne-Hotels Splendid stattfand und was sich, so irreführend es auch klingen mochte, wohl am besten als rauschendes Weinfest bezeichnen ließ.

Vanessa weinte hemmungslos und hielt dabei Julie im Arm, der lautlos dicke Tränen über die Wangen kullerten. Susan hatte das Gesicht in die Hände gestützt, schaukelte langsam vor und zurück und unterbrach ihr Schluchzen immer wieder mit den Worten: »Idiot, Idiot ... ich bin so ein dämlicher Idiot.« Jill erledigte den Job von fünfzehn alten Dorfjungfern auf einer Beerdigung. Rotz und Wasser heulend jammerte sie immer wieder: »Jamie! Mein armer Jamie!« Sie sah aus, als würde sie jeden Moment aus Kummer ihre Kleidung zerreißen. Selbst Ethel rieb sich wiederholt die Augen.

Zwischendurch sahen sich Susan und Julie verzweifelt an, beide unfähig, die Panik und Angst zu erfassen, die sie befallen hatte. Oder weniger die Angst als vielmehr das Grauen, denn Angst war die Vorahnung des Schreckens. Sie aber blickten dem Schrecken direkt ins Antlitz. Sie befanden sich mittendrin. Sie konnten nicht einmal mehr die Hotelrechnung bezahlen.

Was nun? Ohne Geld und ohne ein Leben, zu dem sie zurückkehren konnten?

Was nun?

Nachdem ein paar Minuten lang die Tränen geflossen waren, seufzte Ethel so schwer wie vernehmlich, schnäuzte sich die Nase und sagte: »Ah, das ist schon besser. Also, was machen wir jetzt?«

»Wie bitte?«, fragte Julie verständnislos.

»Wir haben uns ordentlich ausgeheult. Prima. Wie sieht unser nächster Schritt aus?« Ethel rollte in die Zimmermitte.

»Wie unser nächster Schritt aussieht?«, fragte Susan und musste die Stimme erheben, um sich bei Jills Gejammer überhaupt verständlich zu machen.

»Genau«, sagte Ethel und dann an Jill gerichtet: »Jill? JILL? Ist gut jetzt, Schätzchen. Hör auf damit.« Jill sah aus, als hätte ihr jemand eine Ohrfeige verpasst. Sie war auf der Stelle still. Vanessa schniefte und beruhigte sich ebenfalls. Urplötzlich war der Raum so ruhig, wie er vorher laut gewesen war.

»Was für ein Schritt, Ethel? Wir haben keinen Schritt mehr«, Julie wischte sich mit dem Handrücken übers Gesicht. »Wir sind schachmatt. Wir können nicht zur Polizei. Wir können nicht zurück nach Hause. Wir sind erledigt.« Ihre Lippen begannen wieder zu zittern.

Ethel atmete lang und tief durch, schüttelte den Kopf, legte sich die Worte sorgsam zurecht und sagte dann langsam und mit Bedacht: »Ihr. Verweichlichter. Haufen. Muschis.«

Alle glotzten sie an.

Sie wartete einen Moment, bevor sie in sarkastischem Ton fortfuhr: »*Buhuuu. Die bösen Männer haben uns unser Geld abgenommen, Ethel! Was wird nun aus uns? Wir sind am Ende, Ethel!* Wollt ihr mir etwa weismachen, dass ihr nicht mehr draufhabt? Ich sag euch, was unser nächster Schritt ist: DICKE, HAARIGE EIER ZEIGEN, DAS IST UNSER NÄCHSTER SCHRITT!«

Dann wandte sie sich an Vanessa und sagte fast beiläufig: »Wärst du bitte so lieb und holst die Tasche unter meinem Bett?«, bevor sie ihre Aufmerksamkeit wieder den anderen widmete.

»Das sind *Gangster*, Ethel!«, kreischte Jill.

»EIER!«, wiederholte Ethel. »DICKE, HAARIGE EIER!« Sie schnaufte so laut, dass Susan befürchtete, Ethels Kopf würde explodieren. »Gangster? Ich hab mich im Londoner East End schon mit Faschisten geprügelt, als diese russischen Schwanzlutscher noch eine angedeutete Erektion in der Hose eines bolschewistischen Vergewaltigers waren. Wer ist also dafür zu heulen, und wer zieht es vor zu kämpfen? Na? Denn wenn ihr glaubt, ich lasse mich widerstandslos ins Kittchen rollen, während dieses Wodka gurgelnde ...« – Vanessa kam zurück ins Zimmer und hievte die schwere Tasche neben Ethel aufs Bett – »... Borschtsch schlürfende, Moskwitsch fahrende, Kasatschok tanzende Gewürm unser hart ergaunertes Geld auf den Kopf haut, dann habt ihr euch aber geschnitten.« Ethel griff in die Tasche und zog Nails' abgesägte Schrotflinte hervor.

»Aber was ... was sollen wir denn machen?«, fragte Jill.

»Na ja. Immerhin wissen wir, wo er steckt, nicht wahr?«, sagte Ethel.

»Aber diese Kerle kennen unsere Gesichter!«, sagte Julie.

»Nicht mehr, wenn ich fertig bin ...«

Alle drehten sich nach Susan um.

Sie stand am Frisiertisch und hatte den Deckel ihres Make-up-Koffers aufgeklappt. Ihr Gesichtsausdruck war ein völlig anderer als noch vor wenigen Augenblicken. Da war plötzlich so eine Entschlossenheit ... wie bei Ethel. »Ethel hat recht«, erklärte Susan. »Die können uns mal.«

»Jawohl«, piepte eine andere Stimme. »Die können uns mal am Arsch lecken!«

Völlig perplex richteten sich alle Augen auf Jill, die jetzt selbst die Hand vor den Mund schlug, so überrascht war sie von ihrer eigenen Äußerung. Vanessa sah staunend zu, wie Ethel den Schlitten der Schrotflinte zurückzog, nachlud und zur fleckigen Decke hinaufstarrte. Dann brüllte sie mit einer Stimme, die in den Wassergläsern auf der Kommode konzentrische Kreise produzierte und die Wände zum Zittern brachte: »KEINE ANGST, MEINE SCHEINCHEN. MAMA KOMMT EUCH HOLEN!«

DREIUNDSECHZIG

»JUST 'CAUSE SHE DANCE THE GO-GO, IT DON'T MAKE HER A HO, NO!«, plärrte Wyclef Jean aus den Lautsprecherwänden.

Allmählich füllte sich die Tanzfläche. Während Tamalov das Kokain vom Tisch schniefte – die Droge steigerte seinen sexuellen Appetit, auch wenn sie seinen Penis schrumpfen ließ –, beobachtete er von seinem Platz in der VIP-Lounge das Treiben im Club und freute sich des Lebens. *Beinahe sechs Millionen Euro.* Er konnte sich den Rest des Jahres freinehmen. Scheiße, er konnte sich die nächsten zehn Jahre freinehmen. Räuber berauben – das perfekte Verbrechen. Die VIP-Lounge war ein kleiner Raum mit einem halben Dutzend großer Plüschsofas, der vom Rest des Clubs mit roten Samtkordeln vor dem Zugang abgesperrt war, durch den VIPs freien Blick auf die Tanzfläche hatten. Dieser Zugang wurde heute Abend von Benny bewacht, der nur die engsten Freunde oder die ausgesuchtesten Mädchen passieren ließ. Benny grinste von einem Ohr zum anderen. Zum Dank für seine Hilfe hatte er einen Sonderbonus in Form eines Tausend-Euro-Bündels erhalten, das nun in seiner Hüfttasche steckte. »Lass andere an deinem Reichtum teilhaben«, lautete Tamalovs Devise, der heute in Hochstimmung und Gönnerlaune war. Was Benny betraf, so war allein das Aufhellen seines düsteren Gesichts es wert gewesen, ihm das Geld zugesteckt zu haben.

Das Ploppen eines weiteren Champagnerkorkens entlockte Tamalov ein breites Lächeln. Franco und zwei andere Geschäftspartner feierten ausgelassen die Großzügigkeit ihres Arbeitgebers, indem sie die Mädchen in ihren Armen mit Schampus abfüllten, wofür die ihnen unter dem Tisch ungeniert die Schwänze lutschten.

Francos Pässe waren Meisterwerke, obwohl sie am Ende natürlich gar nicht benötigt wurden. Aber wenn man die Fotos auswechselte, ließen sie sich vermutlich gut weiterverkaufen. Zusammen mit dem gestohlenen Geld lagen sie sicher bei ihm zu Hause im Safe. Also hatte er sein Wort gehalten und Franco heute Abend ein echtes Zuckerstück besorgt. Ein blutjunges Schätzchen, mit dem er eine zünftige Bunga-Bunga-Party feiern konnte. Tamalov liebte es, solche jungen Dinger nach Hause abzuschleppen. Er liebte die Art, wie sie im Bikini oder in Unterwäsche um den Pool stolzierten, übermütig wie die Fohlen, noch unsicher auf ihren hohen Absätzen, ihre Geschlechtsmerkmale manchmal überraschend überbetont – diese Brüste, Ärsche und Mösen, die für ihre unterentwickelten Körper fast zu viel des Guten waren. Sie benahmen sich alle so selbstbewusst und zuversichtlich, als wären sie mit ihren sechzehn oder siebzehn Jahren dieses Leben gewohnt: abgefüllt mit Koks und Alkohol in Millionärsvillen rumzuhängen. Aber das Beste, das, was ihn am meisten amüsierte, war dieses gelegentliche Aufflackern von Angst und Verunsicherung auf ihren Gesichtern. Diese leise Ahnung, dass sie der Situation eigentlich ganz und gar nicht gewachsen waren. Gott, war das Leben schön.

VIERUNDSECHZIG

Susan arbeitete ganz gewiss nicht zum ersten Mal mit Make-up. Bei den Darstellern der Wroxham Players hatte sie schon oft das Alter und gelegentlich sogar das Geschlecht geändert, und es war unstrittig, dass das heimische Publikum sich von ihrer Arbeit bislang noch jedes Mal überzeugt gezeigt hatte. Etwa als sie Mr. Collins, den Schlachter, in stundenlanger Arbeit in eine glaubhafte Schankmaid verwandelt hatte, weil es ihnen bei *Der Widerspenstigen Zähmung* an Personal mangelte. Oder in jenem Sommer, als sie für Rodgers' und Hammersteins Musical *South Pacific* aus Mr. Wintergreen einen glaubhaften Empfänger von Deborah Fosters Liebe gemacht hatte. Er war einundsechzig und sie dreiundzwanzig Jahre alt gewesen. Oder damals, als ein Krankheitsfall sie gezwungen hatte, aus der neunzehnjährigen Zweitbesetzung Justin Bates einen passablen *Richard III.* zu zaubern.

Doch es ließ sich wohl mit Fug und Recht behaupten, dass sie hier und jetzt, zu mitternächtlicher Stunde, in dieser billigen französischen Absteige, ihr Meisterwerk vollbrachte. Zumindest, wenn man die Reaktionen ihres sehr exklusiven Publikums – Jill und Ethel – als Gradmesser bemühte.

Als Vanessa durch die Badezimmertür trat, hob Jill die Hand ans Dekolleté und flötete: »Oh, Vanessa, Schätzchen, du siehst absolut hinreißend aus.«

Vanessa trug ein rotes Wickelkleid, das sie ihr bei Diane von Fürstenberg in Cannes gekauft hatten. Ihr Haar war zu einem zackigen Bob geschnitten. Deshalb – und dank des Lippen und Wangenknochen betonenden Make-ups – ging sie locker als einundzwanzig durch.

Ethel begnügte sich mit einer etwas direkteren Reaktion. Sie nickte beifällig und sagte: »Die werden Pommes aus deinem Schlüpfer essen wollen, Süße.« Was eigentlich ein Ding der Unmöglichkeit war. Denn als Vanessa sich vor den Frauen drehte und vorführte, wie hauteng das Kleid saß, wurde offenbar, dass sie gar kein Höschen trug.

»O mein Gott«, kiekste Jill. »Ist das nicht ein wenig zu gewagt?«

»Du siehst umwerfend aus, Vanessa«, sagte Susan, nicht ohne Bewunderung für ihre eigene Arbeit.

»Weiter geht's«, forderte Ethel und legte die Pistole, die sie gerade reinigte, auf den Schoß, um in die Hände zu klatschen. »Wir hatten die Schöne. Jetzt zeigt uns das Biest!«

Durch die dünne Badezimmerwand ertönte ein gedämpftes »Du kannst mich mal, Ethel«. Dann folgte leises Gerumpel und Fluchen, bis sich schließlich die Tür öffnete und andächtige Stille das Zimmer erfüllte.

Julie wurde von hinten vom helleren Licht des Badezimmers beleuchtet. Sich der auf ihr lastenden Blicke bewusst, posierte sie leicht verlegen im Türrahmen. Was im Gegenlicht als Erstes auffiel, war ihre Figur, die sich über die Jahre kaum verändert zu haben schien. Sie war, speziell in jüngster Zeit, bloß von Jogginghosen, bequemen Sweatshirts und der geschlechtslosen Uniform des Altenheims verschleiert worden. Jetzt präsentierte sie sich in einem knappen schwarzen Samtkleid, das sie ebenfalls auf ihrem Einkaufsbummel in Cannes ergattert hatten. Susan hatte den Saum um fünf Zentimeter gekürzt, sodass es nun mehr von Julies Beinen zeigte, als die Welt in den letzten zehn Jahren zu sehen bekommen hatte. Doch es waren Haare und Make-up, die Jill den Atem raubten und Ethel ein baffes »Ach. Du. Heilige. Scheiße!« entlockten. Denn Julie schien in der letzten Stunde um die Hälfte jünger geworden zu sein. Ihr Haar war voluminöser und floss in weichen Wellen über den Hals in den Ausschnitt. In ihrem Gesicht waren keine erkennbaren Linien zu sehen. Ihre Augen waren klar und frei von Falten – die Augen einer Frau Ende zwanzig.

»*Putain,* Julie«, bestaunte Vanessa flüsternd die Erscheinung an ihrer Seite.

»Moment mal, wartet ...«, sagte Susan und tastete nach dem Drehschalter neben der Tür. Sie dimmte das Licht im Zimmer, bis es annähernd der schummrigen Beleuchtung eines Nachtclubs entsprach. Julie und Vanessa sahen aus wie Geschwister. Zwar eine jüngere und eine ältere Schwester, aber dennoch.

»Was sagt ihr?«, fragte Julie, wiegte sich kokett in der Hüfte und legte Vanessa den Arm um die Schulter.

»Na ja«, sagte Susan und fragte sich angesichts dessen, was die beiden an Bein und Dekolleté zeigten, zum ersten Mal, ob sie es nicht ein wenig übertrieben hatte. »Wenn wir unser Geld nicht wiederkriegen, können wir immer noch ein Vermögen im horizontalen Gewerbe verdienen.«

FÜNFUNDSECHZIG

Das Schnarchen des Engländers war schier unerträglich, befand Dumas, als Boscombes ohrenbetäubendes Sägen durch den zivilen Polizeiwagen dröhnte. Einmal mehr blickte er auf seine Armbanduhr: kurz nach Mitternacht. Er drückte die Sprechtaste des Funkgeräts und sagte: »Einheit Nummer 2, haben Sie was zu berichten?«

»Nein«, lautete die einsilbige Antwort.

Wesley gähnte und rutschte auf der Rückbank hin und her, im fruchtlosen Bemühen, noch mehr Abstand zwischen sich und seinen Boss zu bringen. »Wie lange werden wir hier noch warten?«, fragte er flüsternd.

Dumas zuckte mit den Schultern. »Dieses Drecksloch hat bis vier Uhr geöffnet«, sagte er. »Ich fürchte, so lange, wie wir müssen.« Auch er flüsterte, und Wesley wurde klar, dass sie sich beide bemühten, Boscombe möglichst nicht zu wecken, weil selbst sein grauenhaftes Schnarchen seinen sarkastischen Bemerkungen und verstohlenen Fürzen vorzuziehen war.

Na großartig, dachte Wesley, *weitere vier Stunden Folter*. Er hatte sich eine Observierung mit Interpol deutlich aufregender vorgestellt. Dennoch hätte es schlimmer sein können, gestand er sich mit Blick auf die Schlange ein, die auf der anderen Straßenseite im Schneckentempo auf die rote Samtkordel vor der Tür des »Le Punisher« zukroch. Etwa, wenn er noch jung genug gewesen wäre, sich *so etwas* anzutun, bloß um sich ein wenig zu amüsieren.

Wenn Wesley genauer hingesehen und beispielsweise die Straße überquert hätte, um denen, die dort nervös auf Einlass in den Club hofften, in die Augen zu sehen, dann hätte er womöglich zumindest eines der Gesichter erkannt.

* * *

Julies Herz klopfte ihr bis zum Hals, als sie sich zusammen mit Vanessa der roten Kordel näherte. Sie hatte gerade gesehen, wie zwei Pärchen hintereinander abgewiesen wurden. Zugegeben, eine der Unglücklichen war ein sehr betrunkenes Mädchen gewesen, ein anderer ein Junge, dessen Outfit eher auf eine Baustelle gehörte. Und dennoch: Sie waren alle deutlich jünger gewesen als sie. Sie fühlte, wie Vanessa ihre Hand ergriff und sie drückte, um ihr Mut zu machen, als die Gruppe vor ihnen durch das geheiligte Portal verschwand und die Samtkordel wieder vorgelegt wurde. Nun waren sie an der Reihe.

Als sie die Kordel erreichten, hörte sie Vanessa beiläufig etwas auf Französisch sagen. Sie verhielt sich so selbstbewusst, als wäre es ihr gottgegebenes Recht, eingelassen zu werden. Und es schien zu funktionieren: Die Samtkordel öffnete sich, und Julie lief einfach hinter Vanessa her, wobei sie sich bemühte, jeglichen Blickkontakt zu vermeiden. Doch dann wurde die Absperrung genau vor ihr wieder geschlossen und schnitt sie von Vanessa ab. Das Mädchen mit dem

Klemmbrett musterte sie von oben bis unten. *Oh verdammt*, dachte Julie. Das Mädchen sprach sie auf Französisch an. Julie rang nach Worten, versuchte eine Antwort zu formulieren, aber Vanessa war schon wieder neben ihr und sagte: »Stella McCartney.« Und noch mal: »Stella McCartney.« Wie von Zauberhand glitt die Kordel erneut zur Seite. Das Mädchen nickte ihr freundlich zu, und Julie war im Club.

»Was hat sie gesagt?«, fragte sie Vanessa, während sie sich in Richtung Kasse schieben ließen.

»Sie wollte wissen, von wem dein Kleid ist!«, antwortete Vanessa lachend.

»Grundgütiger«, ächzte Julie, »ich hätte fast einen Herzinfarkt bekommen. Hier ...« Sie drückte Vanessa einen Hundert-Euro-Schein – einen der letzten, die sie hatte – in die Hand, um für sie beide den Eintritt zu bezahlen, und tippte mit der anderen Hand eine SMS.

SECHSUNDSECHZIG

»WIR WAREN GUT ZU VÖGELN, SONST GAB'S JA NICHTS ZU TUN!«

Ethels Vorstellung davon, sich die Zeit zu vertreiben, während man auf der Lauer lag, beinhaltete Rugby-Songs. Jede Menge davon. Oder vielmehr dieselben paar Rugby-Songs, endlos und möglichst laut wiederholt. Sie hatte soeben ein entzückendes Liedchen über die Tochter eines Bankers beendet, die für Geld ihre Schublade öffnet, und gab nun ihre zweite, vielleicht sogar dritte Darbietung über ein stolzes Schiff namens Venus zum Besten. Und sie waren erst eine halbe Stunde hier. Jill, die auf der Rückbank saß, hatte längst ihre Kopfhörer aufgesetzt und versuchte, die Attacke aufs Trommelfell mit Debussy zu übertönen.

Susans Handy piepte. Sie hatte eine Textnachricht von Julie erhalten: *Wir sind drin.* Sie zeigte die SMS Ethel, die daraufhin nickte, durchatmete und aus vollem Hals weitersang: »DIE GALIONSFIGUREN WAREN ALLE HUREN UND DER MAST EIN GROSSER PENIS! WIR WAREN GUT ZU VÖGELN! WAREN GUT ZU VÖGELN! ...«

»Genug, Ethel! Bitte! Ich kann so nicht denken«, blaffte Susan.

Ethel war augenblicklich still – als hätte jemand der obszönsten Jukebox der Welt den Stecker gezogen. »Was gibt's da groß zu denken?«, fragte sie schließlich.

»Na, zum Beispiel, was da drin vor sich geht.« Sie deutete die dunkle Gasse hinunter, in der sie geparkt hatten, in Richtung Hauptstraße und »Le Punisher«.

»Das ist nicht *denken*, sondern *sorgen.*«

»Wie bitte?«

»Du hast keinerlei Einfluss darauf, was da drinnen passiert«, erklärte Ethel und schob sich ein Pfefferminz in den Mund. »Statt dir den Kopf zu zerbrechen, machst du dir also im Prinzip bloß Sorgen. Du kennst doch diesen Quatsch: Herr, gib mir die Gelassenheit, den Scheiß zu akzeptieren, den ich nicht ändern kann, und die Eier, allen anderen den Arsch aufzureißen.«

»Hast du je daran gedacht, ein Selbsthilfebuch zu schreiben? Aber davon mal abgesehen ... wie geht's danach weiter? Angenommen, und das ist ein dick unterstrichenes ›angenommen‹, heute Nacht läuft alles glatt, und wir kriegen das Geld zurück. Glaubst du wirklich, dass unser Plan aufgeht?«

»Er dürfte für uns zumindest besser aufgehen als die Alternative, Schätzchen«, sagte Ethel.

»Die da wäre?«

»Hier zu bleiben und verhaftet oder umgebracht zu werden.«

»Du hast wirklich eine bemerkenswert simple Sicht auf die Dinge.«

»Der Schlüssel zu einem langen Leben, Schätzchen«, erwiderte Ethel. »Vergiss den ganzen Blödsinn, den sie dir über Fett und Zucker erzählen. Halt dich nicht mit Lappalien auf. Egal, dein alter Freund Terry hatte jedenfalls recht, was Südamerika betrifft. Das wird ein Kinderspiel. Denen geht alles am Arsch vorbei. Ehrlich, die durchleuchten bei der Einreise nicht mal dein Handgepäck. Die wahre Hürde besteht darin, das Geld aus Frankreich rauszubekommen …«

Na ja, dachte Susan, *es wäre ein verdammtes Wunder, wenn wir es überhaupt so weit schaffen.*

SIEBENUNDSECHZIG

Julie hatte den Song noch nie gehört. Er schien bloß aus einem einzigen fetten Basston zu bestehen, zu dem die Worte »Around the world, around the world« endlos wiederholt wurden. Es überraschte sie, wie schnell sie sich – nach zwei Wodka – wieder akklimatisiert hatte. Sie tat es einfach den anderen Tänzern nach, indem sie die Hüften kreisen und die Hände fröhlich über ihrem Kopf flattern ließ. Vanessa musste sich mit ganz anderen Problemen herumschlagen: Ein aufgekratztes Rudel Männer drängelte im Halbkreis um sie herum, und ungefähr alle dreißig Sekunden musste sie einen Annäherungsversuch abwehren. Seit sie hier waren, hatte Julie selbst schon zweimal aufdringliche Anzüglichkeiten zugeflüstert bekommen.

Sie hatten sich quer über die rappelvolle Tanzfläche bis fast an die Stufen vorgearbeitet, die zu einer weiteren Absperrung in Form einer roten Samtkordel hinaufführten, vor der auch hier ein bulliger Türsteher Wache hielt. Jetzt, da sie nah genug dran waren, konnte Julie durch Rauch, Trockeneisnebel und das Gitter farbiger Laserstrahlen erkennen, dass es sich dabei um denselben Typen handelte, der sie in ihrem Hotelzimmer mit einer Waffe bedroht hatte. Hinter ihm und der Absperrkordel sah sie einen Mann, der auf dem Rand eines Plüschsofas thronte und lebhaft auf jemanden einredete. Spätestens sein weißes Haar verriet ihn als Tamalov.

Sie warf Vanessa einen Blick zu und wackelte mit dem Hintern in Richtung der VIP-Lounge.

Benny wiederum ließ seinen Blick über die Menge schweifen. Für einen kurzen Moment verweilte er auf dem zugegeben ganz vorzeigbaren Hintern einer mindestens dreißig Jahre alten Tussi, bevor ihm das Gesicht des Mädchens in dem roten Kleid auffiel, mit dem die Alte tanzte.

Heilige Scheiße.

Volltreffer.

Er ging ein paar Stufen zur Tanzfläche runter und winkte die Kleine durch die Menge herbei.

Julie beobachtete, wie Vanessa zu dem Türsteher rübertanzte. Er brüllte ihr etwas ins Ohr, woraufhin sie mit den Schultern zuckte. Sie drehte sich von ihm weg, doch er ergriff sanft ihr Handgelenk, lächelte sie an und rief ihr abermals etwas zu. Vanessa nickte und tanzte zurück zu Julie.

»Er will, dass ich mit in den VIP-Bereich komme.«

»Alles klar.«

»Aber nur ich.«

Tanzend fragte Julie: »Kommst du wirklich alleine klar?«

»Natürlich. Mach dir keine Sorgen.«

»Ich hab dich im Auge – von der Bar aus. In Ordnung?«

Vanessa nickte, drückte ihr einen Kuss auf die Wange, warf sich in die Menge und lächelte Julie noch einmal verlegen zu, bevor sie die Stufen zu der schummerigen VIP-Lounge hinaufstakste.

Plötzlich brauchte Julie dringend noch einen Drink.

Wahrscheinlich die Mutter, dachte Benny, als er für Vanessa die Kordel aushakte und beobachtete, wie Julie in der wogenden Masse der Tänzer verschwand. Ihn überraschte gar nichts mehr. Für einen Sekundenbruchteil hatte er den Hauch eines schlechten Gewissens, aber der verflüchtigte sich, als er sah, wie der Boss auf sein Präsent reagierte. Hätte er eine alte Schachtel wie die Mutter des Mädchens angeschleppt, dann wäre er jetzt arbeitslos. Die eigene Tochter jemandem zu überlassen, der ... unfassbar, wozu manche Menschen fähig waren. Das eigene Fleisch und Blut zu verkuppeln. Allerdings musste man der Frau wohl zugutehalten, dass sie dem Mädchen auf diese Weise ermöglichte, reiche Männer kennenzulernen und in besseren Kreisen zu verkehren. Dennoch: Wenn Benny jemals eine Tochter hätte, würde er sie nicht an Orten wie diesem rumhängen lassen.

Er wusste, dass er sich bewährt hatte, als er seine Beute in die Mitte des Raumes führte. Tamalovs Augen leuchteten auf, bevor er Franco strahlend auf den Rücken schlug und nach der Champagnerflasche griff. Mit ein wenig Glück würde schon bald ein weiteres Bündel Scheine in Bennys Tasche wandern.

Man konnte eben nie wissen, wann einem das Leben einen Trumpf zuspielte.

ACHTUNDSECHZIG

Um Himmels willen, Sarge, dachte Wesley.

Jetzt furzte er auch noch im Schlaf. Dumas fuhr sein Fenster herunter, während Halles auf dem Beifahrersitz die Augen verdrehte. »Dieses unmenschliche Schwein«, fluchte er in breitestem Französisch.

»Wie meinen?«, fragte Wesley.

»Ach, ich habe bloß überlegt, mir einen Kaffee zu holen. Wollen Sie auch einen?«, fragte Halles und blickte auf seine Uhr. Es war beinahe drei Uhr morgens, und die Schlange vor der Kaffee- und Hamburger-Bude auf der anderen Straßenseite war einigermaßen kurz. In einer Stunde, wenn der Club schloss, würde der Imbiss im Belagerungszustand sein.

»Ich nehme an, dass man dort keinen Tee bekommt, oder vielleicht doch?«

Halles blickte Wesley bloß an.

»Ein Kaffee wäre klasse, danke.«

»Weißt du was«, sagte Dumas zu seinem Kollegen, »ich komme mit dir. Ich brauche frische Luft.« Er packte den Türgriff, drehte sich aber noch einmal um und musterte Boscombe. Der lag ausgestreckt neben Wesley auf der Rückbank, schlief wie ein Stein und schnarchte leise vor sich hin.

»Tut mir leid, er hat ein paar anstrengende Tage hinter sich«, erklärte Wesley. »Ich glaube, in Cannes hat er nicht viel Schlaf bekommen.«

Dumas nickte. »Verstehe. Bleiben Sie bitte einfach sitzen. Wir sind in einer Minute wieder da.«

»Selbstverständlich.«

Wesley blickte den Franzosen nach, als sie auf das leuchtende Neonschild zugingen. Er wusste, dass die beiden über sie redeten. Im Schutz der Rückenlehne des Fahrersitzes streckte er ihnen gähnend den rechten Mittelfinger entgegen.

NEUNUNDSECHZIG

Julie hätte sich am liebsten noch einen Wodka bestellt, aber wenn sie wachsam bleiben wollte, waren zwei definitiv das Limit. Also nippte sie an ihrem Mineralwasser und behielt den langen Spiegel über der Bar im Blick. Darin konnte sie die andere Seite der Tanzfläche und den erhöhten Eingang der VIP-Lounge sehen. Sie schaute auf ihre Uhr. Seit fast einer Stunde saß sie nun hier.

»Madame?«, sprach sie jemand an. Der Mann war braun gebrannt, regelrecht sonnengegerbt, trug ein neongrünes T-Shirt und etwas, das verdächtig nach einer braunen Lederhose aussah. Er gestikulierte in Richtung Bar und fragte sie, was sie trinken wolle. Das tat er mit einer so beiläufigen Selbstverständlichkeit, dass man denken konnte, Julie habe bereits eingewilligt. Als sei das bloß ein unwichtiges, zu vernachlässigendes Detail und die Frage nicht *ob,* sondern einzig *was* sie trinken wolle. Eigentlich war es eine derart kühne und unverblümte Taktik, dass sich eine weniger abgelenkte Julie vielleicht sogar hätte erwärmen lassen. Natürlich nur, wenn der Taktiker keine braune Lederhose getragen hätte.

»Nein, danke«, sagte sie, ohne den Blick vom Spiegel abzuwenden.

Der Kerl blieb hartnäckig und legte einen Geldschein auf den Tresen.

»Nein«, sagte Julie und schüttelte entschieden den Kopf.

Der Kerl bestellte trotzdem für sie. Was auch immer es war, er bedeutete der Kellnerin, ihm eine Flasche und zwei Gläser zu bringen. Unglaublich. Und gerade jetzt kam Vanessa über die Tanzfläche auf sie zu. Sie schob sich ein paar Meter entfernt durch die Menge. Ihre Augen, ihr ganzes Gesicht signalisierten Julie deutlich: »Folge mir.«

»Voilà.« Als Julie sich wieder zur Bar umdrehte, bekam sie ein Glas mit trübem grauem, nach Anis riechendem Klebezeugs in die Hand gedrückt. Sie nahm es, kippte es in einem Zug runter, knallte das Glas auf die Bar und sagte: »Au revoir.« Dann machte sie auf dem Absatz kehrt und folgte Vanessa zur Toilette. »He, du!«, rief ihr der Typ hinterher.

In der Toilette gingen beide bis zu den letzten Waschbecken durch und frischten vor dem Spiegel ihr Make-up auf. »Wie läuft's?«, flüsterte Julie.

»Er hat mich in sein Haus zu einer Party eingeladen. Mich und ein paar andere Mädchen aus der VIP-Lounge.«

»Na klar hat er das.«

»Aber das ist doch gut, oder?«

»Ja, natürlich. Es ist bloß ... dieser geile alte Sack.« Julie seufzte und ließ sich kaltes Wasser über die Handgelenke laufen.

»Er lässt gerade den Wagen vorfahren«, berichtete Vanessa weiter.

»Verstehe.« Julie tippte sofort eine SMS. »Worüber hat er so gesprochen?«

»Ach, du weißt schon: seine Yacht, seine Autos, seine Häuser, wie groß sein Schwanz ist. Was Männer halt so erzählen.« Vanessa zog eine abfällige Grimasse. *Das Mädchen ist wirklich schwer in Ordnung*, dachte Julie. *Verdammt schwer in Ordnung.*

SIEBZIG

Boscombe befand sich im REM-Schlaf, der Schlafphase kurz vor dem Aufwachen. Wesley konnte sehen, wie sich die Augäpfel des Sergeant unter den Lidern bewegten, als dieser durch sein Traumparadies schwebte: ein grünes Arkadien voller Fleischpasteten und Hacksteaks, wo die Bösen gestreifte Tops, Masken sowie schicke Handtaschen trugen und von den Guten verhaftet wurden. Wesley merkte, wie ihm selbst die Lider schwer wurden.

Auf der anderen Straßenseite standen Dumas und Halles mitten in der Kaffee-Warteschlange und unterhielten sich mit einem anderen Mann, offenbar einem der Kollegen vom zweiten Überwachungsteam, das am anderen Ende des Gebäudes Position bezogen hatte. Vielleicht sollte er aussteigen und ihnen Gesellschaft leisten. Ein bisschen frische Luft schnappen. Die Müdigkeit abschütteln.

Als Wesley zum Eingang des Nachtclubs hinüberblickte, der sich fast direkt hinter der Kaffeebude und damit quasi im toten Winkel der Franzosen befand, sah er einen Bentley mit offenem Verdeck am Bordstein halten und dann einen Jungen vom Parkservice aus dem Auto springen.

Nun passierten mehrere Dinge gleichzeitig.

Tamalov kam mit einem anderen Mann die Eingangstreppe seines Clubs hinuntergeeilt, gefolgt von ein paar Mädchen und einem dunkelhäutigen, bulligen Kerl.

Das Funkgerät erwachte zum Leben: Eine aufgeregte Stimme quatschte unverständliches Zeug auf Französisch.

Ein roter Porsche-SUV kam um die Ecke gefahren und hielt etwa hundert Meter Abstand zu dem Bentley.

Am Steuer, die Fahrerin, das war ... die Witwe des Sexmonsters! Und die Alte im Rollstuhl, diese Ethel Merriman, saß neben ihr.

»VERDAMMTE AXT!«, brüllte Wesley. »DAS SIND DIE BANKRÄUBER!«

»Hä? Wie? Was?«, schreckte Boscombe stammelnd, zwinkernd und mit den Händen nach Halt suchend aus dem Schlaf, wie ein kaputter Roboter, der langsam wieder hochfährt.

»DA DRÜBEN! DAS ... DAS SIND ...« Wesley versuchte verzweifelt, zwischen den Vordersitzen hindurch das Armaturenbrett zu erreichen, um entweder die Hupe zu drücken oder einen Funkruf durchzugeben. Aber es war wie ein böser Traum: Er kam nicht ans Funkgerät, und die Hupe konnte er in dieser vermaledeiten französischen Karre gar nicht erst finden. Die Tür ließ sich auch nicht öffnen: Damit die Kriminellen nach einer Verhaftung nicht aus dem Wagen entwischten, war die Kindersicherung aktiviert. Wesley brüllte lauthals nach Halles und Dumas, um die beiden auf sich aufmerksam zu machen. Er rüttelte wie wild an der Tür.

Boscombe – halb wach und wohl auch halb wahnsinnig – starrte verpennt die Straße hinunter. Er sah, wie sich ein Bentley-Cabriolet vom Bordstein löste, just als eine attraktive Prostituierte in einem engen schwarzen Kleid die Stufen des Nachtclubs hinunterstürmte und sich in den Fond eines roten Porsche-SUV warf.

Am Steuer des Porsche saß Susan Frobisher.

Boscombe verlor auch noch die andere Hälfte seines Verstandes und rastete aus.

»SO EINE VERFICKTE SCHEISSE!«, blaffte er, als der Porsche sich an die Fersen des Bentleys heftete und davonfuhr. Boscombe warf sich nach vorn in den Fahrersitz, während Wesley noch immer mit der Kindersicherung kämpfte.

»Sarge! Nein!«, rief Wesley. »Die Interpol-Leute!«

»Wer zu spät kommt, den bestraft das Leben!«, keifte Boscombe, startete den Motor und haute krachend den Gang rein, woraufhin Dumas und Halles ihren Kaffee fallen ließen und auf sie zurannten. Doch Boscombe parkte bereits aus, trat das Gaspedal durch und wendete mit quietschenden Reifen mitten auf der Straße, um dem Porsche zu folgen. Panisch fummelte Wesley mit dem Sicherheitsgurt herum, bis dieser endlich einrastete.

Während die anderen Autofahrer auf die Hupe drückten, ausscherten oder in die Eisen stiegen, lenkte Boscombe den PS-starken Wagen in einer 180-Grad-Kurve über den breiten, stark befahrenen Boulevard.

Und fuhr mit Vollgas direkt in den Gegenverkehr.

»NACH RECHTS, SARGE! NACH RECHTS!«

In seinem Post-Schlaf-Delirium war Boscombe überzeugt, sie wären wieder im guten alten England. Eine Fantasie, die ungefähr drei Sekunden später zusammenbrach, als Wesley zu schreien begann, weil sie plötzlich vom grellen Scheinwerferlicht eines monströsen Lastwagens geblendet wurden. Boscombe riss das Lenkrad hart nach rechts und steuerte den Wagen mit fünfzig Stundenkilometern frontal gegen den Bordstein.

Zeit und Raum implodierten. Wesley wurde sich bewusst, dass die Reifen keinen Kontakt mehr zum Boden hatten, und zum zweiten Mal innerhalb einer Woche katapultierte es den Detective Constable dank seines Bosses in das sonderbare Zeitlupen-Universum eines Autounfalls.

Auch Boscombe schrie aus vollem Hals, als ein ohnehin riesiges Schaufenster vor ihren Augen zu wahrhaft beängstigender Größe anwuchs. Vage registrierte er das blaue Leuchten eines Mercedessterns, bevor seine Hände das Lenkrad losließen, das nun ohnehin nutzlos war, um sein Gesicht zu schützen.

Sie flogen durch die Scheibe, und auf das kolossale, vielstimmige Klirren von Glas, das die Luft erfüllte, folgte das Krachen des Aufschlags, das Scheppern von Metall auf Metall. Wesley wurde nach vorne geschleudert. Er spürte, wie sein Schlüsselbein knackte, als der Gurt ihn zurückriss.

Boscombe hatte keinen Sicherheitsgurt angelegt. Hätten Bordstein und Schaufensterscheibe den Wagen, der mit fünfzig Sachen von der Straße abgekommen war, nicht so weit abgebremst, dass ihre Geschwindigkeit beim Aufprall nur noch knapp dreißig Stundenkilometer betrug, der Sergeant wäre sicher zu Tode gekommen. So aber schlug er bloß sehr, sehr hart mit dem Gesicht gegen die Windschutzscheibe und verlor dabei das Bewusstsein.

Augenzeugen würden später beschreiben, wie surreal die ganze Szene anmutete. Der Polizeiwagen war mit quietschenden Reifen auf die Straße geschossen, nach einer 180-Grad-Kurve mit Vollgas in den Gegenverkehr geraten, dann von der Fahrbahn abgekommen und in das Schaufenster eines Autohauses gedonnert, wo er auf einem brandneuen Mercedes-SLK im Wert von gut achtzigtausend Euro landete. Das Ganze hatte gerade mal zehn Sekunden gedauert. Alles war von Überwachungskameras gefilmt worden und sollte unter der Überschrift »Bullen als Bruchpiloten« auf YouTube schon bald täglich mehr als zwanzigtausendmal angeklickt werden.

Von blankem Entsetzen erfasst, sah Dumas aus wenigen hundert Meter Entfernung alles mit an.

Auf der Rückbank des Porsche, schon gut achthundert Meter vom Schauplatz der Zerstörung entfernt, hatte Julie bloß ein entferntes Scheppern irgendwo hinter ihnen vernommen. Daraufhin ermahnte sie Susan, weiterhin genug Abstand zum Bentley zu halten, damit sie nicht entdeckt wurden.

Wesley heulte vor Schmerzen, als er sich im rauchenden Wrack des Wagens aus dem Sicherheitsgurt befreite, während um ihn herum die Alarmsirenen schrillten. Er beugte sich vor und verpasste Boscombe, der bewusstlos im Fahrersitz hing, eine Ohrfeige. »Sarge, Sarge!«

»Mmff, rrrnnng«, stöhnte Boscombe.

»Geht es Ihnen gut?«

»Grooaaah. Mmrrg.«

»Können Sie mich hören?«

»Arrnnn, schrrrppp. Umpf …«

Wesley hob den Kopf des Sergeant an und stellte fest, dass Boscombe so ziemlich alle seine Vorderzähne verloren hatte. Seine Nase sah aus, als wäre sie in den Schädel gedrückt worden. Im Gegensatz zu diesen recht offensichtlichen Verletzungen ließ sich erst später im Krankenhaus feststellen, dass er sich ein Viertel der Zunge abgebissen und zwei Rückenwirbel gebrochen hatte.

* * *

Auch erst später, und zwar um sechs Uhr morgens, beendete Sergeant Tarrant in der Polizeistation von Wroxham seine Nachtschicht. Er war gerade auf dem Weg hinaus, da klingelte eines der Telefone. Was er dann tat, sollte sich für seine weitere Karriere nicht unbedingt als förderlich erweisen: Er nahm den Anruf entgegen. Mit wachsendem Unglauben hörte er zu. Dann ging er zum Küchenschrank und holte die Flasche Famous Grouse heraus, die von den Wachhabenden dort für Notfälle deponiert worden war. Er schüttete sich einen dreifachen Whiskey ein, bevor er die Nummer wählte.

Schlaftrunken griff Chief Inspector Wilson über seine schlummernde Frau hinweg nach dem Telefon. Er lauschte Tarrants Bericht, der einige Zeit in Anspruch nahm, und sprach währenddessen kein einziges Wort. Nur ganz am Ende sagte er: »Verstehe. Danke sehr, Tarrant.«

Wilson legte auf, stellte das Mobilteil zurück in die Ladestation und setzte sich auf die Bettkante. Plötzlich spürte er ein seltsames, gar nicht mal so unangenehmes Kribbeln. So als würde schwacher elektrischer Strom durch seinen linken Arm laufen.

EINUNDSIEBZIG

Aus den Lautsprechern draußen beim Pool schallte sanfte Musik, irgend so ein Ibiza-Chill-Out-Dreck, den Tamalov sich von einem der DJs im Club hatte zusammenstellen lassen. Tamalov bevorzugte Heavy Metal – Iron Maiden, das war eine Band nach seinem Geschmack –, aber wenn Ladys zu Besuch waren, dann musste es entweder Chill Out oder Disco sein.

Auf der überdachten Terrasse entlang der Rückseite seines 650 m^2 großen Hauses nahm Tamalov einen großen Schluck Champagner und sog die Nachtluft ein, den Duft der Pinien im Wald und des Meeres tief unter ihnen. Und er hätte sicher auch etwas gerochen, wenn seine Nase nicht voll mit feinstem Kokain gewesen wäre, das Benny gerade auf dem gläsernen Esstisch zu weiteren Lines auslegte, während er mit zwei von den Girls quatschte, die sie vom »Le Punisher« mitgenommen hatten. Ghetto-Schlampen natürlich. Benny bekam immer die Ghetto-Schlampen ab – wobei sogar die auf den Partys in Tamalovs Haus jeden Fick wert waren. Er hatte die Bude in den Neunzigern von einem befreundeten Waffenhändler gekauft, als er gerade anfing, richtig Knete zu scheffeln. Der Waffenhändler hatte es in den Achtzigern von einem Drogenhändler übernommen, der es in den Siebzigern von einem Pornomogul erworben hatte, dem das Haus seit dem Tod des ursprünglichen Eigentümers gehörte: eines amerikanischen Alkoholschmugglers, der es in den Dreißigern erbaut hatte.

Alle diese Männer hatten diverse Umbauten vorgenommen, um das Gebäude noch luxuriöser und sicherer zu machen. Tamalov hatte selbst einiges daran machen lassen. Er betrachtete es gerne als eine Art Lustschloss.

Am Pool saßen noch zwei weitere Mädchen und plauderten. Sie kicherten und waren zugedröhnt bis in die Haarspitzen. Der Hauptpreis, die Einzige, die wirklich Klasse hatte, redete mit Franco. Oder vielmehr: Franco redete mit ihr. Um es ganz genau zu sagen: Franco brabbelte auf Vanessa ein. Denn was der Italiener von sich gab, war bloß noch das übliche selbstverliebte, durchgeknallte, sinnentleerte Koks-Gelaber. Gott, wie jung sie war! Diese Haut! Vielleicht siebzehn, wenn es hochkam ...

Tamalov stand vor einem schwierigen moralischen Dilemma. Im Grunde hatte er Vanessa bereits Franco versprochen, als Dank für die Dienste, die der Fälscher ihm geleistet hatte. Aber wenn er die Kleine jetzt so betrachtete, in ihrem roten Kleid, ihre langen Beine und das kecke dunkle Haar, dann musste er feststellen, dass er sie für sich selbst begehrte. Was also tun? Seine Autorität geltend machen, sich das Mädchen nehmen und dafür Francos Unmut riskieren? Oder sich in Bescheidenheit üben, sich mit einer der Schlampen zufriedengeben und Franco seinen Spaß haben lassen? Nein, er wusste bereits, was er tun würde. Es gab einen Weg, das Problem zufriedenstellend zu lösen und Unstimmigkeiten zu vermeiden.

Er würde Benny anweisen, Franco Schlaftabletten in dessen Drink zu rühren, und dann würde er die Kleine ficken. Hochzufrieden, eine Lösung gefunden zu haben, schlenderte Tamalov um den Pool herum, schloss sich der Party wieder an und prostete den anderen fröhlich zu.

* * *

»Sieh dir diesen dämlichen Idioten an«, zischte Julie.

Sie hockten an der Grundstücksgrenze im Wald, alle drei ganz in Schwarz, die aufgerollten Sturmhauben wie Mützen auf den Köpfen. »O Gott«, stöhnte Ethel. »Puh ... gebt mir noch eine Minute.« Schwer atmend ließ sie sich in die Piniennadeln sinken und lehnte sich mit dem Rücken gegen einen Baum. Der Schweiß lief ihr in Strömen übers Gesicht. Es war mit Abstand die längste Strecke, die Julie sie je hatte laufen sehen: gute fünfhundert Meter von dort, wo Jill im Wagen wartete, durch dichtes Unterholz.

Immer darauf bedacht, genügend Abstand zu halten, waren sie dem Bentley vierzig Minuten entlang der Küste hinauf in die Berge gefolgt, bis Marseille schließlich weit unter ihnen lag.

Vor ihnen spannte sich ein rostiger Stacheldraht, den Julie mit einer Zange kappte. Jetzt trennte sie nur noch ein kurzer Sprint von der hangabwärts gelegenen Terrasse und dem hell erleuchteten Pool, wo Vanessa gerade mit energischem Kopfschütteln ablehnte, als Tamalovs Bodyguard ihr ein Tablett und einen zusammengerollten Geldschein anbot. *Braves Mädchen*, dachte Julie.

»Was nun?«, flüsterte Susan.

»Wir müssen da runter«, antwortete Julie.

Julie und Susan trugen zwei Pistolen aus Nails' Sammlung: die Browning Automatik und den schweren Webley Revolver. Hinter ihnen stützte sich Ethel auf die abgesägte Schrotflinte. Alle Waffen waren zum ersten Mal seit vielen Jahren mit scharfer Munition geladen. Das hatte Ethel – mit beängstigendem Geschick, wie es Susan erschien – auf der Fahrt hierher erledigt.

»Wir können nicht einfach da runterrennen«, befand Julie. »Wir brauchen ein Ablenkungsmanöver oder so was ...«

»Ein Ablenkungsmanöver?«, fragte Susan, der das Herz bis zum Hals schlug. Ihr Mund war staubtrocken.

»Sie hat recht«, sagte Ethel von hinten. »Unser Vorstoß wäre ohne Deckung völlig ungeschützt. Das ist Selbstmord. Wie in der Schlacht an der Somme. Wie in Ypern.« Während sie redete, kramte sie in Nails' Tasche herum.

»Was sollen wir also machen?«, fragte Susan.

»Ich frage mich, ob das eine Sieben oder eine Vier ist?«, murmelte Ethel.

»Was?«, fragte Julie, ohne den Blick von Vanessa abzuwenden.

»Lässt sich wohl nur auf eine Weise rausfinden ...«

»Wovon sprichst du?«, fragte Susan.

»*Alle Mann in Deckung!*«, zischte Ethel. Als Julie und Susan sich nach ihr umdrehten, sahen sie gerade noch, wie Ethel, den rechten Arm wie ein Kugelstoßer nach hinten gestreckt, etwas über ihre Köpfe hinwegschleuderte, bevor sie sich auf sie warf und auf den warmen Waldboden drückte.

* * *

»Na schön«, sagte Tamalov. Den Rücken zum Pool ließ er seinen Bademantel zu Boden gleiten. »Von mir aus kann die Party losgehen, Mädels.«

Hinter ihm ertönte ein deutlich vernehmbares »Plop«, als irgendetwas ins Wasser fiel. Er starrte in den Pool, genau wie Benny und seine beiden Begleiterinnen, die sich schon bis auf die Unterwäsche ausgezogen hatten. Ein grauer Schatten, etwa so groß wie zwei Tennisbälle, sank auf den Boden des Beckens.

* * *

Weder Susan noch Julie hatten Ethels Gemurmel von der Sieben und der Vier verstanden. Es bezog sich auf die Detonationszeit der Mk II Mills Bomb, jener Handgranate, die von 1915 bis in die frühen Achtziger das Standardmodell der britischen Armee gewesen war. Die Gründe dafür, dass sich diese Granate einer so langen Einsatzspanne erfreute, waren ihre Langlebigkeit und ihre Zuverlässigkeit. An ihrer simplen Konstruktion war über die Jahre kaum etwas geändert worden. Eine der wenigen Verbesserungen wurde 1940 vorgenommen, als man nach langem Hin und Her beschloss, dass die bis dahin übliche Zündzeit zu lang sei. Sie bot dem Feind die Chance, vor der Detonation zu flüchten oder – schlimmer noch – die Granate einfach zurückzuwerfen. Also wurde die Zeit bis zur Detonation 1940 auf vier Sekunden gekürzt. Da das Datum unter Ethels Granate längst verblichen war, hatte sie keine Möglichkeit, die Länge der Zündzeit herauszufinden.

An einem langen Wochenende im August 1964 hatte Nails im Hinterzimmer des Crazy Rat in Bethnal Green einem Gauner namens Ian McKay drei von den Dingern abgekauft.

Fünf Pfund das Stück hatten sie ihn gekostet. Das war damals eine Menge Geld gewesen. Eine war noch im selben Jahr dazu verwendet worden, einen Safe aufzusprengen – allerdings ohne Erfolg. Eine weitere war irgendwann in den Siebzigern verloren gegangen, und die einzige Überlebende des Trios lag nun auf dem Grund von Alexei Tamalovs Pool.

Ian McKay hatte ursprünglich eine Kiste mit zwölf Stück von einem alten Soldaten gekauft, der sie aus einer Waffenkammer in Aldershot gestohlen hatte, bevor er 1945 aus dem Kriegsdienst entlassen wurde. Die Granaten waren Teil einer Lieferung, die im Sommer 1939, kurz vor Ausbruch des Zweiten Weltkriegs, die Mills Munitionsfabrik in Birmingham verlassen hatte.

Die Antwort auf Ethels Frage lautete also »Sieben«.

Sieben Sekunden.

Eineinhalb Sekunden von dem Augenblick, in dem Ethel den Sicherungsstift gezogen hatte, bis zum Wurf. Zwei Sekunden in der Luft. Weitere zweieinhalb Sekunden, um am tiefen Ende des Pools die drei Meter bis zum Grund zu sinken. Und eine Sekunde, die Tamalov stirnrunzelnd ins Wasser starrte und »Was war das de…« sagte, bevor:

KAA-BUUUUUUUUUMMMMM!

Durch die erhöhte Dichte des leitenden Mediums wurde die Wucht der Explosion unter Wasser natürlich um ein Vielfaches verstärkt: Als die Granate explodierte, stieg eine Fontäne aus Wasser und Granatsplittern über dreißig Meter hoch in die Luft. Tamalov wurde auf den Rücken geschleudert, seine Ohren dröhnten wie Kirchenglocken. Benny und die beiden Mädchen, die der Explosion am nächsten waren, flogen zehn Meter über die Terrasse, bis sie bewusstlos liegen blieben.

Vanessa schrie vor Angst. Einen mit milchig weißen Koksschlieren verschmierten Spiegel in den Händen, taumelte Franco tropfnass und mit klingelnden Ohren durch die Gegend. Als er hörte, wie der Vorderschaft einer abgesägten Schrotflinte vor- und zurückgeschoben wurde, ließ er den Spiegel fallen und griff nach der Waffe in seinem Jackett, woraufhin ihm jemand etwas Hartes ins Kreuz rammte und ihn aufforderte: »Lass die verdammte Knarre fallen, oder ich mache Pastete aus deinen Nieren.« Franco verstand zwar nicht den exakten Inhalt der Worte, wohl aber ihren drohenden Ton. Er ließ seine Beretta zu Boden fallen, und als er sich vorsichtig umdrehte, blickte er in die Augen einer ausgesprochen kurzatmigen alten Dame, auf deren schwarzer Sturmhaube das Wort »FUCK« stand. Als er ob des grotesken Anblicks in Gelächter ausbrach, rammte ihm die Alte kurzerhand den Schaft des Gewehrs ins Gesicht. Heiße Tränen schossen ihm in die Augen, und mit gebrochener Nase ging Franco zu Boden.

»Julie!«, schrie Vanessa und sprang in die Arme ihrer Freundin, die sie fest an sich drückte.

Am Pool setzte sich Tamalov gerade mühevoll auf, als er einen Fuß auf seiner Brust spürte, der ihn wieder zu Boden drückte. Über ihm stand eine schwarz gekleidete Gestalt, vermummt mit einer schwarzen Maske, auf deren Stirn mit groben Tippex-Strichen das Wort »FEAR« gekrakelt war. Die maskierte Gestalt zielte mit einem sehr großen Revolver auf ihn.

»Ihr seid tot, alle tot …«, stammelte Tamalov, aber seine Bemühungen zu sprechen wurden dadurch stark erschwert, dass er statt seiner eigenen Stimme bloß das schrille Klingeln in seinen Ohren hörte.

Fassungslos starrte er in das rote, verschwitzte Gesicht von Susan, die sich die Sturmhaube vom Kopf riss und ihn so freundlich begrüßte, wie es ihr in Anbetracht der Umstände möglich war: »Guten Abend, Monsieur Skorpion. Wir sind's, Ihre Frösche!«

ZWEIUNDSIEBZIG

Dumas irrte wie im Schock durch die Ausstellungshalle des Mercedes-Händlers. Bei jedem seiner Schritte knirschte unter seinen Füßen zersplittertes Glas. Es sah aus, als wäre eine Bombe explodiert: Der blaue Neon-Mercedesstern war abgeknickt und hing blinkend an einem Draht. Rauch und Benzindämpfe erfüllten den Raum, sein demolierter Dienstwagen lag auf dem Wrack eines SLK, als wollte er ihn begatten.

Die gesamte Szenerie war in flackerndes rotes und blaues Licht getaucht – von den Warnlichtern der anderen Einsatzfahrzeuge und des Krankenwagens, der inzwischen eingetroffen war. Die von seinen Männern eilig errichtete Absperrung war von einer großen Menge gaffender Nachtschwärmer umlagert, deren Raunen, Kichern und Quasseln den Soundtrack zu Dumas' persönlichem Katastrophenfilm bildete. Er wollte etwas sagen, bekam aber kein Wort heraus. Sein Gesichtsausdruck erinnerte Wesley stark an jenen, den er so oft bei Chief Inspector Wilson gesehen hatte.

»Sieht schlimmer aus, als es vermutlich ist«, bemühte sich Wesley, Optimismus zu verbreiten. »Ein neuer Anstrich wird Wunder …«

Über dieses Chaos hatten sie natürlich sowohl Tamalov als auch die alten Damen aus den Augen verloren. Plötzlich erregte im Hintergrund etwas Dumas' Aufmerksamkeit: Eine liegende Gestalt wurde zum Krankenwagen geschoben.

»Ein paar MDF-Platten …«, fuhr Wesley fort.

Dumas starrte die Gestalt auf der Bahre an. »Pardon«, rief er einem der beiden Sanitäter zu. »Pardon!«

Die beiden Männer blickten auf und begriffen erschrocken, was Dumas vorhatte. »Non! Non!«, brüllte der Chefsanitäter und stellte sich schützend vor den gurgelnden Boscombe, während Halles seinen Chef an den Schultern packte und ihn zurückhielt. Als er seine Chance vereitelt sah, Boscombe wenigstens einen einzigen sauberen Schlag ins Gesicht zu verpassen, kickte Dumas stattdessen mit einem lauten »*PUTAIN DE MERDE!*« ein großes Stück des abgerissenen Frontspoilers seines Dienstwagens über die Straße.

Ein uniformierter Gendarm kam unter dem Absperrband hindurchgestolpert und flüsterte Dumas und Halles hektisch etwas zu. Wesley schob sich unauffällig näher an das Trio heran. Er fing die Worte »explosiv« und »Tamalov« auf, bevor Dumas in die Hände klatschte und seine Männer anbrüllte, woraufhin etliche sofort zu ihren Autos liefen. Wesley rannte zu Boscombe, der bereits eine dicke Kunststoffmanschette um den Hals trug und, die Arme vor der Brust verschränkt, mit Gurten an der Bahre festgezurrt war, welche zum Verladen in den Krankenwagen nun aufgerichtet wurde. »Sarge?«, sagte Wesley. Er fühlte sich ein wenig, als würde er mit dem an seine Sackkarre geschnallten Hannibal Lecter sprechen.

»Afff?«, stöhnte Boscombe benebelt. Die Sanitäter hatten ihm bereits Schmerzmittel gespritzt.

»Ich werde jetzt mit diesen Jungs hier fahren. Wir sehen uns dann später.«

»Waahhffieeffoof?«

»Ja, ich schätze, es sind Ihre Zähne ...«

»Fähne?«, nuschelte Boscombe durch den Bombenkrater in seinem Gebiss. Aber Wesley rannte bereits zu einem der französischen Polizeiwagen, die am glasübersäten Straßenrand die Motoren aufheulen ließen.

DREIUNDSIEBZIG

»Ihr glaubt, ihr könnt mich foltern? Ihr dämlichen Schlampen!«, brüllte Tamalov. »Mich hat der Chef des KGB persönlich gefoltert!«

»Ach, das führt doch zu nichts«, schimpfte Susan und ließ sich in einen Sessel fallen.

Das Wohnzimmer von Tamalovs Villa hatte die Größe eines Tennisplatzes. Franco, Benny und die Mädchen lagen mit Klebeband verschnürt in einer Ecke. Der in der Zimmermitte an einen Stuhl gefesselte, tropfnasse Tamalov zitterte in seinen Boxershorts wie Espenlaub. Um ihn herum saßen Julie, Susan und Ethel, die glücklich war, ihren Rollstuhl wiederzuhaben, den Jill aus dem Auto geholt hatte. Vanessa und Jill hockten nebeneinander am Ende eines langen L-förmigen Sofas. Jill hielt sich noch immer die Ohren zu, nachdem sie gerade fünfzehn Minuten damit verbracht hatten, Tamalov nach dem Verbleib ihrer Pässe und Ausweise zu fragen, und keine anderen Antworten erhielten als immer wieder »Fickt euch doch selbst«, »Fickt euch ins Knie« oder schlicht »Fickt euch«. Zugegebenermaßen waren ihre Folterversuche relativ armselig – ein paar schlappe Ohrfeigen kombiniert mit leicht variierenden Drohungen wie: »Entweder du sagst uns, was wir wissen wollen, oder …« Kein Vergleich zu Sir Laurence Olivier in *Der Marathon-Mann*.

»Jetzt pass mal auf, du … du … DU MACHST JETZT ENDLICH DEN MUND AUF!«, brüllte Susan ihn an.

Tamalov lachte bloß.

»Na gut«, sagte Ethel, rollte zu ihm und setzte ihm die Mündung ihrer Schrotflinte auf die Stirn. »WO IST UNSER VERDAMMTES GELD?«

»ETHEL!«, herrschte Susan sie an.

»Was denn? Glaubst du allen Ernstes, du könntest mir mit dem Ding in den Kopf schießen, Omi?«, fragte Tamalov. »Hast du eine Ahnung, was dann passieren würde? Wie das ist, wenn mein Hirn an die Zimmerdecke, die Wände, in eure Gesichter spritzt? Könntest du das durchziehen? Nie im Leben!«

Ethels Finger schloss sich enger um den Abzug.

»Na los«, rief Tamalov. »Schieß doch, du alte Hexe!«

»ETHEL!«, schrie jetzt auch Julie.

»Ach, KACKE!«, rief Ethel und ließ das Gewehr sinken. Natürlich hätte sie dem Arschloch nicht aus nächster Nähe den Kopf weggeschossen. Als Entschädigung schlug sie ihm zumindest hart ins Gesicht, doch Tamalovs Reaktion bestand lediglich aus einem triumphierenden »Ha!«.

Ihr Vorhaben erwies sich als sehr viel schwieriger als erwartet.

»Er wird uns niemals verraten, wo es ist!«, klagte Jill. Erneut.

»Sehr hilfreich, Jill«, sagte Julie.

»Die Polizei wird bald hier sein«, gab Vanessa zu bedenken.

»Vermutlich hat sie recht«, sagte Ethel. »Unmöglich, dass niemand die Explosion der Granate gehört hat.«

»NA SCHÖN!« Susan stand auf. »MEINE GEDULD IST AM ENDE! Jill, Julie, ihr zwei helft mir, ihn in die Küche zu schleppen. Ethel, Vanessa, ihr passt auf die anderen auf!«, rief sie und zeigte auf Franco, Benny und die Mädchen. »Bringt mir die zwei Typen, wenn ich es euch sage.«

Nachdem sie den Stuhl mit Tamalov mit vereinten Kräften in die Küche geschoben hatten, schloss Susan die schwere Tür hinter ihnen. Tamalov beschimpfte sie in einem Kauderwelsch aus Russisch und Englisch: »Ihr beschissenen, dummen Drecksschlampen ... Töchter von Huren ... eure schwanzlutschenden Mütter sind ...«

»Das muss doch jetzt wirklich nicht sein«, entrüstete sich Jill.

»Ja, können wir das bitte abstellen?«, fragte Susan.

»Unbedingt«, erwiderte Julie. Sie klebte einen Streifen Panzerband über Tamalovs Mund, sodass bloß noch ein gedämpftes »Ummmpff« herauskam.

»Na dann mal los«, sagte Susan und sah sich in dem marmor- und chromglänzenden Raum um. Sie öffnete einen riesigen Kühlschrank und fand darin ein ganzes Huhn. »Das ist perfekt, außerdem brauche ich noch eine Flasche Ketchup, etwas rote Lebensmittelfarbe, zwei Pflaumen, ein Glas Wasser, etwas Tabasco und ein sehr scharfes Messer.«

»Ach, Susan«, sagte Jill. »Was willst du mit dem Zeug denn ausrichten? Der Kerl ist schon vom Leiter des KGB gefoltert worden.«

»Tja«, erwiderte Susan und angelte ein paar Gummihandschuhe unter der Spüle hervor. »Dafür war ich Leiter der Abteilung für Spezialeffekte bei der Laientheatergesellschaft von Wroxham.« Sie zog sich die Handschuhe über und lächelte Tamalov an.

VIERUNDSIEBZIG

Beide Arme bis zu den Ellbogen in der Rührschüssel, arbeitete Susan wie eine Besessene. In Tamalovs Haushalt fehlte es an so gut wie nichts. Sie fanden alles bis auf die Pflaumen, aber die zwei Pfirsiche würden schon ihren Zweck erfüllen. Die Kerne waren vielleicht ein wenig zu groß, um hundertprozentig authentisch zu wirken, aber das konnte Susan hinbiegen.

Du kannst Trugbilder erzeugen, die so realitätsnah sind, dass sie dem Zuschauer vorgaukeln, er habe Dinge gesehen, die er gar nicht gesehen hat ...

»Julie«, sagte Susan, ohne von ihrer Rührschüssel aufzublicken, in die sie gerade ein großes Stück Hühnerhaut tauchte, »zieh ihm die Unterhose aus.«

»Was?«

»Mach schnell!«

Tamalov und Julie blickten sie beide fragend an.

Dann zuckte Julie mit den Schultern und zog dem fluchenden und sich windenden Russen die Unterhose runter.

»Oje«, fragte sie schnippisch, »ist dir etwa kalt?«

Tamalov grunzte irgendwelche unverständlichen Obszönitäten.

»Alles klar«, sagte Susan und beugte sich über den Gefesselten, um ihre Mixtur über seinen Schritt, den Fußboden und die Brust zu verteilen. »Jill, machst du dich bitte bereit, den anderen Bescheid zu geben?«

»Ich verstehe nicht, was …«, stammelte Jill.

Susan schnappte sich die Flasche Tabasco und ein Küchenhandtuch. »Also gut, Julie, du musst sein Ding da zurückziehen.«

»Sein was?«, fragte Julie.

»Na, du weißt schon«, Susan deutete auf Tamalovs Gemächt, »seine Vorhaut.«

»Ach du grüne Neune«, rief Jill.

»Und … ähm … warum soll ich das machen?«, wollte Julie wissen.

»Mein Gott, jetzt mach's halt einfach!«, zischte Susan sie an. Sie schüttete eine große Menge Tabasco auf das Geschirrtuch. Tamalov riss die Augen auf und versuchte panisch, sich durch das Klebeband verständlich zu machen.

»Ah«, sagte Julie, als der Groschen endlich fiel. Sie musterte Tamalovs winzigen, nicht beschnittenen Penis und musste vor Ekel kurz schlucken. »In Ordnung«, sagte sie. »Runter mit dem Rollkragen, Kojak!« Angewidert hielt sie seine violett schimmernde Eichel zwischen den Fingern.

»Dann mal los. Das zwickt jetzt vielleicht ein wenig …« Susan schob sich das mit Tabasco vollgesogene Küchenhandtuch über den manikürten Nagel ihres Zeigefingers und rammte diesen in die Öffnung von Tamalovs Harnröhre, während sie ihm gleichzeitig mit der anderen Hand das Klebeband vom Mund abriss – und dabei noch ein Stückchen seiner Lippe.

Im Zimmer nebenan blickten Vanessa und Ethel aus dem Panoramafenster auf die nächtlichen Lichter von Marseille, die in der Ferne funkelten. Sie meinten gerade, schon ganz leise die Sirenen der sich nähernden Polizeiwagen zu vernehmen, als plötzlich ...

Dieser Schrei.

Er war unmenschlich. Ein Tier würde vielleicht so schreien – in der allergrößten Not, in dem Augenblick, bevor es stirbt.

»DIE SIND VÖLLIG VERRÜCKT GEWORDEN!«, rief Jill aus der Küche, während Susan dem Russen wieder den Mund zuklebte. »KOMMT SCHNELL! UND BRINGT DIE BEIDEN KERLE MIT!«

»Hopphopp, ihr zwei.« Ethel zeigte mit dem Gewehr auf Franco und Benny, die wegen ihrer Knebel zwar nichts sagen konnten, deren Herzschlag ihren Gesichtern nach zu urteilen aber gerade einen gewaltigen Sprung gemacht hatte. »Na los!« Vanessa half ihnen auf die immer noch mit Klebeband gefesselten Beine, und mit Ethels drohender Schrotflinte im Rücken hüpften sie vorwärts. Als Vanessa die beiden durch die Küchentür schubste, rissen sie angesichts des entsetzlichen Anblicks verängstigt die Augen auf.

Strampelnd und mit tränenüberströmtem Gesicht in seinen Knebel schreiend, wälzte sich Tamalov auf dem Boden. Alles war voller Blut, aber nirgendwo war so viel davon wie zwischen seinen Beinen. Es sah aus wie in einem Horrorfilm: *Der Kreißsaal des Grauens*. Susan stand über ihm, keuchend, mit Blut und Eingeweiden bedeckt, ein großes Küchenmesser in der zitternden Rechten und irgendetwas Rotes, Feuchtschimmerndes, Unaussprechliches in der Linken.

»Wa... was ...«, stammelte Vanessa und schlug entsetzt die Hand vor den Mund. »Was hast du mit ihm gemacht?«

Susan warf das grausige Ding in ihrer Hand – einen blutigen Hautsack mit zwei stark in Mitleidenschaft gezogenen Fleischbällen darin – auf den weißgekachelten Boden vor Tamalovs Schergen und brüllte: »WIR HABEN IHM SEINE VERDAMMTEN EIER ABGESCHNITTEN!«

»Heilige Scheiße!«, rief Ethel.

Franco wurde ohnmächtig.

Benny schrie.

Vanessa musste würgen.

»DU!«, rief Julie und zeigte auf Benny. »Du bist der Nächste!«

Tamalov drehte völlig durch, als Benny auf seine Knie sank und in seinen Knebel brabbelte. Julie riss ihn ab, und die Worte sprudelten nur so aus ihm heraus.

»Neineineneineinbitteuntenindergarageisteineklappeimbodendaistallesdrinichzeigseuchbitteneinichfleheeuchanbitte!«

Tamalov stöhnte und hämmerte mit seiner Stirn gegen den Boden.

»Alles klar. Garage. Klappe im Boden«, wiederholte Susan. »Und gibt es von dort vielleicht noch einen anderen Weg hier raus als den durch die Vordertür?«

Wieder versuchte Tamalov durch seinen Knebel zu schreien. Benny zögerte. Susan hielt ihm die Spitze des Messers an die Eier. »In der Rückwand der Garage! Ein Tunnel! Fünfhundert Meter lang! Am Ende steht ein Auto! Bitte, tun Sie mir nichts.« Mit lautem Geheul brach Benny in Tränen aus.

Susan konnte nicht widerstehen. Für eine Sekunde erlöste sie Tamalov von seinem Knebel. »DU VOLLIDIOT! VERFICKTER IDIOT!«, schrie er Benny an.

Sie klebte ihm den Mund wieder zu.

»Prima«, sagte Julie. »Lasst uns gehen.«

FÜNFUNDSIEBZIG

Begleitet vom Geschnatter des Funkgeräts rasten sie durch die dunklen Berge. Mit ersten Lichtstrahlen kündigte sich im Osten die aufgehende Sonne an. Wesley war in der Mitte der Rückbank von zwei uniformierten Gendarmen eingeklemmt, Dumas saß auf dem Beifahrersitz, ein anderer Beamter in Zivil fuhr den Wagen. Dumas und die beiden Gendarmen waren mit etwas beschäftigt, was Wesley bisher nur in Kriminalfilmen gesehen hatte: Sie luden ihre Waffen. Dumas schob dicke Messingpatronen in einen vernickelten Revolver mit kurzem Lauf, während die Kollegen rechts und links von Wesley sich vergewisserten, dass ihre Magazine voll munitioniert waren, um sie dann in den Griff ihrer glänzenden schwarzen Automatikpistolen zurückzuschieben. Beim Einrasten machten sie tatsächlich exakt das Geräusch, das er aus den Filmen kannte, ein metallisches »Klack«, nur dass es in echt noch viel lauter war.

»Wie lange noch?«, fragte Dumas und ließ mit einem Schwung aus dem Handgelenk die Trommel seines Revolvers einklinken.

»Sieben oder acht Minuten«, sagte der Fahrer mit Blick aufs Navi und die geschätzte Ankunftszeit. Dann gab er noch mal richtig Gas.

»Denkt daran: Geschossen wird nur auf meinen Befehl, verstanden?«, sagte Dumas. So grimmig und entschlossen die Gendarmen auch nickten, eine gewisse Nervosität war ihnen anzusehen.

O mein Gott, dachte Wesley, während sie mit neunzig Stundenkilometern die Serpentinen hinaufbretterten. *Der Sarge hätte das geliebt …*

SECHSUNDSIEBZIG

Sie leuchteten das Kellergewölbe mit Taschenlampen ab. Julies erster Gedanke war, dass es gar nicht so anders aussah als der Raum, in dem sie den verschiedenen Barry Frobisher gefunden hatten. Auch hier befanden sich an den Wänden Regale mit Pornovideos. Aber da war noch mehr, sehr viel mehr. Etwa ein riesiges Lager an automatischen Waffen, ein Stapel falscher Pässe aus allen möglichen Ländern, ein Block von der Größe einer Autobatterie, bei dem es sich, wie sie annahm, vermutlich um Kokain handelte. Und da, auf der Holzplatte eines Klapptisches, lag mitten im Raum die Tasche mit ihrem Geld. Susan öffnete den Reißverschluss. Das Geld hatte offenbar niemand angerührt. Obendrauf, bordeauxrot, schön und stolz, lagen drei britische Pässe: einer für Ethel, einer für Julie und einer für sie. Dank der abgewetzten Ecken sowie vereinzelter kleiner Risse und Eselohren im Papier sahen sie tatsächlich authentisch aus. Der Unterschied zu einem echten Pass war unmöglich zu erkennen. Sie begutachteten die Fotos. Bemerkenswert. Wirklich *hundertprozentig* ihren Wünschen entsprechend. Absolute Meisterwerke – insbesondere das von Ethel.

»Ich schätze, wir sind wieder im Geschäft«, sagte Julie.

»Los, weiter«, drängte Susan. »Wir haben keine Zeit. Lasst uns von hier verschwinden.«

Sie stiegen die Leiter zur Falltür hinauf, hievten die Tasche hoch in die Garage und kletterten ins grelle Licht der nackten Neonröhren zurück. Die Tür zu dem Geheimgang hatten sie bereits auf dem Weg hierher entdeckt. Sie konnten die Sirenen der näher kommenden Polizeiwagen jetzt deutlich hören. Ethel und Jill verabschiedeten sich bereits voneinander. Susan umarmte Vanessa und drückte sie fest. »Pass auf dich auf, Süße. Nicht vergessen: Halt dich bei deiner Aussage an das, was wir dir gesagt haben, und bleib bei deiner Geschichte.«

Auch Julie nahm Vanessa fest in die Arme. Dabei flüsterte sie ihr etwas ins Ohr und drückte ihr etwas in die Hand, ohne dass die anderen es mitbekamen.

»In Ordnung?«, fragte Julie mit Tränen in den Augen.

»*Oui*«, nickte Vanessa und rang ebenfalls mit den Tränen. Die Sirenen waren nun direkt über ihnen.

»Also, Leute. Zeit, sich zu entscheiden. Entweder sind wir in zwei Sekunden im Tunnel, oder wir sind im Arsch.« Das konnte ja nur von Ethel kommen.

»Auf Wiedersehen, Julie.«

»Mach's gut, Vanessa. Tut mir leid, dass ich das jetzt tun muss«, sagte Julie und riss ein Stück Klebeband ab.

SIEBENUNDSIEBZIG

Den Revolver im Anschlag, ging Dumas durch den weißen Flur voran. Seine erhobene Hand im Blick, warteten die bewaffneten Polizisten hinter ihm in Deckung auf sein Signal. Als Letzter des Trosses wünschte Wesley sich inbrünstig, er hätte eine Waffe. Tatsächlich erwischte er sich dabei, wie er mit der Rechten reflexhaft eine Pistole formte wie ein kleines Kind beim Spielen.

Kurz vor dem Türbogen, der in einen anderen Raum führte, blieb Dumas stehen und presste den Rücken gegen die massive Bruchsteinwand. Er konnte das Knirschen des Schotters unter den Stiefeln seiner Leute hören, die draußen das Gebäude umrundeten, um nach weiteren Zutrittsmöglichkeiten auf der Rückseite zu suchen. »Alexei«, brüllte er. »Alexei Tamalov? Ich habe einen Durchsuchungsbefehl für dieses Grundstück. Sollten Sie sich der Durchsuchung widersetzen, sind wir befugt, Gewalt anzuwenden.«

Keine Reaktion.

Dumas wiederholte die Warnung auf Russisch und Englisch.

Immer noch keine Reaktion.

Dann hörte er leise Geräusche von drinnen. Sachen stürzten um und zerbrachen. Dumas schluckte, entsicherte seine

Waffe und nickte den Beamten hinter ihm zu. Mit beiden Händen um den geriffelten Holzgriff des Revolvers sprang er in den Durchgang und ging in Feuerposition.

Auf dem Fußboden am anderen Ende des riesigen Wohnzimmers sah er Tamalov, Benny, Franco und ein paar Mädchen, allesamt gefesselt und geknebelt. Tamalov hatte wohl versucht, zur Tür zu kriechen, und dabei eine Lampe umgeworfen. Er sah aus, als wäre er von oben bis unten mit …

»Ich brauche sofort einen Sanitäter!«, brüllte Dumas nach hinten, stürmte in den Raum und signalisierte seinen Leuten, auszuschwärmen und den Rest des Hauses zu sichern. Wie ein Häuflein Elend blickte Tamalov zu ihm hoch. »Sind Sie in Ordnung?«, fragte Dumas, bückte sich und riss ihm den Knebel ab.

»DAS IST NUR KETSCHUP, DU DÄMLICHER ARSCH!«

»SIR! HIER ENTLANG!«

Im Türrahmen stand einer der uniformierten Polizisten und zeigte einen Korridor hinunter. Einen Korridor, der, wie Tamalov wusste, zur Garage führte. Er blickte sich um und sah Bennys dämliche Fresse, und zwar so verlockend nah, dass er nicht anders konnte, als die Knie unters Kinn zu ziehen und dem Türsteher dann die zusammengebundenen Füße mit aller Kraft ins Gesicht zu rammen. »Das reicht jetzt«, sagte Dumas, zerrte Tamalov ein paar Meter weg, wies einen seiner Männer an, den Russen zu bewachen, und verschwand im Korridor.

In der Garage standen drei Beamte um eine offene Falltür im Boden und leuchteten mit ihren Taschenlampen hinein. Eine Polizistin befreite derweil ein auffällig junges Mädchen von seinen Fesseln. Trotz ihres verheulten Gesichts war die

Kleine fraglos sehr hübsch. Sie schluchzte: »Ich dachte, sie bringen uns alle um!«

Fabio, einer seiner besten Leute, reichte Dumas eine Taschenlampe und kletterte durch die Falltür voraus. Dumas leuchtete in den Kellerraum: *Donnerwetter!* »Da ist noch mehr«, rief Fabio und wischte sich den Schweiß von der Stirn.

»Wie viel mehr?«

»Wir sollten einen Lastwagen anfordern«, sagte Fabio.

Ein zufriedenes Lächeln schlich sich auf Dumas' Gesicht. Hinter ihm trank Vanessa gerade dankbar aus der Wasserflasche, die ihr die freundliche Polizistin reichte, als Wesley sich den beiden näherte. Er ging vor Vanessa in die Hocke und fragte: »Hast du sie gesehen?«

»Pardon?«, erwiderte Vanessa.

»Die alten Damen?«, sagte Wesley. »*LES DAMES GRANDES!*«

»Pardon?«, fragte Vanessa noch einmal.

»Ach, verdammte Scheiße!«

Vanessa brach in Tränen aus und vergrub ihr Gesicht in der kugelsicheren Weste der Polizistin.

»*Les* …« Wesley wollte es gerade mit einer pantomimischen Darbietung probieren, als sich Dumas schützend vor das Mädchen stellte.

»Vielen Dank, Sir«, sagte er. »Aber ich finde, Sie und Ihr Kollege Sergeant Boscombe haben uns für heute Nacht mehr als genug *geholfen.* Jetzt übernehmen wir …«

ACHTUNDSIEBZIG

Julie und Susan standen vor dem Fenster ihres Zimmers im Novotel und tranken Kaffee. Draußen glitzerte der Flughafen von Nizza in der Nachmittagssonne. Julie hätte gerne etwas Stärkeres getrunken, aber sie mussten jetzt klar und fokussiert bleiben. Dies war die letzte Hürde, der finale Befreiungsschlag, ihr persönliches Alamo, wie immer man es nennen wollte. Wenn es funktionierte, waren sie endgültig frei. Aber dieses *Wenn*, so viel wussten beide, war verdammt groß. Man würde nach ihnen Ausschau halten, da brauchten sie sich nichts vorzumachen.

»Ich wäre dann so weit«, sagte Jill, die mit ihrem kleinen Rollkoffer in der Badezimmertür stand. Sie trug ihre neuen Autofahrerhandschuhe. Ihre Unterlippe bebte. Jill hatte genügend Gründe, nervös zu sein.

Unter anderem, weil sie mit dem Mietwagen, der draußen parkte, ein Auto fahren würde, das für sie vollkommen neu war. Den Wagen bei der Hertz-Filiale am Flughafen zu mieten war eine Art Lackmustest gewesen. Julie hatte um die Ecke in dem BMW gesessen, den sie Tamalov gestohlen hatten. Dem, der am Ende des langen Fluchttunnels tatsächlich mit den Schlüsseln im Schloss bereitgestanden hatte, als habe er dort bloß auf sie gewartet. Für den Fall, dass Jill im Büro der Autovermietung irgendetwas komisch vorkommen sollte, weil zum Beispiel jemand plötzlich mit den Worten »Warten Sie doch bitte einen Moment hier« oder »Ich muss nur mal kurz telefonieren« im Hinterzimmer verschwand, hatte Julie sie instruiert, auf der Stelle das Weite zu suchen. Aber nichts dergleichen war geschehen: Ihr Führerschein und ihre Kreditkarte waren anstandslos entgegengenommen und ihr mit einem freundlichen Lächeln zurückgegeben worden. Dies war Beweis genug, dass niemand hinter ihr her war und die Spur bei Susan, Julie und Ethel endete.

Ein weiterer Grund für Jills Nervosität war die Tatsache, dass sie die ganze Strecke quer durch Frankreich ganz allein fahren musste. Immerhin zehn Stunden Fahrt bis zum Fährhafen von Le Havre. Sie hatten kurz Bilbao in Erwägung gezogen, das etwas näher lag, aber sich letztlich dagegen entschieden. Denn dafür hätte Jill die Grenze nach Spanien überqueren müssen, und die ein bis zwei Stunden Zeitersparnis waren das Risiko nicht wert. Sie würde sich unterwegs irgendwo ein nettes Hotel für die Nacht suchen und die Reise in zwei Etappen zurücklegen. Mit ein bisschen Glück würde sie schon morgen Mittag auf der Fähre nach Portsmouth und zu den Abendnachrichten zu Hause sein.

Sie war auch deshalb nervös, weil sie sich um ihre Freundinnen sorgte, denen noch einige wirklich große Herausforderungen bevorstanden.

Aber wohl hauptsächlich, weil sie sechzigtausend Pfund in ihrem Rollkoffer transportierte: sechs backsteingroße Päckchen aus Fünfzig-Pfund-Noten, zweihundert Scheine je Päckchen.

»Halt dich einfach an das, was wir besprochen haben«, sagte Julie. »Pack den Koffer in den Kofferraum und fahr. Die Chance, dass dich jemand rauswinkt und den Wagen durchsucht, ist gleich null.«

»Und wenn es doch passiert«, fragte Susan, »was machst du dann?«

»Ich erzähle ihnen, dass mich ein Mann gebeten hat, das Gepäck für ihn mitzunehmen, und mache einen auf dumme, naive Rentnerin.«

»Das sollte dir ja nicht schwerfallen«, rief Ethel, die durch die Verbindungstür zum Nachbarzimmer gerollt kam.

»Fick dich ins Knie, Ethel«, erwiderte Jill.

Nach einem kurzen Augenblick kollektiver Sprachlosigkeit brachen alle in Gelächter aus. Doch als sie die anderen zum Abschied noch einmal in den Arm nahm, hatte Jill schnell wieder Tränen in den Augen. »Passt auf euch auf. Ich nehme an, auf die eine oder andere Art werde ich schon erfahren, wie es euch ergangen ist, nicht wahr?«

»Bestimmt«, sagte Susan. »Ich würde einfach hin und wieder mal die Nachrichten einschalten.«

»Wir schicken dir eine Postkarte, wenn wir ein nettes Plätzchen gefunden haben«, sagte Julie mit einer Zuversicht, die sie nur bedingt empfand.

»Also dann«, Jill atmete tief durch und wischte sich mit dem Handrücken die Tränen aus den Augenwinkeln. »Ich fahr dann mal los. Ich werde euch alle schrecklich vermissen.«

»Alles Gute, Schätzchen«, sagte Ethel. »Und viel Glück.«

Die Tür schloss sich hinter ihr, und die drei Freundinnen sahen vom Fenster aus zu, wie Jill kurz danach auf dem Hotelparkplatz in einen weißen Renault einstieg und davonfuhr.

»Wie viel Zeit bleibt uns noch?«, fragte Julie.

Ethel sah auf den Wecker neben dem Bett. »Drei Stunden. Vielleicht etwas mehr.«

»Dann legen wir besser mal los«, sagte Susan. »Wir werden jede Minute brauchen.« Sie öffnete den Koffer mit all dem Zeug, das sie in Marseille gekauft hatte, und studierte ihre Passfotos ganz genau. O ja, kein Zweifel, das würde eine echte Herausforderung werden. »Also gut, Ethel«, sagte sie und packte eine Schere aus. »Du kommst als Erste dran …«

NEUNUNDSIEBZIG

Manche Leute starrten sie schon ziemlich ungeniert an, dachte Wesley und war erstaunt, welches Spektrum an Emotionen sich in den Gesichtern der Passanten spiegelte: Besorgnis, Schrecken, Mitleid und in den Mienen einiger Jüngerer – wie nicht anders zu erwarten – Belustigung. Den Rollstuhl, in dem er Boscombe schob, hatte ihnen das Krankenhaus in Marseille gegeben, sozusagen als Abschiedsgeschenk der Grande Nation. Boscombes Beine lagen lang ausgestreckt vor ihm auf den Fußrasten, beide eingegipst. Eigentlich war nur ein Bein gebrochen, aber er hatte sich eine komplizierte Beckenfraktur zugezogen und durfte sich deshalb hüftabwärts nicht bewegen, weshalb die Ärzte sicherheitshalber beide Beine stillgelegt hatten.

Aber verglichen mit seinem Kopf waren Boscombes Beine lediglich Zipperlein. Sein Hals steckte noch immer in einer dicken Kunststoffmanschette, die es ihm unmöglich machte, den Kopf zu drehen, weshalb Wesley alle paar Meter anhalten und um den Rollstuhl herumgehen musste, wenn Boscombe mal wieder Wasser brauchte, auf Toilette wollte oder sonst einen Wunsch hatte. Außerdem steckte der Kopf des Sergeant in einer dieser neumodischen Apparaturen, einem Gestänge, das scheinbar mit Schrauben in seinem Schädel verankert war. Was das für ein Palaver gewesen war, mit dem ganzen Metall durch die Sicherheitsschleuse zu kommen.

Heute früh beim Abschied hatte der Chirurg ihnen gut gelaunt erzählt, dass nur wenig gefehlt hätte, und Boscombes Amokfahrt wäre tödlich geendet. Seine Halswirbel waren so übel zugerichtet, dass sie künstlich versteift werden mussten. Sein Gesicht war ein bunter Flickenteppich aus Blutergüssen, dessen prächtiges Farbenspiel von einem lebhaften Grüngelb, das wie Papageiengefieder leuchtete, bis zum irisierenden Schillern von Benzinschlieren in Pfützen reichte. Obendrein schien er ständig zu sabbern, weshalb Wesley ihm immer wieder das Kinn abwischen musste. Möglicherweise lag es daran, dass Boscombe sich einen guten Zentimeter seiner Zunge abgebissen hatte. Man konnte Wesley kaum verübeln, wenn er zu dem Schluss kam, dass diese Gebrechen den Sergeant nicht unbedingt zum idealen Reisegefährten machten.

Jetzt trommelte er schon wieder mit der Hand gegen die Seite des Rollstuhls, weil er irgendetwas von Wesley wollte. Egal, sie würden ja bald zu Hause sein.

Wesley zog die Bremse an, ging vor dem Rollstuhl in die Hocke und fragte: »Was ist denn los, Sarge?«

»Eeeehhh …«

Wesley lächelte und nickte ihm aufmunternd zu, wie man es bei einem kleinen Kind oder Idioten tat.

»Eeeeheeen.« Ein dicker Speichelfaden tropfte von seiner Unterlippe.

»Eeeheeen?«, wiederholte Wesley das Kauderwelsch.

»EEEHEEEN!« Boscombe zeigte auf seinen Mund.

»Ah! Essen. Na klar. Schauen wir mal, was wir finden. Das da drüben sieht doch ganz gut aus.« Er löste die Bremse und schob Boscombe in das nächstgelegene Café. Beide betrachteten die appetitlichen Sandwiches, Kuchen, Törtchen, Croissants und Toasts in der Auslage.

»Mmmm, lecker«, brummte Wesley anerkennend, sah Boscombe dann in die gierigen Augen und fügte hinzu: »Vermutlich wäre es besser, wenn wir Ihnen irgendwo ein Süppchen kaufen. Oder was meinen Sie, Sergeant?«

»Ieeh-eiiiin!«

»O ja, und vielleicht ein paar Rühreier dazu. Wie der Doktor es gesagt hat.«

»Ooooääh.«

»Jetzt stellen Sie sich mal nicht so an.« Wesley warf einen prüfenden Blick auf die Abflugtafel. Da war ihr Flug: BA 243, Nizza – London Gatwick.

Das Gate war noch nicht mal geöffnet, sie hatten also reichlich Zeit.

Er schob den Sergeant weiter durch das geschäftige Gewimmel des Flughafens.

ACHTZIG

Mutter und Tochter näherten sich der Sicherheitsschleuse, bereit, die nächste Etappe ihrer Weltreise anzutreten. Auch für Ms. und Mrs. Saunders ein Luxusurlaub, wie man sich ihn nur einmal im Leben gönnt.

Miss Anna Saunders war sehr elegant. Sie trug ein Wickelkleid, hatte eine Sonnenbrille auf und eine schicke Einkaufstasche über der Schulter. Haar und Make-up, beides perfekt, vermittelten den Eindruck, sie sei Mitte vierzig.

Mit Mrs. Heather Saunders schienen die Jahre nicht ganz so gnädig umgesprungen zu sein. Sie war eine beleibte Dame Ende sechzig oder sogar Anfang siebzig, mit einem von Falten und Runzeln gezeichneten Gesicht. Und »beleibt« wäre noch sehr wohlmeinend formuliert. Tatsächlich wog sie vermutlich um die hundertzwanzig Kilo und war auf dem Weg vom Eingang hierher bereits kräftig ins Schwitzen gekommen.

»Bordkarten und Pässe bitte«, sagte die junge Frau am Eingang zur Sicherheitsschleuse, wo andere Passagiere bereits ihre Schuhe und Gürtel auszogen oder ihre Notebooks aus dem Handgepäck holten.

Anna Saunders schob die Dokumente über den Tresen des Schalters, nahm die Sonnenbrille ab, als ihr Gegenüber sie prüfend ansah, und legte die Hand auf die Schulter ihrer Mutter, um zu demonstrieren, dass sie zusammengehörten.

Die einzige Reaktion darauf bestand aus einem extrabreiten Lächeln, wie es ausschließlich Passagieren der ersten Klasse vorbehalten ist. Zu den Annehmlichkeiten der ersten Klasse gehörte auch, dass man deutlich mehr Handgepäck mit an Bord nehmen durfte. Ein Angebot, das Ms. und Mrs. Saunders weidlich zu nutzen gedachten.

»*Merci.* Ich wünsche Ihnen einen guten Flug.« Die junge Frau gab ihnen die Tickets und Pässe zurück.

»Merci beaucoup«, erwiderte Susan. »Komm mit, Mutter.«

»Ich komm ja schon«, sagte Julie, watschelte hinterher und beschimpfte in Gedanken ihre Freundin. *Mutter? Ich bin nur sechs Monate älter als du, vergiss das bloß nicht, Fräulein! Mit dir hab ich zum letzten Mal Stöckchen gezogen, Susan Frobisher.* Sie fragte sich, ob es sich wohl so anfühlte, wenn man übergewichtig war. Sie hatte dreißig Kilo zusätzlich auf Brüste, Bauch und Hintern geschnallt. Das Herz klopfte ihr bis zum Hals, als sie sich an der Schlange anstellten und ihre Taschen auf das Förderband hievten. *Immer schön schlank bleiben,* dachte Julie.

An einer anderen Schleuse sprach Dr. Thomas McKenzie mit einem der Sicherheitsleute. McKenzie saß im Rollstuhl, war ebenfalls stark übergewichtig und trug einen Panamahut zu seinem stilvollen weißen Leinenanzug. Er wedelte sich mit der Bordkarte frische Luft ins bärtige Gesicht.

»Haben Sie Ihre Taschen selbst gepackt, Dr. McKenzie?«, wurde er gefragt.

»Jawohl. Hab ich«, antwortete McKenzie barsch. Ethel hatte beschlossen, ihre Rolle ein wenig ruppig anzulegen. Da sie stark schwitzte, war sie etwas besorgt um ihren Bart.

»Würden Sie bitte mitkommen?«, sagte der Sicherheitsmann.

»Was? Warum?«

Sein Gegenüber wirkte irritiert. Hinter ihm, zwei Reihen weiter, konnte Ethel Susan und Julie sehen. Sie waren so gut wie durch.

»Wir müssen Ihren Rollstuhl scannen.«

»Geht klar, Jungchen«, grunzte Ethel. »Ich steh kurz auf.«

»Nicht nötig, Sie können dabei sitzen bleiben.«

»O nein, Söhnchen. Ich werde mich nicht mit diesen Röntgenstrahlen beschießen lassen. Das steck dir mal dahin, wo die Sonne nicht scheint.«

»Wie bitte?«

»Kommt nicht in die Tüte.«

»Bitte bleiben Sie einfach sitzen, dann können wir …«

»Ihr werdet mich nicht mit dieser Scheiße verstrahlen!« Ethel hatte zwar nicht direkt Panik, aber wenn man sie durchleuchten würde …

»Kommen Sie einfach mit hier rüber.«

Ethel stand auf und stützte sich keuchend gegen die Wand des Scanners. »Einen kurzen Moment noch bitte …«

Eine weitere junge Frau kam zu ihr und wollte sie mit einem dieser elektrischen Stabdinger abtasten. »Sir, wenn Sie bitte einfach …«

»Tut mir leid«, sagte Ethel, »ich müsste kurz meinen Beutel leeren.«

»Ihren Beutel? Liegt der schon auf dem Förderband?«

»Nee. Meinen Beutel. Meinen Kolostomiebeutel.« Ethel deutete auf ihren Unterleib. Die beiden Sicherheitsleute blickten sich fragend an.

»Ich hätte zum Mittag wirklich kein englisches Frühstück essen sollen«, sagte Ethel entschuldigend.

Ihrem angeekelten Gesichtsausdruck nach zu urteilen schien die junge Frau verstanden zu haben. Ein kurzer Wortwechsel auf Französisch fand statt. »Bitte«, sagte der Sicherheitsmann schließlich. »Gehen Sie doch einfach durch.« Er schob den Rollstuhl zur Seite, um ihn einzeln zu durchleuchten.

Vier Minuten später beriet sich Dr. McKenzie in einem abseits gelegenen Gang des Duty-Free-Shops mit Anna und Heather Saunders. »Meine Fresse«, sagte Ethel, »ich dachte echt, das wär's.«

»Beruhige dich, Schatz. Ist ja alles noch mal gut gegangen«, sagte Susan. »Wir haben es so gut wie geschafft.« Sie tat so, als würde sie in einem Reiseführer blättern. Beide hielten die Köpfe gesenkt und sprachen, ohne einander anzusehen.

»In Ordnung. Phase zwei«, sagte Julie. »Wie gehen wir's an?«

»Die Toiletten sind da drüben«, sagte Ethel und deutete mit dem Kopf in die entsprechende Richtung. »Ich geh mit einem Koffer rein. Du gibst mir eine Minute und folgst dann mit den anderen beiden.«

Julie nickte.

»Also gut, seid bitte vorsichtig«, sagte Susan. »Ich hole mir inzwischen einen Kaffee.« Sie warf einen Blick auf die Abflugtafel: BA 117, Nizza – Rio, Gate 43.

Boarding war in dreißig Minuten.

EINUNDACHTZIG

Suppe und matschige Rühreier – das war alles. Daraus würde in den nächsten sechs Wochen seine ganze Diät bestehen. Boscombe starrte hasserfüllt auf seinen Teller. Selbst die Eier verursachten Schmerzen beim Schlucken. Er schielte auf die beiden Zeitungen, die neben ihm auf dem Tisch lagen. Ein örtliches Revolverblatt und die *Sun*. Sie hatten es auf den Titel der französischen Zeitung geschafft: mit einem Foto des verwüsteten Autohauses und einem kurzen Begleitartikel. Auf Seite vier der *Sun* fand sich dasselbe Bild, bloß etwas kleiner und mit einem Porträt von ihm als Einklinker. Eine Aufnahme aus seinem Interview mit Sky News vor einer Woche. Die Überschrift lautete: »Britische Berserker-Bullen: Dümmer, als die Gendarmerie erlaubt!« *Diese Journalistenschweine.*

»Alles in Ordnung, Sarge?«, fragte Wesley, der nach einem Croissant und einem Milchkaffee ausgesprochen satt und zufrieden wirkte. »Ich geh nur mal kurz rüber in den Duty-Free-Shop und besorg ein paar Mitbringsel für die Kinder. Sie kommen doch eine Minute allein zurecht, oder? Hier, lassen Sie mich kurz …« Er schob Boscombes Rollstuhl etwas näher an den Tisch.

Boscombe nickte. »Mmmmf. Ahhhn.«

»Und ich, ähm ...« Wesley zögerte. »Ich habe mit Chief Inspector Wilson gesprochen. Es ... nun, es sieht leider nicht so gut aus. Na ja, ich bin jedenfalls in einer Minute wieder da.«

Wesley ging, und Boscombe machte sich wieder an die Lektüre der Zeitungen. Verdammt, da ließ sich einfach nichts beschönigen: Es war eine einzige beschissene Katastrophe.

Als Boscombe sich dem Sportteil zuwandte, kamen vierhundert Meter weiter Susan und Ethel aus der Toilette. Für zufällige Passanten sahen sie aus wie ein dicker, bärtiger Mann im Rollstuhl in Begleitung einer etwa sechzigjährigen Dame, deren Kleid ihr ein wenig zu groß war. Der aufmerksame Beobachter hätte festgestellt, dass sowohl Dr. McKenzie als auch Mrs. Heather Saunders in den letzten paar Minuten einiges an Gewicht verloren hatten. In jedem ihrer Gepäckstücke befand sich eine Million Pfund – das Geld, das sie bis eben noch mit Klebeband befestigt am eigenen Körper herumgetragen hatten.

Sie fanden Susan in der kleinen Cafébar neben dem Gate.

»Wie ist es gelaufen?«

»Alles in trockenen Tüchern«, sagte Julie und tätschelte einen der Koffer.

»Dann decke ich mich noch mal eben mit Süßigkeiten für den Flug ein«, erklärte Ethel. »Bin sofort zurück.«

»Sei vorsichtig«, riefen ihr beide hinterher, als sie davonrollte, um ihre geliebten Bonbons zu kaufen.

Hundert Riesen die Woche oder was immer diese Lusche kriegt. Und er schafft es trotzdem nicht, den verdammten Ball ins Netz zu treten. Boscombe blätterte die Seite um. *Auch so ein Sauhaufen. Die beschissene erste Liga.*

* * *

Pfefferminzbonbons? Oder Malzbonbons? Karamell? Oder vielleicht welche von diesen abgedreht aussehenden französischen Drops? *Die Qual der Wahl,* dachte Ethel.

* * *

Bei so viel Zaster, wie die kriegen, kann man doch wohl erwarten, dass sie auch mal das beschissene Tor treffen. Verärgert sah Boscombe von der Zeitung auf und ließ den Blick durch die Flughafenhalle schweifen. Im Laden gegenüber stand ein fetter alter Mann im Rollstuhl vor dem Regal mit den Süßigkeiten. *Gott, was für ein Loser. Sehe ich etwa* so *aus?* Wie lange würde er wohl an dieses Mistding gefesselt sein? Aber versuch mal einer, von diesen französischen Ärzten eine vernünftige Antwort zu kriegen …

* * *

Warum nehme ich nicht einfach alle?, dachte Ethel und grinste. Immerhin war sie ja jetzt Millionärin.

* * *

Erneut musterte Boscombe den Fettsack am Süßigkeitenregal, und diesmal sah er sich den Rollstuhl genauer an.

Sein Herzschlag setzte für eine Sekunde aus, als sein Blick an etwas hängen blieb. Einem Aufkleber.

»Kein Schwanz ist so hart wie das Leben!«

Ach du Scheiße.

Just in diesem Augenblick spürte Ethel, dass sie beobachtet wurde, und sah hinüber zu dem Restaurant.

Ihre Blicke trafen sich.

All die in Boscombe angestaute Wut, die Erniedrigung und Anspannung der letzten Woche, brach sich auf einen Schlag Bahn. Ethel grinste ihn boshaft an.

Beide rollten im selben Moment los.

Ethel lenkte ihren Rollstuhl, so schnell sie konnte, Richtung Susan und Julie.

Boscombe, sehr viel unerfahrener darin, sich im Rollstuhl zu bewegen, rammte erst den Tisch, dann den Stuhl hinter ihm, bevor es ihm schließlich gelang, sich aus dem Café herauszumanövrieren. An einem Springbrunnen sah er zwei Gendarmen im Gespräch und rollte zu ihnen hin.

»EEENNNN! ARRRRRRGH!«, brüllte er.

Die beiden Polizisten glotzten ihn verständnislos an.

»URRRR! GNAA…HAAAAAK!«, schnaufte Boscombe wild gestikulierend und zeigte in Ethels Richtung.

»Pardon, Monsieur?«

»AUUUHAAAAAAAAADEEE!« Boscombes Teint nahm eine leuchtend violette Farbe an, Schweiß trat ihm auf die Stirn. Die Verzweiflung stand ihm ins Gesicht geschrieben.

Die Gendarmen tauschten ratlose Blicke aus. »Ah!«, sagte plötzlich einer von ihnen, als der Groschen endlich fiel. Er nahm die Griffe des Rollstuhls und schob Boscombe vorwärts. »RRRRNNN!«, nuschelte Boscombe und zeigte erneut auf die fliehende Ethel. »FRRRRR!«

»Voilà!«, rief der Polizist und hielt an.

Boscombe starrte auf die Tür vor seiner Nase.

Die Behindertentoilette.

Dem freundlichen Helfer eine Flut unverständlicher Obszönitäten an den Kopf werfend, griff Boscombe nach den Rädern und rollte hinter Ethel her. Der Gendarm blickte ihm verwundert nach. Sein Kollege, der ihnen gefolgt war, sah ihn mit großen Augen an und fragte: »Quoi?«

»Pah! Ces handicapés menteaux.«

»Ah.«

Julie und Susan starrten beide auf den Bildschirm, wo die Worte »BA 117, BOARDING« aufblinkten. Sie wollten sich gerade nach Ethel umschauen, als diese mit gut zehn Stundenkilometern, leicht in die Kurve gelegt, so nah an ihrem Tisch vorbeischoss, dass die Kaffeetassen wackelten. »STEIGT SOFORT INS FLUGZEUG!«, rief Ethel ihnen zu.

»Hä?«, sagte Susan.

»Was zum Teufel ...?«, fragte Julie.

Sie hatten gerade noch Zeit, ihren Kram zusammenzupacken, als noch ein schemenhaftes Etwas aus Mensch, Chrom und Reifen an ihnen vorbeisauste.

»War das ...?«, fragte Julie.

»Ins Flugzeug«, rief Susan. »Wir müssen sofort in das verdammte Flugzeug.«

* * *

Beladen mit Teddybären und Schokolade kehrte Wesley ins Café zurück, wo er den Tisch leer vorfand. Boscombe war verschwunden. Wahrscheinlich kurz auf dem Klo. Er blickte auf die Anzeigetafel. Noch immer kein Boarding.

Er bestellte einen weiteren Kaffee.

* * *

Sie hatte etwa hundert Meter Vorsprung, schätzte Boscombe. Gott sei Dank waren seine Arme so ziemlich das Einzige an ihm, was unversehrt geblieben war. Allmählich bekam er den Bogen raus: Er drehte die Greifringe an den Rädern mit aller Kraft vorwärts, ließ dann los und die Reifen frei laufen, um anschließend wieder mit Schwung in die Ringe zu greifen. Offenbar ging es gerade leicht bergab, denn er nahm an Fahrt auf.

Ethel warf einen Blick über ihre Schulter und sah Boscombes grotesk anmutende Gestalt näher kommen – die Beine wirkten wie mumifiziert, der Kopf steckte in einem Käfig. Zeit für ein Ausweichmanöver, beschloss sie.

»He!«, rief jemand, und die Leute sprangen erschrocken zur Seite.

Erstaunt sah Boscombe, wie Ethel eine scharfe Linkskurve beschrieb und in einem Souvenirladen verschwand.

»AUS DEM WEG!«, brüllte Ethel, während sie durch den breiten Gang donnerte. Boscombe gelang es nicht nur, ihr in den Laden zu folgen, sondern auch noch weiter aufzuholen. Mit beeindruckender Geschicklichkeit angelte sich Ethel, ohne langsamer zu werden, eine große Flasche Chanel No. 5 aus dem Regal. Die Augen fest auf den »Ich bremse für niemand!«-Aufkleber gerichtet, griff Boscombe wie ein Irrer in die Räder. Als er bis auf zehn Meter herangekommen war, warf Ethel die Flasche über ihre Schulter. Der darauf folgende Schrei sagte ihr, dass sie ihr Ziel nicht verfehlt hatte. Der Parfümflakon traf Boscombe hart an der Stirn. Doch als Ethel auf der anderen Seite aus dem Laden herausgeschossen kam, klebte der Bulle immer noch an ihr dran. Ethel nahm Kurs auf einen Rollsteig.

Unbemerkt von Boscombe, dem von der frischen Platzwunde auf der Stirn das Blut in die Augen lief, warf Ethel im Vorbeifahren Pass und Bordkarte in eine Mülltonne.

Von nun an befand sie sich auf einer Selbstmordmission.

* * *

Aus den Lautsprechern ertönte die Durchsage »Letzter Aufruf British Airways Flug 117 nach Rio«, und trotz der zwei schweren Koffer rannten Susan und Julie, so schnell sie konnten, zum Gate.

* * *

Ethel rumpelte mit Karacho auf den Rollsteig, wo ihre wirbelnden Räder noch einmal einen Extraschub bekamen, als Boscombe hinter ihr aus dem Souvenirladen donnerte. Sein Rollstuhl neigte sich bedenklich weit zur Seite, und er kippte fast um, als er eine Großfamilie umkurvte. »MMMMFFFF! ARRRRR!«, knurrte er und verfehlte sie nur um wenige Zentimeter. Er sah Ethel auf dem Rollsteig davonschießen und stand schon kurz davor, alle Hoffnung fahren zu lassen, als er vor sich den Elektrobuggy sah. Eines dieser an einen Golfcaddy erinnernden Fahrzeuge, mit dem man auf Flughäfen die sehr alten oder sehr wichtigen Reisenden herumkutschiert. Er legte sich noch einmal besonders ins Zeug und bekam den Wagen tatsächlich an der hinteren Stoßstange zu fassen, ohne dass der Fahrer etwas von dem Huckepack reisenden Passagier mitbekam.

Ethel ratterte über den Rollsteig und brüllte »Allez! Allez! Vamos!« und »Aus dem Weg!«. Die Leute sprangen zur Seite und retteten sich aufs Geländer.

* * *

Als Julie und Susan am Gate ankamen, gab es zwar noch eine kleine Schlange für die Economy Class, aber bei Business Class und First Class war alles frei. Lächelnd nahm der äußerst attraktiv aussehende junge Flugbegleiter ihre Bordkarten entgegen. Aber gerade als die Maschine die Strichcodes der Karten eingelesen hatte und das grüne Licht signalisierte, dass alles in Ordnung war, klingelte das Telefon hinter dem Tresen. Der Flugbegleiter nahm den Hörer ab, lauschte, sah Julie und Susan an und blickte dann an ihnen vorbei zu der kleinen Schlange von Reisenden, die für die Economy Class anstanden. »Mmmm. *Oui. Oui.*« Er legte auf. »Mesdames, bitte warten Sie hier einen Moment.« Er ging zu zwei Kollegen, die in der Nähe über ein Klemmbrett gebeugt miteinander diskutierten.

»Sollten wir vielleicht besser abhauen?«, zischte Julie Susan durch den Mundwinkel zu.

* * *

Der Rollsteig katapultierte Ethel exakt in dem Moment in den Korridor, als Boscombe den Elektrobuggy losließ. Für einen Sekundenbruchteil konnte er beinahe ihr Haar berühren, das wie ein grauer Schemen hinter ihr her wehte. Doch dann erreichten sie einen leicht abschüssigen Abschnitt, und obwohl auch Boscombe noch einmal an Tempo zulegte, ließ sie ihn schon wieder hinter sich. Ein paar Meter voraus sah Ethel zwei Rolltreppen, die ein Stockwerk tiefer führten. Sie raste geradewegs auf die rechte der beiden zu, und mit einer Kunstfertigkeit, die sie zweifellos unter die ersten fünf der

Rollifahrer-Weltrangliste befördert hätte, riss sie die Bremshebel hoch, kam punktgenau auf der ersten Stufe zum Stehen und ließ sich von der Rolltreppe abwärts befördern. Als sie zurück nach oben schaute, sah Ethel zwei Dinge: Erstens einen Haufen Gendarmen und Sicherheitsleute, die von der Rollstuhlversion des Autorennens von Le Mans aufgescheucht hinter ihr her rannten, und zweitens ...

... Boscombe.

Der Fairness halber sollte erwähnt werden, dass Boscombe erst wenige Stunden im Rollstuhl saß und deshalb lange nicht so viel Übung wie Ethel hatte, die über mehr als zehn Jahre Erfahrung verfügte. Deshalb zog er die Bremse nicht an, als er etwa zwanzig Sekunden nach ihr auf die linke Rolltreppe zuraste. *Keine gute Idee*, dachte er noch, bevor er mit unvermindertem Tempo die Stufen hinunterstürzte, wobei sein Körper jedes Mal, wenn der Rollstuhl aufschlug, in die Höhe geschleudert wurde. Ethel konnte seine Schreie hören.

* * *

Zu verängstigt, um zu flüchten, blieben Susan und Julie wie angewurzelt stehen. Während sich die verbliebenen Passagiere der Economy Class am Schalter anstellten, um an Bord zu gehen, steckte die Kabinenbesatzung ein paar Meter weiter die Köpfe zusammen und diskutierte leise.

»Was ist mit Ethel?«, flüsterte Julie. »Was zum Teufel ist ihr bloß zugestoßen?«

Susan blickte über Julies Schulter in die Richtung, aus der sie gekommen waren. Doch statt Ethel sah sie zwei Polizisten in Begleitung eines dritten Mannes mit Anzug und Krawatte, der einen laminierten Pass um den Hals trug.

»Dreh dich nicht um«, flüsterte sie zu Julie und umklammerte die Griffe ihrer beiden Trolleys.

»Was ist los?«

»Egal was gleich passiert, die letzten paar Tage waren die beste Zeit ...«

»He, jetzt nicht in Tränen ausbrechen ...«, erwiderte Julie.

»Na dann«, sagte Susan und wollte dem Trio fast schon ihre Handgelenke entgegenstrecken ... das jedoch an ihnen vorbei zu den letzten anderen noch wartenden Passagieren ging. »Entschuldigen Sie bitte, meine Damen«, sprachen die Männer zwei ältere Frauen an.

»Ja?«, fragte eine von ihnen.

»Wenn Sie bitte mitkommen würden ...«

Julie und Susan sahen zu, wie die beiden Frauen durch eine Tür geführt wurden. Eine gewisse Ähnlichkeit der beiden mit Susan und Julie vor ihrer Verwandlung durch Susans geschickte Hände war nicht ganz von der Hand zu weisen. Plötzlich meldete sich hinter ihnen eine Stimme zu Wort: »Ms. und Mrs. Saunders? Sie können jetzt an Bord gehen. Bitte entschuldigen Sie die Verzögerung.«

»Was war denn da los?«, fragte Julie.

»Oh, kein Grund zur Sorge. Bitte, hier entlang.«

Und mit diesen Worten führte ein freundlicher Flugbegleiter sie in das magische Königreich in der Nase der Maschine.

»Ich liebe die erste Klasse«, flüsterte Julie.

»Da kommt einem keiner dumm«, sagte Susan.

* * *

Als Boscombe und Ethel fast auf gleicher Höhe waren, trafen sich ihre hasserfüllten Blicke erneut. Er konnte die Bremse nicht finden. Und jeder Versuch, die Räder mit der Hand zu stoppen, wäre völlig zwecklos gewesen. Da hätte er sich auch gleich die Finger abhacken können. In zehn Meter Entfernung vom Fuß der Rolltreppe sah Ethel einen riesigen verschnörkelten Springbrunnen. Sie rollte genau in dem Augenblick von der Treppe, als nebenan Boscombe hervorgeschossen kam, mit beiden Händen an den Rollstuhl geklammert, als wäre dieser ein bockendes, ungezähmtes Pferd, sein Gesicht eine beängstigende Maske aus Blut und Schmerz.

Ethel löste das Bremsenproblem für ihn: Sie zückte ihren Greifer und rammte ihn in die Speichen seines rechten Rades.

Wäre die folgende Szene von einem Filmregisseur inszeniert worden, dann vermutlich von Sam Peckinpah: In Zeitlupe mit den Armen rudernd, den Mund zu einem lautlosen Schrei aufgerissen, flog Boscombe durch die Luft, vorbei an gaffenden Zuschauern, hinein in die sprudelnden Fontänen des Brunnens, und als er mit einem lauten Klatschen auf dem Wasser aufschlug, wurde eine Familie, die am Rand des Brunnens Eiskrem aß, von oben bis unten durchnässt.

Ethel blieben ein paar Sekunden, um Boscombes Anblick zu genießen, der hilflos strampelnd im Wasser trieb, bevor sie hinter sich das Getrampel zahlreicher Stiefel hörte. Als sie sich umdrehte, war sie von fünfzehn Sicherheitsleuten und Polizisten umringt, von denen nicht wenige ihre Waffen gezogen und auf sie gerichtet hatten. Mit großen Augen musterten die Männer den seltsamen, mit einem weiten Anzug und Panama-Hut bekleideten, bärtigen alten Herrn. Ethel zog ihren Flachmann hervor, nahm den Bart ab und fragte in die Runde: »Braucht hier sonst noch jemand einen Schnaps?«

ZWEIUNDACHTZIG

Sie konnten einfach nicht glauben, dass sie es wirklich geschafft hatten. Selbst als sie endlich im sanften, leicht bläulich gefärbten Licht der ersten Klasse saßen, die Herzen bis zum Hals schlagend, und dankbar den Champagner und die schicken Speisekarten entgegennahmen. Selbst als die Türen mit fünfzehn Minuten Verspätung geschlossen wurden, nachdem es den beiden englischen Damen endlich erlaubt worden war, an Bord zu gehen, was sie unter solchem Gezeter taten, dass Julie und Susan schon dachten, die Polizei wäre gekommen, um sie doch noch aus dem Flugzeug holen. Selbst als die Boeing 747 sich in den Himmel erhob und die Sonnenstrahlen in unmöglichen Winkeln durch die Kabinenfenster fielen, rechneten sie immer noch damit, dass der Flugkapitän jeden Augenblick über die Bordlautsprecher verkünden würde: »Meine Damen und Herren, aus Sicherheitsgründen müssen wir leider zum Flughafen Nizza zurückkehren ...« Erst als die Maschine ihre Reiseflughöhe erreicht hatte, weit unter ihnen das Mittelmeer glitzerte, die »Fasten seat belts«-Zeichen mit einem lauten »Ping« erloschen und der Flugbegleiter ihnen nur Sekunden später neuen Champagner reichte, blickten sie einander an und hoben die Gläser.

»Trinken wir auf Ethel«, sagte Susan.

»Auf Ethel«, sagte Julie.

Allerdings waren noch längst nicht alle Schwierigkeiten überstanden, und Susan machte in Gedanken bereits eine Liste. Im Gepäckfach über ihren Köpfen lagen knapp vier Millionen Pfund, die sie in Brasilien hoffentlich tatsächlich so problemlos durch den Zoll schmuggeln würden, wie man es ihnen versichert hatte. Wenn das geschafft war, brauchten sie einen Ort zum Leben. Außerdem mussten sie für ihr Geld einen sicheren Platz finden, zu dem sie jederzeit Zugang hätten. Sie mussten …

»Susan?«, fragte Julie.

»Mmmm?«

»Los, betrinken wir uns, ja?«

Susan blickte Julie an. Ihre Freundin war immer noch geschminkt wie eine steinalte Frau und trug einen viel zu großen Kaftan. Fünfundvierzig Jahre kannte sie Julie Wickham nun, und selbst jetzt, in dieser Aufmachung, die sie Jahrzehnte älter machen sollte, wirkte sie noch immer wie einundzwanzig. »Ja«, willigte Susan ein, »betrinken wir uns. Meinst du, wir können noch einen hiervon haben?«

»Ich glaube, wir können alles haben, was wir wollen.«

Julie drückte auf ihrer Armlehne den Knopf mit dem kleinen Strichmännchen, das ein Tablett hält, während das große Flugzeug eindrehte und der Golf von Biskaya in Sicht kam. Winzige Boote sprenkelten das Wasser weit unter ihnen, als sie der Sonne entgegen in eine ungewisse Zukunft flogen.

EPILOG

– DREI JAHRE SPÄTER –

Es ist ein kalter Samstagmorgen im Januar. Unsere Kamera fährt durch die Straßen von Wroxham in Dorset, zoomt auf den achtjährigen Jamie Cummings, der sich auf dem Rugbyplatz der Schule gerade mit gereckten Armen freiläuft, um einen Pass zu fangen. Seine Mutter Linda und seine Großmutter Jill feuern ihn von der Seitenlinie an. Jamies Operation in Chicago ist ein voller Erfolg gewesen. Linda hatte vor Freude geweint, als Jill ihr erzählte, dass sie mit ihren alten Freundinnen eine wundervolle Zeit in Wales verbracht hatte und eine von ihnen, die über ein stattliches Vermögen verfügte, bereit war, ihr die fehlenden dreißigtausend Pfund für die Operation zu geben, und zwar ohne jegliche Verpflichtung. Linda hatte nicht einmal Fragen gestellt. Jill betete jeden Sonntag in der Kirche um Vergebung für ihr Mitwirken an der gemeinsamen Freveltat und dafür, dass auch Ethel, Julie und Susan eines Tages ihre Sünden vergeben werden mochten.

Mit einem Schwenk durch winterliche Böen und Graupelschauer nähert sich die Kamera den beinahe leeren Tribünen im Stadion des Wroxham Rovers FC, der gerade zu Hause gegen Didford United spielt – da Didford nicht sonderlich weit entfernt liegt, immerhin vor insgesamt 128 Fans beider Vereine.

Wir zoomen auf das nasse, müde, furchige Gesicht von Constable Hugh Boscombe, der in Uniform am Spielfeldrand steht. Der Ball schlittert direkt neben ihm durch den Matsch, aber er scheint nichts davon mitzukriegen. Denn er träumt von der Halbzeit. Von zwei Fleischpasteten und einem Styroporbecher mit Tütensuppe am Imbisswagen. Dort wird er wie jede Woche den Spott und die Scherze der Einheimischen über sich ergehen lassen, die ihn aufgrund seiner kleinen Unglücksfahrt damals in Marseille immer noch »Lewis Hamilton« nennen. Nach dem Spiel wird er auf die Wache zurückkehren, um sich von seiner Schicht abzumelden. Und selbst dort ist sein Weg ein einziger Spießrutenlauf, führt er doch zu seiner Schmach an der bodentiefen Glaswand des Büros von Detective Sergeant Alan Wesley vorbei. Mit seiner letzten offiziellen Handlung vor seiner Pensionierung, der zeitgleichen Beförderung Wesleys und Degradierung Boscombes, hatte sich Chief Inspector Wilson noch einmal von seiner sadistischsten Seite gezeigt.

Von Wroxham schwebt die Kamera nach Norden, aber nicht sehr weit, nur bis zum Dörfchen Tillington, wo sie das örtliche Beerdigungsinstitut anpeilt und die wenigen Trauergäste der spärlich besuchten Beisetzungsfeier für die jüngst verstorbene Unterweltgröße Nails Savage ins Visier nimmt.

Kurz nach der Entlassung aus seiner dreijährigen Haft, die er wegen Beihilfe zu einer Straftat absitzen musste, hatte Nails ein mysteriöses Päckchen in seiner Post gefunden. Es hatte keinen Brief und kein Begleitschreiben enthalten, bloß einhunderttausend Pfund Sterling in sauber gebündelten Fünfziger-Packen. Abgestempelt war es in Panama.

Einen Gutteil des Geldes verwendete Nails darauf, sich eine letzte Kreuzfahrt ins Glück zu leisten. Eine Fünf-Sterne-Reise nach Bangkok, wo er die Frau auflas, die nun bei seiner Trauerfeier ganz alleine in der ersten Bank saß und letztendlich seinen Tod verschuldet hatte: seine zweiundzwanzigjährige Witwe Sun May. Noch immer verfolgte sie der letzte Satz, den ihr verstorbener Gatte auf Erden gesprochen hatte, als er sich – einen Sekundenbruchteil bevor sein Herz den Geist aufgab – in ihr ergoss. Nämlich die seufzende Elegie: »Aaaah – du verfluchte schlitzäugige Schönheit …«

Die Kamera fliegt jetzt durch Wolken über den Ärmelkanal bis nach Paris und zoomt in einen Hörsaal der Universität, wo sich eine aufmerksame BWL-Studentin im ersten Semester gerade fleißig Notizen macht. Unter ihren Kommilitonen heißt es, dass niemand in ihrem Jahrgang so hart arbeitet wie Vanessa Honfleur. Der Grund dafür ist einfach: Vanessa kann immer noch nicht richtig glauben, dass sie überhaupt hier ist. Sie hatte ein Universitätsstudium immer für einen Traum gehalten, der nur für andere Menschen in Erfüllung ging. Nachdem sie so plötzlich zu Geld gekommen war, hatte sie es zwar ein paar Monate richtig krachen lassen, dabei aber nie die Worte vergessen, die Julie ihr in der Garage der riesigen Villa oberhalb von Marseille ins Ohr geflüstert hatte: »Unter meinem Bett. Verschwende es nicht …«

Sie spürt immer noch ein Kribbeln, wenn sie sich an den folgenden Tag erinnert. An den Moment, nachdem die Polizei sie hatte gehen lassen und sie ins Hotel zurückgekehrt war – in ihrer Faust den Zimmerschlüssel, den Julie ihr in die Hand gedrückt hatte. Den Moment, als sie die Tür öffnete, auf Hände und Knie ging und unter das Bett schaute, um dort eine Kuriertasche mit über einhunderttausend Pfund, beinahe einhundertvierzigtausend Euro, zu finden. Genug, um sich für die Zeit, in der sie die Schule zu Ende brachte, eine kleine Wohnung zu mieten. Genug, um sie hierher zu bringen.

Vanessa denkt oft an Julie, diese Frau, die ihr ganzes Leben verändert hat, und hofft, dass es ihr gut geht.

Wenn sie der Kamera doch nur folgen könnte, als diese den Hörsaal verlässt und in einem einzigen Schwenk aus glitzerndem Blau den Atlantik überquert, um aus dem Himmel auf das in der brasilianischen Provinz Rio Santo knapp fünfhundert Kilometer nördlich von Rio gelegene Küstenstädtchen Vitoria herabzustoßen.

Die Kamera fährt durch die Straßen des wohlhabenden Vorortbezirks im Nordwesten und schwebt schließlich über die akkurat geschnittene Hecke des 1,5-Millionen-Dollar-Hauses zweier britischer Geschäftsfrauen hinweg, die hier ihren Ruhestand verbringen. Im Ort sind sie nur als Ruth und Helen bekannt. Lucas, der Gärtner, schneidet gerade den Zitronenbaum zurück, dessen Äste über die Küchenmauer ragen, während Amanda, die Köchin, drinnen Hühnchen fürs Mittagessen grillt. Wohl wissend, dass die Damen des Hauses zum Essen Wein trinken wollen, hat sie bereits einen ausgezeichneten Weißburgunder kalt gestellt.

Lucas, Amanda und Fernanda, die Haushälterin, die gerade das Bett in einem der Schlafzimmer bezieht, werden von ihren Arbeitgebern deutlich besser bezahlt als üblich und an Geburts- und Feiertagen mit großzügigen Trinkgeldern bedacht. Von denselben Arbeitgebern, die man am Pool gerade laut lachen und miteinander scherzen hört …

Der Pool ist groß, aquamarin gefliest, an einem Ende befindet sich ein sprudelnder Jacuzzi. Eine Diät-Cola zwischen den Schenkeln aalt sich Ruth Steele auf einer Strandliege in der Vormittagssonne, während Helen Davids, die nicht so eine Sonnenanbeterin ist, im Schatten eines Sonnenschirms liegt und aus einer zwei Tage alten Ausgabe der *Daily Mail* den Artikel vorliest, über den sie gerade so gelacht haben: ein urkomischer Text über die »arktische« Januarkälte, die Großbritannien augenblicklich fest in ihrem Griff hat.

Vor drei Jahren, als Ruth und Helen sich noch Julie Wickham beziehungsweise Susan Frobisher nannten, waren sie am Einreiseschalter mit knapp vier Millionen Pfund im Handgepäck durch die Schnellabfertigung für Passagiere der ersten Klasse marschiert, ohne dass jemand Verdacht geschöpft hatte.

Danach waren sie natürlich noch auf das eine oder andere Problem gestoßen. Haus und Grund mit Bargeld zu erwerben sollte sich zum Beispiel als recht schwierig erweisen. Sie quartierten sich für ein paar Wochen in einer Suite im Carlton in Rio ein und betrieben ein paar Nachforschungen.

Da Brasilien nun mal Brasilien und Julie eben Julie war, hatten sie aber bald jemanden gefunden, der ihnen den Kontakt zu einem Immobilienmakler vermittelte. Der brachte sie – natürlich gegen eine saftige Gebühr – wiederum mit der Sorte Verkäufer zusammen, für die Barzahlung kein Problem, sondern eine Gelegenheit darstellt.

Das Ergebnis ist jene Villa mit fünf Schlafzimmern, vier Bädern, Pool und zweitausend Quadratmetern Garten, in der nun Lucas, Amanda und Fernanda das Regiment führen.

Als sie mit dem Vorbesitzer auf das Geschäft anstießen, machte dieser sie ganz nebenbei mit einem Bankier bekannt, der sich ihrer Situation gegenüber mitfühlend zeigte und ihnen – natürlich ebenfalls gegen eine angemessene Gebühr – dabei half, ein Konto einzurichten. Auf dem parken nun die noch etwas über zwei Millionen US-Dollar, die ihnen nach Erwerb des Hauses sowie allerlei Ausgaben – zum Beispiel ein neuer Mercedes SLK für jede von ihnen – noch geblieben sind. Und zwar zu einer Zinsrate von fünf Prozent, was den beiden jährlich rund einhunderttausend Dollar Gewinn einbringt, die sie als Lebensunterhalt schwesterlich teilen.

Ihre Bedürfnisse halten sich in Grenzen. Sie essen, trinken, schwimmen und schauen sich Sehenswürdigkeiten an. Sie spielen Karten und Backgammon unter ihren Zitronen- und Orangenbäumen. Sie sind beliebte Mitglieder der kleinen britischen Exilgemeinde des Ortes, laden regelmäßig Gäste ein oder werden selbst eingeladen. Niemand zweifelt daran, dass sie gemeinsam eine erfolgreiche Kette von Friseursalons an der Südostküste von England geführt und im idealen Moment verkauft haben.

Jeden Morgen, wenn sie in ihren Zimmern aufwachen und vom Balkon aus auf Pool und Garten blicken, freuen sie sich strahlend auf einen weiteren Tag ihres neuen Lebens, als sei er ein Weihnachtstag, Geburtstag oder erster Schultag. Und bisher hat sich ihre Vorfreude noch jedes Mal als berechtigt erwiesen. Während Amanda durch die große Küche auf die Terrasse eilt, um ihnen mitzuteilen, dass das Essen angerichtet ist, verlassen wir die beiden Glücklichen. Die Kamera zieht sich wieder zurück, bis hinauf in die Wolken, schwebt über den Atlantik nach Norden, mehrere tausend Kilometer weit, und schwenkt dann nach links, landeinwärts, bis über die leuchtenden, Milliarden Dollar schweren Türme und Zinnen Manhattans.

Über dem unteren Ende der Insel sinkt sie herab. Es ist ein kalter Nachmittag. Die Kamera fährt die Wall Street hinauf Richtung Uptown, schlängelt sich über die 6th Avenue, als wäre sie an der Stoßstange von einem der drängelnden Taxis befestigt, und erreicht schließlich Midtown, Rockefeller Plaza und die Fernsehstudios von NBC. Sie zoomt durch eine Reihe von Korridoren, bis sich vor ihr eine Garderobentür öffnet und eine Stimme mit amerikanischem Akzent fragt: »Alles in Ordnung hier?«

Die Stimme gehört Trisha, der zweiten Regieassistentin einer Show namens »America Today!«. Sie spricht mit dem Gaststar der heutigen Sendung, der gerade vor einem riesigen, von Glühbirnen gerahmten Schminkspiegel sitzt: Mrs. Ethel Merriman.

»Alles bestens, Schätzchen«, erwidert Ethel, »aber ich hätte nichts dagegen, wenn sie das Kerlchen hier noch mal abfüllen könnten.« Sie hält Trisha ein leeres Champagnerglas hin, das noch vor Kurzem eine schön starke Mimosa enthielt.

»Kein Problem!«, flötet Trisha.

Ethel gibt einen zufriedenen kleinen Rülpser von sich und entschuldigt sich bei dem schwulen jungen Mann, der ihr kichernd die Stirn abpudert.

Ethel ist nicht nervös – sie ist schon zum zweiten Mal in der Show. Das erste Mal, anlässlich der US-Veröffentlichung ihrer Memoiren »ICH BREMSE FÜR NIEMAND!«, liegt etwas über ein Jahr zurück. Bis dahin war das Buch, dessen Cover eine Ethel im Rollstuhl ziert, die dem Betrachter den gereckten Mittelfinger entgegenstreckt, bloß in England erfolgreich gewesen. Wohl hauptsächlich aufgrund des kuriosen Umstands, dass es aus der Feder einer ziemlich alten Frau stammte, die gerade aus dem Gefängnis entlassen wurde. Nach der Sendung avancierte diese »frische, freie und flotte Erzählung« von Ethels außergewöhnlichem Lebensweg, der schließlich in ihrer Mitwirkung an einem der lukrativsten Banküberfälle der britischen Geschichte gipfelte, zu einem weltweiten Bestseller. Das Buch wurde in siebenunddreißig Sprachen übersetzt und verkaufte sich rund um den Globus über fünf Millionen Mal. Die Film- und Fernsehrechte brachten eine gewaltige Summe ein, für die Rolle der Ethel war Helen Mirren vorgesehen.

Dank dieses Erfolges war Ethel mit Beginn ihres neunzigsten Lebensjahres mehrfache Millionärin.

Ihr Gerichtsprozess hatte für einiges Aufsehen gesorgt. Die Anklage lautete auf bewaffneten Raubüberfall, tätlichen Angriff auf einen Polizeibeamten, widerrechtlichen Besitz von Schusswaffen, Urkundenfälschung, Missbrauch von Ausweispapieren, Sachbeschädigung, schwere Körperverletzung und Behinderung der Justiz. Als der Richter aufblickte, um zu sehen, wie die Angeklagte diese Vorwürfe aufnahm, wurde er Zeuge, wie Ethel mit einem Kugelschreiber in jedem Nasenloch ein Blatt Papier aß. Sie beantwortete sämtliche Fragen in Liedform und versuchte zweimal, sich vor dem Gericht zu entblößen. Die Jury brauchte fünfzehn Minuten, um sie für schuldig zu befinden, und weitere drei, um dem Plädoyer ihrer Verteidigung auf verminderte Schuld wegen Unzurechnungsfähigkeit stattzugeben. Nach Anrechnung der Untersuchungshaft verbüßte Ethel sieben Monate in einer psychiatrischen Einrichtung und damit genau die Zeit, die sie brauchte, um »IBFN« zu schreiben, wie ihre Mitarbeiter das Buch in ihrer E-Mail-Korrespondenz nannten.

»Also gut. Bitte sehr!«, sagt ein Mitarbeiter und reicht Ethel den frischen Cocktail. »Sind wir bereit? Kann's losgehen?«

»Aufgetankt und klar zum Start«, antwortet Ethel fröhlich, und als der junge Mann sie den Flur entlang Richtung Bühne schiebt, hört sie bereits das Lachen und Jubeln des Publikums. Den warmen Applaus, mit dem es sie willkommen heißt.